作者个性化邮票

草原的晨曦

热·图们 著

民族出版社

一

当东方泛起鱼肚白的时候，微光衬托出草原上的一顶顶毡包，犹如装入露水中滋生出的一枚枚洁白如玉的蘑菇。有一顶毡包内的什物清晰地显现了，通过撩开的红毡顶下面的木圈可窥见天空淡淡的蓝体。

曙光温和地照在蒙古包内，轻轻抚摸着熟睡的姑娘，像慈祥的老额吉的手一样留恋在她那洁白、安谧的脸上。未过多久，姑娘轻轻伸了一下秀臂，醒了。她轻盈地站起，将蒙古包的活动顶毡又掀大了一些，立刻，清新的略带寒意的空气拂面而入。她首先挖掉图拉嘎① 内的柴灰，接着又进行洗漱。她浑身充满惬意的神情，把这一切都做得干净而利索。她往撑锅的图拉嘎里熟练而巧妙地架了几层干硬的牛粪，图拉嘎内顿时升起了旺盛的火焰。草原上的这个蒙古族姑娘开始准备她的早茶。

逐渐变得热烈的太阳所产生的光芒，映照着这所崭新的毡包，使这六块哈那② 所组成的圆形结构闪烁着别致的风采，也使那个正在忙碌的姑娘更加楚楚动人。她那富有青春特征的圆脸上，有一双又黑又亮的眼睛，在炉火的照耀下，闪烁着星星一般的光泽。从那双美丽的大眼睛和动人的、微微上翘的柳叶眉上看，她似乎稚气未脱，但又丰韵宜人。她剪着一头齐耳短发，由于自然卷曲而形成波浪式，活泼生动又恰到好处。

① 图拉嘎：蒙古语，毡包内的火炉。
② 哈那：蒙古语，毡包的木墙。

也许是由于毡包内的光芒，也许是姑娘年轻的脸庞向来就具有那种生动的令人赏心悦目的光彩，那若隐若现的两个酒窝使人不由想到美的潜质，美的存在。转眼之间，那古老的铜质锅里的茶水沸腾起来。姑娘蹲在图拉嘎旁调和奶茶。瞬间，奶香气味充满了毡包，就像从姑娘的手中产生的一般，整个毡包的气氛变得绝妙无比。

蒸腾的奶气抚摸着蒙古包右角里熟睡的、胖乎乎的小孩，把他那幸福的神情完全融入这甜美的环境中，乳香钻出包房，飘散于四野，使这里的人们萌生出对于新生活的憧憬，也使姑娘年轻的心像波浪一般涌动在阵阵陶醉的曙光中。"叽叽喳喳"的欢叫声，闪现着百灵鸟的情影，它们在告诉万物：今年的春天早早来到了。在这期间，各种鸟雀都欢快地活动起来，穿梭于萌芽状态的林木中。是的，万物都在准备倾身拥抱这时隐时现的初春。

姑娘将奶茶准备好，独自依偎在毡包门前。她撩开毡包门帘，使毡包内有些闷热的空气变得清新一些。天边在渐渐地泛红，将那些飘散的、深红的云彩染得缠绵、动人。带着色彩的温和的光线斜照着蒙古包内，探向熟睡的小孩，毡包内显得更加幽雅、清静。

姑娘走到小孩跟前，见他仍在酣睡，便从枕头下面取出一本书来随便翻阅着。书页的"沙沙"声惊动了小孩，他用小胖手揉了揉眼睛，似乎已经睡足。姑娘倾了倾上身，望着他那可爱的小脸，不由亲吻了他一下。纯净、亲昵的心理在姑娘身上尽情地洋溢着，小孩醒了，他迅速从疲困中解脱，睁着黑亮的眼睛望着姑娘。两个浅浅的酒窝出现在姑娘的脸上，她笑眯眯地对小孩说：

"我亲爱的小呼斯勒图，别睡懒觉了，喜鹊在外面'喳喳'地叫着你呢，快穿上你的小袍，今天咱家可能要来稀客。"

说着，她拿起孩子的小袍放在他面前。小孩不知怎的，突然积极起来，高兴地说：

"我爸爸今天会回来的。"快乐的模样从他那小嘴上显现出来，

2

闪烁着四颗整齐、洁白的门牙。

望着小孩，姑娘的心像鲜花一样绽放着，心中暗自羞涩地想到：有个孩子该多好，是孩子给她带来了最大的快乐。咿呀学语的孩子小嘴张动着，"爸爸"、"妈妈"这两个世界上最动人的名词似乎就要脱口而出，姑娘绯红的脸上显现着期待，或许是难为之情。是的，她心底的欢悦是孩子带给她的，这种伟大的情感的萌动，促使她年轻的心充满着对未来的无比憧憬。然而，父母亲这种称谓到底有多么沉重，有多少分量，她心中却没有底，尽管她已成熟了，早已到了婚嫁的年龄，但姑娘的自尊又绝不允许别人因为她长年深待闺中而引发无聊的揶揄。

小孩一骨碌爬了起来。他有一头乌黑的头发，黑亮的眼睛，模样非常聪明。姑娘在为他穿衣服的时候，他迫不及待地说：

"我的'马'是否在马桩上？我要骑'马'去迎爸爸。"

姑娘看着小孩可爱的样子，高兴极了，说：

"好，好，亲爱的小呼斯勒图，你的'马'还在原地乖乖'站'着，穿上你漂亮的衣服，骑上你的'黄膘马'去接你爸爸吧。"她将他搂在怀里，用手亲昵地抚摸着他黑亮的头发。

小孩在洗漱的时候，就一再叫嚷着他的"马"，似乎这匹"马"是他的首要。一直到饮茶的时候，仍在纠缠着姑娘，说要骑他的"马"去迎接爸爸，叫姑娘不能安心用完早茶，但她一点都没有感到烦。从小尝遍人生艰辛的她，对这个天真烂漫的孩子从心底产生的是纯情与真爱。

过去的水深火热的灾难历程在姑娘身上留下了饱经风霜的烙印。每想到过去，一阵阴冷的气色会涌上她的脸，她紧咬下唇，下意识地抚摸自己颅顶的鞭痕，但这只是一瞬间的事。她很快又逗起小孩，将他高高举过头顶，仿佛举起了未来生活的希望一样。她深情地望着孩子，她那水汪汪的大眼睛，可让任何一个彪悍的牧马青年忘情地恳求爱情，从她那双眼睛里，仿佛能看到草原的宽广、山水的秀美，同时也袒露出蒙古民族的真诚与善良。

小呼斯勒图蹒跚着走出毡包，在潮湿的沙土上留下一行歪歪扭扭的十分清晰的脚印。姑娘抱起小孩，向着东方忘情地望去，是什么使她如此出神呢？噢，原来是群峰叠嶂的敖伦韶荣山峦在曙光的照耀下，显现出辉煌的光芒，使她陶醉在这美好的晨景里了。小孩拍着小手叫着，笑着，银铃般的笑声激荡着姑娘的胸怀。

这段耸立于边远牧区的名叫敖伦韶荣的群峰，比号称天下第一山的泰山还要高出一百多米，东与大青山相依，西以千里山为枕。自古以来，这高原之巅便是蒙古民族狩猎、祭祀敖包时聚集的地方。群峰左右两侧各有一个大草原，右侧那个叫麻黄草地，方圆约一百余里，上面像地毯一样长着一层麻黄草。这种草原不能缺少的草药，千百年来为防风固沙、医治牧人疾病，悄悄地做着永恒的贡献。曾被人骂作"哈日拉格"① 的 19 世纪蒙古族伟大诗人贺希格巴图当时赋诗道：我汗② 所赐宝草，自古根植于敖伦韶荣山；繁衍五畜的神药，是养育牧民的摇篮。由此可看出，麻黄草地不但是敖伦韶荣群峰的一道美景，而且也是五畜兴旺的保障。八百多年以来，蒙古民族中的英雄，牧人中的诗人，劳动人民祖祖辈辈保护着这里的麻黄草，将它视为自己的宝贝。麻黄草四季常绿，人们叫它"诺敏"③ 草。故这个草原因麻黄草的存在而显示着自己独特的、永恒的魅力。蒙、藏药理学是中国医药学界的重要组成部分，蒙医常将麻黄草与冬青、冷蒿、杜松、川柳调制一起制成"塔奔阿尔善"④，用于治疗关节、腰腿酸痛等多种顽固病症。敖伦韶荣山和麻黄草原自然地形成簸箕形状，南高北低，由众多泉眼所产生的涓涓细流汇集成的奎腾河弯弯曲曲向北流去，远远望去，像银色的带子一般给

---

① 哈日拉格：蒙古语，没当过喇嘛的男子。
② 汗：蒙古语，可汗，这里指的是成吉思汗。
③ 诺敏：蒙古语，碧的意思。
④ 塔奔阿尔善：蒙古语，塔奔是数，即五的意思；阿尔善是圣水的意思。

人以秀丽的享受。奎腾河东岸有较大的陶日木柴达木，柴达木中间的萨拉河往东流去，注入高原明珠之称的芒乃淖尔湖。这里的一种现象很令人新奇，河、泉、溪流都一律往北流淌，其实这并无神秘之处，因为这里的地势是南高北低，黄河流经这里时也如此，就这样形成了如今这个美丽、富足的宝日陶亥。奎腾河起源于敖伦韶荣山脉，流经西拉沐伦下游注入黄河。

这天早晨天气特别晴朗，受黄河的影响，空气显得特别湿润怡人，从敖伦韶荣北角上望去，大青山脉的青色轮廓特别清晰。

姑娘静静地望着远方，微微晨风吹拂着她那淡蓝色的长袍，勒紧的浅黄色的腰带使她的身材显得更加窈窕匀称，粉红色的缠巾非常巧妙地在头上绕成圆盘形，并将缠巾的一头从右耳垂下来，显得庄重、成熟。她在等待什么呢？是等远方的来信？还是什么人会捎来消息？喜鹊在"喳喳"地叫着，和着她执著的信念。小孩的快乐情绪往往最能表明某种预示，是否在预测着这种愿望的实现呢？然而，姑娘的心总是像潭水那样幽深莫测，谁能知道她其实是在捕捉着一丝一缕的吉兆？

渐渐地，在她的视野里出现了一个小小的黑点。

她看清了，原来是一个骑着马的人，旋风般地从麻黄滩上横插过来，淡淡的尘雾缠裹着他，初升的晨光照射着他的坐骑。在她眼里，这一远景很快清晰起来。

这个骑马者似乎有什么急事，向前猫着腰身，并且不住地用鞭子抽打着坐骑，催它向前急驰。姑娘首先看到这个人骑着一匹貂青色的马，紧接着她又看到这个人好像是她三年未见的未婚夫，仔细看时又不太像，她在瞬间想到：如果敖伦韶荣所有的牧民群众都看到她亲爱的未婚夫穿着一身灰色军装突然出现在他们面前，那全村的人该多么高兴啊！

真的，她的猜测没有出乎她的意料。她的未婚夫因公事真的第二次来到了敖伦韶荣。整齐、庄重，身着军装的胡雅格与过去衣衫

5

褴褛、粗布补丁的他相比，其形态完全是两个样子，这次他是以崭新的姿态、标准的军人风范，带着上级的任务出现在这里的。

在隆重举行敖伦韶荣嘎查人民政府成立民主选举大会时，胡雅格虽在外面执行任务，但人们却欣喜地看到他的名字出现在候选人名单中，并当选为嘎查人民武装委员会主任，同时批准下达了正式文件。

随着急驰的奔马，枪把上的红绸布上下飘动，斜挎着的棕色皮包和上面的金黄色的五角星在晨光中闪着耀眼的光辉。

回到敖伦韶荣，胡雅格的心情比任何时候都要激动，然而也有忐忑不安的心理掺杂在里面。阔别已久的故乡就在前面，尤其是分别多年的未婚妻将马上出现在面前，叫他怎不兴奋，怎不心急！据说，他已订婚的未婚妻在嘎查人民政府的关怀下，有了自己的蒙古包，有了自己的羊群，这是他感到欣慰的。然而，最近，他听到一些风言风语，说家乡的几位年轻小伙子曾先后向她求过婚，想到这里，胡雅格的脸上突然掠过一丝阴沉。为此，他在前几日睡不好觉，整夜未眠。虽说他这次主要是为完成上级的任务而来，可每想到自己的婚事，其内心总是感到不舒服，似乎有什么东西哽在咽喉中。他甚至听人说，他的未婚妻已有了孩子。他决心这次以一个嘎查干部的名义除做好本职工作以外，顺便看看这些风言风语、道听途说是否事实。"孩子"这一名词一进入脑海，他就感到堵心，孩子？什么孩子，她怎么会有了孩子？一个姑娘家未成婚便有了自己的孩子，作了母亲，这种事在一些村里是时有发生的，难道她会做出这种丢人现眼的事吗？不！不可能，她绝对不是这种人。或许是抚养了别人的小孩吗？！也不可能，年轻的姑娘去抱养一个孩子，有这样的傻瓜吗？说实话，弄清这些事的真相，对于胡雅格是很容易的，可他一直没把这些事放在心上。为执行军务，完成上级的任务，在别的旗县一直忙到现在，并立了功，获得了金奖。如果说他与未婚妻之间起了什么变化的话，那也是近三年多的事，他过于热衷于公务，而将自己的婚事一拖再拖。此时，一种后悔的心情像网一样笼罩着他，这时他才相信：一个男子汉，尤其是一个年轻军人的主要任务，是像箭一样奔向自己的目标和任务，他的神圣使命从不允许他有丝毫的左顾右盼。另外，他也受到年轻人对婚事难为情之心理的束缚，始终没有勇气打探未婚妻的真实情况。应该说，故乡的小伙子铁木尔图他有机会见面，他应对自己谈谈未婚妻朝格吉玛的事，可他始终未对自己讲，或许是他有什么难言之处吧。后来自己也未向铁木尔图探询，这事自有它的许多蹊跷之处。胡雅格默默地想到这里，又放快了马。

微微轻风吹拂着胡雅格的面孔，使他从刚才的沉思中摆脱出来，离那座蒙古包越来越近了。

小孩在姑娘的怀抱中欢快地舞动着自己的小手，挠着自己的小脑袋，看她们之间那种亲昵的样子，完全是母子关系，否则若是别人的孩子，绝不可能会是这种情况。这一切胡雅格已经看得清清楚楚。他一时不相信自己的眼睛，轻揉了一下重新仔细再看时，千真万确，自己的未婚妻果然抱着个孩子站在那里。

这时，姑娘急切地迎上前来。

坐骑的主人这时也勒紧了急驰的貉青马缰绳。

这个年轻的牧羊姑娘看到他时，心里不由慌乱起来：噢，他可真的回来了。瞬间，她又低下了头，脸上显现出羞涩的笑容。她的笑是很隐秘的，又像是与怀中的小孩同悦。当胡雅格走向前来的时候，她却不由得看了一眼。这时，眼前的胡雅格的形象与过去的他慢慢地融为一体：高高的身躯，宽阔的胸膛与三年前相比，更具有一种男子汉的魅力。过去在一起郊游、嬉戏，争强好胜，活泼能干的胡雅格瞬间明晰起来。

姑娘曾在胡雅格跟随解放军貉青马骑兵连来到芒乃淖尔，宣布全旗解放时，因憎恨在旧社会所遭遇的种种磨难和不平，曾向胡雅格发誓：她绝不结婚。如今她想起这话，脸上感到阵阵的发烫。现在胡雅格就站在她面前。她看到胡雅格精神抖擞，气质非凡，像早晨的阳光，浑身散发着金子般的光辉。由此能看出，她争取胡雅格爱的欲望是强烈的，可他那微笑的含义并不明确，圆脸上的两道浓黑的眉毛下面，闪烁着一双黑白分明的大眼睛。此时，这双眼睛的目标是离毡包门不远的那根拴马桩。

自己就要迎上去时，她又想到：不知他此时又是怎么想的，尽管她深信他的爱是纯真的，但"好马靠骑，好友靠交"，到底他现在是什么样呢？待和他深入交谈后才能知道。她热情地走过去，问：

"你好，胡雅格。"

姑娘打招呼问候的同时，看到了胡雅格急切而热烈的目光，使她感到一阵温暖。她从心底祈盼这本不应该分别的两双眼睛能够永远照亮这新架设的蒙古包，此时此刻，她似乎终于等到了这种希望。

胡雅格翻身下马，问候道：

"好，好，朝格吉玛，你好吗？"

这时，太阳从敖伦韶荣山后冉冉升起，她那万道霞光抚摸着万物，照遍了这里的山山水水……

胡雅格把他那匹貉青马拴在马桩上。

小孩从朝格吉玛怀抱中跳下来，紧跑两步，来到胡雅格面前，好奇地盯着他的棕色皮挎包和手枪。

胡雅格这时还没有来得及卸下马背上的褡裢，他看见小孩，脸上现出一种不易察觉的不自然的神色。心中想道：啊！这到底算怎么回事啊？他躲开朝格吉玛微笑的目光，不动声色地抱起小孩，戏谑地逗了一下，放下他，这才卸下他的褡裢，收起马辔扯手。

朝格吉玛热情地将胡雅格迎入蒙古包左角，按蒙古族传统礼节习俗与胡雅格交换了鼻烟壶并品尝了查干岱①。他们各怀心事，却又不知从何谈起，朝格吉玛作为主人也没再说什么话。她忙了好一阵，先取出奶皮、酥油、酪蛋等奶食品，后又拿出馓子②整齐地摆放在扎木拉③上。她将小方桌往前推了推，可到底也未发一言。此情此景，致使坐在蒙古包西侧的胡雅格有些不知所措，他想引发话题，谈谈这次来的目的，又觉得无从谈起，只能像个"贵宾"一样礼节性地坐在那里，眼神却无聊地朝蒙古包内的什物扫来扫去。阳光从蒙古包门的窗棂格上照了进来，胡雅格感到有些不舒服微眯着眼。朝格吉玛扫了他一眼，说道：

"请您往里面坐，不必客气。"

胡雅格立刻往正座上挪了挪，发觉这里正是刺眼的阳光探不到的地方：

"谢谢，你太客气了。"

说罢，他又浏览了一下屋内，似乎瞬间又词穷。他看见蒙古包墙西侧挂着一副祭灶红绸对联，他很认真地读了一遍，觉得这是他精力最集中、最单一的时刻。那副对联十分精妙，道：

> 百事勤劳人健在
> 千户享福神灶与

胡雅格轻轻吟诵着这两句联，觉得它措辞用句恰如其分，充分表明主人对美好生活的向往，一时兴起，心中不由叹道：啊，多么好的祭灶联啊，可见主人在酝酿这副联时是下了一番心思的。他欲言又止，意识到这座蒙古包的真正主人也许并不是自己。于是，他下意识地想挪一挪正座的位置。这时，一碗热腾腾的奶茶端到他面

---

① 查干岱：蒙古语，代表奶食。
② 馓子：蒙古族的一种饼子。
③ 扎木拉：蒙古语，放羊背的长方形盘子。

前。朝格吉玛说：

"一路辛苦了，请慢饮。你是自家人，客气啥？"

不等胡雅格回应，她又叫道：

"哎呀，我想起件事了，那些该来了……我得暂时离开一会儿，对不起，亲爱的。"说着，她提着铜桶向蒙古包门走去。到了门口，她又回头笑着说："唉，我的事太多。"说罢就出去了。

二

"你是自家人……"胡雅格自言自语着，想到朝格吉玛身边的小孩，差点笑出声来。

他抬头一看，发现刚才在他面前好奇地注视他的那个小男孩大概是怯生的缘故，这时却不见了。只有他一个人在这清静、整洁的毡包中喝茶，面对着"噼叭"燃烧的炉灶发呆，通红的灶火仿佛在用刚刚祭过灶神的一点奶制品的"吹呼声"来迎接他这位久别的客人。和着图拉嘎中散发出的阵阵香味，胡雅格不由暗暗想到：这确是金宫灶火神所造化的好家族的摇篮。这时外面传来小孩"驾，驾"的骑马玩耍的声音，再听时，一个女人在吆喝着挤奶羊群，做着晨早放羔、挤奶前的准备工作，似乎十分忙乱地用毛绳串联挤奶羊群，分明是朝格吉玛的声音——蓦地，胡雅格似乎明白了什么，轻轻拍了一下膝盖，暗自惊愕道：呵，原来她说的"那些该来了"是在说羊羔群从人家的挤奶羊群上回来了，她着急的原因是这么回事啊。

然而，胡雅格一想到"孩子"这个字眼，心里立刻又觉得似乎有什么堵在心头。他想：这孩子真让人感到莫名其妙，到底是怎么回事呢？

年轻小伙子的心理真有意思，胡雅格回忆着往事，他想到：她那"孩子"总之不是我的，肯定是哪个不安分家伙的种。真的有这种可能，否则她为什么很简单地和我讲了几句话就匆匆出去了，有这种久别的情人吗？嗯，这里边一定有缘故，我一定要把这个事弄

11

个明明白白、水落石出。

端着那碗奶茶，胡雅格却觉不出奶茶的香味，从那乳白的液体里慢慢地浮现出了那个孩子的影像：啊，是个漂亮、活泼的小子，他父亲或许要比我强得多。他的眼神呆呆的，沉浸在令人难以猜测的臆想之中。

突然，包帘一掀，朝格吉玛走了进来："让您久等了。唉，越忙事越多。"胡雅格看见她，想说一声：挤奶你一个人很费劲吧？可他动了动嘴，却没说出什么来，依旧是一副呆板的神情。他斜躺在那里，眼睛忽闪忽闪地盯着包顶的椽子，满腹心事的样子。他大概走累了。朝格吉玛这样想着，轻轻走过刺绣毛毡，往图拉嘎里又撒了点奶，献罢德吉①，然后将挤奶桶里的奶倒入毡包的贮奶坛里，倾倒时朝着蒙古包的北岔儿儿方向。自古以来，蒙古民族把奶食当作最珍贵的东西，如爆奶时勺头的操作方向始终朝北，煮酸奶做好后朝北方向倒出，清洗酸奶坛时，坛口也必须向北方向。如朝南方向，就认为很不吉祥，将受到长辈们的责备。朝格吉玛虽说也是年轻一代，但她十分重视本民族的这些传统习俗，从不违反这些规则。

她看到，贮奶坛里的奶已到了倒酸奶的时候，于是她到蒙古包外取回晾架上的杵杆、坛盖。准备分离出白油来招待胡雅格。她冲胡雅格看了一眼，说：

"请您好好用茶。"说着提起茶壶要给胡雅格倒茶。

胡雅格连忙坐起来，客气地说：

"有茶，有茶，我自己来。"

朝格吉玛看见胡雅格有些拘束，心中别有一番滋味。再看他前面的奶制品、食品，都原封不动地放在那里，用责备的语气又说：

"呀，您牛气个啥，什么时候变成了讲客气的人？怎么一点都没有吃?!"她显出一些不高兴的意思。这时，小孩骑着他的"黄膘

---

① 德吉：蒙古语，物之第一件，奶之第一勺，酒之第一盅等。

12

马"跌跌撞撞地从外面进来，叫道："接奶羊羔……"说完，像是玩兴正浓，匆匆又出去了。这时，蒙古包外小羊羔与母羊的"咩咩"叫声混杂成一片，把这寂静的早晨搅得热闹非凡。

对朝格吉玛的责备胡雅格并未回答，他的眼神死盯着小孩的背影。小孩在眨眼间不见了踪影，他这才收回目光，冲朝格吉玛问道：

"这孩子——"忽然觉得一阵难言之隐涌上喉咙，狠劲又咽了回去。他的心在激烈地跳动着。他想，自己为什么来到这里，说明是以小孩为借口。但说实话，他其实是受都勒禾古尔的指派专门而来。胡雅格心想，都勒禾古尔区长曾对他说过："朝格吉玛是你的未婚妻，她保证会听你的。"现在看来，胡雅格却有些不适合的感觉，怎么坐都感到不得劲。

朝格吉玛要给胡雅格讲的心里话同样很多，可是，满腹的话不知此时竟藏在哪里，一时不知从何说起。朝格吉玛以一个姑娘羞涩的目光向胡雅格扫了一眼，她似乎觉得胡雅格对她的感情淡了一些。她暗自责怪自己，是否刚才说的话有不妥之处，或过去说过的话使他产生了什么误解？她一时进入了一种难以言表的沉思之中。

过了很一会儿。

但朝格吉玛毕竟是一位朴实的牧民姑娘，不会隐瞒和抑制心中的想法，先开口说道：

"刚才，不是。上次让你生气了。走了以后音信全无，我知道你工作很忙，但在你心里我一点分量都没有吗？细细想来，我上次所说的话确实是有欠妥之处。可是你对一个已到结婚的姑娘随便所说的'终身不嫁'之言能轻易相信吗?！不管怎么说，您还是回来了，这下好了。"

朝格吉玛的意思越来越明了，胡雅格终于说话了，他说：

"这个小孩是谁的？"

"这小孩本来是我的，不是吗？你没听见？"

"行了，你别哄我了。"

“嘻嘻嘻，那么你说是谁的？”

“你身上没有这种可能性，如有……”

“难道你真的不相信我？”

“不！”

“我到底是不是你的未婚妻呢？”

“那么不是吗？”

“呀，您这是什么话。”

“真的，因为你我才来到这里。”

“这是你的真心话吗？”

“可是这孩子……真的，你在芒乃淖尔的时候……有了这个孩子的吗？”

这时，朝格吉玛忍不住“扑哧”一声笑了：

“呀，呀，您这人想到哪里去了，那是能够发生那种事的地方吗？我的天哪！”

“……”

“有话可以慢慢讲嘛，想说的话一定不少吧。一下子不可能都讲出来吧。我心爱的，把心放宽一些。您睁开眼仔细看看那个小家伙，究竟和您一样，还是和我一样？”

朝格吉玛想继续说下去的时候，胡雅格笑着摇了摇头，说：

“不像你，也不像我，像我是不可能的！”

“那么您说像谁？”

“哪一个帅小子的……”

正在这时，包帘一掀，邻居梅德格玛抱着小孩和他的“黄膘马”走了进来，她看见胡雅格，惊奇地说：

“咦，咱们的胡雅格回来啦！”说着高兴地问候道：“扎，你好吗？”说着将小孩放到地上，从格特布其① 上取出女式鼻烟壶与胡

---

① 格特布其：蒙古语，蒙古族妇女的装饰品，内装女式银质鼻烟壶。

雅格交换后说：

"唉，稀罕的孩子，啧啧，多好的时光呀！我们蒙古族的英雄，宝伦查干的儿子胡雅格终于回来了，真是太好啦。"胡雅格热情地问候完，说道：

"额吉您上座。"

朝格吉玛连忙给梅德格玛倒上茶，显得有些不好意思，用一些家常话来搪塞道：

"分放挤奶羊群和羊羔群不容易吧？"

胡雅格心想：早晨正是牧民最忙的时候，自己应该很快把自己的来意说清，否则将等到什么时候？于是他想绕着弯子以唠嗑的方式向梅德格玛打探一些情况。他说：

"您的身体还挺硬朗的呀，对孩子还这么恩爱。"梅德格玛接着话茬儿说："唉，怎么说呢，身体倒还过得去。现在社会好了，心情也好。"

她又看了一眼朝格吉玛和小孩，对胡雅格说："手心手背都是肉，情愿的事情怎么也好；孩子离不开朝格吉玛，她也爱这孩子。唉，这可能是她的上辈给自己留下的一个累赘……"她说着，一边端着茶碗，一边将小孩搂在怀里。这时朝格吉玛悄悄地给她递了个眼色，打断了她的话。

胡雅格听了梅德格玛的话，似乎从中听出了什么好的迹象，他的心情顿时舒畅起来。他正想向梅德格玛问询牲畜膘情方面的事情，可他立刻发现朝格吉玛在给梅德格玛使眼色，一副谨慎、老练的样子。于是便把到嘴边的话咽了回去。胡雅格想：她这种谨慎、老练可能是因为多次失误而造成的，于是在瞬间对她产生了怜悯之心。梅德格玛观察到胡雅格那木呆的模样，又看看朝格吉玛很机警的样子，感到迷惑不解，她笑了笑，问道：

"我的胡雅格，你是否从部队复员回来了？"

"还没有呢。我搞的是部队和地方两头兼职的工作。"

梅德格玛又说：

"你现在已经是有家的人了。"

一听这话，胡雅格木然回答道："额吉，我现在还没有家。"

胡雅格觉得自己有点语无伦次、慌里慌张，无意中摸起刺绣毛毡上的一本《农牧民课本》，手一颤又掉下去了。朝格吉玛暗暗观察着胡雅格的一举一动，她看见他那手足无措的样子，不由得"扑哧"一声笑了。这样一来，胡雅格更加无所适从，不知怎么办好了。他低声说：

"这次我是接受上级的任务来嘎查人民政府协助工作的。唉，我如果在这里有个家该多好，父母都健在的话就更好啊。待完成任务后，这社会安定了，我将成个家，结束这单身汉的生活，到时我将组织三昼夜的欢宴，按咱们蒙古族萨满教的仪式举行，其规模将在全区范围产生影响，连咱们蒙古族所尊奉的灶火神也会高兴起来。"

听了这番话，朝格吉玛脸上突然泛起幸福的笑容。这时，呼斯勒图扑在她怀里，她紧紧搂着他，亲吻着问道：

"喂，亲爱的，你是什么人？"

呼斯勒图顽皮地撅着嘴回答道："我是蒙古人，爱马的人。"

梅德格玛接口说：

"我可爱的呼斯勒图，记住，我们是蒙古人，从先辈以来就有祭灶马爷的习俗。"

呼斯勒图学着梅德格玛咂巴着小嘴吐字清晰地说：

"我明白，额吉，我们——蒙古人——祭灶马爷——"

听了呼斯勒图的童言，又看他那幽默的神态，他们三人欢悦地笑了起来。

小孩的顽皮劲又来了，他挣开朝格吉玛叫着："我要骑马玩，我要骑马玩。"说着往外跑去。

这时蒙古包外羔羊的叫唤声静了下来。

16

胡雅格听小孩提到马，他忽地想起了自己的马，起身走出了蒙古包。

他的貉青马在马桩前不停地用前蹄刨着沙土，似乎在等待它的主人。

胡雅格径直走到马前，将马鞍取下放到蒙古包前的晾架上后，他又特意把毡垫留在马背上，以防貉青马中暑。他牵着马来到蒙古包前的寸草滩前，然后上好马绊。露水中的寸草滩晶莹碧绿，在阳光的照耀下呈现出一派青色地毡的风光。

诸位读者，执行紧急任务的胡雅格此时却"马放南山"，一副不急不慌的样子，您一定感到很奇怪吧，这里还真有隐情。

胡雅格在寸草滩上让马吃好。他将跨上骏马开始奔向新的生活，他为迎合朝格吉玛的意图，心情由于激动而沸腾。

这时的朝格吉玛在羊圈里分好羊羔群，正冲着胡雅格心领神会地微笑着。

牧人的新的一天就这样开始了。

20世纪50年代初的黄金般的时光翻开了它那新的一页。

羊群已走出去很远，梅德格玛迈着轻盈、自在的步子跟在羊群后面。

这时，在霞光普照的郭尔奔陶勒盖前急驰着一个骑枣骝马的人，他直奔朝格吉玛的毡包而来。胡雅格与朝格吉玛朝来人望着，眼看他已翻过了东面的大斜坡。他像一个身材魁梧的牧马人，马鞍正面吊着套马绳，随着马的疾驰而来回摆动着。朝格吉玛立刻认出了这个骑马人，她朝正在玩套"马"游戏的呼斯勒图叫道："呼斯勒图，快点过来！"她又朝胡雅格微笑着说：

"你看，那人是谁?"

胡雅格似乎不认识，他摇了摇头，但未吱声。朝格吉玛说：

"你的好兄弟呵，现在已经是我们这里的优秀牧马人了，他自己虽然很忙，但经常腾出时间帮助周围的邻居。他现在正从剪马鬃的场地上回来。你小的时候不是很喜欢喝马奶吗？你找他就是了……"朝格吉玛低声说完后，悄声笑了。

胡雅格心想，兄弟？这个"兄弟"究竟是谁呢？犹豫之中忽然认出来了，连忙快步走过去，问候道：

"图布新大哥，你好。"并热情地与来人握了握手。

"好，好，胡雅格兄弟你好，什么时候来的？一路辛苦了。"图布新回答着又说："现今解放了，一切都在改变，可我们好的风俗不能改变，走，回到蒙古包见见礼。"

听了这话，胡雅格感到新奇和震惊。"阿贝①！"忽然他听见一个细嫩的声音，扭头一看，原来是那个小孩在叫图布新。图布新对小孩说："儿子，你的马驯好了没有？"说着将小孩高高地举起来，戏耍着，亲吻着。

胡雅格看见，心底豁然明朗起来。他这才明白了事情的全部，朝格吉玛果然不是那种薄情寡义、见异思迁的人，他为自己的误会而感到一点羞愧。

图布新进了蒙古包，他俩行了礼，互换了霍呼尔②，朝格吉玛给客人上了奶茶。小呼斯勒图见了父亲，兴奋不已，让他饮茶时他一把推开"黄膘马"，欢蹦乱跳地作着回家的准备。他将朝格吉玛买给他的布娃娃举着给胡雅格看了一下，很快又装入自己的小包内，"黄膘马"怎么办？他立刻没了主意，可小孩的想法的确叫人哑然失笑，他很快有了办法，他将自己当马骑的黄色柳条棍也插在了小包的一角。胡雅格与图布新谈着分别后的情况，都感到变化太大了，发出阵阵会心的笑。朝格吉玛为小呼斯勒图整理着小包，并教他如何牵"马"等。她给"黄膘马"上了个鞭缰，像弓一样让他背在肩上，说：

"回家后把你的'黄膘马'从'马桩'上解开，开心玩儿去

---

① 阿贝：蒙古语，父亲的意思。
② 霍呼尔：蒙古语，即鼻烟壶，它像征蒙古民族的最高礼节。

吧！"

呼斯勒图冲朝格吉玛说：

"我回家几日后还要来。"说着眨着顽皮的小眼，对胡雅格说："叔叔，您欢迎我吗？"胡雅格被小孩的直言弄的十分不自在，只能答道："不，不，非常欢迎你再来。"他刚一说完，大家对视稍怔，接着便哄堂大笑起来。

图布新对胡雅格的回乡十分高兴，他那苍黄的脸上溢满了兴奋的神情。他冲儿子爱怜地看了一眼，说："呵，真是意料之外，你这多嘴多舌的小家伙说起话来比我们都到位。"说着他亲吻了一下儿子，又将他的腰带紧了紧，对朝格吉玛笑了笑。

朝格吉玛已觉察出胡雅格爱小呼斯勒图的心情，悄悄地向胡雅格投去会心的笑脸。

图布新饮完茶准备起身，胡雅格和朝格吉玛不约而同地跟着送出蒙古包。

图布新跨上枣骝马，朝格吉玛将小呼斯勒图递了上去。在马鞍上坐稳后，小呼斯勒图高兴地晃着小手说："请你俩到我家来。"图布新右手夹着儿子，说："胡雅格兄弟，请你一定来我家。"说罢，相互招了招手，急驰而去。朝格吉玛和胡雅格望着他们的背影，久久地站在那里，异口同声地说：

"孩子是多么可爱呀！"

两对眼睛就像四颗星星一般神秘，它们似乎是陌生的，可又相互看穿了各自的心底。驰骋疆场的战士呵，此刻为什么如此腼腆？你应受到责备。聪明伶俐的姑娘，你为什么也变得悄然无声？此时，你也应受到批评。也许是俩人分开太久而产生了瞬间的生疏？或许所要说的话淤积在心的时间太长，而不知从何说起？分疏的云层露出四只纯真、透亮如星星一样的眼睛，它们将两颗年轻、真挚的心捧在中央，让草原的花草、山水来审视。这两颗心正在扑向这方热土，它们最终将凝聚成一体，光芒四射，照亮蒙古包。他俩往

19

蒙古包里走去。胡雅格在跨入蒙古包门槛的一瞬间恍然大悟：啊！我亲爱的朝格吉玛，你真是个可爱真情的姑娘，你照看邻家的小孩，照料邻家的牲畜是一种无私的奉献呀！当然是，另一方面也是为排除内心深处的孤独啊。

想到这里，胡雅格感到全身轻松，疲惫感一扫而光。朝格吉玛默默跟在胡雅格后面进入蒙古包，从额日格尼格① 旁边挪开贮奶坛，迅速盖好坛盖，动作利索地倒着酸奶，边说：

"亲爱的胡雅格，那边有枕头，好好休息一下吧，一路上累了吧？貉青马你放心，我瞅空给照看着。"胡雅格想说什么，却没有说出口，只是冲朝格吉玛笑了笑。朝格吉玛看出他想说什么。她将倒酸奶的数记在额日贺② 上，说："您好好在那里躺着，咱们慢慢谈吧。毡包里是否有点太热了？"

胡雅格说："锅里烤着奶皮，灶下火候正好，这毡包倒是有点闷热，你觉得怎么样？"他俩的话自带出一种热情劲，很自然，融洽地说到了一处。

朝格吉玛嫣然一笑，说："那么……"她走到门前将哈雅③ 往上起撩了一下，顿时，出现了许多菱形窗眼，明亮了许多，也凉爽了许多。朝格吉玛进来继续倒她的酸奶，这时胡雅格已放下枕头躺下了。她微笑着瞟了他一眼，发现胡雅格正死盯着她。映入那双眼里的是一张洁白的、漂亮的、极富吸引力的脸庞。枕头上绣着一对嬉戏的蝴蝶，胡雅格正枕在那上面。朝格吉玛幸福地想：这对蝴蝶绣得真是太妙了。她继续转身倒她的酸奶，似乎有什么秘密怕男人猜透似的。

胡雅格似乎有了睡意，又似乎一点疲困感都没有，朝格吉玛那秀美的面庞，突出的乳峰始终在眼前晃动着。倒酸奶的"扑咚、扑

---

① 额日格尼格：蒙古语，古老的木碗柜。
② 额日贺：蒙古语，念珠。
③ 哈雅：蒙古语，哈那下边的毡墙。

咚"的声音远去了，胡雅格渐渐进入了梦乡。

朝格吉玛停了下来，看了一下酸奶的湿热程度，便放了温性黑日玛①，又倒了一阵，揭开坛盖慢慢倒起来，一看酸奶已搅匀，温度适中。坛内的白油如云絮一般撕裂、结合，逐渐凝合在一起飘在酸奶上，形成厚厚的一层。她轻轻用铜勺将白油取出，分装在两个容器里。这些白油一部分专门用来招待胡雅格，一部分准备下午取出锅内的奶皮后提炼酥油。额尔格尼格上面的半碗黄米看来是专门为炼酥油准备的。

不言而喻，白油是所有食品中最香的，看一眼就令人垂涎。此刻，胡雅格面前摆满了白油、白糖、炒米以及勺子、碗、筷等餐具，主人的意思就是让胡雅格尽情地选择和食用，使他尽快从疲劳中解脱出来。

啊，多么热情好客，勤劳善良的牧羊姑娘啊。可爱的姑娘，愿你在这舒服、温馨的家中过上美好的生活！

---

① 黑日玛：蒙古语，倒酸奶时所用的不同温度的水。

三

可以这么说，对朝格吉玛而言，胡雅格那天醒来后所做的事很不漂亮。

胡雅格那天想对朝格吉玛谈谈都勒禾古尔的指示，在毡包里几乎等了一天。他犹豫了半天不敢开口，对她直接说将会有很不好的结果。

胡雅格是个有头脑的小伙，每做一件事总是前后左右考虑得很周到。一来他要完成都勒禾古尔交给的任务，再来就是他如何做朝格吉玛的思想工作。其实也就是一两句话的事，可他却绕了个大弯子，讲来讲去讲不清楚。

这样一来使朝格吉玛产生了误解。不过她没再说什么，默默地坐在那里。

胡雅格见朝格吉玛长时间不声不响地坐着，心中有些烦躁，心想：和一个姑娘坐一整天，求来求去太不值。想到此处，他一拍桌子站了起来，命令道：

"这是区里点名决定的，让你担任麻黄草地的打狼队队长！你愿意也得同意，不愿意也得同意。"

对此话，朝格吉玛相当生气，对胡雅格说：

"这种事，你为什么不直接早点告诉我？绕半天弯子干什么？你说，我没有说话的权力吗？我的家怎么办？牲畜怎么办？翻身了的我为什么要把自己的家丢到一旁，去做打'天狗'① 这样罪孽的事？"当她这样说的时候，那闪烁的目光里已经没有了那种纯情与温馨。

面对朝格吉玛的一连串质问，胡雅格一时竟懵了。刹那间，他觉得他们之间的爱是不是出现了裂痕，对此，他不知该说什么。他说：

"不管怎么说，发动群众进行灭狼保畜这项工作必须立即着手进行。我对牧民群众的情况和你一样了如指掌吗？"说罢，撩开毡包帘，疾步走出去，骑上马走了。

朝格吉玛没有出来送行。

胡雅格顺着去往嘎查政府的小路披尘急驰。半路上碰见区委铁木尔图，对他说："都勒禾古尔正在催问那急事。"提到这事，胡雅格有些不好意思地对铁木尔图说："有点不理想，明天还要去。"

胡雅格到了嘎查，几乎整夜未眠。第二天一早他就备好马，又踏上他后悔还来得及的路。

春天温暖的阳光撒在高耸的山梁、宽阔的草滩上，万物都沐浴在她无私的艳阳之中。胡雅格陶醉在敖伦韶荣那临近午间的无限风光中。深邃的、湛蓝的天空上游移着几片云絮，云彩没有将自己的身影落在地面上，而在不远处的郭尔奔陶勒盖那像喇嘛帽一样的尖峰却将长长的影子留在了地面上。在郭尔奔陶勒盖东北两处有名的大岩石——一个叫陶脑哈达②，另一个叫乌合尔哈达③，它们也各自呈现出不同的影子。人们对这些忽隐忽现、千姿百态的影子一般是不会去注意的。吸引人们的只有这两处岩石，一个像高档的哈那上放着美丽好看的毡顶——陶脑，另一个像一头有着威武犄角的牛——乌合尔。真的，美好的自然风光就在这里。这是蒙古先辈留

---

① 天狗：蒙古族历来尊称狼为"天狗"，不直呼其名。
② 陶脑哈达：蒙古语，陶脑是毡顶，哈达指石头。
③ 乌合尔：蒙古语，指牛。

23

给后世的两处象征吉祥的风景。这些景致是历史长河的见证。几千年来，这些怪石静静地耸立在平坦的草原上，在它"身"上隐约可看到马蹄印和马打滚时留下的毡垫的印子。不知在多少暴风骤雨和致命沙尘暴中，救过牧马人、牧羊人和猎人的性命。"炊事员"额吉带着他放羊的时候经常路过这里，"嗨嗨"地向他描述乌合尔哈达的风景，有时坐在哈达高处边乘凉，讲述打魔鬼的神话故事，当他坐在这个石头上的时候，旗协理乌力吉那顺带着他父亲曾路过这里，后来他和少年时代的好友朝格吉玛在乌合尔哈达上尽情地玩耍，这处岩石的任何一个角落都留有他们嬉戏的痕迹。现在看来，这地方在他眼里像家一样的熟悉。远远望去，这两处岩石像两伞展开的翅膀，然而这实实在在是伴他童年成长的摇篮。随着胡雅格的心思，貉青马放慢了蹄步，仿佛与他一起沉浸在对童年往事的无比遐想之中。他此时感到无比惬意，同时又涌上一阵自责心理：其实我可能对她之所言并未完全理解，总以为自己的话就是金口玉言！自己没有看重亲友，而过于重视了自己的想法，他又这样指责着自己。心想：应从尊重妇女的态度出发，首要是尊重妇女的看法，先让朝格吉玛提出自己的看法才对！可是，现在就结婚成家……我真是不理解。虽然解放战争取得了全面的胜利，但我们的新人民政权并不巩固，人民受苦受难的隐患依然存在。这些问题朝格吉玛并不完全理解。如果和她现在结婚成家，照她的看法是幸福吉祥，一切问题就迎刃而解了。可是，从我这个角度来讲，能否这样做呢？谁能保证环境是和平的、家庭是安稳的呢？他这样想着，忽然大脑中闪出一个念头：无疑，我们俩美好的婚姻说不定可能会破裂。

"轰隆……"

突然，从郭尔奔陶勒盖传来连续不断的炮声。

胡雅格一惊，猛地拔出手枪，向郭尔奔陶勒盖西峰处急驰而去。

迎接他的是熊熊的篝火。胡雅格立刻明白这是"火炮"的声音，马上把手枪插回枪盒。大岩石的平面处到处可见炮打的炮眼。他才明白放"火炮"的人是这里的孩子，这是十岁左右的男孩常玩的一种游戏。抗日战争以来，这种游戏在敖伦韶荣地区特别普及，那个时候，在敖伦韶荣山区有很多地下工作者隐蔽在这里，用这种办法诱惑敌人，抓获了不少汉奸。这里的孩子受革命先辈的影响，用这种放火炮的办法处处威胁敌人，曾多次立功。"火炮"声音大，操作简单，孩子们将马粪堆积起来燃烧，形成篝火，然后把烧红的粪火一一排在岩石平面处，用光滑的石板一击，便可发出"轰隆"的剧烈爆炸声，孩子们将这叫作放"火炮"。孩子们怕引起火灾，把"炮"放在岩石背阴处，同时怕引火烧身，往往站在风的上方，举石击打。

胡雅格鉴于政府已经下达宣传防火文件，而这些孩子们还在做这种游戏，感到恼火，就高声喊道：

"快出来！谁叫你们玩火的?"

可是不见一个孩子，忽然岩石背面传出"哇哇哈哈"的偷笑声。

片刻，从东北拐角两块交叉的岩石中同时露出三个秃脑袋，"哈哈"笑着，一个接一个地跳了出来。胡雅格看见这些小家伙们的滑稽样，不由得笑了。

孩子们见面前出现了一个陌生军人，都有些慌乱。片刻，他们似乎又回过神来，一个个举起右手，顶着各自的脑袋认认真真地敬了个礼。

胡雅格感到好笑，这些孩子真顽皮，居然会行军礼。这些小家伙们还不落后于时代的新潮。

从右起第一个孩子是梅德格玛的儿子西日夫，他宽脸额，齐平肩，大眼睛，扁平鼻子，白白的牙齿，名副其实的一个黄脸小子，从他那臃肿的紫袍可看出，是由大人的旧袍改制而成的，脚下穿的是一双鞋尖有些破旧的鄂托克玛亥①。看他那抬头挺胸的样子，他的年龄在十岁以上。他的姐姐那布其被母亲应承给本地大户主扎拉曾仁庆家放羊，直到现在。西日夫刚懂事，他的母亲就告诉他，你的父亲是得重病去世的。

一个月前，西日夫被母亲送到庙里当班迪，他昨天突然从庙里偷跑回来，今天和孩子们一起放羊，十岁的西日夫虽然得了个班斯尔色地的名字，可他害怕小朋友们知道他这个名字。也许由于他从小失去了父亲，有个爱哭的毛病，可他很有天赋，他爱唱歌，爱好乐器。他的身材虽看起来瘦瘦的，但显得精壮，总是能和孩子们和善地相处在一起。

西日夫问道：

"您也是嘎查干部?"说罢，他吐了吐舌头，迅速地又说："那么请你给我们教教蒙古文字。"

胡雅格马上说：

"你真像一颗'火炮'呀。"他没有回答西日夫的话，说了他一句又扭头盯着左边的那不胖不瘦、眯缝眼、圆脸的一言不发的孩子。

这一看，孩子们"哗"地笑了起来。

胡雅格盯着的这个小孩是十岁的那顺达来，今天他又换了衣服，穿着崭新的黑色长袍，他昨天才去嘎查人民政府办公室依法与格日乐办了离婚手续。当嘎查文书填写离婚证书的时候，还不知道婚姻是什么的那顺达来一会儿看着屋顶，一会儿害羞地低下头，然后直盯着那张证书。格日乐三年来第一次发现他的目光是那样锐利，她的脸色在办公室明亮的光照下熠熠生辉，双眼中流露出轻松的光芒。

胡雅格按自己的意图不和孩子们一起说笑，径直地说：

---

① 鄂托克玛亥：蒙古语，鄂托克，旗的名称；玛亥：是布靴。

"你们可以在这里玩耍，但一定注意防火，你们几个的任务是要放好羊，咱们这里是野狼、秃鹰、狐狸等成群出没的地方，你们一定要多加小心，要发展畜群就必须打狼并要随时提高警惕。"说着，领着孩子们上了那两块交叉的岩石，又说："你们互放的羊群在那儿悠然地吃着草，很安静，我们在这里坐一会儿吧。"

他们一起坐了下来。

胡雅格见了这几个孩子后似乎忘了见朝格吉玛的要紧事。他一开口就谈到了解放以后迅速发展地区民族经济——畜牧业生产的情况，接着又给他们讲："你们是未来事业的接班人，与我们小的时候不一样，你们真正赶上了好时代，新社会需要很多有文化的人来建设。"他向孩子们提出这样一个崭新的问题，并听取了他们对学文化的意见。

首先，西日夫满面笑容地说：

"我要学文化。"

这时，被孩子们戏称为"小老头"的那顺达来也慢腾腾地说：

"我也要念书。"

胡雅格微微皱了一下眉头，可能他在默默地思考着一个问题，他盯着那顺达来，好像在问：你们为什么把这个孩子称为"小老头"，并且戏耍他。

西日夫躲开胡雅格的目光，望着远处说："您是嘎查干部吧？你能否想办法让我离开庙宇，我不想念那些经书。"他睁着大眼，很坚定地这样说道。

胡雅格不了解西日夫的一些情况，问那个还不知名的孩子时，那孩子也回答不清楚，而那顺达来用流利的话语说清了全部情况，西日夫的心中豁然明朗起来，像出现了一片新的天地。胡雅格顿时对那顺达来产生了好感，说：

"那顺达来，你应该念书，你有读书的天赋，只要努力，也许将来你会成为一名大作家，从你刚才讲话严谨、流利的程度看，很有这种可能。你是否经常听故事？"

那顺达来正要说，西日夫在一旁却指手画脚地回答说：

"他经常从他老娘那里听打魔鬼的神话故事，他还领着我到柴达尔叔叔家从希日布爷爷口中听颂马词、颂毡词、羊背颂、马奶酒颂等许许多多民间祝颂。"看他那副兴高采烈的样子，胡雅格也不由得跟着高兴起来，这些处于萌芽状态的孩子们给了他十分可爱的感觉。他说：

"小弟弟们，你们三个都去学校念书，长大后要当国家的栋梁，使自己的民族光辉灿烂地屹立于世界先进民族之林，因为我们是革命事业的接班人，你们有没有这样的决心和信心？"

那顺达来和那个不知名的小孩异口同声地回答："有！"

只有西日夫默默地望着那两块交叉的岩石发呆。

胡雅格看着西日夫沉默的样子说："好了，我的小弟弟，叔叔一定跟你母亲说，争取让你尽快离开那个喇嘛师傅。"

听了这话，西日夫马上活跃起来，追问道："叔叔，真的吗？"

胡雅格笑着说："我刚才不是给你们讲过吗？我们用多种形式组建着互助组。那顺达来和这个小弟弟帮助人民政府为西日夫去谈，应给予帮助，这也是互助的一个方法。"

那顺达来笑着问胡雅格：

"那么我们念书的地方在哪？"

胡雅格信心十足地说：

"听都勒禾古尔区长讲，不久我们的区工委和嘎查所在地都要建立民办小学，到那时，你们一定都会念上书，学到本民族的语言文字。"

西日夫那扁平的鼻尖上渗出点点汗珠，他沉浸在深深的思索之中，从他忽闪忽闪的大眼睛里可以看出，他似乎是在脑海中捕捉着未来的蓝图。

胡雅格看着西日夫这个率真的小男孩，不由产生了怜悯之情，心想，这么一个失去父亲而无助的孩子，党和政府应该伸出温暖的手关心他，爱护他，培养他。胡雅格观察到，西日夫紫色的旧袍的内襟已经被撕烂，于是他从帽檐底下取出带线的针，给他缝了起来。

西日夫、那顺达来和另一个小男孩的脸上都呈现出喜悦的光彩和对未来的憧憬。胡雅格收起针线的时候，孩子们异口同声地向他表示，一定要加入互助组，放好羊群，并愉快地向他告别。

胡雅格望着从梁上跑下去的三个小孩的身影，经过长满野杏的深壕，再手牵手出现时，已经离他很远了。凉风微微吹来，高邃的云层似乎越来越低，东一家、西一家的蒙古包清晰地映入眼帘。

啊，多么辽阔、宽敞的麻黄草地啊，多么富饶的故乡啊，你那博大的胸怀蕴藏着无尽的宝藏，你给故乡带来了无比的幸福。生我养我的地方，我儿时嬉戏的地方，也是我蒙古族永世繁衍的地方！我们将用生命去建设和捍卫自己的家乡、巩固咱新的人民政府。

胡雅格这时仿佛有了决心和力量。

他从自己的棕色皮挎包中取出日记本，对故乡的重要特征作了详尽的记录，敖伦韶荣群峰往东延伸，和明镜般的陶日木湖连在一起。奎腾河、萨拉河从麻黄草地与陶日木湖中央潺潺流过，滋润着中间这方广阔的草地，几乎这里所有的牧畜都在受到它的哺乳，陶日木湖的北边有三处形状像海螺一般的沼泽地，还有另一处稍远一些。离麻黄草地遥远的东北方向，耸立着庄严的、暗黄色的沙峰，呈现出一种起伏绵延似在运动的英姿，它自古以来就巍峨地端坐在朝北方向，这就是有名的温都尔芒哈①，其中有一处最高峰，先辈们给它起了个好听的名字叫塞音奥拉。在沙漠的西南有一个胳膊肘形状的河，牧民们叫它河弯。从那里可看到巍巍的呼和温都尔梁，它与大青山遥遥相望，这里是第二区所辖的地方。温都尔芒哈西南

---

① 温都尔芒哈：蒙古语，温都尔，高的意思；芒哈，沙的意思。

远处的平滩上，住着达日哈一家，在他家的西南方向有著名的百眼深井，关于"百眼井"还有一个美丽动听的传说：在很早以前，人世间发生了战争，人畜不得安宁，当成吉思汗率兵经过这里西征时，自东方奔来许多骏马，西方送来无数的马鞍，南方送来成套的嚼辔，北方送来的是强硬的弓鞭，成吉思汗用这些武装起了自己的铁骑。大清早，他们从二狼山出发，晚上营盘驻扎河湾。这时，成千上万的马匹需要饮水，面对这个干涸的河床，怎么办？当英雄铁木真正在皱眉想办法的时候，东南方烟尘滚滚，细看，是一大群狗犬，帮他从深井里拉出了水，众多的战马得以从极渴中解救出来。从此，这些深井被称为敖伦脑亥其日格①，从那以后不知过了多少辈，蒙古族在这四十丈深的井里饮马饮羊，用这神奇的井水养育着成千上万的牲畜，使牛羊像玉珠般散遍了麻黄草地，他们在此立家兴业，生存从此有了保障。

胡雅格此刻产生了强烈的主人公意识，他在笔记本上画了许多三角、圆圈等符号，记录下各个地区的地貌特征，在心中设计出一幅初步的规划图，并注上了明确的标记和字样：新建草场、卫生站、林园、学校、公路、桥梁、机器、电力等。

胡雅格收起笔记本，跨上马往朝格吉玛家的方向急驰而去。

阳光温柔地撒向大地。蓝的天空和绿的草滩连接在一起，形成一个天地分明的绚丽图景。早早就盛开的白头翁上，蝴蝶在上下翻飞，散发出一阵阵奇香，燕子在牛羊群中穿梭飞翔，逐食着草丛中的蚊虫，它把祝福和吉祥从南方带来了。微风习习，扫去了尘埃，迎来了百草的茁壮，盼着雨露的草原显得更清洁明丽。有着细长腰身的黄蜂三五成群地飞到井旁汲着水，燕子也在一旁乱啄着，它们衔着沙泥忙着筑巢，草原中央的"百眼井"上一位牧民饮完羊后忙着吊水。她装满水坛后，背起水坛往一个旧的蒙古包走去。到了蒙

---

① 敖伦脑亥其日格：蒙古语，众犬军队的意思。后把这多眼井叫成"百眼井"。

30

古包前，她猫腰进去，揭开水缸盖，随着"哗哗"的水声，缸里的水顿时溢了上来。蒙古包主人苍白的脸上露出感激的笑容，说：

"唉，朝格吉玛，我的好闺女，一来就不闲着，挑水抱柴的，真是麻烦你了。"

朝格吉玛回答说："梅德格玛扎吉①，这有什么关系，在家里也不是一样要做吗？可是我那个家只是一种盼望而已。唉，我的扎吉，该给您怎么说好。"说完她长长地叹了口气。真的，朝格吉玛心中常这样想：邻里之间，牧户之间应互帮互助。她是这样想的，平时也是这样做的。尤其是梅德格玛旧病复发之后，这样的抚助对她来说，就更是理所当然的事。朝格吉玛刚才的话引起梅德格玛的思虑，心想：胡雅格已经回来了，朝格吉玛应该高兴才对，为什么说"她那家只是一种盼望而已"呢？想到这里，她说：

"唉，朝格吉玛闺女，你这是怎么了？"她微微撑起身子："是不是他和你闹别扭了？"

朝格吉玛摇摇头，说："没有。"

她们俩坐在一起唠了起来。

"那么，那个巴拉嘎又惹你烦了？那可是个不顺眼的东西。"

"不知怎的，巴拉嘎昨天早上突然来到我们家，他怎么知道胡雅格与我闹了别扭的事？他不可能知道，如知道……"

朝格吉玛似乎在自言自语。梅德格玛果然从她的口中听出闹别扭的事实，感到很是惊奇，说：

"不是吧！我的姑娘，这胡雅格太不像话，怎么刚来就会……"她停顿了一下。她本想说是不是胡雅格惹恼了你，但立刻又改成：

"我的闺女，把心放宽吧，人常说，'人正不怕影子斜'，家庭的事就是这样，哪有筷子不碰碗的事？"

朝格吉玛说：

---

① 扎吉：蒙古语，大娘的尊称。

"不是那么个事，我的扎吉，你听我说。胡雅格这次来居然让我组织猎人打'天狗'，我生气的原因是这个。"梅德格玛听她说完，感到十分惊讶："我的天哪！那怎么行！"说罢，连连向神龛叩头并说："我的闺女，怎能做那样的事！我们宁可将羊合并到一处跟人放牧，也绝不可向那些天王封定的神犬动手，如果触动龙王爷和土地爷发怒，那可怎么办呢？闺女哟！"

梅德格玛眨巴着惊慌失措的眯缝眼，紧盯着朝格吉玛的脸，她的目光停留在那里，看朝格吉玛是什么反应。朝格吉玛沉默着并没有回答，皱着眉头不知思考着什么，说道："扎吉，我很忙，该走了。"说着就走了出去。

朝格吉玛走向南边的草场，她觉得她骑的马走得很慢。

她脑海里依然思考着刚才的问题：一是组织猎人打"天狗"，要胡雅格；一是不打"天狗'，失去胡雅格。这样都不行！可是，政府三令五申地宣传着打狼的重要性，这到底该怎么办？胡雅格其实有他的道理，如果现在"天狗"冲进羊群撕食你的羊，你怎么办？政府给你发那枪是为什么……

朝格吉玛想到这里，不知怎么的，扬鞭催马哼着歌，在辽阔的麻黄草地上奔驰起来，暖洋洋的风阵阵吹来，昼夜之间仿佛能看出嫩草的萌芽，它们在微风下一天一个样地生长着。

朝格吉玛此时也进行着思想斗争，心想：这个任务究竟该不该接受？巴拉嘎又在向她求婚了。他虽然随着时代的变化而有所改变，但他看中的只是我的容貌，我的希望和他的追求是互不相容的。巴拉嘎抓住一切机会和我多接近，而向往的胡雅格或许是因不好意思而很少接近，并且见面就发火。我又不是欠了他什么？不，一个人总有他的缺点。如果胡雅格改一改他的直脾气，将平等看待女人和男人，那不正是我理想中的未婚夫吗？当我这样说的时候，他究竟会怎么想，谁知道呢！肯定还在想着让我组织猎人打"天狗"的事。另一方面，巴拉嘎改掉身上的坏毛病，也许会变成个好小伙？唉，岁数已不等我了，不管怎么说，要和胡雅格商量，结婚的时间定在秋天，看他怎么说。她希望很快到秋天，草滩上的草迅速长高，开花结果。想到这里，她又皱起眉头，觉得自己是否应该克制自己这种急迫的心理。

可是，一整天的心思并不以你的意志为转移，草地上的草自然地一天天在长高，它们绝不会因等待她的心思而停止生长，梅德格玛额吉的话和胡雅格的主张使她处在左右为难之中。她的心脏像泉水一样"扑扑"地沸腾，似乎在催促她马上去见胡雅格。

四

　　时光就像千沟万壑中的涓涓细流，无声地向前流淌着。远方的蜃楼景暗淡了下来，清澈的天际也显得模糊了。

　　朝格吉玛朝着夕阳疾走着，她发现在前边较远的草地上掀起了一层厚厚的滚动的尘埃，她更加着急了：在自己饮羊后和送水的这段时间里，是否发生什么事了？细一看，在北面的羊群中间真的掀起了灰雾雾的烟尘，连她的蒙古包都被遮得什么都看不清楚。朝格吉玛十分着急，颠簸着，坑坑洼洼的麻黄草地使她就像走在难以行走的柴达木滩上一样，她不停地勒动着马嚼走近了羊群。

　　朝格吉玛由于着急而有点胸闷，她用左手压着胸部，想平静一下，但她的心仍在"嘣嘣"地跳动。她直盯着那股滚动的灰尘，只见这股灰尘逐渐变化着，越来越大，演变成几根灰色的尘柱直探天穹。走近尘埃时，视线变得清楚了一些，那边，羊群的两侧，两个骑马的人来回奔驰。朝格吉玛一看，大吃一惊。眼看着羊群惊炸断成几股，朝格吉玛失声叫道：

　　"完了！'天狗'入侵羊群了。"她向自己的羊群急驰而去，用劲抽打自己的坐骑，马奋勇向前奔着，四蹄挖起成块的泥土向后甩去。柠条林等植物迅速向后移动，风在"嗖嗖"地响。朝格吉玛迅速与她的羊群缩短了距离，这时对面传来喊叫声：

　　"嗨——哒！嗨——哒！"

　　"吐——上！吐——上！"喊叫声在紧张的气氛中和着尘埃顺风传了过来。

"喂，快点，'天狗'已入侵羊群!"

那边一个人着急地高喊着。

朝格吉玛没有听错，"呔——呔! 放下!"喊"天狗"的是胡雅格那洪亮的声音，只见胡雅格撒开缰绳，举枪瞄准被他赶出羊群的狼。

"哎呀!"朝格吉玛惊愕地喊了一声，嘴里嘟哝着：这无情的，他真的要下手了，羊群里进了狼是好事，用枪杀害"天狗"是违反先辈遗训的。

两只"天狗"张开血盆大口冲朝格吉玛迎面而来，她的坐骑受惊了，左右闪跳，险些把她掀下马来。她一放马嚼辔冲着胡雅格追过去，袍下摆像伞一般展开。奇怪，有一只狼嘴上叼着个绵羊羔，并将它甩在背上狡猾地躲着胡雅格瞄着的枪口。胡雅格紧追不放，他那一双发亮的黑眼睛上的两条眉毛就像两柄箭一样要射向"天狗"。眼看母狼就要被腾起的马蹄踩死时，朝格吉玛心中想"天狗"是非常狡诈的，能瞬间判断人的，哪怕是细微的举动。这样想着她也追了上去，连她自己现在也弄不清究竟是追胡雅格还是在追"天狗"，但很快就可看出她是想叫住胡雅格，同时她冲胡雅格急促地喊着：

"好了，胡雅格，'天狗'已跑了，吓唬一下就行了，喂，听见了吗？你……"

胡雅格清楚地听见她的这句话，心中霎时生出一股无名之火：

"朝格吉玛，你，你看看你的羊群，你这糊涂的怜悯之心呀。"

胡雅格的貉青马还在马群里的时候，就曾有与公狼搏斗的经历。此刻，只要主人一提缰绳，一打马鞭，它就会立着鬃毛追上去，跳起来，将面前的母狼踩死。可是胡雅格还想再靠近一点，这时朝格吉玛又喊道：

"哎呀，我的绵羊羔!"

母狼见人已逼近，十分危急，将羊羔丢在路上，加以阻拦，它转身奔逃。

狡猾的母狼将羊羔正丢在马蹄之下，机智的胡雅格见马就要踩着羊羔，便敏捷而用力地将马嚼绳迅速一提，貉青马腾空而起。瞬间，胡雅格甩开马嚼绳，手臂一挥，向母狼开了枪。"呼"地一声，击中了它。貉青马在这一刹那跨过羊羔，它的前蹄离那个挣扎的小绵羊羔只有一尺的距离。

朝格吉玛见小绵羊羔被救下，躲过被马蹄踩死之险，脸上露出了轻松的笑容。她历经二十年的风风雨雨，第一次亲眼看见拿枪打"天狗"，心里觉得这是胡雅格在造孽。她看见自己的一只绵羔脱离母狼崽子的玩弄而幸存下来后，脑海中狼群撕食羊群的残忍场面已一片空白。反而涌出一句话来：唉，怎么说呢？老人们常说：羊群里进了"天狗"是一种恩禄，反而会使畜群更兴旺。

朝格吉玛忙跳下马，抱着那只小绵羊羔，抬头一看，丢下小绵羔的那只"天狗"已受重伤，拖着尾巴，流着青屎，僵硬地在原地打着转，在做垂死挣扎。胡雅格看见这只恶毒的母狼还未断命，眼睛一瞪，似乎要喷出火来，只见他迅速推弹上膛，正要扣动枪机时，朝格吉玛用央求的声音喊道：

"别这样，我的胡雅格。"

胡雅格虽已听见了朝格吉玛的叫声，但死在地上的那么多羊更使他怒火燃烧，他扣动枪机。他确实是个优秀的枪手，苍狼"嗥"地窜了起来，又一头栽倒在地，死了。胡雅格气愤地指着狼骂道："该死的！"

朝格吉玛牵着马转身要走时，生气地说：

"唉，你居然用枪打死了'天狗'，这不是造孽吗？"

"伙伴们，快点去，那里打死了'天狗'。"

"那里，那不是？"

"是谁打的？"

随着几个人说话的声音，夹杂着马蹄声，几个人来到跟前。

前面那个是黄眼珠、黄头发的阿日宾德力格尔，他说：

"嘿，是胡雅格打的吧？打得好啊！"说着跳下马，走到血迹斑斑的苍狼前面，又说："哼，叫它再来糟害我们的羊群！大家看看它那死相，子弹是从胸膛进去又从嘴里出来的。"他弯腰量了量死狼那伸出来的舌头，又说："咳，你们看这伸出来的舌头，足有一尺长。"胡雅格对他说："嘿呀，我的小伙子，你真会吹牛。"说罢"哈哈"大笑："狼的舌头有一尺来长你听谁说过？"

牧马人阿日宾德力格尔确实有点爱吹牛的习惯，为此，邻人们常嘲笑他。只见他抖动着宽阔、健壮的肩膀，用他那红柳鞭杆指着苍狼的尸体，说："这条恶狼，昨天吃我带犊奶牛的就是它，它的大腿上有因伤痕而长出的白毛。打得好，这一枪从前胸击断肋骨，正击准了要害。"他仔细查看着苍狼身上的枪伤："你们看，这颗枪弹打进去后没有出来的眼，说明它肯定正好嵌在心脏上。"大家听了，"哗"地笑了起来。他越笑越有劲头，伸出舌头一副滑稽的样子："你们看看，这家伙张着河槽一样的大嘴，还想吃肉……"胡雅格打断他的话："唉，这条'天狗'今生今世再也闻不到腥味了。朝格吉玛可能为此会感到难过。"正准备上马的朝格吉玛听了这话，感到很难受，她瞅了胡雅格一眼，说："你说，你说去吧。我不是那种不要脸的姑娘。"她苦涩地笑了一下，扭转头却悄悄地哭了。几个正在说笑的牧民，看出他们之间的尴尬，顿时都不作声了。

这时，人群中的一个人说："咳，胡雅格兄弟，太好了，狼是永远改不了本性的，打得好。"

原来说话的人是图布新。他的马鞍上驮着夹脑、垫子，还有铁链和铁橛等，"叮当"作响。他原是响应政府的打狼号召，已经出发来到这里。他穿着一身猎服，斜背着单筒砂枪。朝格吉玛扫了众人一眼，揩了一下眼泪，呜咽着骑上马直奔自己那些受伤的羊，胡雅格从后面紧追上去，人们着急地望着他们。

牧民邻居都牵着马，帮助朝格吉玛把那些受伤的羊驮的驮，拉的拉。这时羊群中"咩咩"的叫唤混杂一片，似乎在向人们求救，这叫声就像刺在每个人的心上。看着这些狼藉惨相，牧民们中间有痛恨"天狗"的，也有对遭难的羊群和狼都表示同情的。他们就像被挂在一棵树的丫杈上那般难受，心中灰暗极了，默默地骑着马朝各自的畜群走去。

图布新原打算在太阳落山之前到狼迹成路的地方，暗暗埋好夹脑，可他看见朝格吉玛的羊群里进了狼，便改变了主意，把那只狼剥了皮，交给阿日宾德力格尔，跟着胡雅格帮帮朝格吉玛的忙。

图布新骑着他那粉嘴枣骝马，收紧缰绳。只见那匹马抖起脑鬃，走去。前面受伤的羊和死去的羊还很多。唉，多好的羊群，瞬间被糟踏成这个样子，苍狼是多么恶毒啊！图布新这样想着，对胡雅格说："在我们的牧民中不推广牧民的经验是不行的，狼这样厉害，羊群遭到这样的损害，牧民们马上又会遭受贫穷。"胡雅格说：

"再受贫穷可怎么办呢？"

图布新提高嗓音说：

"是啊，我的兄弟，政府的打狼号召是正确的。"

胡雅格点着头表示完全同意。跟着的朝格吉玛忽然醒悟道：图布新所讲的话原来是故意针对她的。那些受狼蹂躏的羊的"咩咩"叫声，此刻在她听来特别刺耳。前面碰到的是连后胯都提不起来的大绵羯子，尾巴被撕掉的母羊，拐了腿的冬羔，断了前腿的羊羔等等，东一个，西一个的太多了。

"这残酷的狼糟害得多，其实它能吃几个呢？"

"这么好的羊，它从一边开始刨开伤口，好多都是被它吸干胸脯的血而死掉的。"

"你们看，每个羊靠近心脏的部位都有拳头般大小的窟窿。"

"很明显，狼是从这窟窿里探进嘴吸心脏上的血的。"

听着他们你一言，我一语地说着，朝格吉玛望着那么多受伤或死去的羊感到十分伤心，不由得一阵阵哽咽，心想：给梅德格玛扎吉背水的那么一点时间，就遭受了这么大的损失，现在她心中有一种强烈的懊悔的感觉。那里还有一只祭祀的大羯山羊拐着腿追在羊群后面。唉，可怜的牲畜！图布新跑去看那只祭祀羊，只见它右后腿上被狼咬过一口，流着血。他上前准备把它抱起来，但这个粗壮的后生竟然抱不起来，他觉得这只羊足有净肉六十五斤以上。

这只肥大的祭祀羊谁也抱不起来，最后他们几个一块抬起来放在马车上拉走了。

这么多死伤的羊该怎么办？自古以来草原上只有给人治病的喇嘛医生，给牲畜疗伤的兽医根本就没有过。虽说这里没有"兽医"这个概念，但马病了会用针灸的办法去治疗。牛羊一旦得病就只好宰掉，这是自古以来传统的最佳办法，或者用牧民一代代传下来的土方法治疗。如果说现在来了一个兽医，牧民们是不会相信的，因为，牧民从来没听说过有专门给牲畜治病的医生。

胡雅格这时低着头看着那受伤的垂死挣扎的羊，心中感到阵阵难过。忽地，他想起了区长都勒禾古尔在派他下乡的时候所说的话：我们要采取一切措施迅速发展畜牧业生产。狼多了，牲畜必然减少。要使牲畜多起来，除依靠打狼这一措施以外，对那些可以治好的受伤的羊必须进行迅速治疗，为此专门为你们配备了药物。想到这儿，他想起了自己皮挎包中的药，想起朝格吉玛等人，"牧民和我在一起"这一念头如闪电一般涌上了他的脑海。他的思路断断续续。他有趣的宽脸上那两只疲惫的眼睛，其神态有点失调。因瞬间机智的冥失而显得有些混浊，他的双眼为如何设法完成任务而沉重地转动着：要不问一下朝格吉玛她的伤羊究竟愿不愿治。他又慢慢地摇了摇头。

在伤羊"咩咩"的叫唤声中，胡雅格赶着格日乐专为受伤的羊送来的二"饼"车。他不知想起什么，紧走几步追上走在前面的朝格吉玛和格日乐，低声说：

"我有治伤的药物。"

朝格吉玛奇怪地问：

"什么？"

胡雅格的双眼与格日乐对视了一下，他的肩膀倾斜向她。朝格吉玛不相信自己的眼睛，她悄悄地揩了一下眼泪，对胡雅格的话仔细进行揣摸，又朝长相娇好的格日乐瞟了两眼，问："你看怎么办好？"格日乐爽快地说："我看能治的还是尽量治的好，但是……"她明智地把话停住，看着前面的胡雅格。胡雅格听了这话十分高兴，暗自想道：支持他治疗受伤羊的第一人是格日乐。

胡雅格的这些举动朝格吉玛是否觉察到了呢？她故意朝胡雅格看了看，笑着说：

"喂，我亲爱的，不，我们的年轻干部，"说罢，又半开玩笑地说："能把伤羊治好，你的想法就对了，如果治死了呢？……"

格日乐说："如果治的羊死了，你能赢过朝格吉玛吗？到时她可敢和你打官司，你不怕她？"她夸大地开着玩笑说，胡雅格只是笑："朝格吉玛不是那种人，她脾气是有点倔，但不是那种损人的人。"

"真的？"

"真的！"

"这是你的想法，不，她的想法我是知道的。"

"她？"

"我吗？"

"是的，你……你是现在还没有觉悟，一旦觉悟了，你的积极性比谁都会高。"

"还能超过我吗？"

"你我见面不久，对你，不敢说，对朝格吉玛还是了如指掌的。"

"噢，这么回事！朝格吉玛现在想的是什么，以什么态度对待你？"

40

"行了，行了，格日乐！"

"喂，朝格吉玛，你好好看看胡雅格怎么样？"

胡雅格想笑没笑出来，再没说什么，只是离开她们俩，独自一人走在后面。

朝格吉玛与格日乐似乎觉察出什么。格日乐想：这个聪明的后生一来村子怕过频地接近姑娘们，会影响不好，所以十分谨慎。想到这里，她凑到朝格吉玛的耳边嘀咕着不知说了几句什么。

朝格吉玛听罢"哈哈"大笑。

刚过来走向前面的达日哈听见朝格吉玛的笑声，回头看了她一眼，脸上带有愠色，骂道：

"放肆的姑娘们，真是傻里傻气的！"嘴里又嘟囔着："哼！又看上一个了，瞧她，粘粘贴贴的，连自己姓什么都会忘的。"与她并马同行的图布新敏锐地听到了她嘟囔的话，指责道：

"你刚过来管人家那么多闲事干什么，年轻人的事爱怎么样就怎么样？你又不帮人家，也不治疗伤羊，跟你有什么关系？"

达日哈受到图布新的呛白，方才哑口无言了。

达日哈越是这样疑心，三个年轻人越是肆无忌惮地谈笑起来。

"真的有那么神奇的治伤药吗？"

"那么你是医生吧？"

"是的，真的有那种新奇、巧妙的西药，我就带着这种药，它有止血、长肉、敷皮的作用。可是如把我当成兽医，那可是天大的笑话了。我参军后曾参加过战斗，并参加过三个月的军马治伤补习班，如今还是现役军人。"

"嘻嘻嘻！"

"嘻嘻嘻！"

两位姑娘笑得直不起腰来。她们认为这么帅的小伙子，又有文化，文武双全的人居然当"牲口医生"。因此，她俩便笑个没完。

"是的，你们笑得有道理，关键是牲口居然还有专门医生，我们这里的人们还不理解。它是好比一株刚露出土的嫩芽，我最大的志向就是当一名好兽医。兽医工作有许多值得研究的地方，目前它还是科学研究课题中的一个冷门。将来我当上兽医，一定要使我们草原上的五畜达到优质、稳定、高速增长的水平，为发展牧区经济作出自己的贡献，这是我最大的理想。我们目前所进行的中心工作正是这项宏伟工作的第一个阶梯，培养你们这些朝气蓬勃的年轻人走科学文化之路。"

朝格吉玛与格日乐止住笑声，对胡雅格的远大目光和聪明才智表示惊讶和钦佩，她俩似乎同时观察着胡雅格的长相：宽阔的脸庞，活泼的双眼，浓黑的眉毛，高挺的鼻梁。格日乐的目光迟迟不肯离开胡雅格那张英俊的面庞，这是朝格吉玛感觉到的。朝格吉玛胸中忽然涌上一股暖流，她认为胡雅格的事业是能够成功的。她应该积极地支持，同时也有着女人那种特有的微妙心理：我应该比格日乐更加积极地支持胡雅格。格日乐这时趁机第一次亲切地叫道：

"我的干部同志……"她停了一下，用多情的目光盯着胡雅格那难为情的脸，接着说道："你不能治一治朝格吉玛这些受伤的羊吗？我的胡雅格！"

胡雅格说："有这个意思，但重要的是首先要得到你们的支持。"这么一说，朝格吉玛沉默起来，胡雅格感到奇怪。

朝格吉玛直盯着胡雅格，那眼神：行了，你只要通过我户主的同意，你就可以治疗！

格日乐故意保持沉默，边走边观察着他们。

"朝格吉玛，那我就给治一下。"

胡雅格似乎是第一次这样求别人，他的脸红到了脖子根。

朝格吉玛目光仍旧停留在胡雅格脸上，想道：你不是要治羊吗？那你自己决定好了。胡雅格瞪大眼睛，一脸奇怪的神情，格日乐已觉察出朝格吉玛因嫉妒而拉胡雅格的意思，说："胡雅格，还是你说为好。"

胡雅格在格日乐左一声"胡雅格",右一声"胡雅格"的亲密叫声中,有些手足无措,慌乱中对朝格吉玛急忙说:

"你看,你自己看。"

朝格吉玛反问道:"胡雅格,你不能做主吗?"

"不,这是说的什么话?"

"胡雅格,你真的不明白?"

"用不用我给他解释一下?"

"格日乐,不必解释了,我自己明白。"

"朝格吉玛很尊重你呀!"

"真是的,可是我为什么要作关于对她受伤的羊治还是不治的决定呢?"

"朝格吉玛,胡雅格说的也确实有理。"

"亲爱的朝格吉玛,说来说去,主意还是你自己拿。"

"行了,格日乐,我不同意你的这种说法。胡雅格,我的羊受到这么大的损失,难道你不认为这是在糟害你自己的羊吗?"

看样子,朝格吉玛对胡雅格和格日乐刚才所说的话有点承受不了了,她说完这话便扭转了脸,可能是压抑不住姑娘那种狭隘的心理。格日乐每亲切地叫一声胡雅格的名字,她就感到难受,另一方面她又为胡雅格对她的羊偏偏不表现出户主的姿态而阵阵恼火。可是格日乐并不了解这一点,照旧和胡雅格唠着、笑着。不久,他们到了朝格吉玛家,众人相帮着从二"饼"车上、马车上、马身上卸下了那些受伤的羊。把它们圈到毡包东侧的较大的用沙蒿围起的圈里。一看,达日哈早已不见了。

朝格吉玛回来后即跑入她那六个哈那所组成的毡包,人们都在着急地等待着她。这时,住在东北方向的希日布老大爷也来看望朝格吉玛了。

"孩子,最近没有好好祭祀神龛了吧?"

"没有。"

"使不得啊，可使不得。"

"大爷，我从来不懂祭神。"

"我的天，阿弥陀佛。"

"……"

希日布拿着装有五谷的五彩小口袋来到门前的玛尼宏①杆子跟前。他将五谷撒在砖炉里。立刻，一股青烟从中飘出来，与那横挂着的五彩小旗缠绕着袅袅飞升。希日布老汉嘴里不住嘟囔着：

"呜玛尼巴达迈浑，老天爷保佑，呜玛尼巴达迈浑，灶火神啊，请不要搅扰这家门户的吉祥吧，呜玛尼巴达迈浑，祭祀羊……它是祭祀所属的神圣的东西，怎可侵犯呢?"他双手合在一起，跪着祈祷了半天，才捻着念珠念着经。

他走回蒙古包，摆开神龛，又在前面放八个铜质塔合力②，这些器物中的敬神油灯发着熠熠的光。他虽未念大藏经——《扎木苏荣》，但水塔合力、油塔合力、花塔合力，香炉里香火袅袅，这些器物代表着"扎楚德"③顶礼膜拜、虔诚祭祀：愿所有的污秽物离开这里吧，灶火神在此向您许愿，"天狗"进入羊群，代表着吉祥，五畜将会更加发展、壮大。

这时，朝格吉玛突然像想起了什么，跑了出去。格日乐正和胡雅格偷偷地说着什么事，她看见朝格吉玛，吃了一惊。希日布老汉疑惑地走出屋外，苍白的头发长长地拖在膝下，左手拿着那个五彩桑乎格④，右手遮着眉前，看着朝格吉玛她们，低声说着："呜玛尼巴达迈浑，女人们的污秽物离开这里吧，现在这些年轻人连神都不敬，老天爷，饶恕他们吧，呜玛尼巴达迈浑。"说着他提着那个五

---

① 玛尼宏：牧户门前立黑木力（标志超人毅力和兴旺发达的、升腾的命运之马旗）的双旗杆子，就叫玛尼宏杆。

② 塔合力：蒙古语，供物、祭品。

③ 扎楚德：藏语，一百个敬神的油灯。

④ 桑乎格：蒙古语，敬神所用的装有灶松叶子的小布袋。

44

彩桑乎格在羊圈前面的木杆旁，那上面也飘扬着彩色的、用小布块连起来的达日楚格①，有祝福五畜兴旺的意思。他在那里又念了半天：愿苍天大地都听着我的祝福吧。

格日乐看见朝格吉玛，忙从羊栅栏一旁走向马桩，牵着马走了。

朝格吉玛想拦住格日乐问个什么，见她走了，也就作罢。

胡雅格若无其事地和图布新回到蒙古包内，说："那就约定。"图布新："好了，我走了，你等着我，胡雅格。"

"行，早点返回。"

"我很快就会回来的。"

朝格吉玛从蒙古包里出来，看着他俩悄悄地站着，没有说话。人们迷惑不解地望着她，从来都是热情的朝格吉玛今天是怎么了？达日哈的父亲，七十岁的老希日布做完上述祭祀事宜后，有些劳累，拄着拐棍，拖着步子，慢慢地走了。

朝格吉玛看着自己那些受伤的羊，有些手足无措。胡雅格站在一旁默不作声，亦没给她出什么主意。看样子，他是在等待朝格吉玛自己想出个办法。

下弦月迟迟不肯上来。朝格吉玛所宠爱的两条狗，"亨格尔"和"阿西力格"不知怎的，一副恼怒的样子，朝着敖伦韶荣山脉发出阵阵吠声。它俩似乎感觉到山的那边有狼在逼近，竖着耳朵围着柴火堆乱跑，一整天它们的神经都处于高度紧张的状态，咆哮不已。这两条狗在用这种方式把远山那边不祥的征兆告诉主人，让主人提高警惕。

包里只有胡雅格、朝格吉玛两人。

外面"亨格尔"与"阿西力格"依旧叫个不停。

朝格吉玛从胡雅格刚才的话中听出，图布新可能快来了。

———————————

① 达日楚格：挂在羊圈上的小横标，表示牲畜的幸运腾达。

45

或者是邻居希日布老头自愿过来敬神的原因，或许是送伤羊的人们忽然散去的原因，尤其是她看见格日乐对胡雅格说悄悄话的原因，朝格吉玛此刻不知怎的，乱慌慌的。如果此时她一个人在家中，肯定会大哭一场，以解心中之烦闷。可是不是她一人，胡雅格像影子一样坐在她身旁，似乎有什么事有求于她。可她对胡雅格什么话也不想说。"我可怜的牲畜。"她满脑子都是这种想法，似乎在说：离开牲畜，她将无法在这块土地上生存下去。确实，牧民离开牲畜将靠什么维持生活？朝格吉玛曾遭受"天狗"的侵害，胡雅格救过她，可如今她为什么还嘟囔"可怜的'天狗'，遭害了可怜的我啊，这可怜的'天狗'"呢？她究竟在可怜"天狗"，还是在责备"天狗"呢？她那水汪汪的双眼呆呆地盯着一个地方。

胡雅格参军离开朝格吉玛以后，一直忙于战争与军事，几乎顾不得想他俩之间的事，这次因偶然的机会才重新和她见面，他做梦也没想到，他亲爱的未婚妻会如此尊奉"天狗"。过去，朝格吉玛的心思从来没有这样复杂，快人快语，想什么就说什么，从不信神。经常谈父母对她的影响，轻易不会掉眼泪，而且还是胆量较大的姑娘。确实，人常说，随着阅历，人的想法往往是会改变的。如果是前几年朝格吉玛绝不至于让他这样看，反而会在各个方面给他以方便。

胡雅格出神地想了很久，突然跑了出去。他想起了一件事。黄昏中，他冲东北方向望去，他想到了拄着拐杖、拖着腿、慢慢走去的希日布老人。噢，是的，是他经常这样影响着她。于是，不由自主地疼爱起朝格吉玛来。胡雅格决心要使自己的想法与朝格吉玛保持一致。他很后悔前几天自己那莽撞的举动，绝不可以再那样，他提醒着自己。胡雅格下意识地端详了一下自己，感到自己矮小了许多，他甚至觉得朝格吉玛这个牧民姑娘和他之间有一段距离。四年的军队生活使他感到很新奇，这四年虽然短暂，但已使他将牧民们热爱牲畜并每日为之忙碌的朴素情感早已忘掉了。

外面的两条狗为什么吠个不停，它们的咆哮声叫人有几分心烦。

朝格吉玛把目光转向胡雅格，眼睛直直地盯着那盏油灯，自言自语道：

"唉，真可怜，我的'亨格尔'、'阿西力格'。"

"亨格尔"和"阿西力格"就像懂得人话似的，久久不忘白天的劫难，叫个不停，真是两个可怜的东西。

胡雅格听了朝格吉玛的话，觉得与自己的思路正好相反，身子不由缩了一下。他想：该说什么呢？说狗叫不可怜，怪刺耳的呢？不，不能，还是像朝格吉玛那样沉默的好。朝格吉玛说：

"亲爱的胡雅格，我们是青梅竹马，两小无猜，患难与共。现在你已经不了解我的内心世界了。我该怎么对你讲呢？"这时，胡雅格心底对朝格吉玛产生了一种怜悯之心，轻轻地说了起来。

"不，我知道。"

"不，你不知道。"

"为什么？"

"你没有必要问我！"

"朝格吉玛，亲爱的，请你别跟我发脾气。"

"胡雅格，我什么时候给你发过脾气？在我们分别的这段时间里，我时时刻刻都在思念着你，我把自己挚爱的圣火藏于心底，把你的形影烙印在胸间，而你一见面非但没为我揩去相思的眼泪，反而对我拍桌子瞪眼睛，还说我跟你发脾气，你这不是颠倒着说吗？"

"不，不是颠倒，真的，那天我确有不对的地方，不应该对你拍桌子、瞪眼。"

"是的，都勒禾古尔的命令又有什么了不起？我不理解，为什么在惹'天狗'的事情上把我推在前面？"

"你说，不这样做行吗？"

"从你回来以后，我的心就乱极了。怎么说呢？没想到一场大喜过后却引发出这些令人伤心的事，你难道别有用心?"

"朝格吉玛，我不是别有用心，真的，绝不是这样的。"

"怎么没有，我看有! 我认为，你一来就应该关心我们这个家的里里外外的事情，可是你却以区工委干部的名义到处指定'这个任务'、'那个任务'。几年以来，我日夜盼望着你，现在已整二十岁了，还因等你而迟迟没有办理婚事，这些且不说，你不满意可以尽早告诉我。何必这样与我兜圈子? 我呀，中午我不知想了什么，饮完羊后还给邻家背了水送去呢?"

"火红的年龄，其想法是复杂的。不仅你是这样，我也是这样，按你所说的意思，我来之后使你分心而不像往常那样管顾羊群了吗? 那不碍事的，给邻家送送水那是一个好事嘛。"

"唉! 是福不是祸，是祸躲不过，这是真的，可能我注定要有这么个遭遇。这真是幸福找不到，灾祸排不去。"

"亲爱的朝格吉玛，不要过于胡思乱想，过于急躁，尽量使自己安静一点。图布新哥一会儿就会来，他一来我们就有办法了。"

"什么办法? 你说。"

"我说?"

"说!"

"我说出来你受得了吗?"

"受得了。"

"不，还是等图布新哥来后给你说吧! 可是羊圈里受伤的那些羊……"

"噢，我明白了。胡雅格，家里面的事你做主才对!"

"不，我怎能知道你的财产和羊的事呢?"

"胡雅格，你真的这样认为吗? 真是气死人了。"

"好了，叫我做主，那我就着手开始治疗那些受伤的羊，治好一半也行。"

"我的天，能治好一半吗?"朝格吉玛脸上显现出一丝希望的笑

48

容："家里的事你来做主那该多好啊！如我那可怜的受伤的羊能够成活了……"

"一半以上是肯定能治好，那些新式西药全都是好药呀，我的朝格吉玛。"

"胡雅格，那我们在图布新哥来以前就开始吧。"

"行，好吧。"

"那个药！"

"全拿上。"

胡雅格、朝格吉玛二人边说边往羊圈走去。

"你呀?!"

"我怎么了?"

"你要是早说的话，咱们那些受伤的羊何至于拖到现在呢?"

"就是嘛，谁能猜透你心里究竟想什么?! 倔货，非要娶了我才能做主吗?"

"不那样怎么行?"

"悄悄送你当兵时，在朝格那顺大叔的那个小毛窝棚里，我俩简单地举行了订婚仪式。从那时起我和你的心就连在一起了。我是个牧民之子，把蒙古族正直、善良的本性丢掉怎么行呢?"

"我们任何时候都不能丢掉这种本性，我在这方面应该向你学习。"

"别这样说，亲爱的，快取药吧，怎么办，这些羊叫得不得了。"

"好了，你挨个儿给我捉过来，我开始医治。"

胡雅格把朝格吉玛捉过来的受伤羊挨个儿消毒，然后有的是把伤口缝好，有的把撕坏的肉剪掉，接着又敷上药，止住了血。他从拿镊子到上药的一系列动作非常熟练、细致。朝格吉玛在一旁用手电筒为他照亮时惊奇地想到：我的年轻干部啊，你做着一件令人不可思议的事情。边想边看胡雅格，只见他那圆脸蛋在手电筒的光亮下显得有些发红，似乎着了凉，可又明显地看出他认真、执著而又充满自信的样子。朝格吉玛站在正忙着的胡雅格旁边，抱着直叫唤的冬羔，想了许多：这红白的面粉状的东西究竟起不起作用呢？如果这些受伤羊让胡雅格治死了怎么办呢？达日哈那张刀子似的嘴从来是把小土堆说成大山，把溪流说成大河的，会把咱们年轻的干部胡雅格说成什么样呢？尤其是那留女人辫子的七十岁的希日布听见羊的叫唤声过来敬神怎么办？这时图布新已悄悄进来帮助他们治疗。

图布新说："朝格吉玛，快点捉羊。"同时他看出她对胡雅格的这种治疗显出半信半疑的神态。图布新具有一种只要认准一件事，就一味干到底的脾性，从不思前想后，他积极地参与着治疗。

朝格吉玛姑娘对认羊毛片还是可以的，可是她此时不知在想什么，从袍襟处取出剪子，把所有治过的羊的右耳朵毛上横剪掉，留下记号。这时，胡雅格第二次向她投以钦佩的目光，为此，图布新心想：这是多余的，但他未说什么。看起来绵山羊耳朵毛上所放的记号具有两三年之内不会消失的特点，她正是利用了这个特点。朝格吉玛叫着留过记号的羊的"名字"：鹅头白獾花脸、大麦子、鹿花眼、跛年朵、老鼠眼、秃鼻子、环角角、黑秃秃、灰秃秃……这时，胡雅格"哈哈"笑起来：

"你给这些羊起的名字可真好听啊。"朝格吉玛回答说：

"你当了羊官也会爱它们的。"

胡雅格把药瓶盖住，向图布新道：

"你认小畜毛片怎么样？"图布新直截了当地回答道：

"我认小畜不行，可认马匹毛片是没问题的。"胡雅格问道：

"那么格日乐怎么样？"图布新说："她估计比我强。"朝格吉玛听胡雅格这样问，又像在思考着什么，站在那里。图布新手上这时已没有了可处理的受伤的羊，走到胡雅格面前：

"所有的伤羊已治疗完毕。"

50

下弦月像个烦躁的女人的脸迟迟不肯露面。满天的星星竞相闪烁着，辽阔的草原在暮暗的苍穹之下影影绰绰。马桩上的马在浑浑噩噩的夜色下低声嘶鸣，给这辽寂的草地带来几分冷凝和凄惶。

五

　　永恒的敖伦韶荣山脉在遥远的天际呈现出挺拔的气势。人们往往对这理想中的绿色山峦的英姿惊叹不已，牧区的希冀在博大、宽广的绿色胸襟上纵横驰骋。尤其是它那无与伦比的美好晨光足以使人乐以忘忧。

　　今日七月①十六，太阳与月亮如斯相会。月亮在幽静的深蓝色西空如明镜一般悬着。亮星、土星、水星、伐星如青年少女羞怯的眼睛，忽闪忽闪，时隐时现，渐渐冥去了。山峦上的蓝色纱帐被悄悄撩去，被清淡的红光所替代，晨曦使这里的一切显得清亮起来。这时，有奎腾河的牧马人提着马杆，走上高高的山顶，盘点着马群。骏马群在丰饶的露水草地上度过了舒爽的一夜。迎着霞光，不断传来骏马的嘶鸣声，清新的空气使人的心情格外惬意。群落分明的马群笼罩在霞光之下，马驹们在朝霞之下抖擞着似乎在一夜之间又长大了一些。很久以前，马这个动物发现于美洲大陆，距现今五千年前传入亚洲饲养为家畜的蒙古马，把它剽悍的性格赋予蒙古族，与蒙古民族荣辱与共，披肝沥胆，以其所向无敌的气概威震人寰。

　　在那达慕盛会上，它的英姿最能激发文臣、武将和观众们的斗志，赛途上盛开各色鲜艳的花朵，呈现着吉祥的气氛，它是我国强盛永久可靠的象征，是万民的护身符，集智慧与才能于一身者，永

　　① 七月：鄂尔多斯蒙古族古历，指农历四月。

52

远属于金色的骑士。牧民们每年为了参赛并取得好名次，往往在参赛的马身上花费很大的精力，需要理剪鬃毛、额头，使得马鬃和额头整齐、协调，故意留下迎鞍鬃，随风飘逸，显得精神抖擞；然后进行较长时间的各式各样的培训；再进行有调节的适当空腹等比较繁杂的过程，经过练习有的成为有名的赛马，有的成为威武的骏马，有的成为驰骋疆场的战马。

瞧，太阳升起之前的霞光中，一群群组合而成的数马巨阵，有如雷鸣似的奔腾，有的如旋风般涌上山坡，有的在草地上往来冲突，如技艺高超的画家手下绘就的充满力量的骏马图。为此，牧马人从不让独马孤行，选择水草肥美的地带作为它们的"营地"，称它们为最早迎接金色瞬间的"太阳神"①，以此祝福全民千秋幸福，万代吉祥。

牧马人对一切都很清楚，尤其敖伦韶荣的牧马人对太阳在夏初从哪座山头或山谷升起都很明白，对自己的马群就更是心中有底。以马群毛片可观察出，挺着宽阔有力的胸肩，摔动额头鬃毛，坎坷无限的枣骝儿马率群在查干胡舒山口；两匹骏马的后代——银白色马率群在奇光异彩的辽阔硬梁布拉格②畔，白色儿马如同公鹿一般维护着自己的群落，总是会敏感地躲开提着套马杆的牧马人，不让其接近；陶日木柴达木湖畔的马群，是从小就在这里的尘土中撒着欢儿长大的。这些曾由两个木桩间的大长绳上拴着等待挤奶的，是像兔脊梁一样的滚圆身架，有着鹦鹉眼睛称呼的黄骏马群，在黄儿马的率领下正在巴音杭合尔凹地上吃着草；一匹从不生殖的白色骏马，在自己的畜群里，能辨别主人的声音和狼群试图进犯的不祥吠声。突然生下如成吉思汗的两匹骏马一样的一对可爱的白色小马驹。这个马群在一匹白色儿马的护领下游荡在小查布其尔草原

① 太阳神：古代蒙古族把马比作太阳神。比如有下列祝福："壮年发达时，场面热时，八九分受奖时，太阳神如是。"

② 布拉格：蒙古语，意为泉。

上……

在离众马群东面较远的地方，冰雪消融的奎腾河在静静地流淌着。被逐层移来的霞光照耀着，和山水万物一起披上血色的轻纱。河湾中的水涌着层层波浪，满河槽闪烁着金属一般的光泽，如天上撒下千千万万的银色星辰。波动的河水映照着绿色的山体。七彩虹在水中清晰地显现出使人罕见的瑰丽图景。牧马人撑着套马杆，站在高处，突然发现在较远的凹形山谷间出现一个横着金色线段，就像铁匠的砧子的一根通红的铁条。很快，这根"铁条"又变成弓形，它似乎是由什么东西托着，慢慢上升着，变成一座似乎隔着梁看到的金光笼罩着的蒙古包。

奎腾河湾里升起了太阳。

一轮红日如同燃烧着的火球。它的滚动升腾的景观以及那一圈黄色的光晕依稀可见，从山谷中，树隙间射出一缕缕炽热的光线。

奎腾河水吸收了初升的太阳，使其在水中形成了颤颤巍巍的喇叭形状。太阳的光辉在不断地变幻着：或白，或蓝，或红，或紫等多种颜色被尽情吐露下来，披在万物的身上。水晶般的光芒照在河湾上以及敖伦韶荣山峦上，其上面似漂浮着一层轻轻的白雾。

故乡的山水——敖伦韶荣，它是牧民们的美丽家园！

以永远离不开的、安宁的宝日陶亥为中央的草地上传来连续不断的马蹄声时，草原和山峦间出现了奔腾众多的马群。这是包括六十个呼热乎[①] 在内的有名的敖伦韶荣村。牧马人骑着各自选好的骏马从四面八方赶来一群又一群的马。年轻的牧马人看见一个从没被套住的烈马被老牧马人套住了，备感惊奇，暗暗赞叹他超群的技艺，并偷偷地把他的手段记在心里。还有一个年轻牧马人在老牧马人的指点下，追逐一匹飘着稀疏马鬃的枣骝烈马在草原上旋风般地急驰，猛地冲了过去忽然套住往后一坐，瞬间，只听有人喊道：

---

① 呼热乎：蒙古语，对有名气的敖包所在地的称呼。传说中鄂尔多斯有六十个呼热乎。

"好样的，往后拉！"喊叫的是牧马人图布新。

那个青年牧马人原来是阿日宾德力格尔。

三个牧马人不一会儿就拧住那个枣骝马耳朵，上好马嚼辔和缰绳，牵着它迅速向圈马大院赶来。

"哇！真妙，没让它从左边躲闪着跑掉！"

"这个畜牲一般惊动几次就接近不了它，难以套住。"

"你今天的动作太漂亮了，咱们嘎查的一等牧马人可能非你莫属了……"

朝格那顺、阿日宾德力格尔、图布新三人谈话间到了西边那拴马桩前，拴好坐骑，又朝圈马大院走了进去。

"谁还没有骑的马？"图布新用套马杆套住一匹银鬃马，在给马上嚼时问。这时丹巴扎木苏答道：

"现在为我捉一匹马，牧马大哥。"图布新说：

"我们的区干部同志是想要一匹烈性马吗？"丹巴扎木苏充满朝气地拍着图布新的肩膀，说：

"说啥也你要把跑得最快的一匹给我！蒙古小伙子我从七岁开始就和这些牲畜打交道，总不至于掉下来蹲着屁股，掉了帽子在众人面前丢丑吧。"

听他这一说，朝格那顺赞成地微微点着头，好像在说：咱们的年轻人可真行呀。他说：

"图布新，那也行啊！可是现在不是驯马的时候，从没驯过并且不识嚼辔的马怎么行呢？"阿日宾德力格尔捉着套马杆与图布新商量几句什么，走进了惊慌的马群中间，夸张地说：

"喳，就捉那匹六岁零二十天的铁青马吧！"

人们"轰"地大笑起来，都不相信阿日宾德力格尔的话。

说实话，阿日宾德力格尔虽说平时有些吹牛的毛病，但在牧马方面确实是一把好手。那铁青马确实是一匹脾性温和、速度最快的骏马。它是阿日宾德力格尔亲手驯出来的，并且他还牢记着这马驹是查干苏如格①祭典后五天生下的。今天恰好是七月二十一日，他的计算是正确的，他就是这样一个优秀的牧人。

区文化干部丹巴扎木苏因牧民为他捉到这样一匹好马而高兴，他朝圈外悄悄捉马的朝格吉玛、格日乐、那布其得意地笑着。

该捉的马都捉了。

草地因马蹄而生成的尘土直冲云霄，然而天空依然是那样湛蓝，上面漂浮着几块如同莲花叶子一般的棕红色的云彩。牧民们高亢的歌声和骏马参战前的嘶鸣声，使草原显得更加辽阔。山峦上的坑坑洼洼，泥块石砺，障物土丘，影影绰绰，十分清晰。从北方吹来的习习凉风，使人们觉得十分舒爽。麻黄草地上的阵阵马蹄声没有被风声遮盖，反而更加响亮，似乎离目的地越来越近了。

草地中间呈现出色彩别致的景观，众骑马人背着各式各样的枪：折腰枪、铁砂枪、连珠枪、双筒枪，在阳光的照耀下闪烁着金属的光芒。麻黄草地平坦如砥，被马前奔走的猎狗所惊吓的成百上千的黄羊群蜂拥奔逃，如一股又一股的黄色暴风。这些骑马奔驰的牧民个个像迎着战火冲烽的勇士。

敖伦韶荣山峰中间阿土木韶荣大围歼开始了。蒙古族自古以来习惯狩猎，他们沿袭传统的狩猎方式——围猎和组织独贵龙②朝一个方向冲了过去。敖伦韶荣山峦东南方向阿土木韶荣从远处望像一朵蘑菇似的。那里山势崎岖险峻，峡谷陡峭，还有令人望而生畏的石洞。看来敖伦韶荣这个名字确实是有着典故的，其阿土木韶荣似乎是由于像自然形成的牢笼而得名的。上阿土木韶荣顶峰一看，东侧的深涧查干胡舒山口、布拉格畔、巴音杭合尔、小查布其尔都能

---

① 查干苏如格：圣主成吉思汗的祭典，蒙古语"查干苏如格"的意思是白色的畜群；它表示牲畜兴旺，每年于蒙古族古历的六月二十一日举行，即现在的农历三月二十一日。

② 独贵龙：蒙古语，原意是圆，这里指小组的意思。历史上，曾出现过独贵龙运动，它把队员的名字，排成圆形，从而得名。

清楚地看见。追捕苍狼的猎人们从四面八方都朝着阿土木韶荣大深涧迅速围过来。

围歼的时刻即将到来。

青年们虽然处在临近围歼前的紧张时刻，可还是互追玩嬉戏着，一副轻松的样子。在一旁走着的德力格尔芒乃看见他们那种不严肃的样子，嘀咕着责备说："做啥的务啥，这是你们打情骂俏的地方？"他企图要求所有的年轻人认真严谨地对待这项工作，可是，他这种良好的愿望也许永远也达不到。因为青春是美好的，许多事情都在这些青年男女玩嬉追逐、娱乐欢笑间达成的。说真的，他们在用火热的眼神互相偷窥着对方，爱情在新的工作环境中萌芽，人群中有好几对有这种心态的人。

众多的骑士由北向南冲去，他们紧勒嚼辔，尽量控制着激动的坐骑，仔细观察着狼踪集中的地方。他们已经将子弹上膛，高度戒备。东南方向的一部分牧马人急驰走进，占据有可能是狼窝的旮旯儿处，甩着鞭子，惊动所有藏匿的兽类，诱迫它们奔向出口。主要围点南出口已经由德力格尔芒乃和阿日宾德力格尔父子俩守住，他俩在一个战壕样的凹坑内伏下，露出脑袋伸出枪口等待着。德力格尔芒乃在众多猎手高度警惕的气氛之中，信心百倍，给旁边的年轻人悄悄地说：

"呀呀，我们伏守的地方正好是狼踪集中之处，一定会从这里过来，你们必须把眼神放机灵点。不用着急，孩子，放轻松点。"独贵龙的人们都是服从命令的，把德力格尔芒乃的这些话从这一人传给另一个人，以此原意传达。隐藏在大山深处的"天狗"从未见过这种阵势，怎能嗅得出取它性命的猎人正在围了上来。山上多年生的植物——冬青、刺杏、萨格斯戈力① 树高林密，宜于藏身，是狩猎的理想上风"堡磊"。从树木缝隙间可将外面的一切观察得清

---

① 萨格斯戈力：蒙古语，高山或硬梁上生长的一种多年生植物，可以入药，属灌木科。

清楚楚。

牧马人们眼看着从阿土木韶荣东南方向的中间石洞旁边窜出七匹苍狼。这群狼想躲躲不开，在灌木中间忽隐忽现地逃窜。

从狼群激起的尘土上，老练的猎人已看出狼被撵出。舒爽的凉风轻轻吹来，使人紧张而激动的神经顿时畅快了许多。不知什么时候开始，蒙古族给予狼一个"天狗"的尊称，并从不侵犯它。现在在狩猎队伍中的年轻人巴拉嘎因翻阅过许多历史方面的书籍，知道在成吉思汗时代就猎过狼。"成吉思汗有一次骑着他那两匹骏马之中的小骏马，率领他十万猎人到阿尔泰山脉打猎时，捕获了许多羚羊和盘羊，又到胡脊山进行过围猎，杀死了众多的苍狼。"巴拉嘎讲这故事是为讨好最近看上的格日乐姑娘，还是为达到自己的目的而高兴呢？他怀着这种欢悦的心情将这段故事讲得有声有色。格日乐姑娘望着远方的天际，那里盘旋着一只鹰，不久，这只鹰突然像石头一样向下坠去，她不知不觉地收了收嚼辔，心中思忖道：当过衙门小文书的人知识就是渊博。如果他能收敛他自私的个性，那么长相似乎还比丹巴扎木苏强点，喳，现在说什么都不给你松口，待征求了母亲的意见后，再说岂不更好？其实巴拉嘎心中有数，这也是他第一次试探格日乐这位敖伦韶荣村的姑娘。他们正从阿土木韶荣两边向里推进。这时，在随行的朝格吉玛骑着的短鬃大红马不远处，突然窜出三匹狼来，大红马使劲甩着脑袋，拉长嚼辔，在主人的默许下斜穿过巴拉嘎和格日乐从右侧像箭一般射出去阻拦向南奔逃的狼。从他们后面追上来的阿日宾德力格尔从脖子上摘下穿着红线的佛盒似的东西时，巴拉嘎正巧与他擦肩而过，将这些看得清清楚楚。朝格吉玛的大红马甩着它那额头鬃和迎鞍鬃风驰电掣般地向前冲锋，为主人增加了几分勇气。她的马明白主人的意图，一定要将苍狼赶出肥沃的草场。可此时的主人并不单纯靠马的速度，她快捷地从背上取下枪……

德力格尔芒乃把没有多少狩猎经验的儿子阿日宾德力格尔领到

58

峰边潜伏着，可他并不知道儿子已经和那布其谈上了恋爱。对于这种事，年轻人是十分灵敏的。他们用递个眼神，或者作个暗动作等手段即可达到联络目的并表达倾慕之心，德力格尔芒乃老汉对此一窍不通。他只是一门心思想给儿子教狩猎的技巧，可是如今他已没细考虑这些问题的时间了。牧马人阿日宾德力格尔怕发觉，将面庞紧紧地贴在草丛里。不顾一切地奔逃的几只狼绕过小丘，向着东侧急切地向前窜动。猎人们想：这次诱引特别好！正赞叹之时，头狼发现了灌木丛中潜藏着的胡雅格的灰色军服，突然扭转方向逃跑。这时德力格尔芒乃早已把头狼瞄在带有支架的折腰枪的射击范围内，随着四季的变化而掉换毛片的苍狼闪着灰黑色的稍毛，扇动着三角形的硬耳朵奔跑着。

"砰!"的一声，传来一阵击中目标的枪声。

西边的凸地那边紧接着又传来枪声。

东面的山涧里更是"砰砰"枪声不断，可能歼灭战正在进行之中，人们的喊杀声和马的嘶鸣声这时却嘎然而止。

好几只在原地转圈的马栽倒在地，人们"呼"地站了起来，又有两只公狼长嗥着转过身子逃跑，人们又迅速上马追了上去。眼看着那两匹公狼朝着向东的斜坡奔逃而去后不见了踪影。

德力格尔芒乃见逃脱了两只狼，"呸"地惋惜了一声，奔驰间观察着打枪的技术，对并马的胡雅格赞叹道：

"你的最后那一枪打中了。"那布其说：

"巴拉嘎先前那一枪也打中了。"德力格尔芒乃很高兴地笑了笑，说：

"打中了，打中了，你们的枪法真行啊。"

猎人们在东山涧里打死了许多狼。有的下马剥着狼皮，有的去追受伤的狼，也有的继续搜寻逃跑的狼。草地呈现出一派忙乱的景象。胡雅格因头两枪稍抬高一点放跑了苍狼而直感到遗憾。

逃掉的那两只狼试图要跑过斜坡那边的锤形小山，可它们很快又分开，计划从两头像剪刀一般地在另一头碰面。但它们一直未躲过朝格吉玛的视线，她提着枪直追过去，她想把它们朝牧马人那一头拦过去，让猎人们收拾，可是，自知处境危急的狼狡猾地又转往北方逃去。

两只狼几乎翻过三座山坡，适合于岩石砂砾间行走的高原骏马迅速驰过凹凸地形。最先上山坡的骑着红马的猎人，撇开马缰前倾着身子，喊道：

"呔——"的一声。这声音非常急切而洪亮，是在要求骏马尽可能地再快一点，缩短与苍狼的距离，以进入射程内。

附近的猎人们看见骑马的人们追着两只仓慌而逃的狼，也冲着这个方向而来。在第三面坡的西侧，两只狼遇到深沟的阻拦，但它们并没有跳下。与此同时，朝格吉玛绕了过去，离这两只狼更近了。众多的猎人打转马头，奔向麻黄草地。他们下山的地方是去往第一区工作委员会的敖伦韶荣山峰中间的唯一出口。狼如果不从这里下山是早该送了命的。朝格那顺和众猎人一样非常恼火，说：

"狡猾的苍狼，把马都累坏了。"

朝格吉玛在马身上喊道：

"等一等，再让靠近一点，追到平处再开枪。"她这话是冲着瞬间冲到她面前的浑身充满英雄气概的胡雅格说的。

他们的后面又有一支打狼队围了上来。

猎人们很快将这两只狼打死之后，忙着准备到另一个呼热乎。可是逃跑的狼更加狡猾，很难捕获。

德力格尔芒乃皱着眉头心想：怎么也得开一枪，这时他从右面缩着身子爬过去，正要开枪时，狼的那边突然"砰——"的一声发出剧烈的枪声，那个往前疾跑的庞大苍狼瞬间倒在草地上。德力格尔芒乃、朝格那顺两人看见是胡雅格、朝格吉玛开的枪，接着他俩同时忙又开枪。只见狼屁股打着转嗥叫着挨个儿栽倒在地。

"打中啦！"

"对了，打得太棒了。"

"栽倒了。"

人们看见欢呼起来。

这时，又有人从那边撵着狼出来，前伏着身子，用劲鞭打着骏马。巴拉嘎给格日乐打了个暂别的手势，下了马，动手和朝格吉玛剥起了狼皮。

朝格吉玛、胡雅格、朝格那顺等驮起狼皮从那里起身，又朝呼和额尔格山沟奔驰而去，迅速到达了图布新和丹巴扎木苏两人挖狼洞的地方。

狼洞在呼和额尔格山沟下面，一丈多深处，这个狼洞同所有的狼洞一样，是把狐狸窟占据后经挖掘后扩大而成的。他们俩为了防备苍狼外窜，用野杏刺枝塞住洞口，然后在离较远处从顶部垂直往下挖。他们觉得图布新的这个办法非常好，先挖的那两个口子就像两个方方的、规范的井口，第三个较大的口子上面发出"咚"的空洞的声音。口子里，丹巴扎木苏用洋镐使劲刨着那蘸黏的红胶泥层，图布新往挖好的第二个口子里塞着石板。刚过来的他们几个也忙了起来，有的抱石板，有的扔土块。

小那顺达来不知什么时候过来用袍襟端着土块往一旁倒着。他看到总是挖狼洞却捉不到狼，像个大人似的有些不耐烦地对朝格吉玛说：

"唉！什么时候才能挖出来呢？这样挖还不如拿烟熏呢，早把它熏死了。"

她回答说："那顺达来，你没听见？咱们嘎查还……"朝格吉玛看着往外扔土的朝格那顺，没说完话却笑了笑。胡雅格冲着正在挖着第三个洞口的图布新、丹巴扎木苏说道：

"你俩说一说，这营生说起来容易，做起来难吧?!"听着这话，丹巴扎木苏扬起满是泥土的脸，冲着那顺达来笑了笑，说：

"喂！那顺达来，你刚才不是说'这个狼把我的冬羔活活背走

61

了'吗，那么这不是更好吗？"胡雅格又把话题转过来，直截了当
地忙着说：

"真的，用烟熏死也可以。可是听到自治区首府要新建动物园
的信息后，为了活捉狼这样忙活着。你看，朝格那顺嘎查长下达了
通知还在那里悄悄笑着！"

朝格那顺真的在那里笑眯眯地站着。他那一辈子都挥舞套马杆
的手这时却拿着一把铁锹，显得很不协调，他的脸满是汗水。

这时，十岁的那顺达来高兴地对朝格吉玛说：

"姐姐，阿贝昨天在野杏沟里熏死一只狼和四个狼崽子，共打
死十七个狼。"说着，他那圆板脸上显出活泼的神色，指着自己马
身上顺马鞍正面吊着的狼皮筒子。朝格吉玛几步走过去数了数狼皮
筒子。这样认真如实地上报是当时的一种习惯，人们给嘎查报数时
都是拿出实物来让检验的。不但这样，打死老鼠要交尾巴，打死苍
蝇要装在玻璃瓶里送交查看。总之，这里的牧民是由欢天喜地的实
实在在的人所组成的。

那顺达来给朝格吉玛报完数向着她说：

"额吉说牲畜近况挺好，安顿我把这话原原本本说给你。"

他正要上马时，多嘴的巴拉嘎挡住他问：

"喂，是怎么把熏死的狼从洞里取出来？给哥说一说。"那顺达
来放开马蹬，风趣地说：

"你们现在挖的是里边有活狼的洞，如果是熏死的狼，那我家
那三个能追上黄羊的细腰猎犬，随便选一个进洞就可将死狼拉出
来。"说完，就上了马，"咳"地一声，他那黄膘走马昂着头一溜烟
走了。

朝格那顺用慈爱的目光望着那顺达来那越来越远的背影，心
想：巴音道尔基肯定将嘴上有劲的名叫"昂嘎日格"的猎狗放进狼
洞里的吧。那个猎犬确实是一条好狗，草原上应该多喂养这样的几
条狗。

丹巴扎木苏正用锹头踩土，忽然感觉到锹头上碰着一个软绵绵的东西，惊得大叫道：

"啊呀，吓死我了！"

"狼——。"

洞口前的胡雅格、朝格那顺听见叫声，又惊又喜。

朝格那顺和朝格吉玛忙跳进洞口，接住上面掉进去的石头和铁丝等，他们又挖又压，首先找到狼的大腿和后爪子，在它挣扎之前就把它捆好。刚过来的阿日宾德力格尔急忙跳进洞口，他那粗壮有力的双手上握着套马绳。人们一看他笑了。对这一笑，洞口前的那布其倒有些不好意思了。朝格纳顺从怀里拿出老虎钳递向前说：

"喂，小伙子们，你们要把铁丝拧成几股再捆，给！"他们有的忙于捆狼的后腿，有的继续挖土，有的松开狼腿上的狐狸夹脑。带链子的狐狸夹脑不但没有把母狼放跑，而且没有使它的腿受伤。狼在众人的控制之下没有力量挣扎，只好凶恶地咆哮着。朝格那顺说：

"喳，同志们，对野狼绝不可怜悯！"图布新说：

"给，胸脯上再给压一块石头，一定要捆牢。"丹巴扎木苏说：

"不碍事，尤其对那害人的大嘴要多绕几圈铁丝！"

人们一齐喊着，都在强调要捆牢。

图布新、丹巴扎木苏还继续挖洞，在斜洞的旮旯儿里又挖到四只瞪着黑亮眼珠的狼崽子。人们看见很高兴，随后便忙着将它们分装在网袋里。

牧民们把捆好的母狼抬到沟畔。母狼就像被抽去了筋的毒蛇一样痉挛着挣扎着。

人们围上前争相看这匹牛犊一般大小的活狼时，从北畔上传来招呼声：

"喂，大家快来饮茶来！"

大家一看，原来是梅德格玛在那里招着手。她驮过来铜锅和装水的铜壶，在野外挖了个地灶，转眼间就把奶茶熬好了。她的小阿美腾也站在母亲身旁，伸出她那好客的小手向猎人们招呼着。梅德格玛看起来要比她的实际年龄四十六七岁苍老许多，两鬓已斑白，较突出的颧骨在她那黝黑而苍黄的脸上十分明显，太阳穴上布满了鱼尾纹，双眼虽然看上去很亮，但总含着一种疲累的神色。罩着的深蓝色的头巾下面，她那稀日布力① 如同赘物般摆动着，压迫着她那两只耳朵。

朝格吉玛来到梅德格玛跟前蹲下喝茶。朝格吉玛开口说道：

"扎吉，那布其现在已离开那家大户来到你身边，又参加了打狼。"

梅德格玛说："这都是托了你的福，要不是你多次说教她……"

朝格吉玛看见梅德格玛在夸奖自己，就兜开话题说：

"唉，您这样说怎么行呀？还是我们人民政府政策好啊。他们根据你毛窝棚太小，人又多，住不开的实际困难，打算做包毡呢。"

梅德格玛笑着说：

"那可是太好了，对整天领着孩子讨饭的我来说，住上毛窝棚也就满足了。可是那布其回来又增添了一张嘴，拿什么给她吃穿呢？"她就这样直截了当地说着：

"俗话说，云集下雨，人集智多。我就是想依靠大家。都勒禾古尔区长到我家也谈到过互助的利害关系，他和我商量过，打狼运动开始后，你和你闺女能否一块参加。我这傻瓜，那时什么也没有回答。"

她们俩你一句，我一句地唠了起来。

"我的扎吉，都勒禾古尔区长说过：'新社会刚刚开始，各方面都有很多困难。巩固政权要花费很大的力气，这是很主要的。'"

"是啊，都勒禾古尔区长到我家时也讲过这样的话，我的姑

---

① 稀日布力：蒙古语，又叫稀布格，旧社会蒙古族妇女头饰的一部分，即头发套子。

64

娘。"

"人民政府号召依靠劳动牧民，以互助组的形式以户富裕，集中劳动力搞生产。我在胡雅格的不断开导教育下，认识到杀'天狗'不但光荣，而且是件值得表扬的事。人民政府要求在恢复生产的基础上进行再生产，要使牲畜保质保量地迅速繁殖起来。依我看，节省劳动力，以互助形式捞盐、打麻黄、挖甘草。据说，我们西北沟① 甘草的质量和产量是世界有名的呢！还有一点是依靠新苏鲁克② 制度，靠自己的双手富裕起来。新苏鲁克制度是我们走上富裕道路的好办法。如果我们手头有了钱，还愁什么呢？我们一定能够用实际行动支持祖国的社会主义建设！"

梅德格玛听了朝格吉玛这一番话，感到特别高兴，露出雪白的牙齿微笑着说：

"多亏你们想出的这样好的办法。"

朝格吉玛接着说道："哪里的话，什么是我们的办法呢？这些都是区工委的宣传呀！在胡雅格耐心解释之前，我对这些问题也是不理解的。"

梅德格玛高兴起来："胡雅格是个多么聪明的小伙子！听你说的那些道理真是好呀。唉，说起来没有文化也真是难啊，左耳朵进，右耳朵出。"

"我虽学了点文化刚开始也不太理解，后来读了报纸、杂志，懂了不少道理。您不但要支持那布其学文化，而且自己不学也不行啊，我的扎吉！"

"是啊，我的女儿也天天对我这样讲。唉，学倒是想学，可在旧社会苦难的泪水浸泡下，脑子笨了，记性也不好，以我这个笨脑子看，打狼还是个大事情……"

---

① 西北沟：原意是蒙古语的稀布格，地名。

② 新苏鲁克：苏鲁克是蒙古语，畜群的意思。解放后民族区域内普遍执行了"新苏鲁克"生产方针。

"是啊，我的扎吉，打狼这个运动我最初也不理解。'天狗'是实行新苏鲁克试行制度的最大障碍。可是，我们民族没有文化就发展不起来。"

"没有文化的话，我们民族还发展不了？那样的话，学吧，学吧!"

梅德格玛笑眯眯地重复着这一句。她在谈话中尽量用新的名词术语。从她那深陷的眼神里可看出她对新事物的渴求。她是一个民歌能手，对当地民歌了如指掌，她在用这种才华来记忆所谈到的每一个新鲜名词。朝格吉玛衷心希望梅德格玛能够对其他人也进行这样的宣传。

太阳照耀着敖伦韶荣山，绿草在阳光下闪烁着。

孩子们早已饮过茶，在长满艾蒿草、针茅等的原野上摔跤玩耍着。

民兵在东边的高高的岩石旁边演习，有的在瞄准，有的在练步伐。

为了完成区工委和嘎查人民政府交给的任务，胡雅格、丹巴扎木苏两人按计划把活狼和狼崽送到区工委。

猎人们都骑着马参加宝日陶勒盖打狼围歼去了。

朝格吉玛和那布其像两只草原上刚飞来的百灵鸟一样。她俩骑着马，一会儿并肩，一会儿又拉开距离，与朝格那顺走在一起，照看着羊群。身材婷婷的朝格吉玛脸上显出特别满意的神色。她脸上迷人的酒窝给旁人一种温暖的感觉。

朝格那顺嘎查长微微地笑着。他的笑意似乎在对朝格吉玛说着：高原的美好风光，习习微风等着你们这些年轻人天天向上，互助组也在等待着你们发展生产，繁荣经济的劳动模范将会在你们之中诞生！火热的斗争生活会使你们锻炼成长。

六

一切都在变化之中。

只有麻黄草地依旧那样绿。近看是墨绿色的，远看是黛青色的，连接天际处则是碧空一样的湛蓝色。闷热的空气在正午时却溜走了，它到山中，森林间，蒿草丛里做客去了。

硬梁上的骆驼群耐不得闷热，想得到凉爽，争相将自己弯曲的脖子伸在对方的阴影下面，形成一座棕色小"山"，这样彼此效仿，都欲占到第一的位置，吞食湿润的凉风。这个时期的骆驼已被搔过绒毛，它们相互斜倚着、摩擦着褐色皱皮向前疾走，后面的走到前面，前面的插到中间，炎热使它们一改温谧的脾性，从这个山头不安地走到另一个山头。夏日里拦挡骆驼群是很困难的，炎日下紧跟着驼群的柴达尔，那张满是汗珠的黑脸上有一种愉快的神情。他骑着一匹矮个的粉嘴枣骝马，轻轻拽着嚼辔圆绳，不厌其烦地吆喝着骚动的骆驼群。

麻黄草地的中午到了，东一个，西一个的毡包顶都冒起了缕缕青烟。这些毡包都是量好经纬、看好风水走向后才搭建的，远远望去显得极有规律。如在翻身之前，柴达尔早已扔下驼群钻入某一家冒烟的蒙古包里喝茶去了，可他今天没有这样做。由于长期孤独地与驼群在一起，使他形成与不会说话的骆驼喃喃絮语的习惯。他此刻就是这样，在这样风尘不动的炎热正午，放开你们行吗？倘若随便乱跑那还成了什么规矩？你们是新苏鲁克制度下养活我的资产，我们是很早以来就想拥有自己的财产而勤奋努力的人们，现在的制度也许会帮助实现这个愿望。

　　近来，自治区人民政府颁发的新苏鲁克试行制度，使牧民的心底豁亮，尤其是柴达尔更加高兴。因此，他在驼群上更下工夫了。这里面，主要原因之一是五畜中有自己所有萌芽中的资产，可以宣言，牧民大众从此有了自己的资产。这对各个阶层的人们来说都是一个敏感的事，对此，有的赞成，有的在背地里咒骂。听说建公私合营牧场的同时，又要建牧业互放组。可是，究竟用什么办法，怎样建立，哪些户子进这些组织，这些谁也猜测不到。

　　牧马人图布新自觉地过来顶替柴达尔，让他回去喝午茶："喂，柴达尔，把驼群交给我，你回去喝午茶去吧。"

　　图布新的银鬃马见了驼群惊了起来，图布新宽阔的脸上的那双眼睛在不停地闪动着。柴达尔见了图布新，下了马。他的腿有点拐，可他脸上并没有显出疼痛的表情，其实他腰腿疼痛的毛病最近又犯了。他过去曾给大户驮粮，在过芒乃淖尔返回的路途中遭溃逃的土匪的抢劫，又遭上了大雨，在雨地泡了一夜。他自己认为和着凉是有直接关系的。他从未将自己的病痛告诉任何人，也不去多想，他认为想也没有用。只有一个想法就是多接近牧民，受到牧民们的信任。图布新又对柴达尔打趣地说：

　　"柴达尔哥，快点去吧，我们现在不是大户人家的长工，是像蝴蝶一样自由自在了。"

　　柴达尔心想：图布新是个什么思想包袱都没有的男子汉。正想着，只听图布新又问：

　　"你的腰腿疼病是不是又犯了？"

　　柴达尔拿出耍小聪明的架势，回答说：

　　"没关系，想着自己没病的话就没病，再说有病的人不止我一个，我们牧业互放组中的许多牧民的腰腿疼病比我厉害得多，这你应该知道。"

　　"唉呀，看看你，满口是'我们'牧业互放组的。"

柴达尔"哈哈"大笑，挖苦起图布新来：

"嘿！伙计你不要嘲弄我了，我已下定决心要报名参加朝格吉玛的牧业互放组，不那样还有什么办法呢？政府分给的小畜由谁来放？一旦参加互放组，他们会争相给我放的，这对我是很有益的事。"

图布新听了柴达尔的话感到很惊讶，满脸不解的样子。

看到图布新那表情，柴达尔没再说什么，只是笑了一笑。

他俩看护着驼群又唠了起来：

"柴达尔哥，你究竟是想参加牧业互放组呢？还是等待牧场的建立呢？"

"哪个也行，我都没有意见。可要说的是，我离不开这一群可怜的骆驼，大户人家的'哈屯'① 把骆驼往哪放，我就是往哪儿走的人！"

"喳，您可是最公道的人，现在是一个屁股骑两匹马。"图布新故意戏耍他。他又笑道："喳，只顾说话，骆驼都走远了。"说着骑上银鬃马，抖着嚼辔朝骆驼赶去。

柴达尔并未计较图布新的话，径直饮午茶去了。

图布新知道柴达尔向来有耍小聪明的习惯，好嫉妒别人，这种人就应该用言语敲打他。可他又想到，这种人哪里都有，管他呢！为此，他作出这样的结论，对柴达尔便没再多想。对一辈子恭听大户人家指点的柴达尔来说，朝格吉玛的互放组确实亲切多了。

柴达尔今天去了德力格尔芒乃家，他看见他家西侧的拴马桩上有三匹备着马鞍的马很奇怪。

柴达尔拴好马，心想着德力格尔芒乃不知打狼回来没有？便走进热烘烘的毡包，一看，穿着同样白服装的俩人坐在蒙古包正席喝着茶。图拉嘎旁边坐着纳布塔亥老太婆和朝格吉玛，右侧上方靠着行李躺着的是德力格尔芒乃。

---

① 哈屯：蒙古语，指贵族女人。

柴达尔问候了蒙古包里的人。

在图拉嘎前朝下看的纳布塔亥老太婆由半蹲吃力地站起来，给柴达尔倒了茶。

这时其中一个白宽脸的约四十岁出头，胸部宽阔的人热情地同柴达尔问候之后，用一种听不清的蒙古语问了些什么。

柴达尔没完全听懂他的话，只是迷瞪着眼抬手应答。在这人下首座的圆板脸的壮年中等身材男人，习惯地理了理头发，解释道：

"同志，你可能听不懂自治区人民政府派来的阿拉腾巴尔斯大夫的话吧？阿大夫问你是不是牧马人。"柴达尔回答说："不是，我是放骆驼的。"下首座的那个人把柴达尔所答的话又给阿拉腾巴尔斯大夫重复了一遍。

刚来不久的朝格吉玛用铜勺舀着茶接待着客人，又往图拉嘎里加上干牛粪准备再添水熬茶。

阿拉腾巴尔斯大夫问完柴达尔的年龄后又问道：

"家里几口人？"柴达尔听他突问，吃了一惊，低头时看见德力格尔芒乃跟前放的白包，忽然使他产生了幻觉，感到那玩意儿又长又大，像个白色的长虹。柴达尔结结巴巴地低声答：

"家中只有妻子一人。"

两个穿白服装的人互相交谈了一会儿，那个叫阿拉腾巴尔斯的大夫说：

"德力格尔芒乃老人家，你这感冒用不了多久就会好起来的。主要是由于最近过度劳累引起腰腿疼及凉性病反复加重。"旁边坐的那位年纪小一点的大夫看着纳布塔亥那又红又肿的鼻子，谦谨而低声问：

"大姐，您能否也让阿大夫检查一下身体呢？"纳布塔亥有气无力地说：

"不——了。"说罢掉转脸躲开两位大夫那炯炯的眼神。

这时，朝格吉玛姑娘接着话茬儿说：

"开春以来雨水多，地面湿度大。最近以来，村里很多牧民的凉性病复发，尤其是纳布塔亥额吉的身体明显加重。这个时候你们能过来真是太好了!"她那晶莹如玉石般的牙齿若隐若现，脸上带着拘谨而又不失大方的笑容，说罢她又看着纳布塔亥。

锅里的茶沸腾起来。

蒙古包里这时突然变得静悄悄，令人感到压抑。

阿大夫看着下首座的那个年轻点的大夫、德力格尔芒乃等人，目光转向柴达尔。柴达尔那疑惑的眼神只盯着德力格尔芒乃旁边放着的棕色的有着"十"字眼的箱子，还有那白包上面放着的像个勺头且又拖着尾巴的怪东西，他看见这些东西十分可疑。阿大夫伸手拿起白包上的那个打气的细羊肠子一样的怪东西，解开的时候那东西弹了下来，柴达尔和纳布塔亥不由吓了一跳。阿大夫将那闪光的带有小套子的有杈东西分开戴在左右耳朵上，又把那个"勺头"放在掌心上，捂热，阿大夫因多年的临床养成了这种习惯。这样在冬季里不至于刺激病人的神经。他在数九天里给小孩查病时总是预先说：孩子，别怕，这是诊病用的听诊器，冰不冰？

德力格尔芒乃第一次见到听诊器感觉很稀奇。这时阿大夫旁边那圆板脸的名叫额尔德尼的中年大夫解释道：

"这个东西能将声音接收放大，对皮肤没有任何损害，牧马人套马有套马杆，大夫诊断病时也有他的工具。"

德力格尔芒乃说：

"纳布塔亥，让阿大夫检查一下身体，这是听诊器，不是别的东西，就像我们常用的套马杆一样的工具呀？"朝格吉玛看着无动于衷的纳布塔亥，用柔和的语气说：

"额吉，这个东西和喇嘛巴格西① 号脉是一回事，查出病情后

---

① 巴格西：蒙古语，即老师。

医生才能治好病。"

饮完茶眼神迷瞪的柴达尔，对蒙古包里的新鲜事感到很陌生，悄悄地溜了出去。阿大夫看到这儿，心想：这里的牧民确实奇怪，看见我们就像野地里的黄羊看见了猎人一样。这样怎么行呢？这将是我们治疗梅毒病时的一大难处。

纳布塔亥低着头，闭着眼，扭转身，嘴里嘟囔着说："我的老天爷！"说着双手合十祈祷起来。

朝格吉玛仔细打量着两位大夫，德力格尔芒乃向纳布塔亥瞪着眼说：

"快点查病！"他语气生硬地呵斥着，十足的大男子派头。

朝格吉玛看见纳布塔亥掉了眼泪，扫了德力格尔芒乃一眼，示意他不可以这样。朝格吉玛已有几份估量。纳布塔亥深受封建社会的压迫，脑海中旧的观念认为：她不能大白天在男人们面前解开腰带列开前襟，裸露出前胸和乳房来查身体。为此，朝格吉玛扭转身解开袍襟扣，突然，掉出一个用哈达格①包着的重东西。额尔德尼大夫侧身一看，露出一截银销壳的带高级蒙古刀的火镰，便惊叹地问道："哦，姑娘人家还带带刀的火镰呢?!"朝格吉玛不好意思地笑了笑，只好回答：

"是用来护身的，有常带的习惯。"她决心要先从自己开始检查，对着准备好听诊器的大夫说：

"阿大夫，麻烦你给我也查一查。"

阿大夫一下子觉察出：这个红光满面，目光炯炯的年轻姑娘的肺脏、胸部没有丝毫病症，这样做的目的是为了给纳布塔亥查病。因此，他立即同意：

"好，先给你查。"

两位大夫赞赏这位身体健壮的姑娘的聪明才智，同时打心眼里

① 哈达格：蒙古语，献神用品，它有蓝、白、黄色；蒙古族拜年时第一件大事是带着哈达格，拿着鼻烟壶，相互拜年。

佩服朝格吉玛。阿大夫说：

"你问一下朝格吉玛同志，她有没有帮助我们抗梅队进行宣传的时间。"

听罢解释后，朝格吉玛说：

"区人民政府为我们边远牧村派来大夫给广大牧民治病，我们不帮助怎么行！"说完，她想了想，又激动地说："嘎查人民政府已经给牧业互放组下达了帮助抗梅队组织、宣传的任务。"

"那么太好了。"

两个大夫看了一圈大家，都感到很高兴。

纳布塔亥平时最相信朝格吉玛，见她这样，就揩干眼泪靠近阿大夫坐了下来。

朝格吉玛转身扣着袍襟纽扣，系着腰带，她的乳房部位又较高地突起。这个时候纳布塔亥解开自己的袍襟让阿大夫检查。

阿拉坦巴尔斯大夫、额尔德尼、朝格吉玛等都暗暗感到喜悦。

德力格尔芒乃用力"嘿嘿"地笑着，那高兴劲似乎在说，朝格吉玛姑娘真是有办法。阿大夫把听诊器放在纳布塔亥的前胸，左右不停地挪动着，细致地听着。他脑子里想着检查的情况，便把听诊器交给了额尔德尼大夫，等待着他的意见。他脑海里闪出了个结果，主要是梅毒病症状；可是还要经过抽血化验才能作出最终结论，还附带点肺炎。这点使他不由得拿起处方记了起来。

阿大夫可能是个老练的大夫，听着额尔德尼大夫的诊断不住地点着头，说：

"那么先给她服一段消炎药。"说着打开药包从瓶里取出白的、黄的、红的药片和一些小颗粒药，分别包好。

纳布塔亥接过药品，举过头顶，给药磕了头。两位大夫看着心想：这里牧民的习惯也许就是这样。额尔德尼大夫告诉哪种药吃几片后说：

"您每天三次用开水服下，不要漏掉。这药对您病情的缓解是

73

很有作用的。我们抗梅队的同志们今天就会来到嘎查，那么过几天会找个合适的地方住下来专门去看病。治疗病须先查血化验，然后进行细致的治疗，您的病一定会很快好起来的。"当他说完的时候，阿大夫站了起来：

"喳，我们走了，咱们再见。"行罢分别礼便走出了蒙古包。

朝格吉玛相随着他们走出蒙古包外的时候说：

"往回返的时候从你们来时的那里过河。"说罢自己也骑着马回家去了。

中午炎热的空气凉爽了一些，在毒辣的阳光的曝晒下已经有些蔫歪歪的阔叶草，这时在凉风中渐渐重又舒展开绿叶。鄂尔多斯的麻黄草地虽没有蓬松的山榆和皎洁的桦林，更没有寇雉的栖息地，但它的别致风景却使远方的客人感到阵阵喜悦。放眼望去，辽阔的草场像碧绿的地毯，各色各样鲜艳的花朵随着轻风带着一股蜂蜜般沁人心脾的芳香。蝴蝶和蜜蜂在草地旋转着，它们将花粉沾在身上自由自在地飞舞。草原上草的种类多得数不清，可牧民们一个个地都能叫上它们的名字。因为有着红珊瑚一样粉粒的麻黄草为代表的多数植物都是草药。开着白花和紫花的地菽草、绽放白花的金丝草，还有紫的金箔草、淡黄花的野艾草、塔形花的针茅草、倒挂金钟花的番白草等是大自然里成熟的名贵的草药。高原草地上所发现的草大约有五百多种。对草药颇有研究和兴趣的阿拉腾巴尔斯大夫那白而宽的脸上呈现出一副兴奋的神情，他炯炯有神的目光给辽阔的草原、清新的空气、优美的草场也带来一份光彩。尊敬的两位大夫痴迷地陶醉在草原风光之中，不由拽紧马嚼辔放慢了速度，好像在嘴上哼着：马儿哟，慢些走，把这迷人的草原景色看个够……阿拉腾巴尔斯大夫高兴极了，朝着额尔德尼大夫说：

"我多年的盼望终于实现了。亲自来到草原，为蒙古族繁荣强盛和草原的发展献计献策的时间到了，这是多么令人感到荣幸和自豪的事啊！"

这些发自肺腑的言辞给壮年的额尔德尼带来了极大的鼓舞。精神抖擞的额大夫兴高采烈地说：

"是啊，这真是我们卫生战线上每个白衣战士的最大快乐和荣誉啊，蒙古族集中居住的牧区一定会兴旺发达起来。"说着整了整蓝帽檐。这时阿大夫说：

"是这样，区工委都勒禾古尔同志给我们作汇报时谈到：全旗蒙古族兄弟中有较多数量的人患有不同程度的凉性病。"

确实这样，从清乾隆甲子年到现在的三百多年以来，在外国侵略者和国民党反动派的统治下，内蒙古高原蒙古族和其他少数民族人民的数量在逐年减少，出现了倒形金字塔现象。如果不治疗这严重的梅毒病，生产就发展不了。额尔德尼大夫心想着：劳动人民是世界上创造一切的力量。草原房屋圣灶、牲畜财产这些都是他们用自己的双手创造出来的。为了新牧区建设的前景，我一定要全心全意地治好他们的病。这样想着便说道：

"阿大夫，把我分到诊断组吧。"阿大夫回答说：

"梅毒队一来，和区工委领导商量过就分组医疗的事，具体怎么分以后再定。"

"我的这个愿望您能否多考虑一下？"

"依我看，到哪一组里去工作都是一样的，你是本地人，牧民的语言你最懂！为此，我认为把你先分在群众宣传组对全局有好处，不过这只是我个人的意见。"

"哎哟，真太难为您老了！不花钱治病谁不愿意？我们已经发出通知，嘎查也做了这项工作。群众是会过来看病的。"

"我的同志啊，把问题看得这么简单怎么行？我们首先从嘎查领导和牧民口中了解本嘎查的社会情况是很重要的。今天我们俩去德力格尔芒乃家给他治感冒时，已经耳闻目睹了牧民的情况，放驼的柴达尔悄悄躲开咱们，你没看出来吗？纳布塔亥老太婆在我要给她检查时畏畏缩缩的样子又说明了什么？这些是我们进一步深入研

75

究的重要问题之一。"

两位骑马人走到奎腾河畔，停止了他们的谈话。

浪头击在土涯上又返回时已成为细细的白色尘雾，像轻轻的白纱复向河面覆去。他们根据朝格吉玛"往回返的时候从你们来时的那里过河"的话，两位大夫涉水走过了奎腾河。

这时候，河的东岸有位骑着云青马的人走了出来，突然看见两个骑马人，就横挡在路上。云青马甩着头避着蚊虫的叮咬，它的主人紧按嚼辔耸着肩，他那长方形的黄脸上显现出慌张不安的神色，他那长长的脖子缩在高领里，露出满是皱纹的一段。

额尔德尼大夫上前问起了路：

"嘛木①，去往嘎查政府的小路是这个吗？"喇嘛急忙回答道：

"你们朝正东的小路一直走就能到庙上了。"说着他又从头到脚把两个大夫打量了一番，又自我介绍说："我正准备去庙会，去取念经的伙食肉去。你们是从麻黄草地上来的吧？"说着，虔敬地点着头，哈了哈腰。

两位大夫点头回答之间，那个喇嘛早已绕过他们，顺着他们的来路走去。

两位大夫不知不觉间来到美岱召。庙西北角的院子里彩旗飘扬，一派忙乱的景象。许多人正从二"饼"牛车上往下卸东西，那里还停着几辆满载的牛车。车上装着深蓝色的帐篷，还有装医疗器械的庞大的木头箱。原来是抗梅队来到嘎查后，刚喝完茶，现在正忙着搭帐篷。一见他们，额尔德尼大夫很高兴，边跳下马，边喊着问候：

"同志们，你们一路辛苦了。"

"阿大夫，德力格尔芒乃的病情怎么样了？"

"额尔德尼，你们从麻黄草地的牧业互放组那里回来了？"

---

① 嘛木：藏语，喇嘛的称呼。

76

"回来了！"

"回来了。"

抗梅队那些朝气蓬勃的医生护士们同声问着。他们虽说一路很辛苦，可那乐观的气氛依然荡漾在庙宇僧院之间。

自治区人民政府特派来的抗梅队不远千里来到旗所在地。他们坐火车到了包古图① 市，在波涛滚滚的黄河急流中坐小划子② 渡到南岸，又坐着马车前往旗府。他们在五天五夜的行程中，未来得及领略梁外的特异风景。他们翻过四条腿的脊椎动物都从未到过的大沙漠，炎炎烈日之下，流尽了汗水，烫红了脸，非但没觉得苦，反而跟在马车两侧高声唱起了欢乐的歌。有的爱开玩笑的小伙子说：今日我们在这里流淌汗水，为的是明天在阳光大道上奔驰！有的乐观地说：别忙，同志们，不久，这里将修一条柏油马路，走过坎坷不平的路之后，才会感觉到翻车的危险，在钻入云层的峰巅上，孤独的攀岩才能感觉到触摸月亮的欢乐。他们继续唱着，说笑着，对即将要迎接他们的新的故乡，新的工作进行热烈的谈论，一旦谈论起来，往往会在不知不觉中把几十里路甩在后面。在一次暴雨中，他们的马车陷进了泥坑。他们拽的拽，推的推，费九牛二虎之力，硬是把马车拉出了泥坑。让年老的同志多坐车，让年轻后生多步行；老同志节约下来的水让给饥渴的年轻人，让他们的斗志昂扬起来：

坐着门诊摆阔气，

从此以后吃不香；

医疗卫生要下乡，

震撼高原永吉祥。

……

① 包古图：蒙古语，有鹿的地方，"包头"二字其实为"包古图"的讹译，即现在的包头市。

② 小划子：摆渡的小木船。

令人尊敬的医务人员们手拉着手前进着，如此高昂的歌声，如此宽广的胸怀！

他们心中怀着必胜的信心，祖国的未来，他们的歌声把边疆牧民的心与新建的人民政府连接在一起，歌声又迎着和风在高原上空缥缈萦绕。

医务人员们到来的消息从旗所在地像一阵风一样传遍了各区、嘎查、巴格①，麻黄草地的牧人们把这一好消息从近处传到远方，一直到各个浩特②，各个蒙古包。

朝格吉玛从德力格尔芒乃家起身后来到梅德格玛家，把尊贵的抗梅队医生来到嘎查所在地的喜讯告诉了她。由此，这个消息不久就传开了。德力格尔芒乃把自治区首府派来两位大夫到麻黄草地治病，在美岱召建立抗梅队等新消息告诉了左邻右舍，牧民们听了后，特别高兴。

柴达尔从德力格尔芒乃家出来，去看驼群的路上，正巧遇上他妻子达日哈，她因防狼而跟群放着羊。他就直截了当而又生硬地问：

"喂，羊群放时乖不乖?"达日哈不耐烦地红了脸，并且带有一种鄙夷的神色，说：

"放骆驼的眼高，看得远，没事的时候到处闲窜，看见或听见了什么好事?"柴达尔回答说：

"德力格尔芒乃让从区里来的两个大夫治疗他的病，那些医生全穿着白衣服，还有白色……"他还不知要说什么，也许忘了，头也不回就走了。达日哈从后面追问：

"喂! 还有什么好事?!"

柴达尔听见时已走远了。

达日哈紧随羊群后面，但她心里觉得很烦闷，她一会儿站起，

① 巴格：蒙古语，这里指自然小村。
② 浩特：蒙古语，牧户集中的村子。

一会儿坐下，显得很不安宁。"唉，有个八九岁的女孩多好，还能给我帮点忙，现在我连个老鼠也没生下。……'天狗'虽没有进我的羊群，可是没日没夜地折腾着，'天狗'再不可能进羊群了吧。"这样想着，在草场羊群显得固定一点后，就径直去其木德稍家唠柴达尔刚才对她讲的那消息去了。

　　这时，从奎腾河到德力格尔芒乃家的路上走着一个骑着云青马的人。

七

端坐在马背上的那个人看上去像喇嘛。

达日哈踩着马蹬仔细一看，认出了他，并迎向前去。她连忙跳下马跪下磕着头，说：

"嘛木，您好。"她问候道。喇嘛在马身上，眼睛看着别处，说：

"好，好。"达瓦尼玛稍停了一会儿，左手抓着缰绳和嚼辔，右手摆出敬佛的姿势，慢腾腾地说：

"喳，达日哈，我们过去的交往是比较好的，现在已经是夏天了，羊也上膘了，你们准备在庙会念经时奉献几只羊？"

"我们的小畜被'天狗'吃过几次，大喇嘛您还不知道吧？羊群数起来越少了。今年该给的绵羊羔子推到明年，到时多奉献几只怎么样？"

"说实在的，不能推后奉献，你们对敬佛大锅如此不尊重？老天爷能容忍吗？"

达瓦尼玛恼火地瞪起了他的金鱼眼，达日哈看见他言声不对，她那脸也变得像发霉的奶皮一样，她忽然想起了什么，开口说：

"大喇嘛今天为这么点屁大的事忙成这样？"达瓦尼玛这时把右手放了下来，令人信服的似的说：

"不，你不知道。我们的喇嘛帮着今天来到嘎查的区干部丹巴扎木苏给医生忙着准备住处、吃处。"这么一说，达日哈不得不信，反问道：

"是从哪里来的医生?"达瓦尼玛回答道:

"听乌力吉那顺副嘎查长说,那些名医们马上从区工委过来,我刚才在奎腾河对岸碰见了两个陌生人。"

"碰见两个人?! 刚才在草场上碰见我们家那口子,他说:'德力格尔芒乃让从区里来的两个大夫治疗他的感冒,那些医生全穿着白衣服,还有白色……'就这样没头没脑地说了几句。"

"德力格尔芒乃家有两个穿白衣服的人? 是谁呢? 我遇见两个人,骑着马,但并不是穿着白衣的。那么那两个穿白衣服的人是不是还在德力格尔芒乃家呢?"

"这可不知道。"

达瓦尼玛低头看着地面,发现从德力格尔芒乃家来的小路上有新走过的两匹马的踪迹,他把那两匹马的身个和马蹄印对照后作出结论道:"对,就是那两人来后走了!"

达瓦尼玛说罢就走了。达日哈随后到了其木德稍家,把听到的消息传给她:"刚才在路上碰见达瓦尼玛巴格西,他说:'那些名医们马上要来到我们嘎查。'他肯定夜里要来你家。"其木德稍显得若无其事的样子。

达日哈从其木德稍家出来后经过几家草场,骑马急驰而去。

孩子们在羊群里尽情地玩耍着"沙嘎"①,他们的沙嘎有白、绿、红三种颜色。有的孩子把白色的当成"狼",摆成一排,把红的当作"猎人",把红的弹起来射白的,表示打狼;有的孩子把绿的当成"牧人",把红的当成"大夫",表示大夫治疗牧人;也有的孩子把白的当成"敌人"逃跑着,用红的当成"骑兵"和"民兵"追赶着,用红沙嘎弹打白沙嘎。耍久不耐烦,自由自在地把谈论的主题转到医生、大夫身上,可是他们谁也不清楚他们是治什么病的。

---

① 沙嘎:即羊拐,牲畜的一种小块骨头,它连接在胫骨旁;蒙古族历来吃手扒肉时,把羊拐留下来,当作传统玩具,以示吉祥繁茂。

达日哈那天回到家又把医生的消息传给她的父亲希日布老汉，他听说后惊讶地反问："什么?! 你说来了什么?"他颤抖了两下，几乎跌倒："唉，成了什么世道，一会儿来这个，一会儿来那个，这个新的，那个新的!"他显得有些害怕的样子，连忙向神龛磕头祷告。

七十出头的希日布就这样我行我素地整天没完没了地敬神。

柴达尔忙于他的驼群，打狼他只参加了几次。

胡雅格自从回来以后，一直参与打狼的工作。他向区工委组织将打狼的具体情况作了详细汇报。朝格吉玛终于服从了他，并且积极配合他按计划如期完成了上级交给的任务，胡雅格非常高兴，可是，村里繁忙的工作没有给他一点办自己事的机会。听朋友的话趁晚间到一个姑娘家悄悄坐着谈一些不三不四的话他认为是一件太羞耻丢脸的事情，说实话，一对男女青年留在包里面能说几句正经话来?"你是我亲爱的"，"我爱你"，除此以外还能谈些什么呢? 另一方面，一个青年每天追着一个姑娘，那纯粹是给妇女丢丑。他在打狼的工作中常常碰见朝格吉玛，细观察，他感到朝格吉玛依然十分心平气和，这使他不由得更加爱她。

有一次朝格吉玛打狼途中偶然在僻静的地方遇见了胡雅格。当时，她就提出了一个奇怪的问题：

"喳，亲爱的胡雅格，你是不是准备在嘎查大院里长住下去?"胡雅格一想，确实自从回来以后他就一直住在嘎查的大院里，于是他开口回答：

"现在的情况只能是这样，一者我还没有退役，再说还没有完全完成上级交给的任务，你和我的事究竟该怎么办? 我看先选个日子结婚，把办喜事的时间往后推一推，你看怎么样? 亲爱的!"

以后他们俩见面的机会少了，为此，朝格吉玛心里猜测：是不是他有意躲着我? 我在什么地方得罪了他? 她还注意到，有些年轻小伙子故意接近自己，在不知不觉之中欲夺去她的心，让她和胡雅格分开。每想到这里，她总是有点害怕。于是，她特别约束自己。一方面想：要专门找一个机会，对这个青年大后生，对生活的真谛一窍不通的我的胡雅格回忆一下过去的幸福相遇和他们的欢歌笑语，以此唤起他对幸福美满的家庭生活的强烈兴趣；另一方面又想：他除睡觉以外还有什么空闲时间？整天为群众的事奔波忙碌的"公家人"！要不再找个媒人？朝格吉玛担心，如果她父母亲健在，或许有一天来认她，依他们的主张把她许配给一个不三不四的男人，那可怎么办？有时又想：不想这些了，心思整天围绕着爱情转，成个什么样？到头来还不是苦着自己？再听到什么风言风语，就当没有听见。她这么一想，觉得人是以决心和信心生存的这么一种特殊的东西。因忙碌于工作，几天的时间不知不觉地过去了。可是，那些厚颜无耻的年轻后生没完没了地来纠缠她，这事必然引发出她思念心爱人胡雅格的老毛病来，爱情影子般地追随着她，她问自己：我们已定的婚事到底算不算数？是开了一个玩笑吗？

这都是朝格吉玛夜里的梦，白天的想法，由此，她总是责备自己在爱情方面胡思乱想。

年轻姑娘的爱心是一座大山都压不塌的，啊！我的亲爱的胡雅格，高山顶上存不住圣水，心眼高的人怎能留得住福气？

打狼队里，和胡雅格一起去的阿日宾德力格尔听说他父亲在打狼时由于过度疲劳得了感冒，连忙赶回了家。由于长年的风吹日晒，蒙古包已成为灰褐色。阿日宾德力格尔掀开门帘进入蒙古包内，问：

"阿贝，您什么时候回来的？怎么不给我说一声？"他那黄脸上交杂着喜悦与责备的神色。德力格尔芒乃忙说：

"孩子，有两个大夫来过咱们家。看样子是好人，我还想送你莫木① 去嘎查治疗。"阿日宾德力格尔一听这么说，马上就有点恼

_____

① 莫木：蒙古语，即母亲。

83

火，认为这也太小看穷人了，怎么着都由他们，为什么不和我商量一下呢？这么一来，连他莫木的话也没听就出去了。

第二天，胡雅格看见阿日宾德力格尔一言不发闷闷不乐地走着，以为那布其他俩闹了什么别扭。问他时，他说是在生他阿贝的气，接着又说了许多。胡雅格耐心地对他说："阿日宾德力格尔，咱俩什么话不说呢，从小咱俩就从一个井里喝水，一块玩耍，同骑一匹马长大，你阿贝在打狼运动中半路回来得了感冒……"胡雅格正在给他解释，阿日宾德力格尔接住话茬儿，说："那么，他可以直截了当地对其木德稍说我不再给你当长工就行了嘛，可以不去给他驮粮食嘛！"

勇敢的阿日宾德力格尔说着说着双眼竟湿润了。

"我的兄弟，这个问题应从当时的环境和实际情况来分析。在大户人家里受了一辈子苦的人，才解放，你阿贝怎能好意思说'不走'这句话。"

"什么问题也应多考虑，从当时的环境和实际情况来分析?!"阿日宾德力格尔似乎消了消气，他重复着胡雅格这句话，骂道："扎拉曾仁庆这个没有人性的老婆，现在还想随随便便使唤获得解放和自由的人，太不像话！"说罢，他狠狠地咬了咬牙齿。

阿日宾德力格尔仔细一考虑，胡雅格说的和朝格吉玛所说的比较相似，心里感到热乎乎的：胡雅格就像水藻一般缠绕着朝格吉玛，他们之间爱情的火焰还在燃烧着，听话听音，他们俩所说的话如出一辙。这么狡黠地想着，他站在那里，心中有些发笑，刚才那火气也顿时烟消云散。

他俩会心地说笑着，跨上马。

第二天早上，德力格尔芒乃老汉早早就起来了，已猜透儿子心思的他，在饮早茶的时候对儿子说：

"我的孩子，你阿贝是在党和政府的关怀下获得新生的，邻居们也太好了！"德力格尔芒乃那黑红的面庞表现出自信的神情，深陷的双眼愉快地转动着。

阿日宾德力格尔这回认真地听着阿贝的话，他的脸上冒着汗，热乎乎的奶茶解着他的疲乏，他饮完茶就准备去放他的马。辛辛苦苦把他养大的母亲爱怜地说：

"唉，我的儿子，整天在为马群奔波着。"这时，德力格尔芒乃又说道：

"怎么说呢，做惯的营生一旦不做心里就发痒，是待不住的。"他以男人的魄力对老婆子这样说。纳布塔亥老婆子没再说什么。不过她心里老是想着：解放了，有了几个牲畜了，可是我们家连个放小畜的人都没有，这小子成天把野外当家，连口热水也喝不上。二十岁了，还是奔来奔去光棍一条。不知什么时候才能够见上媳妇的面，什么时候能让我们老两口歇一歇腿呀，这个小子，我的天呀。纳布塔亥每天习惯地拖着病腿把儿子送到马桩前。

纳布塔亥望着儿子远去的背影站了很久。

儿子头也没回，在尘土中奔驰着。

当纳布塔亥返回蒙古包里时，德力格尔芒乃说：

"牧业互放组对我们特困户来说确实是有益的，你整天皱着眉头想那么多干什么？只能加重你的病，没有好处，朝格吉玛已经把我们的羊放进唐苏格达力的羊群里，进行了妥善的安排。"

说实在的，德力格尔芒乃家是和和睦睦的一户人家，主要是病魔缠着他们老两口。他们就去嘎查商量了关于治疗的问题，他们二人最终的看法是一致的。

"早点看好身体过咱们新的生活。"

"咱俩也要做点对那些牧业互放组的牧民们有益的事。"

"没有云的天气好。"

"是的，没有病的身体好。"

老两口虽然身体有病，心理却非常健康。他们俩一致认为，我们民族兴旺发达的时刻已来临。

正喝午茶的时候，突然狗叫了起来，纳布塔亥颤歪歪地走出蒙古包，一看，达瓦尼玛在桩上拴着他的云青马。纳布塔亥将正在恶狠狠地咆哮着的四眉眼黑狗厉声喊开，她看见达瓦尼玛那架势，不由打了个寒噤，连忙跪下叩头问候。

达瓦尼玛高大的身躯把低矮的蒙古包帘掀得很高走入蒙古包内。德力格尔芒乃忙腾开正席位置问候着，大喇嘛不知道到底是客气呢还是牛气呢。

"你好啊，我的德力格尔芒乃？"他用细亮的嗓音问后笑了笑接着问："什么时候又和枕头打了交道？用我的圣水洗过了吗？"这么一问，德力格尔芒乃出了一身汗，好像觉得突然从哈那那边透过一股冷风似的哆嗦了一下，他连忙跟添查干岱的老伴打了个招呼，把哈那毡撩开。纳布塔亥有气无力重新熬起了茶。达瓦尼玛很高兴地说道：

"嘎查虽然建立起人民政府，但不影响宗教事业，政策条文上已写进'宗教信仰自由'。"德力格尔芒乃望着大喇嘛那瞪大的眼睛，费力地说：

"对，对，不让宗教信仰自由，这样宣传的干部一个也没有。我总是神啊佛啊地敬，不但老伴的病重了，我也得了感冒了。"听完他的话，达瓦尼玛傲气地说：

"昨天我不是还说过吗，这些都是因打了'天狗'，玷污了神佛所造成的。"纳布塔亥急忙说："呜玛尼巴达迈浑，大喇嘛您饶恕吧，我们从来都没耽误敬神敬佛！"说罢双手合十，口中祈祷着。

达瓦尼玛冲着神龛扫了一眼，咳了一声，说：

"你们俩敬神敬佛是虔诚的，可是神爷正在显露着你们敷衍的情况。"

德力格尔芒乃看见达瓦尼玛这样无中生有地瞎说，生气道：

"真的敬过神，我自己知道。"

这时他的老伴在一旁说：

86

"唉，我的活佛大人，我们不是不讲信仰的百姓，真的，从没有耽误过敬神。"达瓦尼玛听着这话有点刺耳，但他反而显得谦虚起来：

"百姓你们看看，我的老天！既然敬神，你们的儿子阿日宾德力格尔怎么会惹着神呢？"说着"哼"了一声，提高了嗓门。

老两口怕失去信仰，德力格尔芒乃说道：

"真的吗？我的活佛大人！"

纳布塔亥又忙着说：

"唉，说实在的，过去我曾领着我这命根子阿日宾德力格尔曾到美岱召敬过佛，给他戴了神像，我这可怜的儿子怎么会惹着神呢？活佛大人给他的神像他时刻不离地在脖子上戴着呢。"她就这样为儿子辩护起来。

达瓦尼玛那长而黄的脸上出现了一种不舒服的神情，眼里闪着一种神秘莫测的光，他假笑道：

"不是，不是，你儿子违背天意打'天狗'那一天，把脖子上所戴的神像扔掉了，有人给我说得清清楚楚，哎呀，这可是大逆不道的事啊！更可气的是，他们还挖了神仙'不让动'的红岩石！"

纳布塔亥吃惊不小："没有的事吧？"德力格尔芒乃手足无措地说：

"唉，活佛大人饶恕他吧，'天狗'是大家都来打的，不只是我儿子一个人。"纳布塔亥接过话茬儿说：

"就是嘛，牧业互放组也参加了，区里、嘎查里的领导都支持搞的！"

达瓦尼玛见正面不行，便想绕着弯子"喳喳"着，又说：

"国家这么大的事我们宗教人士怎能管得了！不管怎么说，你们现在的事是水土不对引起的。"

德力格尔芒乃听了这话确实有些害怕，眼神里有了一种乞求的意思，揣摩着达瓦尼玛的意思，问道：

"我的活佛大人，你说该怎么办？"纳布塔亥又双手合十唉声叹气地说道：

"唉，多么令人害怕的事啊，呜玛尼巴达迈浑！"她说着出去抱柴火去了。

这时达瓦尼玛靠近德力格尔芒乃，低声说道：

"我的德力格尔芒乃，我还是时刻考虑着你们的。根据我的占卜，这小子是你抱养的，他的身上没有附着慈父的教诲，也没有福音，反而在你家里埋伏着一大祸根。会带来祸害的，一个当过奴隶的姑娘压着你们的'黑木力①'。"他伸着满是皱纹的脖子神秘兮兮地说。德力格尔芒乃唉声叹气地说道：

"该怎么说好呢？我们老两口就盼望着他长大成熟起来。"

纳布塔亥袍襟上兜着干牛粪走了进来，她靠住哈那喘了口气，然后走到图拉嘎前。达瓦尼玛大喇嘛见她进来，就把话题引到别处，针对这家早已期望的问题给予答复道：

"要排除水土祸害，需要属于奉庙的百姓，得靠我们才能摆顺，你们老人还在世的时候祭着一个敖包，现在在你们手上已经断祭了，这也是其中的原因之一。"说着从皮褡裢里拿出热木尔②、道尔基③、色德木④、藏文书等。

设有衙门的大庙大喇嘛达瓦尼玛从前是绝不会将德力格尔芒乃这些赤贫的牧民看在眼里的。可是他竟连着两天到这些穷百姓家里进行所谓测算占卜，驱除祸害等活动。对此，纳布塔亥特别高兴。其实，这些事确实是令人深思的，当他们还没有理出个头绪来的时候，这家人首先即被一种尊贵的气势所束缚，所恐吓。纳布塔亥怕失去信仰，将从邻居家弄回来的奶食品全部摆在桌子上，先倒茶，后又磕了头。

---

① 黑木力：蒙古语，即运气，指印有奔马的命运之气的小旗子。
② 热木尔：善构语，一种念经所用的调节节奏的小型鼓。
③ 道尔基：一种念经所用的两面具塔型的、手握的黄铜器。
④ 色德木：一种念经所用的小型红铜茶壶，内装人们说的圣水。

刚喝了口茶，达瓦尼玛用手指掰了一小块，朝上敬了神，满脸肃穆的表情，并且念念有词。

在饮茶期间，从玉石盒中取出几颗仁丹打开插着孔雀翎的色德木的铜盖放了进去，并用活水① 配五种方，酿造出圣水。

纳布塔亥双手合十坐在图拉嘎旁，片刻，她右手托着额日格尼格吃力地站了起来，给神龛前的香炉里点黄香。德力格尔芒乃一动不动地坐在那里，可他烦躁的心里要说的话很多，这些话就像立刻要从嘴里蹦出来似的，他那说不清，道不明的老病。这时又一阵阵疼痛，他用手捂着嘴巴，咬着牙齿强忍着。他直盯着达瓦尼玛那如雕塑一般的面庞。德力格尔芒乃过去不大认识达瓦尼玛，只是在王爷府当差时听贵族们说他是藏药系毕业的念大经的喇嘛。他心想：这个大喇嘛连着两日来咱家，念了经，敬了扎楚德，对我们家的这些不幸能起作用吗？莫不是诅咒着我们一家？政府派来的两个医生并没有说不可以让喇嘛医生看。不管怎么说把病治好了就等于是幸福。

达瓦尼玛盘腿坐在神龛前的小方桌后面，的确像个神的化身。从他不住颤动着的嘴和不停翻经书《纳布辛吉布扎德》的架势，的确可看出他是念经的喇嘛。热木尔和藏铃一会儿共鸣，一会儿单个响，使纳布塔亥听着很舒服。她知道，她父亲在世的时候很有福气，祭敖包时请来喇嘛往往有这个感觉。可是达瓦尼玛时不时地咳嗽、清痰、打喷嚏，打乱着她的思路。他念经的"哼哼"声拉得越来越长，使他们也愈来愈迷惑不清。

纳布塔亥不声不响地坐在那里坚持着，腰部麻木，双腿疼痛，可她仍在双手合十，虔诚敬神。就其病痛而言，这种状态反而使她脑海中纷乱复杂，迷迷惑惑地思绪更趋集中，这也是她长时间忍耐疲劳的一个原因。她闭着眼，蹲着，手里挂着奔苏② 被磨小了的念

① 活水：从井里刚取出来后不放在地上的水叫活水。
② 奔苏：额日贺（念珠）的顶子珠。

珠，嘴不住动着，几个指头忙乱地捻动着，不时似乎有神助一般的睡意袭来，清脆的藏铃声又使她从沉疴中赶走打盹的这种祸害。两位穿白衣服的医生的药使她头昏脑涨的感觉减轻了许多。其时，其木德稍看见她吃那种药片，就惊诧地阻拦她说：这白药是和了碱面的白片，碱是会搜肠刮肚的，吃多了是有害的。听了这话以后，她再也没吃这道药。朝格吉玛曾问过她吃了新药以后感觉怎么样？她答道：和原来一样。晚上，儿子知道这种情况后，说了几句责备的话，说：莫木听了别人的坏话了。纳布塔亥没言语，可心想：扎拉曾仁庆是有恩爱的人，他的老婆不至于心存不良吧。但每每刺激她神经的依然是其木德稍所说的那句"吃多了是有害的"这句。这话就像梦中被蛇咬了一般，总是使她从睡梦中惊恐地醒来。于是，她就更加收敛了继续服用新药的想法。纳布塔亥全身麻木，如针刺般的疼痛，几乎使她失去知觉。

达瓦尼玛往前倾了一下身子，把右手里的道尔基放在纳布塔亥的头上，表示驱妖，用孔雀翎盖下面的一个联体棒蘸上圣水洒在她头上。当德力格尔芒乃出去方便的时候，达瓦尼玛匆匆忙忙给纳布塔亥号了脉，立刻包给几包药。德力格尔芒乃返回蒙古包内时，纳布塔亥正把那几包在哈达格里的药举在前额上，然后又给大喇嘛磕了头。瞬间，德力格尔芒乃宽额上的皱纹皱了起来，他那沉思的眼睛紧盯住达瓦尼玛那长而细的手指，说：

"活佛大人，我老伴已有了服用的药了。"他实实在在地说。

达瓦尼玛问道：

"向谁配的药？"德力格尔芒乃毫不掩饰地说：

"我的活佛大人，是从区里派来的大夫那儿，我们穷百姓，确实没有一下子从两个地方的大夫手里取药的福分！"他的手有点颤抖，可他的眼里有一种透视的光芒，他的话就像石头一样坚硬。达瓦尼玛继续说：

"不是吧，你们是否服从庙上的规矩！？我配的药必须先喝，那

90

种白片喝多了有毒，刺激胃。"他又翻着眼白，摆出一种神的姿态，说："德力格尔芒乃，你们是祖祖辈辈都是用庙里的药的百姓；你们把庙的恩赐不能当成垃圾扔掉，白片药可能会导致中毒。"

突然，蒙古包的毡帘被风风火火地一掀，进来一个人却是阿日宾德力格尔。他炯炯的目光直盯着达瓦尼玛那长而黄的脸，使他立时感到很难堪。阿日宾德力格尔可能已知道全部内情，提高嗓门严厉地说：

"我不让你给我莫木配药！"

纳布塔亥恳求道：

"儿子，别发你的倔脾气，大活佛来咱家是祭神驱污的。"达瓦尼玛那双眼迅速扫向哈达格包着的那一组药上，说：

"喳，我走了，药……"

阿日宾德力格尔从他莫木手里拿过哈达格包着的药，往达瓦尼玛的怀里"啪"地摔了过去。达瓦尼玛看见这个小伙子攥紧拳头，怒气横生的样子，不由得胆战心惊，"怦怦"跳动的心就像斧子敲击一般。他的心随着呼吸上下跳动，惊慌失措之中连忙往皮褡裢里塞东西，慌乱中哈达格包着的药掉在地下，他哆嗦着疾速捡起，夺门而出。

这时太阳快落了。西南方向传来了马蹄的阵阵声响，众多骑士在橘黄色的鱼尾霞下奔驰着，猎人们的猎枪在闪着光，骑士们的马鞍下甩动着大小不等的狼皮筒子。他们那快乐的歌声从敖伦韶荣山峦传到宽阔的硬梁，从宽阔的硬梁又传到麻黄草地。橘黄色的鱼尾霞下，天空显得更洁净纯蓝，草地变成了闪烁着霞光的海浪。

胡雅格、朝格吉玛、那布其、丹巴扎木苏、格日乐、图布新等这时簇拥着、开着玩笑，谈论着：

"是不是你驮到了区工委的那只母狼？"

"就是那只狼！"

"哈哈哈。"

"真的拿走了。"

"拿到哪里去了?"

"活着带走那只狼和狼崽子前,给它饱饱地吃了一顿好食,众多人都骂骂咧咧地把它送走了。带走狼的那个工作人员说:同志们,你们不必担心放走了苍狼,现在它被戴上铁嚼、铁笼头,眼睛在滴溜滴溜地来回扫视着,摆出一副可怜的样子,好像在说:请松开我吧,我再也不吃羊了。可是,我们永远要牢记,狼吃羊的本性是永远不会改变的。我们将这狼送到自治区首府的人民公园去展览,使全区人民永远记住狼的本性。"这样说着把那只狼带走了。

"哈哈哈。"

"嘻嘻嘻。"

那布其骑着马靠着朝格吉玛的肩膀笑个不停,她的笑表示打狼时的欢乐与趣味,格日乐脸上也露出微微笑容。走在她旁边的朝格吉玛说:

"同志们,我们把今天打的狼的数字统计一下,然后评比一下友好竞赛结果,就各回各的家。"这么一说,大家都下了马。

格日乐从丹巴扎木苏的皮挎包里取出写着"友谊比赛记录"字样的黄皮本子看了看,宣布了打的狼的数字。她见丹巴扎木苏记得清清楚楚、齐齐整整,不由得感到心里痒痒的,牧民们中,朝格吉玛打的狼最多。

丹巴扎木苏从格日乐手中轻轻拿过记录本,和原先一样向每个人问清了各自报的数字,把数字细致地记录在本子上。这些数字充分说明了敖伦韶荣嘎查的牧民群众对打狼运动从不理解到理解,从小范围到大规模,逐步走向胜利的过程。

真的,他们是围着坐下来交流经验,以浩特、巴格、村子、独贵龙为单位进行友谊比赛的牧民啊。

以他们现在围坐的形式看,"独贵龙"这个蒙古文名词是自独贵龙运动以来围坐着进行创业或把名字围圈写下来而形成的,除此以外，"独贵龙"这个字眼里蕴含着极大的团结意识，它表示着精诚团结和凝聚力。

晚霞亲吻着草地，也照耀着走向蒸蒸日上的新生活的牧民。万物都沐浴在如绸缎一般的云彩之中，绵延如橘红色的波浪直到天际。如被摄入望远镜的镜头一般从任何一个角度都是一派令人陶醉的景色。

不多久，时已近黄昏。在遥远的天际隐藏着的亮星、三星、天狼星、六彗星影影绰绰、时隐时现，它们似乎很近，近得仿佛伸手就能够着。天河依穹苍而出由西向东慢慢流泻，又像横亘于天际的青色玉虹。悠扬而绵绵的长调民歌从这个浩特传到另一个浩特，响彻云霄，使牧民们的心激荡着。

麻黄草地的人们第二天又不约而同地踏上了打狼的路程。

牧马人图布新、驼倌柴达尔上午刚查完病，下午就奔驰于山峦、草地之间，和伙伴们一起为多打几只狼而努力着。

柴达尔今天带着他那名叫"宝日召亥"、"敖力召亥"的两条猎狗来参加大围歼。他昨天打了不少狼，还逮了几只狐狸，为此他很自信，心想：明天的工作明天再做，如果有个孩子多么好，做什么都有信心。说起家当，大畜有十来个，小畜有一百多个，连夏天挤的奶牛都有，这些都不愁，一到秋冬季节，猎狗还会给家里增加二三十张狐狸皮的收入。他很有信心地想着好日子，这样他的决心就更大了。因此，自然而然地认为他自己的"黑目力"已经到了升腾的时期了。

眨眼间又过了一天。

嘎查长朝格那顺和人民武装委员会主任胡雅格一起去嘎查所在地，与乌力吉那顺副嘎查长碰头商量，决定连夜把紧急通知送到群众手中。

这天晚上，胡雅格和朝格吉玛二人牵着马相随着。

胡雅格一手牵着两匹马。他递给朝格吉玛马缰绳的时候，安慰地说：

"喳，我现在去查干敖包，你回去走夜路一定要小心。"朝格吉玛点头应着，说：

"亲爱的，你还得辛苦。今夜你就得把通知送遍查干敖包，黎明之前你得返回嘎查呀！"胡雅格回答：

"是的。"朝格吉玛说：

"喂，亲爱的，咱们一起去怎么样？"她说这话时，胡雅格正准备骑上昂头旋转的马。朝格吉玛不知怎么的，心里一热，上前抱住正要上马的胡雅格。于是，胡雅格没有上马，两人并肩走了起来。此刻，对朝格吉玛来说，与胡雅格这样依偎在一起行走，是件无比幸福的事情。胡雅格有了想亲吻一下她那柔嫩、可爱的手的念头。与此同时，貉青马似乎知道了主人的意图，靠近了朝格吉玛。不知为什么，朝格吉玛的形象在胡雅格的眼前此刻是如此可爱、美丽、动人，深深地打动了他的心。他自信，在这黄昏，他与朝格吉玛这种亲密的相随，是不会有人看得见的。他说：

"朝格吉玛，你对我的工作给予了无私的、大力的支持，你的心灵太美丽、可亲、可爱了，我总是想找个这样的女子作为我的伴侣，这种想法已经很久了。"他的声音忽然压得很低，并在她凑过来的脸庞上亲亲地吻着，只听朝格吉玛笑嘻嘻地说道：

"但愿你的愿望能够实现。"说着依依不舍地放开胡雅格的身子，上了自己的马。

他俩便分手了。

朝格吉玛等着的那布其过来了。

她俩朝着德力格尔芒乃家走去。翻过几道梁后，把马嚼辔稍往右边轻轻拽了一下。牧羊犬的叫声越来越近了。两旁草丛中的螳螂和蚂蚱等虫鸣声时断时续，时高时低。从打湿的马蹬和裤腿上，可看出今晚的露水可真不少。

她们俩骑着马颠起来，看来已进入人们常迷路的那段平滩。

94

"姐，咱们可不要在这个鬼平滩上迷了路。"那布其这样说。朝格吉玛说：

"今天是蒙古古历八月二十五，没有月亮。望着北极星，掌握地形还能迷路？况且又在家乡呢！"说着，她像想起了什么事，停了一会儿，向那布其奇怪地问道：

"那布其，你认为咱们麻黄草地的很多妇女都有病，这是什么原因？"

"我到现在为止还没有考虑过这个问题。纳布塔亥额吉认为这都是不敬神引起的。"

"我不相信这是不敬神引起的。你莫木说你是在哪儿生的？"

"这事跟我说过几次。我莫木说她在一个数九天放羊时，在一个沙蒿湾里生下了我。生我后，莫木得了一场重病几乎丢了性命，为了纪念，把我原名'纳布塔素'改为现在的'那布其'。就因为起了这个名字，大户人家的主人发了火，说：'奴隶还配起这么好的名字。'还抽了我莫木五十马鞭，我莫木被扔在野地里，隔了一夜才醒过来。"

那布其对莫木讲的那段辛酸的往事记得十分清晰，她说着这些，一股愤懑的情绪哽在她的喉咙中。朝格吉玛意味深长地说：

"那布其，千万不可忘记过去的苦难。依我看，我们草原牧民是几千年以来受尽压迫，最后患上了这种严重的凉性病。"

草地上灰暗暗的，可是在天体的作用下，天空依然保持着淡淡的蓝色，耐心地等待着月亮的升起、黎明的到来。两匹马的轻轻的颠簸好像是把无边的黑色绸缎恰巧从中间撕开一般。她们两人边谈边唱，马不停蹄地往前奔驰，不知不觉到了目的地。

八

"想起了没有?"

"想起了。"

"那么……"

"就这个方面?"

"是的,说一说吧!"

"我是在想参加哪个组最合适。"

"你这个坏东西,什么你都想。"

"那么说没有办法,也解决不了任何问题。应该先了解这个地区人民的具体情况才行。"

"谁都愿意治疗,一者这里是牧区,再说治疗又不用花钱。"

"不能这样简单地看问题,我的朋友!近期我们深入群众当中,出现和存在的问题听也听了,看也看了,那个驼倌为什么躲着我们?那个老太太纳布塔亥为什么在查病时偷偷掉泪?朝格吉玛同志为什么特意和纳布塔亥一起检查身体?这些都是值得考虑和推敲的问题。"

"这种事真的存在,关键是有一部分人不明真相,怀有畏惧心理。我看在半路上碰见的那个喇嘛好像害怕我们似的。"

"嗯,解放不久,敖伦韶荣村在经济、文化、卫生等方面都很落后。尤其是我们开展群众性的医疗卫生事业必须依靠群众的自觉性,如果承认社会具体环境的话,也应承认群众中存在着各式各样的人。牧民们一旦觉悟了就一定会拥护我们。可是,有没有一些反

96

动的家伙呢？先不必下这种结论，实践中自然会得到证实。总之，世界万物中存在着矛盾和冲突，这种冲突将引起大的利弊竞争。”

“你是在说那些喇嘛吗？”

“不是，不是，绝不是！我只是谈谈自己对事物的观点。”

“那么……”

“庙里有没有影响我们工作的因素？”

“你对心理学很有研究，我对这……”

“庙里有两种情况，甚至有三种情况可能存在。一部分是支持我们的，一部分是徘徊观望的，另外一部分也许存在，也许不存在，这个问题，就像刚才说的那样，只能看其发展。这是生活中常遇到的对新生事物的对抗力量。这种力量在庙里也许有，也许没有。因此，对所处的环境应该进行分析。但是，关键问题是，我们要从热爱群众的人道主义出发，首先与嘎查、巴格干部一道去牧户中，进行深入宣传，把解放生产力的巨大任务、目的、结果、对社会长远意义等都要进行宣讲。以此获得群众的拥护。”

“这真这么重要?!”

“是的，我的朋友！这个组是我们认识事物的‘眼睛’。”

“噢，我才认识了这个宣传组的重大意义，阿拉坦巴尔斯大夫。”

“额尔德尼大夫，接受这个任务吗？”

办公室旁边平房的窗户上清楚地映出两个人的影子。两个人面对面的影子一会儿小，一会儿大，两个人都没有戴帽子。两个人的嘴不停地歙动着，声音时大时小，窗上糊着的麻纸随着他们的声音而微微颤动。

他们两个人继续愉快地谈论着，他们的话题似乎没有什么秘密，房门半开着。

门窗的灯光斜照在对面的墙上，余光轻微晃动着，暗处亦有点光线。

马蹄声由远而近。

一个小小的影子出现在门窗的阴影下面，谁都没有发觉，这种阴影由于煤油灯苗的轻微摆动而飘忽不定。

阴影下的小小的影子就像钉子一样钉在那里，屋里的两个人谈兴正浓，谁也没有注意到。马蹄声更近了，有一种震动地面的感觉，窗下那个小小的影子开始挪动，轻轻地院门开了，霎时影子不见了。

不一会儿，美岱召喇嘛大院的大门缓缓地开了一条缝，发出"嘎吱"的声响。黑暮中，那个小影子害怕那愈来愈近的马蹄声，可能跑进了喇嘛高大院里。

阿拉坦巴尔斯和额尔德尼大夫两人的谈话一直延续到午夜。

阿拉坦巴尔斯大夫对明天即将开始的新工作考虑了很久很久，不知什么时候才睡着的。

突然醒来，晨光已映在他住的平房那糊着麻纸的方格窗户上。他躺在被窝里没有立刻起床，他盯着窗户仔细端详：窗户是上下两扇组成的，中间用雕花的木头插销来固定，虽没有装上玻璃，但都是新糊的麻纸，特别明净。更值得欣赏的是窗户那五十六眼方格中间的四个方格中，用红纸剪得十分精美的"喜鹊闹梅"的图案。阿拉坦巴尔斯立即又想到：朝格吉玛送来麻黄草榀时说过"窗花是那布其剪的"。

阿拉坦巴尔斯起床后，在这普通的小土房里来回踱着步。他感觉到从四周涌来一种不平凡的暖流，浑身感到万分舒畅。太阳还未露头，朝霞透过窗户的夹缝射入屋内，如金黄色的丝线一般。他睡得太晚，起得也有些晚了。为此，他有些惋惜似的加快了动作，在洗脸、漱口时看着挂在北墙上的"卫生常识挂图"，接着又开始仔细地观察着吊在西角上的像松树叶子那样的一捆麻黄草，落在麻黄草捆上的一缕霞光没有欺骗他的眼神，是真正的亮光。呵，多么鲜活的绿草啊！有生以来，用过无数次麻黄素，昨天才亲眼目睹了它的母体原料，是来源于这种鲜活的绿色植物——麻黄草。从自治区首府来到鄂尔多斯高原工作，这是件多么幸运的事啊！研究课题的好机会就在这里，这将成为一生的骄傲和喜悦。庙里虽然喇嘛多，房屋不够，但是嘎查人民政府作了热情的安排。特别是朝格那顺嘎查长把自己住的这个房间也腾给了他们。我们要把这里当成阵地，不仅要当成办公室，更要变成宣传阵地和为牧民治病的诊所。牧民和医生们之间友谊的象征就是常绿的麻黄草。朝格吉玛同志为我们捡来的这捆麻黄草，它将永久散发出不息的光芒。敖伦韶荣村的父老乡亲们，我们一定要战胜困难，努力工作。

啊！从睡梦中醒来的高原那崭新的曙光拂去暗夜的寒冷，沁人心脾地调节起了草原的气候！

阿拉坦巴尔斯这样想着，屋内的新鲜空气固然令人舒畅，但他还是习惯地想走出去，做做早操。他慢慢散着步走到榆树园前，抗梅队的许多年轻人早已起床了，他们有的跑，有的跳，有的做着早操。在做新的广播体操时，年轻姑娘们都在前，小伙子们都在后面，额尔德尼大夫也在后面和他们一起做着操。男子都穿着紫色背心，四肢筋肉发达有劲，动作协调一致，让人觉得力量与美的和谐统一。

清晨阵阵微风带来的新鲜空气，是那样地令人神清气爽。在新的故乡，他们自由自在地呼吸着纯净而新鲜的空气；和平的象征——鸽子，也在庙宇间喜悦地飞翔，使他们深深地赞叹新的故乡的高洁，榆树的浆汁味，阔叶植物的果香味，黏土的潮润味如琼浆玉液般直扑鼻腔，滋润着他们的喉咙。

抗梅队的医生、护士们到嘎查厨房饮早茶，吃罢牧区的常规食物炒米和奶茶。他们说笑着，谈论着回到各自分配的小组里忙碌去了。

各巴格的牧民们陆续骑着马来到嘎查所在地，有的从五六十里路以外赶来，有的骑着骆驼从二区、三区、四区的地方来。嘎查人民政府西侧那广阔的草场上，准备好的很多哲勒① 上都拴上了牲畜。除此之外，西北角喇嘛院前后也拴满了骑牲。他们中有早已到来等待开诊的，还有的刚来后为找住处而忙碌的，也有的给骑牲上了绊放到草场等别人的。

庙的巷道、嘎查院、供销分店、帐篷旁、房檐下、绿草滩上、庙房子的炕上到处是赶来治疗的人，约有五六百人在这里往来穿梭，感觉闹哄哄的。年轻人扶着老年人；有活泼的小孩在前面蹦跳着带路的；有全家都来的，也有带着莫木和媳妇来的；有年轻姑娘腿疼行走不了，被亲属背着来的。医生、护士看见这些重病号热情地迎了过去，接住她们。有些年轻后生十指已经麻木，握在手里的东西往往因失控而掉在地上，他们将东西捡起来继续走着。众人中间脖子疼的抓着脖子，头疼的按着头，腰疼的扶着腰，鼻子疼的捂着鼻子。

人群中有几个乱窜的小孩，在玩捉迷藏，他们不知道什么是病痛，跳来跳去。一会儿，好奇地看那些忙碌的护士、大夫，一会儿又好奇地看着那些古怪的病人，他们甚至顾不上揩脸上的汗水。还有几个小孩不知从哪里捡来的烟头，点着抽着，背着手摆出一副贵族的派头，并且诈唬着比他们年龄更小的几个小女孩，其中还把她们中的一个捣了一棒以后转身跑去；不知哪个哭叫着的小女孩的亲属，带着疾病，烦躁恼怒地骂道：

"哪家的顽皮儿子，没有教养的东西！"叫骂声在闷热的气氛中使人感觉到"嗡"地一下，像块石头似的打在那个小孩的头上。

来看病的牧民们一批接着一批，医生们认真地接待着他们。手持小喇叭的两个人穿梭于众人之间，宣传着关于梅毒病的治疗知识。一个戴着白帽，穿着白褂的中等身材的中年人用清亮的声音通过手提喇叭说道：

---

① 哲勒：蒙古语，为拴牲口而准备的在两个马桩中间拉的长绳。

"牧民同志们，如果全面理解了治疗常识，对你们是很有好处的。"他的圆板脸上发着红光，他白色的医服在人们眼里显现出刺眼的光芒。但他那红光满面的面庞又给人以蠢蠢欲动的期望，这时人们不但没有感到疑惧，而且一扫最初的"害怕"代之以自信。

"他们这些人怎么都穿着这样刺眼的白衣服？"

"看来是人家医务上的原因吧！"

众人中几个人你一言我一语地说着，其中有个年轻男子故意说：

"你们不清楚，这些白衣服都是消过毒，杀了细菌的。"这么解释一说，人们听到"细菌"这个新名词感到特别奇怪。正在做宣传工作的胡雅格往前凑了一下，一看，原来这年轻男子是巴拉嘎。他指着帐篷里忙着的人们赞扬说：

"你们看，他们都是技术很了不起的人。"胡雅格听后不置可否地点了点头走了过去。巴拉嘎跟前此刻还有个还未来得及放下套马杆的胖乎乎的人说：

"从今天开始医生们就诊了。"

巴拉嘎问那个陌生的牧马人："您从哪里来，是来检查身体的吧？"带套马杆的牧民说：

"是的，你们村里的牧民们都来了吗？"这个人问起这些似乎无关的话题的时候，巴拉嘎离开了他，并用肩膀推开围过来的人们。人们急忙喊道：

"怎么有这么讨厌的人？"

"吠！踩着小孩子了。"

这个时候，穿着白衣服的额尔德尼大夫说：

"大家别乱，静下来。"他没等大家静下来，继续讲解着。阿拉坦巴尔斯大夫昨天晚上强调的话在他耳边回响着，他决心把宣传工作做到家。

另一个宣传员牧民们一看就认识，他是胡雅格。他念着额尔德尼大夫所写的宣传单子。与此同时,挨个儿地观察着,询问着全嘎查的重病号。陶日木柴达木、查干敖包、萨拉河的大部分牧民都过来了。麻黄草地巴格今天上午来检查的牧民们大部分都来了,可德力格尔芒乃一家至今未到。胡雅格心想着,是不是出了什么麻烦事?关心地向一大早就已来到的梅德格玛询问,她说:

"可能在等着放马的儿子阿日宾德力格尔。朝格吉玛虽捎带放着几家的羊群,并瞅空把图布新的二"饼"马车借给了德力格尔芒乃,一切都准备好了的。"于是,胡雅格才知道,朝格吉玛也没有来。他这时无暇去想朝格吉玛,专心为自己的宣传忙碌起来,投入到忘我的工作中去,报名登记处,门诊点名处都留下他的身影。

检查组的几个大夫、护士围着嘎查办公室内的大桌子旁的许多木头箱忙碌着,对所有查病的牧民登记入册,并注明其姓名、年龄、地址等。看病的牧民越来越多。一个名叫苏布德的护士说:

"喳,已报名的都跟上来。"

那里,化验组的医生、化验员们没有休息一下的空闲,他们有的做蒸馏水,有的处理消毒器械,有的在检查药物的有效期。一个做完自己工作的化验员去另一个组帮忙,并说道:

"苏布德马上就要送来血样。"

一个胖胖的年轻后生对身边的化验员说:

"这次我们真幸运,那么多液体药一瓶都没有碰碎,作化学反应的催化剂全有吗?"他这样说时,那个年轻的女化验员调皮地笑着噘了噘嘴,应答道:

"就是够幸运的。"她回答完对所有的药品逐箱逐盒进行了仔细的检查。旁边的年轻人看着那个胖胖的后生不禁笑了起来。因为,大家给这个胖后生起了个绰号叫"认真人"。他工作非常认真,肯钻研,在业务上很下功夫,并常给同志们提一些有益的建议。因此,得到了大夫和护士们的一致好评。这胖胖的后生眯着眼笑着,没有应答,那个女化验员说:

"我们的'认真人'走到哪都是那个性格。"她故意站在胖后生一旁这样说。这个胖后生略带挪揄意地说：

"嘿，有人说高原的大气层较稀薄，但气候变了，人的性格不能随着变吧?"女化验员的脸骤然红了一下，她辩护似的说：

"噢，真的呢! 你是苏布德的'哥哥'呀，我怎么老是忘记! 将来有一天你跟随她到西藏高原就能适应那里较稀薄的空气啦，这就叫适应性!"说罢，"嘻嘻嘻"地笑个没完。"认真人"撇了撇嘴，以同学的口气说：

"你别给我造谣，啊呀!"他心里感到甜滋滋的，可嘴上却似乎竭力否认。

几个年轻人看着"认真人"那不好意思的神情，都笑了。这种笑声给女化验员以鼓舞，她神采飞扬，显出一种得意的模样。

恰在这时，苏布德走了进来。

化验员姑娘的话，确实有深刻的内涵。因为在解放军某骑兵团任职的苏布德的父亲来信说，最近要去西部地区执行一项任务。苏布德并没有给她的未婚夫——"认真人"说过这事，只对女同学们说了，可是总有那么一些同学总是不能够保守别人的秘密，在"认真人"和好几个大夫跟前当面泄露了这个"秘密"。其实，心直口快的性格也有它的好处，年轻人的想法都不一样，恰恰苏布德并没有恼火，心想：这比我直接说出来更好。

苏布德端着像蜂窝那样的试管盘，活泼地微笑着看着他们，很快又变成一副严肃、认真的模样，忘我地投入到工作中去。化验组的医生、体检员瞬间安静了下来，接过编有号码的许许多多的试管，这些是从病人身上抽取的血。

验血组的大夫和化验员们正忙碌在化验台上。他们根据体检的具体要求，把每个病人的血分成四份，分别装入试管，即从病人身上抽出的血、沉积后的血渍、康氏阳性反应、阴性反应。医生和化验员们把这些试管里的血和体检单分开好后各自拿走。化验台上摆

103

着装有各种颜色的液体的玻璃瓶、试验杯、"U"形试管、酒精灯、天秤、大小显微镜等整整齐齐地放在那里。

他们把经科学分析后的血清放入试管，进行康氏反应化验时，先加一种无色的细菌载体，并以二十八度的热量作为催化剂，在二十四小时内可以验出梅毒病的椎形细菌，因此他们通知验血的牧民，第二天过来看结果。

看病的牧民有的走，有的来。大夫、护士们不顾正午时的炎热不停地工作着。抗梅队的各个组形成一个大循环，互相连接着，互相协作着，开展社会主义友谊竞赛，努力为医药科学事业奉献一切智慧。

"想来看病的，不求他自然会来的。那样没日没夜地奔波着给他们作那些动员工作有什么用?! 不想来的总是以各种各样的理由推托，就是给他钱他也很难来的，什么时候都应该一个样，应该对社会忠诚、老实! 也别当'骆驼'，也别当'山羊'，不当'骆驼山羊'，中间正好。"有着社会经验的、在新社会里偶然担任副嘎查长的乌力吉那顺这么一想，不知该做些什么，一时还想不起来。近几日来，他散一散步，顺便从嘎查办公院走到抗梅队帐篷，每天去几次询问、查看，支持着抗梅队的工作。他几乎背会了额尔德尼大夫给牧民们宣传的那几句话：同志们，梅毒病是一种遗传性的，有损人体健康的传染性疾病。通过化验血找到椎形病菌是现代科学的依据。你们应相信这些，要破除迷信，我们民族的人民群众离开这种病才能有未来的前景，这样才能创造出社会的一切财富! 他想着，重复着这些话语，他仿佛看到了民族的希望。可人们偏偏是为找别人的短处而生的，还没有抽血的达日哈与柴达尔两人一看乌力吉那顺就跑了过来，达日哈说：

"我的乌副嘎查长，把我从苦难中救出来吧，我怕抽血会把灵魂抽去，送给他们些钱饶了我吧。"乌力吉那顺副嘎查长怕的就是这种人，恰好又遇上了，就像正在写字的钢笔突然蹦了尖一样着急起来。达日哈只是怕在人面前丢脸。这时额尔德尼大夫走了过来，对他说：

"人们害怕抽血把灵魂抽去，这事也确实麻烦，尤其你们抽血抽得过多！"他这样说的时候，一些在旁边的牧民脸上露出赞同的笑容。乌力吉那顺观察起早已过来的巴拉嘎。巴拉嘎说：

"虽然验血的办法很好，但不能教条。可以让蒙医检查不愿意抽血的人。"巴拉嘎说完冲着额尔德尼大夫笑了一下。额尔德尼大夫严肃起来，这时旁边的达日哈说：

"我的大夫，还有别的办法，我们一家能不能用别的办法检查？"额尔德尼没有理会达日哈所说的话，他说：

"乌副嘎查长，您要是好好解释一下，牧民们是会接受的，他们是绝不会和你对着干的。我们只从一个病人身上抽 5 毫升的血，绝不算多呀！把这些血分成四份，每个试管才有 1.2 毫升的血。巴拉嘎，你是个有文化的人，你说，比这再少，验血就有困难了，是验不出白色椎形细菌的。"

"是啊，我们无条件地接受医药科学的研究。"

大家都知道，刚才说这话的是过去在衙门当过小文书的巴拉嘎。

乌力吉那顺听了这话有点恼火，心想：与其裹在这股倒霉的尘土里，还不如回宿舍去看一会儿书。

达日哈对巴拉嘎经常称呼她为"姐姐"是满意的，可是她对巴拉嘎墙头草随风倒的做法有点不满，太过分了，东风大随东风……她骂道：

"你这拍马屁的东西，不怕折了阳寿吗？"

额尔德尼大夫有意观察着巴拉嘎，看他说的是不是真心话。

巴拉嘎对自己所说的话感到惊讶，他不相信自己会说出这些话，心想：这话对从过去到现在一直扶持他的乌力吉那顺副嘎查长有利，我说出他不便说的话，给医生们的印象好。他这么想着，责备达日哈道：

"绵羊固然老实，可绵羊肉醒汤是硬的，你不怕喝了绵羊醒汤昏过去吗？"

乌力吉那顺副嘎查长说：

"巴拉嘎，你这个不识抬举的东西，我不过是看中你写的一手好字！"乌力吉那顺说罢有点恼火地拉开办公室的门走了进去。

他看见丹巴扎木苏正等着他。他并没有说话，爬上炕拿起那本《英烈传》，接着看了起来。他已经看到第七册，他觉得字迹模糊，就摸出自己的老花镜戴上。他的注意力一下被书中的故事情节所吸引，仿佛一下子忘了刚才的一些事以及坐在办公桌旁的丹巴扎木苏。结合着故事中的情节他想着自己：当这么个芝麻大的小官，不如去研究文史资料，靠本事吃饭，岂不强十倍？这时，他清清楚楚地听见：

"乌副嘎查长，我给你准备了几盅酒。"他没来得及应答，反而被书中情节所感染，产生了一种疑心：这家伙不费吹灰之力就把我拉过去。一直到这本书的高峰过去，他才猛然感觉到丹巴扎木苏在叫他，一听说有酒，他的嗓子就有发痒的感觉。

于是，乌力吉那顺依着丹巴扎木苏的意图喝了几盅酒后，便到了他认为进步的喇嘛——劳赖宁布家。有关庙会、查木①宗教等方面随便唠了起来，这时喇嘛拿出酒来，他连忙摆手表示嘎查制度严而没有饮用。他趁着酒热表示嘎查人民政府要支持宗教，为庙宇多办点事，他说的这些话使众喇嘛感到很高兴。

几天后的一个早上，乌力吉那顺找回自己没有饮水拴在马桩上的坐骑，他准备今天回家。正在这时，庙东南边的大榆树那边，有个护士姑娘朝他跑了过来。他一边备着马鞍一边心想：是不是来找他的。这时，那护士姑娘来到跟前，原来她是苏布德：

① 查木：跳鬼的意思。

106

"乌副嘎查长，阿拉坦巴尔斯大夫叫您呢。"说着指了指东南边的庙房。

乌力吉那顺有点不愿意去，便说道：

"有什么事，有大夫不就行了？"天真、活泼的苏布德姑娘并没有说明是什么原因，只是央求道：

"你去了就知道了，我的副嘎查长！是急事，也是要紧事，请您快点去！"

这么一说，乌力吉那顺匆匆忙忙离开马桩，与苏布德来到第三个病房。他看见几个医生围着重病号纳布塔亥。从她手上拿着的零星东西不难看出，她似乎是要离开病房时，受到了大夫们的劝阻。阿拉坦巴尔斯大夫一边观察着纳布塔亥那病态的脸，一边对"认真人"刚领来的老大夫说：

"劳赖宁布师傅，您给查一下怎么样？"他恭敬地说着，又转向纳布塔亥：

"您不能离开这儿。"说着对刚进门的乌力吉那顺点了点头："让帮助我们医疗队的劳大夫给您号一号脉吧。"乌力吉那顺走近纳布塔亥亲切地说：

"纳布塔亥，病情怎么样呢？"纳布塔亥神情不安地说：

"说什么我也不在这儿看病，家里的羊也完了……"说着试图挣开阿日宾德力格尔挟着的手，并不顾一切地推开那位护士。乌力吉那顺忙往前倾了一下身子说：

"别起来，现在是新社会了，别起来，没关系。"

纳布塔亥长叹了一口气，说：

"病稍微好了一点儿，尊敬的旗协理大人，我们全家都在这儿。我不是不叫这些大夫们看，是家里面实在没办法，牲畜也完了。"她说罢掉起了眼泪，又继续说道：

"达瓦尼玛大喇嘛的班迪巴泽尔一大早就过来跟我说：'喂，额吉，我昨天黄昏时找我上绊的马，到了麻黄草地，牧民们都在说，唐苏格达力家放着的你们家的羊都让狼抓了'，都这样说呢。"纳布塔亥说完，又哭了起来，伤心得更厉害了。乌力吉那顺说：

"唉，乡亲们，真可怜，离开了羊，以后该怎么生活？嘎查不能总是给你们羊吧！"纳布塔亥央求道：

"呜呜……回，回去，务艺① 羊还是我们这些婆姨娃娃的事！"乌力吉那顺说：

"越着急负担越重，这只能加重你的病情。"旁边的额尔德尼大夫也解释说：

"你的病情较严重，还是按互放组组长朝格吉玛所说的安心养病为好，我们会派人去看你的羊群的，我本人也可以去看一下，我们的任务本身就是搞宣传的嘛。你心里想吃蒙药也可以，再结合用点西药，蒙西结合，这相互并不矛盾。"这么一安慰，久久盯着细心护理着的苏布德的那布其说：

"额吉，您应该听从大夫和领导们的话。不听这么热心的劝告那怎么行呢？我还没给莫木说，她知道会发毛的。另一方面，巴泽尔的话怎么能全信呢？他是一个不学好的下流胚，现在又不穿他的紫袍了，而是穿着花袍子！"苏布德点点头说：

"是呀，您过于伤心的话，我们也会为您着急的。您和我那亲爱的母亲是一样的。"纳布塔亥脸上霎时露出一丝笑容，可立时又消失了。她一方面是为感谢阿拉坦巴尔斯的亲切关怀而忍着病痛微笑着，另一方面，她似乎依然轻易不相信宗教以外的东西。

乌力吉那顺比较满意地走出病房，与额尔德尼大夫一同走了。

从此以后，给这三个病房专门安排了护士、医生，并且制定了新规章制度，不让无关的人随便进出。其实，纳布塔亥来抗梅队的初衷是要决心彻底治好自己的病的，可是达瓦尼玛领着班迪来过几次后，她突然改变了主意，为此，抗梅队交换了意见后一致认为，

---

① 务艺：看羊的意思，是方言。

这里面有值得思考的问题。

乌力吉那顺从病房回来后，从办公室里拿了些东西就出发了。

夏天的原野一片一片的绿色，望上去就像一块一块的绿色绸缎，一直连到天际，天际的那一方呈现出一种灰蒙蒙的青色。乌力吉那顺想起胡雅格已带着几名医生、护士到了查干敖包巴格，于是，他抄近道直接往家走去，他心想：朝格那顺和胡雅格俩人工作很积极，如见了胡雅格，说不定又要给他安排这个工作，那个任务；医疗工作要求精益求精，没有研究完的时候；忙也是这个样子，不忙也是这个样子，不是愚笨的人能插手的营生。咳，山羊尾能上能下虽然短，但它还能裹住屁股，这也算好事，回家放心地和老婆住一晚明天再说。明天完了还有明天，要做的工作多的是。他这样想着，骑着向达日哈作价买的银鬃走马，顺手抽了一鞭急驰而去。

阿拉坦巴尔斯大夫望着乌力吉那顺的背影，站在那里等着额尔德尼大夫。额大夫背着药包，急急忙忙过来问：

"还有急事，现在走吗？"

九

微微凉风在这迷人的夏天彻夜不停地习习吹拂着，迎来黎明。原野那回旋往复的小风就像奔跳不息的小马驹一般撒着欢儿，阵阵花香唤醒了连绵起伏的麻黄草地。夏天的早晨来到了。

在羊群的"咩咩"叫唤声中，额尔德尼大夫突然醒来，一看，原来是一家崭新的毡包，这时他才想起原来是与阿拉坦巴尔斯住在一起的图布新家，仔细一听，山羊和绵羊的叫唤声就在离蒙古包不远处，从南边和西边传来女人争吵声、拦羊的喊叫声，清晰而刺耳。不像羊羔唤乳的声音，而是像几群陌生的羊群混在一起的杂叫声。额尔德尼一骨碌爬了起来，一看，包内除熟睡的小呼斯勒图外，一个人也没有。阿拉坦巴尔斯大夫也不在，图布新两口子不知什么时候早起床走了。再睡一会儿太阳就照上额头了，额尔德尼大夫这样想着，嘴里嘟嚷着：往后可得注意，牧民们都是勤快的人，这样睡懒觉可别把我们医生的脸丢了。他拿起湿毛巾匆忙地擦了一下脸，又冲着刚醒过来的呼斯勒图笑了笑，就走了出去。

毡包的西边，羊群旁边，女主人唐苏格达力正在和两个妇女谈论着什么，图布新在哪里？没有，阿拉坦巴尔斯大夫在她们旁边站着。

额尔德尼不知想着什么，扣着上衣的扣子走了过去。

"朝格吉玛，我就直说吧，我不和德力格尔芒乃家互放羊群，免得有人左右打击我。她们说我拍了你的马屁，说我占小便宜，为了将来多用德力格尔芒乃家的劳力，把自己的二百多只羊与人家的

110

几十只羊合羊，进行互放，我也不爱听这么多闲话，羊群还是自己放。"

朝格吉玛听着唐苏格达力的话，她知道唐苏格达力二十八岁，平时是个性格善良、最听话的互放组里比较积极的妇女。现在怎么了？发这么大的火，对夜里拉回惊走的羊群的朝格吉玛、那布其不但没说一个"谢"字，反而拿出一种喊骂的架势来。

朝格吉玛皱着眉，她似乎在想着什么，望着唐苏格达力那泪汪汪的眼睛，说：

"这个话是谁说的？"这时唐苏格达力看了一眼向她走过来的额尔德尼大夫，说：

"还有，造谣说因为我放的德力格尔芒乃家的羊叫狼吃了，所以这两个大夫是来调查的，我捉了几个羊，你们不相信，可以到畜群里边一一查看一下。"她还生着气，朝格吉玛在耐心地询问着：

"不是，姐！你是不是没听懂我的话，我是问，那句话是谁说的？"她又重问唐苏格达力时，她说：

"还能有谁？就是那个能吞进活羊的达日哈，这是昨天巴泽尔跟我说的。"

听见"能吞进活羊的达日哈"这句话，朝格吉玛、那布其、额尔德尼等目瞪口呆。这时图布新刚好回来，他刚好收完晚上上了三脚绊放出去吃夜草的马，恰巧听见他爱人这么一说，怕把事情弄大，对达日哈不利，阻止说：

"回家，说这些有什么用，好了，好了，不要跟人争吵，丢我的脸，咱们走吧。"说着拽住唐苏格达力的衣袖。这时看他爸跑过来的唐苏格达力的儿子小呼斯勒图也催着让他妈回家，并指着东南方向说：

"那里有人。"

真的，东南边的羊群前有几个骑马或不骑马的人。

朝格吉玛在图布新把唐苏格达力领走的当儿，说：

111

"唐苏格达力姐，谁都知道，德力格尔芒乃的羊并没有被狼抓。要说的是，达日哈姐吞了谁家的羊？这话应由达日哈负责，说出去的话是收不回来的，互放组的问题都是由大家商量决定的，对此事你就放心好了。"那布其又挡住图布新的去路对唐苏格达力说：

"大姐你说，我们如果没进行互助的话，就抽不出劳力去打狼，也就去不了抗梅队去治病。都勒禾古尔区长曾说过：'牧业互放组是社会主义初期萌芽'，大姐您还没有忘记这话吧。"

额尔德尼大夫像一名在做调查的记者那样注意着她们的谈话。他认为这不是吵嘴，而是我们的牧民在为争取真理而做的努力，同时他对阿拉坦巴尔斯解释说：

"德力格尔芒乃家的羊群里并没有进去过狼，这是多么大的幸事呀！"额尔德尼大夫以一位宣传员的身份继续对他们说：

"从麻黄草地的情况来看，牧业互放组在牧业生产中起着很大的推动作用。这比独家独自经营畜牧要有很大的优越性。我是学医学的人，对我们组的优越性从政治、经济、法律方面解释不了，但从具体情况来看，这里不存在牲畜多的剥削牲畜少的问题。你们现在都在学文化，将来你们谁放了几天羊，如果计报酬或分配劳动成果的话都要以按多劳多得的原则去处理。"

唐苏格达力并不是没有听懂大家说的话，可她对此事却越想越有气。因为达日哈在此之前把她幼年时就去世的父母双亲骂了个体无完肤。图布新盯着他爱人说：

"德力格尔芒乃家的羊要交你去交，那只羊咱们慢慢再说。"

这个时候，从东南边站着的人群中梅德格玛站了出来，高声喊道：

"那布其，快过来！"众人扭头一看，梅德格玛站在达日哈和其木德稍旁边数着羊，很明显，她在数交来放入畜群的羊。那布其骑马跑了过去，依照朝格吉玛的话，去拦阻即将上马的其木德稍，她抓住其木德稍的马嚼辔。这时听见她喊道：

112

"达日哈、梅德格玛，你们看这算什么事？吵嘴是你们吵的吧?!为啥要拦着我?!"其木德稍喊完又放低声音说：

"梅德格玛，放畜群这事是你们家和达日哈两家的事，我不过是找夜里惊炸的羊群，那事根本和我没关系。"她这样说是故意推卸放畜群的责任，而那布其恰恰认出这群羊是其木德稍的羊。于是她就问她妈：

"莫木，这是谁家的羊群?"

"我的姑娘，这是我们要放的那部分畜群，我已给朝格那顺说过这事。"那布其听罢又说：

"莫木您要放其木德稍的放畜群，通过嘎查人民政府作证不是比较好吗?"这时其木德稍着急起来，下了马，换了一副笑脸，说：

"不是，你认错羊群了。达日哈家给你们放畜群，我刚才不是说过吗。"

朝格吉玛、阿拉坦巴尔斯、额尔德尼等走了过来。

唐苏格达力也过来了，在十来步远的地方默默地站着。图布新牵着马领着小呼斯勒图不见了，可能回去了。

梅德格玛数好的羊群东跑西窜拦挡不住，她着急地喊着那布其：

"我的姑娘，快点拦那些羊!"嘴里嘟囔着，好像在骂着她的大姑娘。

朝格吉玛与阿拉坦巴尔斯、额尔德尼一起走过去帮助梅德格玛拦住那群羊，问道：

"这群羊是谁的羊？我的扎吉!"梅德格玛实实在在地回答说：

"这是放畜群的羊。"朝格吉玛悄悄瞟了一眼其木德稍和达日哈质问道：

"真的吗?"

额尔德尼心想：这里的事情接二连三，真是不少。其木德稍忙着说道：

"达日哈知道，昨天我的一部分羊群半夜突然惊炸跑了，现在我正在找这一部分羊。"对羊群底细最熟的那布其说：

"你的其他羊昨天还没有记号，可是现在为什么放记号的羊群夜里全部惊炸了呢？"朝格吉玛说；

"谁都可以放畜群，可是必须要以嘎查人民政府的决定来办理手续。达日哈姐，你畜群里没有这种额白的绵羊，为什么要把其木德稍的羊群当成你自己的呢？你不能听她的转移畜群坏主意！"朝格吉玛直盯着低着头的达日哈的脸。

达日哈突然与唐苏格达力争起一只绵羊来。

其木德稍对朝格吉玛提出的问题和提醒自己的嘎查人民政府所颁布的新苏鲁克制度无言对答。其实她知道，实行新苏鲁克制度是苏鲁克主和放苏鲁克者双方签订合同后由嘎查人民政府来证明的。

可是她为什么不这样做而把达日哈当作替罪羊呢？朝格吉玛心中疑窦横生：达日哈可能是为了追求某种利益而在耍什么把戏，但她没有那么大的胆量呀！

两位大夫虽然不了解"这些新课题"，但是她们所谈的这些不是一点没有用，它直接关系到经济基础甚至这次医疗工作的胜败。尽管这样，额尔德尼大夫纵然胸中有万千词汇，但是让他此时此刻找一个合适的词汇来解释这些问题还很难。

这时一件很简单的事给达日哈、唐苏格达力给予了正确的答案。

唐苏格达力吆过来的图布新和德力格尔芒乃的畜群中，有一对冬羔在"咩咩"地叫着跑了过来，与放新记号的白母羊相认了。

图布新确实是个精明的人，他走了过来，看着那两只认母的冬羔对两位大夫说：

"你们放心吧，我爱人的工作我去做，我们一定要把德力格尔芒乃的羊群看好，连一只羔不会让狼捉走。"说着往蒙古包走去。

这时候，朝格吉玛急忙朝阿拉坦巴尔斯走了过来，说：

"阿大夫，我给你一样东西。"说着从怀里掏出一个装着不知什么东西的墨水瓶。阿大夫接过后高兴起来：

"这是寄生虫啊，从哪里弄到的?"朝格吉玛说：

"从沼泽地里捡到的，您给研究一下，这里的羊一到春天就死得特别多，与这种虫子有关系?"她说着，往其木德稍面上瞅着，好像她脸上有寄生虫。阿拉坦巴尔斯高兴地说：

"行，行，我先带走。"

阿拉坦巴尔斯、额尔德尼两位大夫特别高兴，他们在分手时与在场的牧民一一握了手。

达日哈红着脸强握了一下额尔德尼大夫伸过来的手，觉得软绵绵的，可是她觉得那只额白的母绵羊的"咩咩"叫声更为刺耳。

其木德稍在这种情况下才跟朝格吉玛谈了建立合同的事情，并决定把这一部分畜群给梅德格玛放苏鲁克，自己就骑马走了。她想起刚才的所见所闻，恨不得找个地缝钻进去。她眼里看到的已经不是过去那脸皱得如鱼鳞一般，手冻得像秋末的胡萝卜一样，满头虮虱，穿着褴褛的烂皮袍，有着两只黑色而毫无生气的大眼睛的那个过去当奴隶的朝格吉玛，如今站在她身边的已经是双眼炯炯有神、满脸有光彩、浑身神气飞扬、摔动着有力的体魄的另外一个人。她当时并不相信自己的眼睛，感觉到头发竖立起来，头昏脑涨，全身出虚汗，只感觉到一阵发冷。瞬间，她觉得辽阔的草地缩小了许多，竟不知该往哪里驱使骑着的马。她心里现在就想去找朝格吉玛认个错，这也是应该的，但她用力勒了一下马嚼辔，前倾着身子站立在马镫上。眼前的原野慢慢舒展开来，草地和山水旋围着被甩在后面。

几天过去了。

梅德格玛昼夜不停地思考着孩子们的好运气，照她的想法，即便不把已经成人的大女儿嫁给有着成群的马匹、整圈羊群的大户人家，但也绝不能嫁给包前没有吠的狗、圈内没有叫的羊的那种穷人家。在附近的岁数相仿的认识的人们中打听过几次，也没有一个合适的户子。另一方面，目前正宣传实施着新的婚姻法，还得看公家人的脸色。远的近的，道听途说，婚姻方面有各种各样的传言，搅得人心神不宁。

达日哈常说：好事务要靠好管家，好姑娘要靠好媒人；在敖伦韶荣嘎查里，像达日哈那样懂婚姻事务的数也数不出两个来。如果照她的说法，现在的事务依然应按旧方式办，这个惯例是不能改变的。梅德格玛老是想请达日哈做媒人，求她的话她绝对不会说个"不"字。况且达日哈还给她流露过这方面的意思：养下女儿就等于养下了女婿。姑娘家聪明、贤惠、手巧、貌美即是她一生的唯一资本。村里村外有名的、如十五的月亮那般容貌姣好、体态婀娜的姑娘就应该许配给生活富裕、没有欠债、没有病灾、一见钟情、通情达理的小伙子。梅德格玛最近听村里面传说，那布其与阿日宾德力格尔两人自由恋爱了，她想到这个心里怪不是滋味：德力格尔芒乃一家只有三口人，倒是个利索人家，老两口但凡有点办法从没有求过东厢西邻，哪怕是一块布头那样的东西。可是，全家都是病歪歪的，从这一点来说，我家还比他家强，人常说：无病灾就是万幸。这么一想，刚刚离去的达日哈的话又响在耳旁：咳，我的老姐呀，德力格尔芒乃家能给得起你几匹大走马呀？含辛茹苦把女儿养这么大，不向他要点彩礼那怎么行?! 子女养活老人这是天经地义的，暂且不说他穷，看那一家病歪歪的模样，看都不愿多看一眼，只有你才愿意和他们结亲家。抽血被抽走灵魂的纳布塔亥已经没有一点"黑目力"，阎王爷已经等着她……"

达日哈继续说着。

达日哈的话就像钉子一样楔在梅德格玛的耳朵里。

梅德格玛出了一身的冷汗，不知是害怕还是为什么，她产生了一种奇怪的想法，身体觉得不适。她走到正在酣睡的阿美腾和西日夫跟前，轻轻拉起睡眼迷蒙的儿子，领到外面，听着外面的动静，

116

对在夜里外出的大女儿那布其很不放心。

那布其和格日乐俩人打狼回来后到了朝格吉玛家。格日乐和朝格吉玛饭后即忙着缝没有缝完的蒙古袍，那布其也在缝着蒙古袍用于拧结花扣的布条。她没一会儿工夫就用小布条拧结出许多精巧好看的梅花扣，说：

"姐，这纽结的扣子怎么样？"朝格吉玛看着缀扣子的格日乐，收起针线别在袍襟上，又看了一下那布其灵巧的手艺，说：

"嗯，纽扣大小一致，挺整齐。不过，还得用锥子挑紧布条，这样的话，不但结实，而且就更漂亮了。"

十岁开始就学会针线，缝旧补烂，粘帮纳底，刺花绣边一门心思爱好这些，而对外面的事一窍不通的那布其不一会儿就纽结出五枚漂亮的扣子。朝格吉玛用挑剔的目光在灯下看着这些纽结得十分成功的梅花扣，欢快地笑了。这种微笑是对年轻的那布其姑娘由衷的赞许。那布其不明白朝格吉玛此时的心思，略带点感到意外地问道：

"我的姐，你在想什么，这么欢喜？"

不言语的格日乐这时也盯着朝格吉玛，似乎也在这样问。

朝格吉玛答道：

"别往坏处思谋，对你什么也没想，我是在想着另外一件事。"

那布其与格日乐几乎同时追问道：

"什么事？"

"说说看？"朝格吉玛和这两个亲密无间的姐妹们说起来：

"我是想，我们牧业互放组的牧民们如果能像这纽扣一般紧紧拧结在一起，那该多好啊。"

朝格吉玛这样说的时候，坐在她和那布其中间悄悄缝着蒙古袍前襟衣边纽扣的格日乐有些激动地说：

"是啊，我们蒙古族人民如能像纽扣一样紧密团结起来多好啊。"说罢，她的脸有些泛红地抿了抿嘴。那布其接着说：

"唉，我们的民族是会紧密团结的，可是我们互放组是做不到这一点的。达日哈姐退出互放组就是一个例子。"

朝格吉玛并不认为那布其所说的话是小看牧业互放组，于是，她心平气和而又胸有成竹地说：

"我的那布其、格日乐，牧户的经济情况，每个人的思想情绪都不一样，我们不能死板地用一个标准去要求群众，想退出的就退出，想加入的就加入，胡雅格也说过，我们的牧业互放组是社会主义的初期萌芽。"那布其、格日乐一听愉快地笑了。

她们的笑声似乎为牧业互放组增添了一份光彩。每一个追求真理的人都在为麻黄草地的新变化而感到高兴。比起以前，狼减少了许多，坚持跟群放牧后，羊群不惊炸了，膘情也好了，繁殖也快了。过去每户牧民出一个人到三个乌日特①外去买各自的粮，如今组里指派几个人就统一全买回来，同样的工作却节省了不少的劳力。买粮缺钱的特困户以组筹钱解决困难，帮他们渡过难关。合并畜群轮流放牧的形式，使有病的牧民得以去抗梅队里治疗……但是，人们对朝格吉玛都有不同的看法，单就从她羊群里进了狼而言，看法就不一样，有的说：是没有跟群放牧的原因；还有的说即使跟群放牧，"天狗"捉羊也是件无法阻止的事；也有的说：经常跟群放牧的朝格吉玛在羊群遭到狼的残忍侵袭之后不吸取教训，每天忙于互放组的事，偶尔使羊群放任自流，到后来的话语就更尖酸刻薄起来，把所有罪过全推在朝格吉玛身上说道：

"进达日哈羊群中的狼是通过朝格吉玛的羊群进来的。"

"甩尾巴的马是因为蹭烂了脊梁，有坏毛病的人自己要事先提防。你们看不出来？有毛病的朝格吉玛没日没夜地积极参加着打狼运动。"

"话可不能说得太过分……"这样的风言风语满村流传起来。

---

① 乌日特：蒙古语，驿站的意思。元朝时送信的一个驿站为三十华里，叫乌日特。

118

听到这些话语，一方面会令人惭愧，另一方面，要打破砂锅问到底，弄清是非，再者有人听了这话还是挺高兴的。

她们三人唠着话就把梅德格玛的棕色绸长袍缝好了。她们看着舒适、宽大的蒙古袍很满意，不由得高兴起来。

没过多久，蒙古包内又传出"沙沙"的翻书声和结结巴巴的朗读声。那布其、格日乐两人各自手捧着识字课本，按区文化干事丹巴扎木苏所教的那样，逐字逐句地朗读着。朝格吉玛不知从哪弄来指头厚的手抄故事书沉浸在书的情节里面。蒙古族姑娘们不但心灵手巧针线好，而且对文化也感兴趣，识的字越来越多了。

那布其频频抖动着肩膀，望着毡包的木圈顶，好像在望着月亮里的嫦娥姑娘，只怕看见她，但是除了蒙古包内的三人之外，谁还去看她们呢？

那布其的心此刻已不在包内，一对乌黑而温柔的眼睛转动着，似乎在寻找着那一位心上人。

这个时候，在茫茫的野外，上演着一幕令人赏心悦目的情景。

遥远。

月亮、星星之下，云彩和习习小风之间。

在前面影影绰绰的黑色轮廓中，阿土木韶荣的石洞中回荡着一个响亮的声音：

"在很久很久以前，在这个山脚下，有个特大的井名叫'达宏'，里面有一个终年奔涌不息的水桶粗的泉眼。突然，有一天晚上来了一条桶粗的大蟒蛇，爬到井口喝了水，然后就到我们现在住的这个仙人洞住了下来。那时人们还不知道这是一条毒蟒，不知不觉间，这里的人畜逐年减少。当人们发现这条毒蟒从很远的地方就能吸吞人畜时，方圆几百里已成一片荒芜之地了。"

"啊呀，真够可怕的?!"

"那么后来呢？"

"一天，有个穿着破皮袍的老太婆亲眼看见这条毒蟒把马群吸吞了进去，连忙跑回去把她所看见的这可怕的一幕告诉给她那戴着羽毛帽的猎人老头。猎人老头一听，提起弓箭跨门而出，善良的老伴追在后面喊着：'毒蟒会把你吸进去的！'这时，智勇双全的猎人老头马上想到了一个办法。于是，他用自己狩猎或家用的两匹驴驮了满满四毛口袋马粪，并在马粪中塞上火药和箭头，挨近洞去，他把后面一匹驴驮的马粪点燃。不一会儿，贪婪无度、凶残恐怖的毒蟒一下子就把两头驴活活吸吞了进去。毒蟒就这样被炸死了，猎人老头返回家时，老伴已得了重病奄奄一息，猎人老头见了呼天喊地地痛哭，他给上天磕了三个头，求老天爷开恩救人。这时，上天突然派来一名神医，为善良的老太婆治疗残病，让她恢复了健康。这样，猎人与老伴从此平平安安地过上了好日子。"

山洞里听故事的猎人们"呼"地一声高兴起来，坐在篝火旁的阿日宾德力格尔有声有色地讲完了上面的故事，听着的猎人们被他的故事迷住，齐声赞叹着他的口才天赋。说实在的，近几天以来，阿日宾德力格尔的心情特别激动。猎人们不求他讲他也要讲，不求他唱他也要唱。但他也并非忘乎所以，在完成主要任务——打狼运动中他还是很积极的。这些都很自然地得到了牧民们的信任。有一种秘密在他心中像篝火一般霍霍燃起，他心中想：别蹦了，我的心，秘密只有两颗心感觉到就足够了，不能把过错全部推给可怜的她，这不行，我没写回信也有我的责任。是的，这是年轻时所遇见的常事。

习习轻风吹到仙人洞口，篝火燃烧起来，通红的光焰照着洞内猎人们不同的面庞。轻柔的凉风旋转于云层和月亮之间，抚摸着地面山蛮间生长的冬青、酸刺、萨格斯戈力、紫树、紫蒿、野杏、希力柏① 等长年生长的植被。高原的脐眼麻黄草地，是奎腾河的摇篮，它默默地观察着周边这雄浑而非凡的自然景观，随着地球的转

---

① 希力柏：蒙古语，高山或硬梁上生长的多年生灌木。

动而转动。

阿拉坦巴尔斯、额尔德尼两名大夫深入牧村几天后又返回嘎查抗梅队驻地。

抗梅队愈来愈深受牧民们的支持和拥护，工作进入一个崭新的、蓬勃发展的阶段。

医生、护士们认为，医疗工作已进入转折点，他们感到十分欣慰，翻开记录一看，查病的人数最多的一天达到二百零九人，众多巴格的大部分牧民已经接受检查，对医疗持有怀疑态度的很多喇嘛班迪也纷纷自愿接受检查。大多数病人经过第一疗程的治疗，就有了明显的好转，这些病人向大夫、护士们表示了他们由衷的谢意。有的患者刚来时并不愿意治疗，在宣传员的宣传攻势下，他们的思想倾向完全掌控在宣传员们的手里，从而无可奈何地接受检查，又不知不觉地好了起来，患者们这时才像猎人获得了好的猎物一般打心底高兴了起来。他们惊叹遗传性的性传染的顽固的锥形病菌能用那水质"白油"——尤西林来杀灭，从而更加佩服这些穿白衣的医生、护士们。

自治区首府派来的医生、护士中，没有一个人闲着，都忙于各自的业务，除主要工作以外，出诊治疗、护理病人、治理其他病源、讲解卫生常识、培养乡村医生、捡拾草药等工作也轮流进行着，尤其新鲜的是星期六晚上所进行的各种晚会，把医生、护士组织起来召开研究座谈会，上化学课、开谈心会、象棋比赛等作为晚会内容。阿拉坦巴尔斯大夫由于作一项有机化学课题而在每个礼拜六晚上都一头扎进对这项课题的研究中，护士、大夫们对这个留学回来的高级大夫非常理解，从不打扰。阿大夫是个特别爱好化学的学者，自发组织护士们讲解金属方面的知识，他清楚地解释说：钙在生物细胞中碳水化合物的组成部分——糖化属、淀粉等的合成中起着很大作用，它直接决定蛋白和脂肪的组成。阿大夫还亲手拿来两种滴滴金花草，进行了比较，即一种是多种营养之下的滴滴金花

121

草，另一种是只有钙营养的滴滴金花。护士们看着一个长势旺盛，一个长势低矮的两种滴滴金花草，心里默默地想道：安排好患者的饮食营养是多么重要。

额尔德尼大夫晚饭后叫了巴泽尔等几个班迪进行谈话，又给他们教了自己学过的几首歌，他们有的对学歌有兴趣，有的没兴趣。但是他从没有过问巴泽尔造谣、捣鬼搅乱纳布塔亥心绪的那些事。

十

高原的气候开始凉爽了，临近秋末的劲风如同拧紧的细绳一般抖擞着。一天中有两个时辰，冷风吹进山谷、硬梁、草地，它提醒人们添加衣物来保持体温。

设有衙门的美岱召庙里的几个喇嘛、班迪最近违犯黄教法规，并还俗回到乡村。他们穿老百姓的衣服反而感到很亲切。

达瓦尼玛气狠狠地跨着步，对格斯黑①、宰桑②、领诵喇嘛等一个一个地叫着名字教训道：

"一定要加强诵经，严格庙规，不得让别的事情混淆于宗教，禁止一切闲人出入。"

早晨，有个十岁左右的小男孩从喇嘛商院的大井上吊着水，那个男孩剃着光溜溜的秃头，吃力地担着两只铜水桶走到半路歇了起来。那个小孩歇了一口气，然后东张西望。正在这时，他看见迎面几颗石子擦着他的耳根"嗖"地飞过，与此同时，从喇嘛院的烂墙豁子处三个撩起裙子的班迪悄悄追了过来，边打边喊：

"五个指头敲你五个疱……"

"十个指头敲你十个疱……"他们齐声喊着扑过去，在那小男孩的光头上几只手一齐用指头敲打了起来。接着因害怕而扔掉扁担想跑的小男孩早被他们压倒在地，当头上感到火辣辣的疼痛时，他才醒悟过来，朝达瓦尼玛的班迪巴泽尔的脸上用劲打了一拳，巴泽

---

① 格斯黑：也叫格布黑，即掌堂师，是喇嘛教寺院的执法喇嘛，俗称铁棒喇嘛。

② 宰桑：明代封建领主习用的一种称号。

尔喊着：

"来呀，把这班迪的裤子脱掉，用他屁股蹲出个骆驼蹄印来，快点！"他说罢用手捂着额头上鼓起的青包。

那个小男孩爬起来抓住扁担就要还手，巴泽尔等几个班迪见状转身就要跑。这时，巴泽尔还想捡个石子再打一次，但他没有捡到，与那个胖班迪一起飞起一脚踢倒那两桶水，这才慌忙跑开了。倾倒的桶"叮叮当当"撞着石头、烂砖往下滚的时候，那小孩忙用扁担把它钩住。

西日夫只好再去井上吊水，重新装满一尺高的水桶，摇摇晃晃地担着上了坡。

他可能担好了水。从喇嘛商院悄悄走了出来往西跑去，他一口气爬上庙西北的那座硬梁。气喘吁吁的西日夫继续耐着疲累往前跑，一直跑进了温都尔芒哈。他心里着急着：怎么办呢？突然抬头往后一看，看见并没有人追来，他攥紧的双拳掌心满是汗水，汗水一滴一滴掉在地上，他觉得自己更紧张了。他想，他应该去郭尔奔陶勒盖找他的几个小朋友。这样想着，可他犹豫起来，最终没有改变方向，作出决定：唉，找他们有什么用，这又不是玩耍，还是要找朝格吉玛姐姐。这样决定后猛一抬头，像是看见什么，"哇"地喊了起来：

"啊呀，我的妈呀，它怎么出现得这么突然？"他这个话似乎莫名其妙，其实此刻在他面前出现了要命的东西——一头凶猛的野牛正冲他跑了过来。西日夫哆嗦着像个木头人那样站在那里。

这时野牛背面的土堆那边，连续传来急促的喊声：

"卧倒！快卧倒！"

"快——快点——野牛——去了！"还有人在骂着：

"你不想活了，就那么站着！"还有个女人的声音清清楚楚地传来：

"快，藏起来，我弟！"

转眼之间，野牛与小孩一交错，人往前倒了下去。约四百多米之处出现的这一骇人的一幕，真是令人心惊胆战。

　　本来该死在枪口下的野牛却逃了出去，现在出了人命，这可怎么办？小事变成大事，谁能想到，这都是柴达尔的坏点子。朝格吉玛这样一想，感到心跳胸闷，头晕目眩。她用鞭子猛地抽着坐骑，连马奔跑的速度都没有感觉到，脑海中只想着被野牛抵死的小孩。世上的事真是捉摸不透，毫无征兆地就会降临。在区、嘎查的努力之下组织零散户成立互放组，开展解放以来从未做过的秋季打草工作，与兄弟巴格和互放组刚刚订完友谊竞赛活动。恰在这时，有些户，不支持这个新的工作，与此同时，嘎查决定在打草场上要杀野牛，不但没有被捕杀，反而出了人命。早知道会出这么大的麻烦，还不如不去杀它！按照图布新的建议，巴拉尔①里见到野牛时就开枪的话，这事早了结了。可是，柴达尔那种小气得能把绵蓬当成蒙古包的人，用他那秃耳朵黄马想把野牛拦到自己家门前，说是杀了后要下水方便，又要拿牛的热血沾筐笒、簸箕。硬把野牛撵得恼怒起来，野牛的眼睛就像喷着火一般，流着涎水，喘着粗气，越追越远，猎枪根本无法瞄准，追赶着刚靠近一点，它就反向你冲来。谁不爱自己的命？那个畜牲可不管你爱不爱性命，稍有不慎就会立刻要了你的命，不逃跑怎么行？柴达尔的秃耳朵黄马如不是跑得快，野牛早已抵死了他。

　　朝格吉玛想起柴达尔有点恼火，她曾想过放弃野牛。可是她已经跟全体互放组的成员说了，如今怎么好食言呢。朝格吉玛所骑的"撵狼大红马"突然受惊，将两只前蹄腾空而起，把她差点掀下马来。她紧拽嚼辔绳，稳住惊马，一看，马蹄右侧，那个小孩脸向上，平躺在地上。她连忙下马，看到那个小孩身上并无血迹。

　　图布新、朝格吉玛等一阵紧张，认出是机灵的西日夫，原来他

---

　　① 巴拉尔：蒙古语，有着沙蒿、沙柳的沙漠。

是在野牛扑上来的一瞬间藏起来的。他俩赶紧喊来柴达尔，图布新连连夸着西日夫，不由高兴地笑了，他一下马就说道：

"哎呀，爱闯乱子的西日夫，你到这儿来干什么？快起来！"朝格吉玛摸着这在野牛犄角下机智地逃过一死的西日夫的头，质问道：

"喂，你为什么跑到这儿来？"这么一问，西日夫高声回答道：

"我要回家，不念经书，我要回，我一定要回去！"他爬起来跌撞着就要跑，被朝格吉玛一把拉住。西日夫又低声求道：

"姐，你放开我，我说什么也不在庙里当班迪，您给我想想办法吧。"朝格吉玛说：

"你回家悄悄住着，我和你莫木商量商量吧。"西日夫说：

"不行，不能给我莫木说，她又要打我。"说着拉长声音哭了起来。

图布新靠着马鞍笑了。准备骑上马，他说：

"喂，你们俩快上马，野牛卧倒了。"

朝格吉玛体贴地给西日夫教了个办法，让他先去温都尔芒哈西南的打草场。西日夫心里想着：她莫木让他到庙里当班迪的决心降几分该多好，这样一想，顿时欢快起来，觉得这才真正有了自由。西日夫给朝格吉玛、图布新两人说他也到打草场上帮忙，他对他的要求得到默许而感到非常高兴。当避过危险的西日夫走到温都尔芒哈脚下时，朝格吉玛她们骑着马隐蔽着前进，到了温都尔芒哈巴拉尔东北角上卧倒。

过去的温都尔芒哈巴拉尔在本旗范围内是很有名的，其中的赛音奥力呼热乎是著名的野生灌木林区，后来连年干旱遭到了前所未有的自然灾害。赛音奥力一片绿色的时候年年举行赛马。遇灾年后百姓的生活一年不如一年，赛音奥力呼热乎的植被逐年减少，明沙不断往前推移，春夏秋冬四季生机盎然的赛音奥力全部沙漠化了。为此，赛音奥力这传统的美名渐渐被人淡忘了，代而称之为牟奥力。可是贫穷的牧人们始终爱着自己的故乡，向天地祈祷，可爱的沙土啊，请尽快回到主人的怀抱吧。剩下的仅有的部分灌木是解放前几年留下来的，成为现在这一片小型沙漠绿洲，于是那里就出现了野牛。刚开始，为保护驯养野生动物使它们逐步变成家畜，嘎查人民政府专门作出决定，制定过相应的条例。可是，有些人偷猎野牛，这些野牛的数量逐渐减少了，剩余的野牛因无法生存而时刻威胁着牧民们的生命。为此，区工委为了保护人民的生命安全，才作出这种决定的。

图布新、朝格吉玛、柴达尔等人追野牛。牛虽然卧伏在沙漠东北出口，但是野牛一见骑马的人，顿时跳了起来，继续往北逃窜。野牛不时扇动耳朵听着远近的动静。柴达尔说：

"我们继续追吧。"图布新、朝格吉玛听他这样说，图布新阻拦住正要往前奔走的柴达尔：

"不要再追了，人们常说牛在太阳落前必然要卧的，从这个规律看，野牛也一定会卧的。"图布新说罢自己守在东南口，让柴达尔守住西南口。

真的，正如图布新的准确判断。

正要翻过一座宽坡的野牛突然停住，低头嗅着地面，转了两圈，"扑通"一声果然卧倒在地。

朝格吉玛用缰绳绊住马，拿着枪往前爬，顺手对图布新、柴达尔打了个让他们也卧倒的手势。

枪声响了。

他们几人一起奔向野牛。

着急的柴达尔提着刀子就往前跑，他突然在老鼠洞里重重绊了个筋斗，手中的刀差点伤着自己。

"喂，柴达尔，你怎么回事？"

"没有伤着吧？"

柴达尔没有答话，爬起来继续往倒下的野牛跑去，一到跟前，他举起刀就往野牛脖子上捅去。他用沾着血的手拍了一下气喘吁吁

127

的图布新，说：

"哎呀，我的伙计，正中野牛的眉心。"图布新慢腾腾地说：

"没有，我的那一枪没有打住。"柴达尔说：

"咳，怎么没有打中？我亲眼看见你打的！"朝格吉玛低声说：

"野牛再也起不来了。"

图布新返回巴拉尔取回刚才丢在那里的骡车。图布新是一位身材细长的人，他有一副黑色透红的四方脸庞，他虽说只是个二十九岁的年轻人，但背却过早地有点驼了。他自始至终加入打草运动。近几天，他心中有点喜事，这种情绪大概是摆脱凉性病的折磨而自然产生的。过去他骑上马一走路，双手总是麻木，腰背酸痛，可现在干体力活不但不痛，反而更加有劲了。想起这事，他不由自主地微笑起来。半月前的一天下午，他正准备接受采血站在那里，他前边采血的希日万突然昏倒在地。旁边挽起袖口等着的图布新见此情景，正要转身跑，有些牧民也跑了。已在准备注射的牧民们看见有人昏倒，也开始心神不宁，互相交头接耳、窃窃私语，场面顿时有点混乱。

其木德稍抱着昏过去的希日万大声哭叫着，一把揪住走近前来的乌力吉那顺的衣襟，央求道：

"啊呀呀，我的妈呀，求求你们救救我的女儿吧，抽血会抽去人的灵魂的，这半天是真的呀！"乌力吉那顺不理睬地将手背在后面，说：

"你不要指着我，不是我把你们请来的！"阿拉坦巴尔斯大夫连忙给希日万扎了针灸，慢慢又抬头望着门外混乱的场面解释道："大家不要害怕，没关系，这是很常见的人体现象。过不了多久就会好的，主要是因为过于害怕而引起的。"这么一说，准备走的人们又围过来听他解说。

果然，希日万不用多久又醒过来了。

牧民们把阿拉坦巴尔斯看作是一个神医。

这个事件以后，额尔德尼大夫专门走村串户进行了这方面的宣传。抗梅队专门腾出一个帐篷进行图片展览。以为什么要抽血、血是怎样形成的、试验的过程是怎么回事等为内容，进行详细讲解，并把化验过的血交给本人带走。这一巧妙的办法排除了某些人造谣惑众、流言蜚语的干扰，让牧民们亲眼看到了这个情形。

图布新的脑海就像长了翅膀重新飞进了蓝天的小鸟一样，当天下午就开始治疗了起来。

图布新怎能忘记这一幕呢。

图布新、柴达尔二人忙着剥油滚滚的野牛皮的时候，朝格吉玛把坐骑全部牵过来挽起袖子准备处理牛的五脏肚肠。图布新长时间没有说话，这时他说道：

"朝格吉玛，我们来个比赛！"他说罢望了望柴达尔那毫无表情的脸，又说道：

"行啊，你们俩不怕牧民们常说的十二指肠的鞭打吗？"他们都笑了起来。

柴达尔看了看图布新，脸上露出难以猜测的微笑。他俩把牛肉御几节，分成前腿、脊骨、胸岔、后腿、脊梁、颈骨、尾骨七部分，就剩下分头。这期间朝格吉玛已把肚肠清理完毕，笑道：

"喳，怎么样？图布新哥该轮到你逃跑的时候了！"说着就把收拾完的十二指肠举了起来。柴达尔以为朝格吉玛不可能和比她大的图布新闹着玩，于是他就无动于衷地坐在那里。图布新在任何事情上都没有输过，如今只好回避着十二指肠厚厚的油腻的沾染和屎粪的击打，而不得不狼狈地逃走。朝格吉玛追上去真的就要打在图布新身上的时候，图布新只好无可奈何地认输：

"喳，喳，朝格吉玛，这回我认输了，记在账上吧，到冬天卧羊①的时候，我不但要赢，而且要把十二指肠连粪煮了之后让你吃

---

① 卧羊：牧区一到冬季开始贮存肉而宰杀牛羊，这就叫卧羊。

129

进去。"朝格吉玛不言笑了笑，走了过来，跟图布新直截了当地说：

"到那个时候可别让唐苏格达力大嫂用十二指肠打得你满脸'屎花'，你可得注意点。"图布新依然警觉地站在离朝格吉玛远点的地方，看着她显出一对酒窝的鲜嫩的脸庞微笑着，他预防她再次甩起十二指肠来打他。

可是柴达尔这个人真够呛，提着牛头和牛蹄向朝格吉玛要，朝格吉玛是受别人指派来执行这项任务的，就开门见山地说道：

"喂，你以为是我说了算？你这个人，这是大家的东西，我和你一样做不了主！"朝格吉玛一点面子都不给地说。

图布新虽然知道柴达尔是个把针尖大的事都看在眼里的人，但他起初并没有说什么，过了一会儿，暗里嘲笑着柴达尔，明里支持着朝格吉玛：

"在饿着肚子的骆驼眼里，野沙蓬都是好东西。"他这么一说，坏了，矮个子柴达尔就像纤细的胡子被刮了一样，脸刷地白了。他跳了起来：

"呸！呸！穷光蛋们，让我的马累了一整天，听你们的话跑遍了草场，你们还讲不讲理？"朝格吉玛听罢反问道：

"讲理就讲理。本来是你想把野牛赶到家门口，才把人马累成这个样子的。"柴达尔很恼火，可他无话可说，便骑上他那秃耳朵马一溜烟就走了。图布新看着他远去的背影心想，柴达尔呀，这确实太过分了。不过他本来知道这位邻居有个"稍助与邻，即论于酬"的品性，他没再说什么。

第二天，新的工作又开始了。

解放以来，虽然首次开展打草工作，但进展顺利，牧民们很活跃。它已成为牧业生产的新的主要组成部分。

放眼望去，一片一望无际的秋天的金色，除了早晨和晚间，天色晴朗，舒展，使人的心情无限地开阔起来。凉爽的秋风吹拂着聪慧的高原牧民后代青年们黑色的头发，舒展了老年人喜悦的额头。

半响午的太阳照耀着山梁，柴达木、沟壑和草地，割草的人们微笑的脸上增加了几分光彩。敖伦韶荣有几百个牧民参加了打草，这么多的人一起出动打草，是经后来统计才知道的。由于草势长得特别好，山梁、柴达木、沟壑全被草覆盖得严严实实，虽然有那么多的人在其间活动，可却看不见他们的踪影。

牧民们尽情地歌唱着《欢乐的故乡》，那高亢、嘹亮的歌声在金色的草浪中荡漾着。草的品种很多，牧民们喜欢割的草主要有：开着棕花的野生苜蓿，开着棉花一样花朵的菖蒲，开着灰色圆形花的矮蒿，开着银花的野菊花草，开着宝石花的沙蓬，开着综色锥形花的白草，开着黑灰色花的沙竹，开着银灰色花的芨芨等。这些草都不单是用镰刀割倒贮存起来的。人们有的用半月形的镰刀，有的用梯形的锄，有的是多齿的钉耙。远近的小畜群被旺盛的草丛遮盖着看不清，但山梁上的骆驼群，柴达木水滩旁悠然的马群，被主人经常撵来撵去的牛群却一目了然。故乡的好风光在于茂盛的植被，这是一个风调雨顺的丰收年。

俗话说好事多磨，这话不无道理。

究竟不知是什么原因引起的，人们的说法越来越多了。有的说：

"敖伦韶荣的草是神草，不能割它！"有的说：

"谁要割这些神草，谁就会遇到灾难。"还有的说：

"咳，割草什么关系都没有！"

"……"

割草的人们到了午休的时间，各牧业互放组的牧民们从各自的割草场上纷纷走拢到一块。供午休专门准备的几顶蓝色帐篷和几座白色蒙古包呈一条线排列在那里，蓝白相间在阳光的照射下分外庄洁好看。那些五颜六色的骑畜用牲被拴在附近的高杆白柠条上，有的马匹上了两脚绊和三脚绊随随便便在近处游荡着，这里是浑然天成的牧区风景。

秋天是丰收的季节！百叶植物的果实已成熟，马股梁膘满滚圆，气色宜人。炽热的正午常有的虻①也不见了，真是令人心旷神怡的好时节啊。

牧民们从打草场还没有回营的在半路上走呢，已回来的在帐篷和蒙古包里像蜜蜂一般地忙碌着。烧火的烧火，熬茶的熬茶，看风景的看风景，走入帐篷和蒙古包内的睡觉的睡觉，三五成群拉话的拉话，外面摔跤的摔跤，形成一个自在的、其乐融融的场面。参加打草的区工委都勒禾古尔区长，文化干事丹巴扎木苏、嘎查长朝格那顺等看到这热闹的割草营地，也不由地跟着高兴起来。

这确实是个自由自在的午休场面。在这里，区、嘎查、巴格干部们并没有利用这点时间召集会议和学习。群众真正掌握着自己的命运，自由地安排着各自的有趣的活动。微风下，蓝天无比遥远，像微微波动的巨型蓝绸。阳光温热的照射着人们、万物、帐篷、蒙古包和众多植物。东面的帐篷里飘来一阵腥浓的炖肉的新鲜香味，它钻入人们的鼻孔，不由得令人垂涎三尺，给人们预报着午餐的信号。

那里，一群十多岁的小孩着急地等待着吃肉。他们跑到靠近东边帐篷旁边玩耍的时候，当临时炊事员的那布其喊道：

"咳！小心烫了你们，离锅远点玩！"她边喊着边往野地里挖的地灶上续柴火。

小孩们中间有那顺达来、西日夫他们。他们听了那布其的话，挖苦地说道：

"哈！你们看，咱们姐当了大锅的大官了！"说着拍着手，拍着屁股领着他们往东边的几块大岩石那边跑了过去。他们像鹿羔一样一个一个蹲在岩石上。孩子们要求刚来不久只练了半天的西日夫给他们拉琴，西日夫确实有音乐天赋，他从不知道客气是什么。他为

----

① 虻：专叮咬马匹的一种长有翅膀的血吸虫。

了满足小朋友们的要求，提起了自己做的有竹子弓的、柳条架子的四胡。他从怀里拿出牛皮纸包着的松香擦了擦马尾巴的弓线。在定调时，那顺达来说起了谚语：

"没有盐的茶太淡，没有松香的胡琴无声。"

西日夫接住话茬儿说："喳，我的那顺达来，说不定你将来能成为区内外有名的演奏家呢！"说得围着的众小孩子"轰"地一声笑成了一片。

响起了四胡的悠扬的声音。

西日夫知道蒙古族是个爱好音乐的民族，他用那副嘹亮的嗓子唱了起来。

一旁玩乐的孩子们的乐器声和歌声把打草歇下的牧民们都吸引住了。牧民们都在各自的坐处低声和着唱了起来。

……
哎哈嗬，哎哈嗬，
快快割，割咱们的丰收草，
丰收前景比如山，
……

人们唱着歌曲的重复段。望上去，在孩子们西北方向的民兵正在练枪法，其中有图布新、丹巴扎木苏、朝格吉玛、格日乐等。

孩子们总是没有耐性，尤其是西日夫可能是这样。他还没拉三两个曲子，四胡就开始跑调了，对此，孩子们戏耍起他来。西日夫突然恼火起来，急脾气的他不但没能炫耀自己的技术，而且成了被讥笑的对象，大怒之下，将四胡抛得远远的。有个孩子看见事态不妙，忙跑去把四胡捡了回来，递给了西日夫。可他不要。西日夫生气地说：

"那顺达来敢不敢和我比一比高低，谁是男子汉？"说着马上与那顺达来动手打起架来，另一个孩子急忙跪在他俩中间劝架。他一边求着，一边威胁着，这才勉强拉开架。不久，他俩又和好了，那顺达来说：

"咱俩今后不能想那么多，更不能报仇。"西日夫说：

"好，可你今后不要凭你力气大就经常欺负我。"西日夫与那顺达来悄悄地你瞅我一眼，我扫你一眼。众孩子们看着他们俩，"哈哈"地大笑起来。

孩子们坐在岩石上，谈论起割草的场面。西日夫先说道：

"希日布大爷常说，我们敖伦韶荣的草是神草，不能随便割它呢。"那顺达来补充道：

"就是呀！年纪大的人都这么说。"西日夫说：

"叫我们念书的那个区长怕神草吗？"他提了个怪问题。那顺达来说：

"他来到割草场地，挽起袖口割着草，怎么能说他怕草呢？"还有一个陌生的小孩说道：

"可是神仙这个东西究竟有没有？……"他说不下去了。

孩子们的谈论好像引起了年轻人的兴趣，年轻人也展开了对草的争论：

"畜群是吃着草滩上的草繁殖的，畜群没有贮藏的草也照样繁殖。"

"对，我们的羊群历来吃着草原上的草……"

"这话是谁说的？"

"巴拉嘎哥说的。"

"是的，我说过，即使没说它也代表了我的想法，怎么样？"

"是啊，我觉得巴拉嘎说的这话对。"

"不！我看丹巴扎木苏说得有道理。"

"道理，道理，不理就无理！没来割草的其木德稍也许是对的。"

134

"哼，她又不是互放组成员，肯定是不会来的。"

"可是她家牲畜多，一旦面临灾情，牲畜的损失会更大！"

"巴拉嘎，希日万不是来了吗？"

"我看这草割不割一个样，看哪一户割草了呢？"

岩石上玩耍的孩子听见年轻人的自由辩论都围了过来。

孩子们不一会儿又一起奔向东边那个帐篷。

不知从哪儿拿来的这么多扎木拉，上面都放满了喷香而肥美的熟牛肉。打草的人们在帐篷里，在蒙古包里或者坐在外面有滋有味地吃着肉。边吃边唠着，隐隐约约传来嬉笑声、逗玩声、戏弄挖苦声。

年轻的妇女挨着年轻的妇女，年老的挨着年老的坐着，像燕子般"叽叽喳喳"地谈论着各自的话题。朝格吉玛、那布其二人给地灶里加着火，朝锅里的牛肉醒汤加了点水，尝了下咸淡，又把各家各户带来的黄米下入锅内，做了饭后，就走到妇女们中间坐了下来。这里有解放后才由大户人家的奴隶回到自己家的妇女；也有从买卖婚姻的桎梏下解脱出来求自由婚姻的妇女；这里曾有三四个女人嫁给一个男人的不幸遭遇者，如今在新婚姻法的光辉照耀下重新生活的妇女；这里还有嫁给石臼、木橡、口袋等什物后一辈子独守孤身、头发变白的妇女；拿朝格吉玛来说，母子分离成为孤女，也有一辈子生活在凉性病的阴影下如今才抬起头的妇女。旧社会里，妇女们从没有离开过家门前的灰堆，除了摆弄针线以外，没有其他任何权利。有的虽然能够勉强吃穿，但深受旧社会的封建压迫。有的妇女在贵族富人权力的依护下一辈子过着荒淫放荡的生活，这样的妇女真的有，究竟怎么办？对这类妇女要进行教育，让她们自觉地站在自由幸福的一边。

朝格吉玛继续在想，那布其是她最可爱的大力支持她一切事业的好朋友，唉，我那妹妹如没去阎王那里的话应该是和那布其同岁的姑娘，太可怜了。那布其智慧、聪明，为了大家忘我地工作着，把我又当成亲生姐姐。她又闪现出一个想法：

那布其她俩的友谊绝不会像云雾那样轻易消散，她们中间永远充满着和睦的阳光，把生活和斗争当成摇篮的共同理想使她俩更加紧密起来。人一生中的友谊究竟有多重，到底该怎么去量？那布其肯定知道，友谊有多么的贵重，如果不知道友谊离不开人的生活这一哲理，就会遇到重重困难和挫折。当然，友谊要像浇花一样，又像培育幼小婴儿一样，要巩固它，要下工夫。要找到真正的友谊并不是件容易的事，这里最需要的是无限的真诚，友谊应该用坦白的、无私的心来认真培育，用火一样的热情来拥抱；友谊应该用擦亮的眼睛去观察它的表里，用制怒、解毒的原谅来维护。她这样默默地想着。

打草的人们齐声赞叹着今年草的长势，还谈论着从未做过的这项工作，就对今年草场上的草这么好，割不割一个样展开了辩论。

坐在帐篷两面的一部分男人也参加了这一辩论。

"我的天呀，草场上的草割尽了，羊往哪里放呢？咳，可惜了野滩上的草了！惹怒了地神会带来灾难的。"达日哈的养父希日布，用手遮着眼说道，帐篷破绽处的一缕阳光正好照在他的眼睛上。听着这话，图布新笑着说：

"喂，您说草场上的草会割完，这话是听谁说的？"众人里几个后生站在图布新一边说：

"就是嘛。"

"确实是那样。"

"割是不可能割完的。"希日布剔着牙不断咂巴着嘴，不知还想说什么，动了动嘴，把话咽了回去。

这时，人群中坐着的都勒禾古尔略提高嗓门说，似乎是要大伙儿都能听清他的话：

"喳，希日布大爷，你想说什么就随便说，您来吃一点新鲜肉，喝一点新汤我是欢迎的。"旁边的图布新说：

136

"他和我有什么好说的呢？要说的还不是他那老一套?"都勒禾古尔听了这话，朝着图布新微笑了一下，说：

"没关系，谁说也没关系，让大家把想要说的话都说出来才对，这才叫自由。"图布新默默地瞟了一眼希日布，没再说什么。

希日布老汉背转着身子，一时沉默的他这时突然转过来，说：

"唉，可怜的，我原本不想说，怕给你们年轻人带来祸害。这个地方的风水你们不知道，可厉害着呢。蒙古包离我越来越远了，石洞离我越来越近了，不只是我老汉一个人这样说。靠这敖伦韶荣敖包的神仙，有了这麻黄草地、郭日奔陶勒盖、陶日木柴达木；靠这有了永恒的、旺盛的水草，这些都是长生天赋予我们的，我不说大家也是知道的嘛!"说完，他"唉"地长叹了一口气："不知道呀，不知道！唉，吃了亏你们自己会知道的。你们究竟怎样想把这割死的草贮藏呢？一下雨草会霉烂的!"说罢，他背着手远远地坐在那里。

"还有没有要说的?"

问这话的是都勒禾古尔。希日布老汉开了口：

"还……"他想说什么可没说出来，嘴像老雀鸟一般大张着。众人"扑哧"一声全笑了。

都勒禾古尔没有笑。他眯着眼看着通过几个月的兽医培训后当上草原第一代兽医并兼区文化干事的丹巴扎木苏。丹巴扎木苏稳妥而认真起来，他明白区长是让自己讲一讲打草贮草方面的情况。因此，他说：

"今后我们必须要有大量的贮藏草。这是在大自然的白灾、黄风沙暴中挽救畜群的必要手段。前几天，即九月二十六日《内蒙古日报》上发表了题为《中央人民政府领导之下的内蒙古自治区恢复建设的工作》的文章。其中号召：'牧区的一大问题是消灭梅毒病，充分组织群众与风、虫、狼、霜、涝、雹、雪、暴等各种严重灾害进行斗争，畜牧业生产一定要高速度地发展。'要实现这一号召，打草贮藏是一个关键性的工作。同志们都知道羊是吃草的，如果在冬春季遇到羊群出不了坡的灾天气，我们就有条件把畜圈起来，喂咱们贮存的草。"

丹巴扎木苏的话暂停时，都勒禾古尔补充说：

"现在畜群还没有棚圈，怎么办？我们可以动手建。将来我们牧民实现牧业机械化，那么我们的未来就更好了。"

大家兴奋起来，继续谈论着未来，吃着肉。

朝格吉玛望着那布其、格日乐，停了一会儿，说：

"自治区人民政府派来的医生们说，将来为了更快地发展畜牧业生产，要搞种畜改良。这里最重要的还是人。他们还说过，发电机、剪毛机、纺纱机、碾米机、面粉机、抽水机等都将通过人的手而被创造出来。"朝格吉玛闪动着她那有着长长的睫毛的像火种一般的大眼睛，朝着大家说：

"到那个时候，我们就用机器来割草。"在她旁边坐着的西日夫说：

"那该是多么好的未来呀！"梅德格玛这时也微笑着说：

"到那时我们手中的镰刀也该解放了。"都勒禾古尔稍微倾了一下身子：

"这个愿望有一天真的会实现的呀。"他接着又加重语气说：

"我们首先要把牧业互放组的事办好，这是很重要的，实行新苏鲁克制度是光荣的，要把全部力量放在牧业生产上。朝格吉玛最近提出的改造沼泽地，开发新草场的意见大家可以考虑考虑。"这几句话无疑是在她那火一样的激情上加了一点"油"。

打草的人们吃了牛肉，增添了新鲜的营养，听了新的宣传，他们的决心就像弓一般张满了，准备着继续打草。磨镰刀的"霍霍"声在帐篷和蒙古包之间回响。几个爱开玩笑的小伙子围着磨镰刀的那布其不知为什么一阵哄笑：

"阿日宾德力格尔如果在这里的话，一定会给你磨镰刀的。"

138

"现在你的镰刀刃已经钝了吧?"

"要不我给你磨一磨?"这些小伙子这样不客气地开着玩笑时,那布其说:

"把你们那些笨刃的全给我拿过来,哪个没本事的后生不会磨镰刀!"她冲着他们这样一说,他们听了都不好意思地笑了起来。朝格吉玛对那些互放组的青年们说:

"今天要割到太阳落山,大家说行不行?"这么一问,年轻人同声回答道:"行。"

双眼锐利的那布其只见丹巴扎木苏悄悄地磨完格日乐的镰刀又递给她。她戳了一下朝格吉玛,不停地哑笑着说:

"你看,我不是说过吗?"丹巴扎木苏在众目睽睽之下,不好意思地低下头直盯着玛亥。这时默不作声的格日乐说起话来:

"行了,行了,你这鬼东西,你也会有热火朝天的日子。"她朝那布其严肃地说完,接着又笑了。

年轻人在出镰前都看着格日乐羞红的脸,吐着舌头不言不语地逗着她。

不久,年轻人们唱着歌去迎接那下午的打草工作。

十一

打草的人们今天开始打麻黄，要完成上级交给敖伦韶荣的任务。原因是过几天将统一组织用胶车运输，这任务较紧。如果不及时完成任务，就会影响国家出口麻黄草的数量。另一方面，打麻黄是一项经济收入较高的工作，所以牧民们都很积极。

今年草的长势普遍好，麻黄草也长得特别好。打草的人们所割的不是以下这些麻黄：毒性特大蛋形红花的黑麻黄，籽粒可以食用的枝叶深绿色的白麻黄，叶子一般生长在沙地的红麻黄，叶子茂盛、毒性特大的黄麻黄，只打藏药名叫泽德莫、中药名叫草麻黄的小灌木。它是常绿的植物，生长高度一般四十五厘米左右，枝丛生，叶鳞片形，有着尖三角形枝权的麻黄。历史上，著名的医学家早已把这种麻黄写进书本里，可在旧社会，谁会利用它呢？

草原上的牧民们亲眼见过躺在麻黄草地上的受伤的黄羊一夜之间就痊愈逃跑了，牧民们在长期的生活实践中渐渐懂得了它有止血的功能。

朝格吉玛从小爱观察植物，每次放羊都拔几根麻黄回来，向知道许多事物的希日布讨教。她听到它的功能，对胡雅格说了这一信息。后来在关键时刻，胡雅格用麻黄草的汁治好了他那亲爱的朝格吉玛额头上的伤。

大夫们来到敖伦韶荣嘎查不久，生物学学者、副教授阿拉坦巴尔斯接受了牧民姑娘朝格吉玛特意送来的一捆麻黄草。他进行化学试验，算出了它的主要成分含量。结果看出这里的麻黄草已超过世

140

界麻黄草的浓度，阿大夫压抑着内心的喜悦，多次到麻黄草地摄取地形植物特点，分布状况等的照片，又多次采访老牧民，写出了著名论文"关于内蒙古高原麻黄草的初步研究"。抗梅队把这一论文内容汇报给了中央卫生部和北京大学生物研究系。不久，旗人民政府接到一封信，信中特意感谢这些为祖国医药事业作出贡献的同志。从此以后，麻黄草被正式开采。

这种情况下，都勒禾古尔同志从为祖国多作贡献的角度出发，倡导人们多一份参与，多一份成就。

但是，在这关键时刻，达日哈不动声色地来到打草场地，说什么也要带走那布其，让她在畜群上帮忙，让柴达尔参加打麻黄，为家里增加收入。

几个姑娘看出朝格吉玛的预测一点不假，很钦佩，尤其更加相信朝格吉玛的话。

知道了这一情况的都勒禾古尔说：

"达日哈，你们不能白用那布其。从此以后我们的社会消灭一切人剥削人的制度，实行按劳分配。应多劳者多得，少劳者少得。党和政府允许人民富裕起来。"朝格吉玛看见达日哈很厌恶，说：

"你们都太聪明了，打算在畜群上打草，无动于衷，现在打麻黄时又觉得有利可图……"达日哈这时故意指着她丈夫说：

"唉，我们家的说，草场上的草有的是，还说不久政府要召开物资交流会，我们卖几个羊就有钱了，可是我们家的三番五次地说要割麻黄呢，唉，我的朝格吉玛。"

问那布其的意见，那布其是个聪明伶俐的姑娘，她首先想到应从朝格吉玛的牧业互放组这个角度去考虑问题，对都勒禾古尔、朝格吉玛两人说：

"你们不是常说多一个人就多一份成绩吗？"这样一边风风火火地说着一边盯着达日哈微笑道：

"最近，达日哈姐还能接近牧业互放组，你们考虑考虑。"

达日哈抬起头望了望远处，扫了一眼打麻黄的人们，她再没说什么，脸上显出一丝微微笑意。

牧民们挽起袖口在割着草，在麻黄草地上堆起了一堆堆像小山一样的"诺敏"草。说真的，青年人的力量，割草镰的刃头，比赛的劲头都显示出牧民们给家里打麻黄的决心。都勒禾古尔表示要给德力格尔芒乃家打麻黄，并告诉大家后，挽起袖子就干起来。丹巴扎木苏表示他给梅德格玛家打麻黄，与西日夫的麻黄堆在一起。牧民们听见国家要收购麻黄的消息，纷纷过来参加。区里把过磅、收购、运输的任务交给在敖伦韶荣下乡的干部丹巴扎木苏。他像个账房先生，只见"劈里啪啦"地打着算盘，数着现金。他已熟练经济交流，满腔热情地把麻黄草的优越性编成四六句，打着竹板说起来：

> 它那枝茎是好药，
> 它那根籽好疗效。
> 中西蒙藏药之源，
> 我的故乡出宝贝。
> 牧民心中多欢乐，
> 经济价值高无比。
> 努力收割当模范，
> 出口国外换机器。
> ……

丹巴扎木苏无疑是一名业余宣传员。听人们说，他的这些好快板都是熬夜创作出来的。他不愧是家乡的一位名副其实的土诗人。都勒禾古尔听了丹巴扎木苏的快板高兴了。

都勒禾古尔又把目光转向巴拉嘎，观察着。

巴拉嘎可能不想落后于几个年轻人，拿出带花小手绢，擦了把

142

汗，对身旁的另一个后生说：

"你们割得没有超过我吧？"他自信地这么一说，那边的图布新专门针对巴拉嘎说：

"噢，就你这个后生，给你一匹威武的骏马你的屁股还不一定能压住，才割巴掌大的一片草就比成奎腾柴达木。"他用滑稽的目光盯着巴拉嘎的新袍服，抖了抖衣服上的尘土，撇了撇嘴，朝着格日乐却意在小看巴拉嘎说：

"瞧你那样子，我看连格日乐也割不过，就你那先生模样，以前还不知见没见过镰刀。"这时众人都抬起头冲着巴拉嘎讪笑起来。年轻人都知道，这个巴拉嘎近来就像城里的后生一样打扮得流里流气，并突然与眉清目秀、稳重贤惠的俊俏姑娘格日乐亲密无间起来，干活都想跟在她后面。头脑并不比别人差的格日乐对那布其说：

"我要在学文化上下工夫。他想把那连骆驼屁股也摸不上的手伸向天，看他追求朝格吉玛那下流样子，人家朝格吉玛那么漂亮，与他相比天上地下。我可是对他不感冒。"巴拉嘎不止一次地想通过格日乐了解姑娘们恋爱的内心奥秘，厚颜无耻地求来求去。格日乐故意跟他说：

"你问朝格吉玛姐去吧，她知道得比我更清楚。"

这样说时，巴拉嘎看见朝格吉玛因为真正成为年轻姑娘们的姐姐而脸红到脖子上去了。

常常吸引年轻小伙子的那布其姑娘被达日哈领走了。

那布其帮着达日哈在深井上饮完羊群准备回家绕一趟就返回打草场，可达日哈阻拦她说：

"好妹妹，今天晚上无论如何到我家去住。"那布其回答说：

"不，住别人家莫木会骂的。"她这并不是不假思索地说出来的。那布其虽然在大户人家过了十年，但她母亲是个要强的女人，在国家的救济下有了新蒙古包后，从不让孩子们住在别人家里。她母亲梅德格玛虽然是寡妇，在教育孩子方面从不手软。她常说：你现在已经是个身姿婀娜的姑娘啦，你妈的脸，邻居们的脸，你要时刻想着。那些愚人才给自己脸上抹黑，我的姑娘。你要记住，人家那小子好也罢，赖也罢，你别去管他。你朝格吉玛姐都不忙着……我看你往人家跑，看我打断你腿！她母亲就这样好话一气，赖话一气总是教训个没完。

达日哈待了一会儿又和颜悦色地哄她道：

"妹妹，怎么说你也得到家喝口茶再走！"她似乎在逼迫着她。那布其心想：她肯定有什么心思，是去还是不去？思考了一会儿她说：

"达日哈姐，您有事的话现在就可以直接说嘛。"达日哈装着笑脸说：

"回家你就知道了。"

秋天那凉飕飕的风吹拂着，羊群在草滩上、高粱上慢悠悠地吃着草。敖伦韶荣山脉的狼是不见了，但也不是完全绝迹了。但是达日哈忙碌着顾不上往回拦羊，就匆匆领着那布其往家走。她俩在路上没再说什么，两匹马颠着小步子回到家。

她们走进蒙古包，对渴极了的她俩来说首先映入眼帘的是那通红发亮的暖壶。坐在旮旯儿里的希日布指着壶意思是壶里有茶。

达日哈平时是个连奶子、奶皮的味都不让人闻的人，今天却端出盛着酥油的玻璃杯，接着又端上放着酪蛋的木盘，这些酪蛋晒了又晒，似乎发黑，贮了又贮，似乎有点发霉。她给那布其倒了一碗茶。在那布其喝茶间，希日布老汉一再瞅着，靠近她问：

"糊涂了，连人也认不得了，闺女，你是谁？"他接着又问达日哈："闺女，你是不是又把羊群撂在滩里了？'天狗'还有啊。"他照样拉着长调说。达日哈放低声音以女儿的身份柔和地说道：

"阿贝，这是那布其，你连那布其也不认识了吗？"停了一会儿，她又说："现在哪儿来的狼。"

希日布老汉呢喃自语：

"唉，眼睛确实不行了，这是梅德格玛的姑娘那布其呀。现在的年轻人一天不见就变了样，闺女，不要做违背天意的事。为什么要蔑视'天狗'呢？等灾难降临到你们的头上你们才会醒悟的。"

那布其听着希日布的嘟囔自语，差点笑出声来，连忙低头喝茶掩饰过去。那布其心想，希日布虽然岁数大，可很勤俭，老是闲不住。这么想着喝完茶时，达日哈从柜子里拿出一个包裹，用一种亲切和蔼的语气说：

"妹妹，这是一个小伙子托我给你的礼物，要不要你自己选择，人家还问你有没有那个意思。"那布其故意装作莫名其妙的样，反问道：

"您说的是什么意思？"达日哈滴水不漏地说：

"我和你莫木已经谈过。"达日哈这么一说，那布其有点警觉，直接说：

"我不要这些东西！"她把包塞入达日哈的怀里，正要起身，达日哈又把她劝住，隐晦地笑着说：

"咳，你变成了像老鼠一样的近视眼了吧，你给我做工作让我进互放组的远大目标，难道你彻底忘了吗？"她盯着那布其，站在她面前几分钟后，又说：

"这样吧，咱姐妹俩好好地谈谈，你说得对，我听你的，如果我说得对，那你就得听我的。"达日哈摆出一副通情达理的样子。那布其反问：

"你究竟愿不愿意进我们牧业互放组？"她纹丝不动地站着，达日哈说：

"这个事比较难，必须有一个前提条件。"她说罢把那布其拉到图拉嘎西边重新坐下。

达日哈就东一句，西一句地说了许多。她的主要意思是，那布其和朝格吉玛俩怎么说也是其木德稍一手拉扯大的姑娘。她说，其木德稍的心并不那么坏，她把无法生活而从外旗流浪过来的梅德格玛和她的几个孩子收养起来，养活到解放。她的另一层意思是，非要听她的不可。达日哈还举了好几对年轻人经她撮合成的婚姻例子：

"唉，老天爷知道！世上的事都是由上天给予恩赐，凡间的由父母决定孩子们的命运。柴达尔我们虽然是在旧社会结成的夫妻，他总是听我的，他为我跑得多，我是爱他的，我们照样还是过下来了。我看胡雅格、朝格吉玛二人没有成的可能。人家胡雅格那小子当兵啥的，确实大变样了。可朝格吉玛被衙门责令当了巴拉嘎的媳妇又流放到芒乃淖尔，是从那里获得解放的吧?！又来到麻黄草地，谁不知道她肮脏的历史?！好事不出门，坏事传千里，一个军人怎么会看得上她?"

那布其没有和达日哈争辩。究竟是同意她的意见还是反对呢？她直接谈了自己的看法：

"朝格吉玛姐姐是苦难的，谁都不承认她曾出聘给男人。您是依照谁的意思在这样说呢？我看胡雅格、朝格吉玛二人是天生的一对，他们的婚约是自愿的。"达日哈还在坚持着自己的说法，说：

"在我这媒人的撮合下，丹巴扎木苏、格日乐二人可能就要成为一对鸳鸯。但可惜的是，一个干部找了一个离过婚的。"达日哈叹了口气，又说：

"阿日宾德力格尔这个小伙子不错。但全家都是病号，又是个穷光蛋。"她一会儿可怜，一会儿又咒骂，又把身子靠近那布其，凑到耳边说：

"要不你和胡雅格谈谈自由恋爱吧。"那布其脸一红，继而失声大叫起来：

"您是不是疯了?"说着，绷着脸正要夺门而出时，碰到了迎面进来的其木德稍，当那布其和她擦身而过的时候，达日哈拉住她说：

146

"反正已到傍晚，其木德稍姐也来了。"

真的，太阳就要落山了，那布其急着要回家。达日哈要她把马上绊放出去，可那布其不同意。其木德稍并未说什么，这时已经到了做晚饭的时候。达日哈在锅灶上忙碌了一阵，让大家吃饭。那布其心里感到特别烦闷，这么多无中生有的话，让她怎能吃得下饭呢？最令她恼火的是达日哈、其木德稍不知要想把她以买卖婚姻的方式嫁给谁，尤其是她俩明目张胆地用险恶之心有意破坏她与朝格吉玛笃厚的友谊。她心想：我是一个新社会的青年，说什么也要站在真理一边，我要对自己的话负责，新社会的我们，对婚姻问题一定要自己做主。她这样反复思考着。她看见其木德稍自始至终一言不发而感到很奇怪，看上去她的精神状态不太好。究竟是什么原因？那布其怎么也猜不透。她仔细一考虑，民兵们为了保护新成立的嘎查人民政府，消灭了部分隐藏的匪特后，她就变成这样了；扎拉曾仁庆究竟会不会游泳，村里谁都不清楚，这人狡猾，他可能跳进黄河淹死了。

达日哈给其木德稍把刚才给那布其讲过的年轻人婚姻的事又重复了一遍。真奇怪，其木德稍这么快就把性格改了，她只是听，仍然缄口不语。那布其对这一新变化难以想像，突然怀疑起来，因此对达日哈说：

"我现在要走。"她这已经是第三次提出要走，说着正要起身，其木德稍突然说话了：

"那布其，解放了，福气降临到你们头上了啊，两岁母牛都要下犊了。过去向我们讨吃要过饭，我们也不曾用什么毒药害死你们吧，在达日哈家住上一宿有什么关系？天这么黑，迷了路怎么办？"她带着半威胁、半怜悯的口吻说道。

那布其不知在这瞬间想了些什么，她进退两难了，她那纤细的眉毛微皱着，脸有些泛白，她那直直的眼睛死盯着门框：真叫人纳闷，突然把我从打草场叫了过来。都勒禾古尔和朝格吉玛姐还叫我……是的，我来这里要起个什么作用呢？新政府刚刚才成立，我们要为它献出智慧和汗水，坚决保护新生政权……于是她就说：

"其木德稍、达日哈二位姐，你们对牧业互放组有什么看法，可以提出你们的批评意见。"她依照朝格吉玛说的那样说了出来。

达日哈先说道：

"只办了一点好事，就是打了狼，给畜群除了一大害；可是把那野地里的草割完那不是给他们老人败兴？那些无聊的庙儿子在野滩上追玩呢！"达日哈说这话的时候，其木德稍不言不语地盯着蒙古包门。希日布老汉大概是累了，在蒙古包的一角搂着"呼噜噜"打着酣睡的大黑猫睡着了。那布其思考了一阵，问达日哈：

"可是柴达尔哥为什么要去打麻黄呢？"达日哈直截了当地回答：

"唉，我的妹子，物资交流会之前，不弄几张纸票怎能行呢，否则受那罪做什么？"那布其说：

"那你们俩，不！柴达尔哥你们俩干脆加入牧业互放组和任何一户轮流放牧，不就能办很多的事情了吗？谁劳动谁得利，没有人会抢的。"达日哈说：

"你柴达尔哥也常说牧业互放组，他就这样沉不住气。但是在这家他是上门女婿，我是当家的。先看看再说吧。说什么也那个朝格吉玛……"她给其木德稍递着眼色，意思是让她快接着说，可她无动于衷，这时那布其机灵地赶着说：

"朝格吉玛姐怎么了？打狼时被选为模范，把畜群从狼嘴里救下的不是她吗？"达日哈高声急忙说：

"那倒是事实，但是朝格吉玛太愚蠢了，二十岁的大姑娘了还不嫁人！"这时，默不作声的其木德稍说：

"就是嘛，嫁人最合适的年龄是十八岁，我们那个时候比这还早两年呢，那才是幸福。我的那布其，你可不能学朝格吉玛。"

那布其真想和她俩争辩到底，又极力控制着自己，不等她俩再

148

说什么，撩起门帘就往马桩跑去。

※　※　※

打草的人们除了家在附近的，都留在帐篷和蒙古包里，利用晚间的闲空子学着文化。他们都认真地低着头看着书或者写着字。都勒禾古尔同志转着几个蒙古包和帐篷来回教着文化，下课后回到住所准备休息。朝格吉玛如今给格日乐教《识字本》的第二册，在用心解释课本的生字的同时，还要求她背会，写会。她心想：那布其妹子为啥到现在还不回来，她不时这样念叨着。有一定文学修养又爱好诗歌创作的区文化干事今夜没有协助教文化。他简直成了一名书蛀虫，完全沉迷在一本用毛笔写的手抄本里。按他的说法，这本书是向乌力吉那顺副嘎查长求着借回来的，可能是定了日子要按期还的。丹巴扎木苏还把书中的一部分都解释给爱好音乐的西日夫，让他以此作为座右铭：

> 那琴美如：凤凰在空中鸣啼，清高嘹亮。幽雅声越高，好比黄雄松中叫；幽雅声越低，好比千军万马鏖战激烈；幽雅声越细，好比弱女想亲哭泣。天王公子听了琴声，不想坐皇位，到深山林巡礼；丞相听了琴声，俯首正道，原谅百姓。商贾听了琴声，停止营业，如回故土；飞禽听了，疏理翅膀，调整啭声；走兽听了，此叫彼吠，飞奔高跳。真正确属珍宝之琴，十一国信息大臣，伟国百姓，都为琴的悠扬而赞叹娱舞……

所有的人们听了书中的优美描写，一阵欢喜。

※　※　※

打麻黄草的第四天早晨，朝格吉玛在百鸟啁啾之前起来，走到一个刚搬家的牧户旧址旁，那里有一颗大榆树挺立着，黄叶子铺满了地，可以明显地看出它经受了一夜的冷雨，枝杈在风中微微晃动着。她看着这沉默的榆树，恍然一想，季节已到了，按蒙古古历已经秋末月二十一日了。寒冷的秋风不像春天一般、姑娘样的温柔，却像梦中的笑那样苦涩，向生长的人畜万物缓缓走来。朝格吉玛几天以来除了和牧业互放组的牧民们一起打草以外，还了解了畜群的饲养情况，顺便打听到：每到晌午时分，由于上游增水，使柴达木越来越像沼泽地形，牲畜无法到其间觅草。她的胡雅格深入到几个嘎查、巴格不知调查着什么事，每天都在柴达木附近牧户家午饮，走访了解历史情况的老牧民。胡雅格每天与牧民们一起用套马绳子套隐在淤泥里的牛、马、骆驼等，生活、工作都在危机四伏的环境中。细想来，他把"革命"这两个字眼看得比生命还要贵重呢！正因为他与普通人不同，所以他才不愿轻易接受自己心爱的人，或许是听了那些婆娘们不三不四、造谣惑心的话，使他产生了心理障碍……她又继续想道：也许，是我在芒乃淖尔的苦难经历有什么使他疑心的地方，使他改变了主意，把目光盯向"别处"呢？即使到了那种地步，我还是我，并要把我的清白告诉他。我至今还不清楚我的父母到底还在不在人世。共同经历过生活磨难的，并肩战斗的，建立长久友谊的那布其，居然把我亲爱的胡雅格故意和她说在一起，这明显是挑拨我和胡雅格。这人究竟是谁呢？看看听听村里的那个风波？达日哈、其木德稍两人故意兴风作浪，和我过不去。人人都爱自己家乡的山水，我也爱我的牧区。依我看，故乡的山水是令人难以割舍的。

现在是割麻黄的最后一天，第五天的黎明已经来临，朝格吉玛虽然醒了，可她依然在新缝的棉被里交叉着双臂舒服地躺了一会儿。额日格尼格上面的马蹄表发出一阵单调的"嘀哒"声，它似乎就是自己的新朋友，催促着将自己带入一个紧张的角色之中。

十二

都勒禾古尔找到深入各嘎查回来的几个干部详谈情况的时候已到了中午。几个牧民来找他反映住处困难的情况，下午他接到旗人民政府的重要文件，起草宣传落实文件的意见，交给文书后，一一阅读了报纸上的时事简讯。

他的双眼时而发亮，时而模糊。眼光停在报纸的一个新闻标题上，朝鲜的土地上燃起了战火。这就是 1949 年 1 月继任罗斯福而成为美国总统的哈里·杜鲁门 6 月 27 日发表的"总统声明"，其中声称："……我已命令第七舰队阻止对福摩萨（中国台湾的别称）的任何攻击。"中国发表声明提出严重抗议后，情况更为严重了。

窗户上的光线越来越暗了，报纸上的铅字也越来越模糊，都勒禾古尔点燃了蜡烛。

他那办公室兼宿舍的小屋顿时明亮起来。这个小屋干净、明亮，多格的窗纸由于新粘了麻纸，密不透风，给人以舒服的感觉。小巧的办公桌与木头床并放着。这虽说是庙里的房子，但空间较大。都勒禾古尔在地下来回踱着步，皱起眉头，思考着问题。

蜡烛，烛光。蜡烛的珍贵在于赶走一切黑暗，给予人们以光和热，牺牲自己的一切。是的，生命的伟大意义是像蜡烛那样燃烧自己，把一切余热留给他人。都勒禾古尔为自己的这种想法而激动着，不断重复着这些话，从挎包里拿出自己的日记本。这日记本是硬红皮，上面印着金色工厂图案，图案上方横印着"建设祖国"四个烫金字。他轻轻翻开日记本，上面密密麻麻地记录着的工作任务占了好几页。日记本所记的当前任务，他看到要做的工作很多，每件任务都是很紧迫的，而每一件都是复杂而令人头疼的。如将这工作与过去自己所搞过的地下工作比较的话，时间上虽不那么紧迫，但做起来都要求有头有尾。都勒禾古尔自己很清楚这一点。他是牧民出身的人，关于牧业生产他是有所了解的，看来目前的新工作，都有它季节性和紧迫性。比如打草贮藏、修建畜群棚圈、安排冬营、防虫治病、选育畜种、配种改良、接羔保羔等。还有目前正在进行的勤俭节约，给国家交胜利公债，宣传新《婚姻法》、治疗梅毒病、抗美援朝保卫红色政权等。如何做这些重要的工作呢？

用心考虑着如何作村、嘎查这些基层工作的都勒禾古尔同志还在他那小屋里踱着步。他顺手拿起桌上的烟和火柴点燃后，抽着烟继续思考着。他想：不需要召集深入在群众中的区领导成员开会，只要把旗人民政府的文件提出的执行意见带到群众中就行了，他这样做出决定。另一方面，他想到上级不久将派来一个区领导同志，这同志一来，给我们又增加了一份力量，不由自主地微笑起来。

都勒禾古尔又在来回踱着步。

敖伦韶荣嘎查的一些事情呈现在他脑海里。越想越觉得那里的事像是一个没有钥匙的锁一样难解。

窗户上都勒禾古尔的影子就像纸剪的花一样清晰地印在那多格的窗纸上。这影子越来越大，时而突破窗框，时而又清晰地印在那里，这说明他一会儿靠近蜡烛，一会儿离开蜡烛驻步思索。

都勒禾古尔决定明天到敖伦韶荣嘎查去，便开始准备着随身的东西，特别是日记本、户口登记册、公债卡、文件等。于是，他便准备早点休息，在脱衣服时又检查了一下是否带了零用伙食钱。躺下后他久久不能入睡，明天的路程、要做的工作、所见的人，呈现在他脑海里。他决定明天步行，先把马留给饮事员，让新来的区领导骑。

路、工作、人，久久萦绕在他的脑海里。

他不知是什么时候睡着的，突然醒来时已经天亮了。

　　从一区所在地旁边的大白塔到敖伦韶荣山峦正好四十华里。都勒禾古尔究竟走得多快连他自己也不知道，太阳出来时，他已爬上敖伦韶荣山梁，小径七拐八弯，绕着山坡。山径有时直向陡直的岩石然后又折向深沟，不一会儿又笔直向上延伸而去。都勒禾古尔穿的、戴的和上次到敖伦韶荣建立嘎查人民政府时的一模一样。他背着过去行军时的行李，枪和挎包交叉背着，快步疾行，枪把上的红绸和皮挎包上的白毛巾在微风中飘拂着。不久就要上山了。这时突然"咚！咚！"一阵巨响，滚下几块岩石，他急忙靠在崖上拔出手枪上了膛。仔细一看，原来是一对盘羊惊奔着上东山岩石时，踩踏下来的石块。他望着野兽出没的山顶，很一会儿，才放心地把枪插入枪匣。他曾好几次夜里翻过这道山梁。他低头捡起掉下来的石块一看，好像里面含有什么金属？石块上斑斑点点金属状物在阳光下面闪烁着五颜六色的光泽。其重量要比普通石块重好多。他出于对祖祖辈辈生活在这里的故土的挚爱，不顾身上已负赘过多，把那些石块装在兜里，爬上了山顶。沐浴在阳光下的山顶，就像燃烧着的一簇一簇的篝火一般。秋末的冷风在山顶吹拂着，而对浑身发汗的都勒禾古尔来说，这恰似炎热中的一面巨大的风扇，使他感到惬意无比。多么美丽的风景，多么舒服的风！他每次上这山梁时，总想见识一下牧民常说的萨格斯戈力，多次期望着！这次真的见到了：主干就像盘羊的角似的，它的叶子是黑灰色的，尖部略带点红色。它裸露着臃肿的根。都勒禾古尔就像草原研究系的学生那样掏出笔记本详细记录起来。名：萨格斯戈力，产区：山区，植物类别：多年生灌木，功能：它燃烧过的灰是草原上著名的药。第一，它能清除绵羊的肠壁菌；第二，它能治疗绵羊的肠道杆菌；第三，它能杀灭弱畜身上滋生的虮虱。方法：夏秋季饮羊时把它的灰倒在水槽里让羊群多饮几次；制作：将叶子、主干、根茎燃烧后取灰。清楚流利的蒙古文字显现在他的日记本上。

他惊喜之余，顾不上去欣赏山上的其他各种各样灌木草丛，疾速走下山，长长地出了一口气。山的阴面和阳面呈现出两种不同的晨景。阴面山的影子所覆盖的地面上积着白茫茫的霜，带着阵阵冷气。路的两旁还有未凋谢的野菊花左右摆动着，用它那顽强的生命，与严寒霜雪做着抗争。野菊花每朵开五个白瓣，每簇可绽开一百多个花朵，是草原上凋谢最迟的花卉。为此，当地牧民又叫它"霜降花"，它还是当地的优良牧草。

都勒禾古尔欲再次见到胡雅格，就顺着通往柴达木巴格的小路快速走着。他先往路南侧的住舍困难的德力格尔芒乃家走去，去了一看，德力格尔芒乃不在家，只见一处新打的蒙古包地基上已架起四块哈那，木圈顶已上好，地上放着旧毡墙。包门虽然看起来较破旧，可已用骆驼皮针扎扎实实地钉牢，如和框架联到一起就可以用了。再仔细一看，有很多人的脚印，有个刚走过的二"饼"车印往东北方向去了。他跟着车印走进茂盛的芨芨滩，不久，就听见二"饼"车的"嘎吱、嘎吱"的声音。

都勒禾古尔双手捂在嘴上高声喊道："喂！同志，等一等。"

牛车的响声听不见了，都勒禾古尔以为是在等他，连忙跑过去。看时，只有牛车而没有人。驾车的牛安详地舔着身子各处，那舔过的毛油光可鉴。肥硕的大红牛靠近路边正在用舌头卷着芨芨，看见来人猛摆了一下脖子，两只鼻孔"呼哧，呼哧"地喘着粗气。

都勒禾古尔稍征了一下：啊！这牛车怎么没有人？他把军帽往后推了推，走近牛车。那边稠密的芨芨丛摆动了几下，出来一个老太婆，说道：

"噢，原来是区干部，我原以为是哪来的陌生人。"她边说着边拿起笼头绳，低着头。都勒禾古尔有点奇怪地说：

"您这么胆小？"说着把她打量了一下。老太婆毫不掩饰地说：

"最近又听说出来了什么土匪呀抢人的，唉，大户户主谁知道会走哪条路。不提防怎么行？！"都勒禾古尔听她说着，看见她穿的不是过去的衣服，而是换了新袍，并且听她的话说得很有分寸。她穿着一件棕色棉袍，罩着朱红色的头巾，脚穿大绒玛亥，这些穿戴很合身。

老太婆不知为什么腼腆地笑着向都勒禾古尔说道：

"咱们没有见过面，我老家在沿河，唉！"说着叹了口气，又接着说道："会玩水的往往死在水里，唉！我那个男人十年以前就在河上摆渡，在一次大风浪中死了。我托解放的福，依照男人生前嘱托，找到现在这一个，自由结了婚。"说罢，却有些难为情地低下了头。

这个时候，都勒禾古尔把她的话前后一联系，才明白过来，说：

"噢，那么您就是纳布塔亥扎吉吧！"说着收起笑容用手背擦了一下脸。纳布塔亥高兴地说：

"唉，怎么说呢？我们俩现在结合在一起，我以前那男人的嘱托就实现了。唉，可怜的。新建立的人民政府给了我新的生命，我昨天才从嘎查抗梅队那里回来的。"说着赶起牛车，她又说道：

"你这当干部的要去哪？如是同路就把行李放到车上咱们一块走吧。我直接去我们牧业互放组的朱鲁勒格① 上拉毡墙。"

"您认识胡雅格吗？"

"认识，认识！不过认识不久，他是一个爱劳动的好干部，他和牧民一起在做毡呢。"

都勒禾古尔听说一路，就把行李放在二"饼"车上，走了一段，牛车"嘎吱、嘎吱"响得更厉害了。他叫牛停住，爬到车底下，一看是车轴没油了，就顺手从油葫芦里拿出蘸刷给车轴上了油，牛车马上就不响了。纳布塔亥看见都勒禾古尔平易近人，做事认真利索，心里觉得很高兴，就随便和他唠了起来：

---

① 朱鲁勒格：蒙古语，专做蒙古毡的不固定作坊。

"喂，兄弟，你还赶过车？看你那熟练劲儿，我们沿河不用这种二'饼'车，用的全是胶车，这种车我也是第一次赶呢。"她用很感激的语气谈了牧业互放组互助的情况。都勒禾古尔很认真地听着她说。走了一段，他接过笼头绳赶起牛车来。肥壮的红牛不用鞭打都埋头拉着，牛车在泥沙路上慢慢往前挪动。

他们二人继续谈着话。

"我和我那老头报名参加了朝格吉玛的牧业互放组，唉，人老了……说起来，我们也在给人们找麻烦。我刚开始也不想用西药治疗，多亏了阿拉坦巴尔斯与朝格吉玛，是他们耐心地说服了我，我才同意的。"

"这样才对，政府号召群众都要互助起来。不久，政府还要发放一部分救济款，可是最基本的问题是，人民富裕，国家自然就富裕了。"

"我们现在架设的蒙古包的哈那、木椽、木圈顶都是嘎查人民政府支援给我们的，其实这都是在麻烦大家，现在又缺了毡墙、毡顶子，大家都在想办法，一剪了秋天的绵羊就开始做起了新毡来。哦，托大家的福是多好啊！"

纳布塔亥由于过度感激，掉起了眼泪。对此都勒禾古尔说：

"今天，人民群众获得了自由。人民政府高兴的是，你们有了住处，有了羊群，有了挤奶的牛，有了骑的马。"说着又把话题转开，说：

"每一个牧民在人民政府的领导下，都应该保护咱自愿组织的互放组，同时应该好好地建设它。"纳布塔亥听了这些话，觉得句句说在人的心坎上，频频点着头，说：

"我们老两口一定要努力。"她表决心似的这样说。

太阳已经升高了，秋季金黄色的柴达木，辽阔的硬梁和原野之间的浩特、水井、毛片分明的五畜都呈现出来，使整个牧村风光无限。

到了图布新家门口，只见牧业互放组的牧民们正在做着传统手工艺的蒙古毡。风和日丽，正是牧民们做毡的好天气。八个妇女，四个一组地弹着毛，八个男子铺毡的铺毡，捉中心的捉中心，扑水的扑水，拽的拽，压的压，提水的提水，祝颂的祝颂，都在不停地忙着。

用长调祝颂做毡的诗词，继承着传统的工艺给人们带来无比的欢娱：

> 祝愿咱共同吉祥如意！
> 在成吉思汗战斗过的土地上，
> 宝日陶亥辽阔的原野上；
> 长满硷葱的河畔上，
> 舒舒服服的绿野上，
> 长满丛草的柴达木上，
> 舒爽怡人的草原上，
> 一望无际的平原上，
> 平平展展的河畔上，
> 把千群绵羊的毛绒，
> 纤细一般地弹成；
> 把万群绵羊的绒毛，
> 地毡一般地弹成；
> 云絮一般卷起，
> 经书一般完美；
> 气泡一般轻翘，
> 棉花一般柔软；
> 碧空止住风，
> 祝它快速形成；
> 上天收回风，

努力迅速完工；

辕牛拉来的泉水，

把它浸得湿润；

快马拉来的雨水，

是它久盼的甘霖；

百江的圣水，

浇透咱毡；

画儿一样的嫂子们，

精心制作的绒毡；

银碗那样无缝，

纸张那样平展；

玉石一般的白毡，

绸子一般的好毡；

无边的毛毡，

宫殿的贡品；

不烂的永恒毡，

不磨的牢固毡；

它使十块木墙秀美，

牧民大众的铺褥；

它使八块木墙秀美，

欢乐观众的软椅；

它使六块木墙秀美，

狂风暴雨的护身！

岩石那样严密，

宝石那样发亮；

永久长安，

迎来百福；

恩福千倍的母亲为首，

同生同长的姐妹们跟着；

将欢乐无穷，天天娱乐时，

伴着我们的是许许多多的银毡！

纳布塔亥、都勒禾古尔两人高兴极了：

"多么好的颂歌啊！"

"是谁在唱颂着？"

高兴极了的都勒禾古尔从牛车上跳下来，把笼头绳递给纳布塔亥，背着行李朝着朱鲁勒格跑了过去。

"喂，是谁？"

"是谁来了？"

目光敏锐的妇女们，各捉着各的抽棍儿，互相戳着肘这样稀罕地说。其中一个喊道：

"是都勒禾古尔区长！"纳布塔亥在旁边听到后，大吃一惊，心想：现代社会的官员们是如此这般的平易近人。她显得特别高兴。

都勒禾古尔大步走到人群跟前，祝贺道：

"喳，毡子制做得秀里秀气！"

牧民们齐声回答：

"祝福成功"，以此表达问候。都勒禾古尔说：

"朝格那顺同志，你是做毡的高手呀！"朝格那顺回答说：

"从学会拉牛犊哲勒的小孩时就开始学的营生，还凑合吧，给大家助个威而已。"

大家都邀请都勒禾古尔到家中做客，他表示谢意后说，就在这里和大家一起午休，并顺手将行李放在木架上。纳布塔亥老太婆也拿起抽棍儿走到姑娘、媳妇们中间，和着"嘻嘻哈哈"的笑声挽起袖子干了起来。大家看见胡雅格拉着水过来，便静了下来。胡雅格向都勒禾古尔问好后，说：

"喂，同志们，让女同志唱首歌，大家同意不同意？"这时，德

159

力格尔芒乃老汉也在说：

"刚才咱们男的为你们祝颂了一气，现在请你们快点。"这么一说，常爱追笑的梅德格玛对着旁边的纳布塔亥的眼睛说：

"你看，他在故意指着你呢。"她一说完，大家"哈哈、嘿嘿"地笑了起来。

的确是快乐的场面啊，笑声一片。

这地方干活儿不误，拉话儿不停，竞争个没完没了，男女分成两个组互相进行着比赛。特别爱好唱歌的姑娘、媳妇有两个，歌声此起彼伏，唱完一首又一首。有的是新歌，有的是民歌长调，更为稀罕的是有最新内容的庆祝民族区域自治的新歌，虽然不会唱歌但喜欢唱歌的都勒禾古尔还认识了唱得好的格日乐。

格日乐不好意思地停住了一只手，回答道：

"不太会唱，胡雅格哥最近教给我们的。"说罢，继续弹起毛来。另一个唱歌的年轻媳妇是唐苏克达力，她让都勒禾古尔久久等了一气还没唱，为此，朝格那顺用批评的语气说：

"你们组输了，得到自由的妇女们还缩手缩脚的干什么，不过就是唱唱歌嘛。"他说到最后加重了语气。

大家又"轰"地笑了起来。

妇女们的"嘿嘿"笑声似乎在比赛中占第一位。

胡雅格再次拉过来水，他的后衣襟上、裤腿上沾满了斑斑点点的泥水。他近几天以来都忙碌在柴达木上，把陷进淤泥或沼泽地里的许多牲畜救了上来，昼夜帮助大家，流了很多汗水。这时，久久注视胡雅格的唐苏克达力说：

"现在正午了，咱该喝午茶了！"

他们都走进蒙古包。

大家围坐在一起喝着茶。

这时，朝格吉玛也回来了，胡雅格向她微微笑着点了一下头，便坐到了一块。

喝茶间，都勒禾古尔拿出户口册子，向朝格吉玛详细询问着户数、无户口人员、人数、参加互放组的新户，去抗梅队治疗的人数、病愈后参加生产的人数等。他又拿出来一封文件递给朝格那顺让胡雅格、朝格吉玛他们传阅。

都勒禾古尔提前喝完了茶，仔细地看着西哈那上贴的两种合同书。一个是朝格吉玛牧业互放组和邻近互放组开展的爱国竞赛合同；另一个是畜群主巴音道尔基与牧户图布新盖章签名的新苏鲁克合同，合同上有敖伦韶荣嘎查人民政府通过的印章。

都勒禾古尔读着合同，明白其内容后，感到很高兴。

众人喝完茶继续到朱鲁勒格做毡。

都勒禾古尔听完胡雅格、朝格那顺的工作汇报，去了陶日木巴格。朝格那顺去麻黄草地下乡去了。胡雅格虽然听说都勒禾古尔今晚嘎查有会，但他仍旧为帮助放大畜群的牧民到了奎腾河下游。那里沼泽连绵，水源来势较大。为此，各互放组联合起来把牛、马、骆驼等大畜群往硬梁、山间、草地上赶。就这样柴达木中间依然团簇着成群的马和摩胯顶肩洪水般涌动的牛群。这些大畜有来饮水的，也有饮完水往外挤的，往往在这种混乱的情况下，有的就会陷进淤泥里。这时候是放大畜的牧人最着急不堪的时候。从奎腾河的上游到下游，下游到上游，骑马的牧民往来不断，说着互放组诞生以来的共同语言——"喳，伙计，你要留心我的大畜……"，"没关系，咱互相留心……"，往往用这样的话语打着招呼，然后就各自忙去了。放大畜的牧民们齐声竖着大拇指赞叹互放组的好处，今年沼泽地的危害特别大。

奎腾河柴达木下游沼泽地有四处。解放后分别称：一号沼泽地、二号沼泽地、三号沼泽地、四号沼泽地。一号沼泽地归麻黄草地巴格，其他归柴达木巴格。但是，自从自由放牧后，大畜群不受草场限制。虽说这几个沼泽地结构大体一致，但最危险的还是一号沼泽地。牧民们把柴达木淤泥和沼泽通称为呼和楚热。古人起这个名字的意思是：丛草滩上层是颤动的，环绕着流水潺潺的柴达木地，如受到一定压力就会陷进去难以自拔。有经验的牧民根据地形颜色、周围环境可以判断它有没有。如不知道柴达木中间的呼和楚热，就必须找一个识"路径"的牧民向导，说起来，呼和楚热比魔鬼还危险。魔鬼是空洞的东西，可呼和楚热会悄无声息地要人和牲畜的命。如人不慎陷入呼和楚热，就要用最大的胆量躺倒，一是翻滚着出去，再是躺着不动，等待来人。有些人刚开始对这种说法不相信。胡雅格把朝格吉玛从狼口救出的第二年，他说到泥水的危险，怕马群陷进呼和楚热时，朝格吉玛根本不相信。有一次，朝格吉玛和胡雅格一起亲眼看到一峰无主的大骆驼陷进呼和楚热的险景。那骆驼一陷进去四肢就不见了，骆驼越挣扎，陷得越深。他们两人当时手里什么也没有，即使有绳子他们两人又如何能拉得动呢？那骆驼挣扎着，哭鸣着想往前挪动，始终未能挪动一步，陷得越来越深。最后只露出头部和双峰，不一会儿完全消失了。一个肥壮的大骆驼就这样消失在呼和楚热中，朝格吉玛看着这个险情，大惊失色地喊道：哎呀！太惨了。从此以后，胡雅格每当去柴达木吃喝马群时，朝格吉玛总是疑疑惑惑地反复问：胡雅格，你的眼睛可以吧，你能认出那个危险的呼和楚热吗？那时，胡雅格好像给她壮胆似的说：肯定能认出。说罢，他用深情的目光望着她，内心里重复道：我已告诉你肯定能认出，你真的不相信吗？朝格吉玛不愧是经历过多种磨难的姑娘。她望着胡雅格那信心不足的面孔，几乎猜透了他并无几分把握的心理，她曾想，老练的牧马人都在呼和楚热里陷过脚，何况你呢？这样想着，"嚓"地一把拉住他的缰绳，说：明天开始你不能在柴达木上饮马群，必须到井上去饮。这是我的命令！她娇嗔而又严肃地绷着脸这样说。胡雅格想：少女朝格吉玛的心，虽然很显明，但是对她那聪明、机智，爱着我的真情实感我却没有彻底理解。他想到这一点，心里有点难过，浑身似乎发热、出汗。据人们所说，朝格吉玛想胡雅格想得不得了，曾给她们流露过

——我亲爱的胡雅格因为参军离开了畜群和草场，识别呼和楚热的眼力肯定大不如从前了。

"不，可我是个男子汉，这时不能考虑自己，难道利用自己干部的权力把这种危险推给别人吗？朝格吉玛你也不会同意我这样做。"这里深藏着爱的奥秘。这就是人们日常生活中将自己所爱的人看作比肺腑还贵重的天生力量！对我们俩来说，你常想着我，我常留恋着你，这都是被先天力量吸引着的。可是我们必须要当真正自由恋爱的主人，为不被一切隐晦的、神秘的自然命运左右摆动才对。将来，自然科学家不但会研究出呼和楚热的奥秘，而且还会解开它七形八怪的自然之谜。这是一个问题。还有一个是今天都勒禾古尔拿来的那个重要文件，就这文件！战火已燃烧到了祖国的东大门，兄弟般的朝鲜人民在那里流血牺牲，我们怎能在这里安稳享乐地生活下去呢！按照上级的宣传，支援朝鲜就是保卫我们的祖国。志愿军？我们这样的年轻军人不知能不能加入？朝格吉玛不知对我的想法会持什么态度？区里交给的任务由谁来完成。噢，我想起来了：一是作为现役军人不可推托的重要责任是解放一切被压迫的民族；二是不能向朝格吉玛说；三是政府和人民一定会支持我的。"

"不！第二、第三答复？……"

胡雅格一个人时才知道自己考虑了许许多多的问题，一看，自己早已坐在呼和楚热的这一边。貉青马拖着缰绳在离他一百多步的地方吃着草。一号沼泽地附近没来牲畜。稍怔了一下的胡雅格挠了挠头，看了一眼快要落山的太阳，朝着自己的貉青马跑去。他翻身跃上马，又把部分马群和牛群，吆喝着赶出柴达木。这时，远处向他走来一个骑马的人。

胡雅格仔细观察了一下，从那人骑马的姿势以及马的步法和扮头看出这个人很熟。像是挠到了他的痒处，感到很舒服，他给貉青马加了一鞭，快速迎了上去。来人勒着马的右面嚼辔，往西北方向的一个高土坡走去。胡雅格也朝那个方向走去。奔来的那个人好像知道了他的心思似的，将大红马迎向了他这个方向，那人紧赶几步就到了他面前，活泼地笑着问道：

"胡雅格，你好。"胡雅格也迅速问候，脑子里忽然一闪，又想起了刚才自己想的那些事，不禁感到好笑，就问道：

"我的朝格吉玛，你是否又给我下命令来了？"他不由"扑哧"一声笑了，随即下了马。朝格吉玛盯着胡雅格心想他笑得必有缘故，于是就问道：

"喂，亲爱的，是不是知道我来你才这样傻笑？你简直成泥人了，瞧你的衣服。"她边说边跳下马。这时胡雅格连忙说：

"就是，就是，比起那芒乃淖尔可爱的圆蛋脸姑娘怎么样？"他说得很有表情。朝格吉玛说：

"咳，胡雅格你真坏，是在挖苦我呢……那是那时的旧社会，现在是现在，我亲爱的。"说罢，朝格吉玛不停地笑着。胡雅格趁机说道：

"喂，我亲爱的，别学着我笑，我的笑还是跟你学的，你别再犯了你的笑'病'？你笑的'疯病'要犯了，我可是没有办法治疗。最近我听德力格尔芒乃大爷跟我讲，说你在芒乃淖尔流放时，整天没日没夜地笑。"胡雅格说着憋不住，不由得"哈哈"大笑起来。

"呀，呀！你笑得我直不起腰了！在那个社会，不那样的话一切就完蛋了！莫木那样真诚的话……等待你的办法都没有！在无任何出路的情况下，只好做出装'疯'卖'傻'的事呀！"

朝格吉玛确实是一个真诚可爱的姑娘。她眨着眼睛，用值得同情怜悯的爱心在说着！乌黑发亮的头发缠绕着额头两角；水汪汪的两只大眼睛就像两颗初升的星星荡涤尘埃，清澈明亮、动人魂魄，她那自然粉红的嘴唇就像要绽放但没有开花时的野菊花的一对花瓣，抿起嘴来自带三分笑，一对酒窝时隐时现，很吸引人。他俩像陷入呼和楚热那样，沉浸在笑声中难以自拔。笑着、唠着，两人牵着马上了那个较高的土坡。太阳就像被什么东西挂在地平线上，一

164

动不动地停留在离地面几尺高的地方，照耀着那个绿油油博尔格①的高土坡，又把光和热射向顶处紧紧依偎着的一对青年恋人身上，两匹坐骑在他们近旁同样沐浴在温和的阳光下。柴达木的浅蓝色的水中留着他们长长的、熠熠发亮的身姿。出自一个群的两匹坐骑互相啃着迎鞍鬃，像在抒发久别重逢的喜悦一般。

朝格吉玛见胡雅格默默站着不说话，就说：

"你坐下吧。"

他俩紧挨着坐下来。

他们俩爱恋的心中不知储藏了多少要说的话。朝格吉玛想把自己画的关于把沼泽地改造成新牧场的蓝图拿出来给胡雅格看一看。胡雅格问她真的再没有别的事情了？她想把关于订婚建立新家庭，还要择日子等想法稍微表露了一下，但是心却"咚咚"地跳着。

可是，胡雅格想法的侧重点究竟是什么呢？频频皱着眉头似乎在考虑着一个什么重要问题，正要听他说什么时，他直截了当地把爱情方面自己的观点摆了出来，从而进入这个话题：

"你说，什么是真正的爱情？"

朝格吉玛上文化课以后虽然进步很快，但从未参加过这种问题的讨论，一时有些懵了。胡雅格又问了一次。朝格吉玛想来想去，觉得无论如何要答对胡雅格提出的问题，尽快得到他的许可。因此，她有些回避这个话题，用鞭杆在地上不停地划来划去，最后她抬起头来随随便便地回答说：

"亲爱的，鸿雁飞得再高，影子也要落地；我心中的爱人走得越远，我心中的牵挂也会越多。我总是想想人的美不在于容貌，不在于衣服，而在于心灵。我想，咱俩的爱情像高山那样牢固，这是我的看法。随着时间，我们遇到的问题会越来越多，但是我一定会遵守婚约，绝不会今天爱一个，过几天又爱一个漂亮后生，亲爱的

---

① 博尔格：结小红果的一种多年生灌木。

胡雅格，我绝不变心，你要相信我⋯⋯"

朝格吉玛说着动了情，握住了胡雅格的手：

"亲爱的胡雅格，会有那么一天我将无论如何实现我们的愿望。可是那些别有用心的人利用我们的爱情大做文章，在我们中间兴风作浪，造谣惑众。我坚决不同意，把翻身的我推在灰堆里。我亲爱的，我说得对吗？"

胡雅格紧紧握住朝格吉玛的手，身子贴近她：

"亲爱的，知道了，我已知道你的心。"

朝格吉玛心满意足地微笑着。她看着胡雅格，用眼睛表示着内心的感受。胡雅格用两只明亮的大眼睛打量着朝格吉玛，特别盯住她那两个浅浅的酒窝和隆起的乳房，意识到微微跳动着的爱情的火苗，真使人点燃爱的熔炉。

朝格吉玛望着胡雅格，像是想得很多，她问道：

"年轻人为什么追求爱情？"

喳，怎么回答？胡雅格脸红了一下，用双手使劲搓着拧成两股的缰绳。朝格吉玛盯着他手中拧成的黑白相间的马鬃缰绳，"噗"地一声笑了。胡雅格也许想到在女人面前不能过于拘谨，突然有了胆子，说：

"我的看法也许不对，你可以批评，"说着稍顿了一下："爱情应该是两人在性格、兴趣上的统一以外，还有审美观的统一。这不但是各自的幸福，而且还给别人增加光彩。青春时代是人的黄金时代，换句话说，青春时代，我们应陶醉于爱情，更应陶醉于幸福家庭的温暖之中。但是我们个人的爱情、家庭以及一切幸福都应建立在祖国的和平安宁、国家富裕的前提下，如追求单纯的爱情和家庭幸福，就会忘记祖国和民族的利益，将会脱离大家庭，成为目光短浅的、思想狭隘的、没有远大目标的、忘记人民大众利益的爱情小人。"

"⋯⋯"

"……"

他们俩人说话的声音时高时低，时急时缓。微风带着白刺浆果甜润的香味像个顽皮的孩童在他们旁边窜来窜去，好像在探讨着爱情的奥秘。发黄发白的芨芨丛"嗽嗽"地摇摆着，好像自然形成一种屏障。一对山雀在空中鸣叫，好像也在羡慕两个年轻人的爱情，欢呼着，展翅飞翔着。

朝格吉玛和胡雅格相互亲吻着，他们爱情的火焰久久不熄。胡雅格说：

"一定吗？亲爱的。"朝格吉玛及时回答：

"一定。"说着贴近胡雅格的脸轻轻摩挲着，亲热地说：

"亲爱的，我向你保证。"胡雅格说：

"那就太好了。"

胡雅格好不容易才与朝格吉玛滚烫的嘴唇分开，就从后挎包里拿出刚才看着的文件递给朝格吉玛。太阳似乎等了他们一会儿，这时才落了下去，朝格吉玛借着余光逐字逐句地看着那个文件。胡雅格披着红霞用钦佩的目光仔细看着朝格吉玛改造沼泽地、建新牧场的规划图，频频点着头。胡雅格高兴极了，又把脸慢慢地贴在她那温馨的脸上。过了一会儿，朝格吉玛的双眼紧盯着胡雅格的双眼，俩人微颤着紧紧吻在了一起。又过了一会儿，她才默默地阅读完了最后一页。仔细一观察，胡雅格所讲的最后那几段话恰好与文件内容相吻合。

胡雅格突然站了起来。

朝格吉玛抿着嘴迟迟不肯起来，这地方好比一位知心朋友似的，她久久不想离开。胡雅格一站立起来，她觉得浑身发凉，周身微微颤抖，像是有一种无形的力量阻挡着她。胡雅格看着她那半躺着的优美姿态，不由把手伸了过去，轻轻把她拉了起来。

究竟往哪里去呢？

朝格吉玛把胡雅格抱得更紧，似乎怕胡雅格跑掉似的。胡雅格浑身再次发烫，姑娘的柔情和与生俱来的吸引力使他激动不已，胸中燃起永不熄灭的爱情之火，火焰好像在呼喊着：你们俩是两团火，合在一起将燃烧得更加旺盛！胡雅格用左手紧攥着朝格吉玛那像火一样烫的右手，他整理了一下"撵狼大红马"的鞍具。

时间在催促他们尽快起身。

朝格吉玛虽然骑上了大红马，可她压着嚼辔站住，用依恋的眼神望着这块她们温存的地方。胡雅格骑上与"撵狼大红马"争夺方向的貉青马，与朝格吉玛并肩走着。可胡雅格心想：往哪里走呢？都勒禾古尔同志说晚上还有会议。想着，他轻轻勒住马，朝格吉玛似乎感觉到什么，低声问：

"亲爱的，就走这方向到我家。"可胡雅格说：

"亲爱的，再见，我们还会再见面的。"胡雅格以男子汉的果断强忍着留恋将马转了个一百八十度的大弯。

刹那间，朝格吉玛的嗓子被什么堵住似的，想说什么又说不出来，跟着貉青马转圈儿的"撵狼大红马"昂着头不知该往哪走，前蹄顿着要往胡雅格方向奔，朝格吉玛勉强勒住嚼辔。

胡雅格现在无论如何也要按照都勒禾古尔的要求去往嘎查所在地美岱召。

168

十三

　　胡雅格疾驰着。秋末的夜晚悄悄地来临了。星星东一颗、西一颗，不久逐渐变成满天星光，银河系看上去似乎异常清晰，替代阳光将大地笼罩在朦朦胧胧的夜色之中，月亮还未露头。凉风阴森森的，使人不由得想起冬天来。可是，胡雅格却感觉暖乎乎的，他不住扭头看着朝格吉玛的去向，亲爱的人的影子不见了，而且连一簇尘土也没有留下。在那一片空间里，只看见东一个，西一个的蒙古包低矮的烟囱里蹿起星星点点的火苗，与天穹上的星星辉映着。对胡雅格来说，忘掉一切是不幸的，尤其更不能忘掉两件事。即一个是他那可爱的朝格吉玛，另一个是今晚要在嘎查召开的紧急会议。想起会议，他自然想起过去在敖伦韶荣村开展的地下工作，尤其是那些老地下工作者个个都活灵活现地出现在他的脑海里，从抗日战争到解放战争，这地方受革命影响最深，好多地下工作者以单线联系的方式进行过英勇的斗争。为此，胡雅格对关于召开的紧急会议从未向亲爱的朝格吉玛透露过。分别时，他留恋着，如走到了"岔路"口：跟着亲爱的朝格吉玛去她家里呢？还是到嘎查参加紧急会议？于是，他就像小学生服从老师那样服从了组织的安排，直奔嘎查那条小路。他想：都勒禾古尔同志为了发动群众，全面完成恢复时期的决定性任务，以及开展抗美援朝的爱国运动，才召集这次敖伦韶荣嘎查紧急工作会议的。

　　美岱召的西北角上，一个不大的喇嘛庙房内，闪烁着微弱的灯光。屋内点着带玻璃罩的煤油灯，灯光照着每个人的面孔。人们在等着胡雅格，他吃完晚饭到了那间房，坐在都勒禾古尔旁边。

会议可能马上就要开始，会场静悄悄的。会场里的人除都勒禾古尔之外，还有朝格那顺、胡雅格、丹巴扎木苏三人，看来参会的人已到齐。沉寂继续着，挂在后墙上的摆钟不慌不忙地摇摆着。胡雅格想：这会真怪，人基本到齐了，怎么还不开始!？他想着，扫视着参会的几个人。除了都勒禾古尔之外，其余的人都在用一种怪异的目光扫视着屋顶、办公桌、书等什物。

这时不知是谁着急地问道：

"会议还不开始？"

胡雅格收回眼神扭头一看，原来是朝格那顺在问话。都勒禾古尔看着朝格那顺说：

"我希望同志们反思我们工作的同时稍微耐心地等待一下。我让人叫了一个人，估计不一会儿就会来的。"说罢又强调说：

"大家稍稍耐心等待一下！"

都勒禾古尔说话从不啰嗦，干脆利索，因此大家便明白等那个人的重要性。"叫了一个人。"人们思索着，可谁也猜不出来。

究竟是个怎样的会呢？

都勒禾古尔从兜里拿出一张像封信一样的纸看着。人们开始悄悄说话，或离开座位来回走动着，有的跟着胡雅格到后墙上看起地图来。丹巴扎木苏问：

"在这里。海边上的这个城市是我国的安东。朝鲜国位于亚洲大陆的东部，依鸭绿江、图们江、长白山与我国接壤；与我国辽宁省、吉林省隔江相望，它东南西三面环海，国土面积二十二万零七百九十一平方公里。朝鲜国有着四千多年的悠久历史，号称有三千里江山。"

胡雅格像个地理教师那样有条有理地解释着，屋里除了他的声音外依然静悄悄的。连都勒禾古尔都被胡雅格那动人的讲解吸引了过去。

170

突然，办公室的门"砰"地一声开了，从外面进来一个头上缠着头巾的姑娘，大家一看，认出是朝格吉玛。胡雅格不由得低声嘟嚷起来：那么?! 他有些纳闷。他站了起来，把椅子让给她，自己上炕坐下：噢，等待半天的人是你，那为什么不一块儿来……

都勒禾古尔说：

"好，朝格吉玛同志来了，请坐在椅子上。"说着又对大家宣布："敖伦韶荣嘎查紧急会议开始了，其内容有两个，一是宣读抗美援朝的文件内容；二是宣读朝格吉玛同志'改造沼泽地、建设新牧场的倡议书'。"

都勒禾古尔同志详细地宣读了文件，又讲了抗美援朝的伟大意义。然后他说：

"这是朝格那顺嘎查长递给我的'倡议书'，是我区打狼模范朝格吉玛同志写的，这个'倡议书'很好，区政府已经拿出执行意见，大家应听一听她的'倡议书'，我来念一念。"说完他就开始宣读"倡议书"。

人们的脸上瞬间出现了笑容，互相交换着眼神，不一会儿，全集中在朝格吉玛脸上。朝格吉玛不知怎的，眼神异常安静，水汪汪地显现着以往的灵活劲儿，听都勒禾古尔同志念完她的"倡议书"后，她会心地笑了。她把参会的每个人都扫了一遍，唯独不好意思直看胡雅格。在高土坡上的爱恋的盛火似乎还在炽烈地燃烧着。胡雅格此时也低着头，悄悄朝下看着。朝格吉玛一时有点手足无措，她的眼神因为得到大家的信任而发出炯炯光彩。她觉得美好的青春之火在众人的支持之下，燃烧得会更加旺盛。解放后，朝格吉玛多次想怎样使自己的青春年华过得有意义。可是又想如何把胡雅格所谈到的那个问题和自己的理想协调起来呢？

会议开了一会儿就结束了。朝格吉玛心想着见了胡雅格以后再回去，回头一看，他正站在那里等着她。

"喂，朝格吉玛，你在想什么?"

"没，没想些什么。"朝格吉玛冲他轻轻点了点头。

他俩走出屋子，饮事员过来收拾房间。胡雅格边走边问：

"那么你想了什么？"朝格吉玛只是挨近了他迅速捉住他的手，说：

"没想些什么。"朝格吉玛说这话时呼吸显得有些急促，可能心情有些过于激动。胡雅格觉得朝格吉玛的手像火一样地烫，他感到很舒服，那指节扭动着似乎在说话：亲爱的胡雅格，我从心底里爱着你，你说什么我都听你的。真的，这和胡雅格的想法是一致的，她低声说：

"我的胡雅格，说吧，想说什么就说什么吧。"这话对于曾经是孤儿的胡雅格来说是多么亲密，多么温暖，多么和蔼！胡雅格突然觉得较难开口，为此，他很费力气地谈起了他们的婚事：

"说真的，我知道你至今还在等着我，可是我已表明了自己的观点，一句话，丢开祖国和民族的事业，哪来的个人幸福呢？支援朝鲜的战争取得全面胜利后，结婚也依然是正当年龄哩！"

朝格吉玛听着，用轻柔的眼神望着他那宽宽的额头，听他接下来会说些什么。可是胡雅格就像战场上的战士打光了枪膛里的子弹似的，一言不发而又有几分焦急地站着。这时，朝格吉玛刹那间想起胡雅格那坚定不移的性格，这使她不由得反复想起她胸中永远挥之不去的记忆：现在还不给胡雅格说等什么呢？可说起来又会给他带来一时的痛苦。但是，胡雅格与别人不同，是和他父亲一样心胸宽阔的人，这一定会给予他特大的鼓舞。朝格吉玛为了鼓舞胡雅格，便说道：

"祝你成为和你父亲一样的英雄，今天夜里我不得不说这话。"

为此，她就讲起朝格那顺经常说起的胡雅格父亲宝伦杳干在敌人的监狱里斗争了十年，最后英勇牺牲的故事。

美岱召周围各住户院门的灯光星星点点地闪烁着，连成一片，似乎比昨夜更加亮堂。胡雅格皱着眉头，他那发亮的、黑白分明的

172

眼睛在夜色中似乎发着宝石般的光亮。他们两人站在外面，亲密地谈论着，一直谈到深夜。

※　※　※

郭尔奔陶勒盖梁几乎变成了四座山梁。麻黄草地牧业互放组的牧民们除把收割的一部分草留给畜群以外，大部分都统一堆积在郭尔奔陶勒盖前面。可贮藏时，对贮藏方法产生了不同的意见。有的在哪里割倒就在哪里堆放；有的将自己割的运到自己的畜群；有的打了土墙院把草贮藏在里面；有的将草以互放组为单位统一堆积在一块儿，灾情时统一调拨利用。都勒禾古尔同志充分听取了大家的这些意见，他问丹巴扎木苏：理论上应如何贮藏才比较合适呢？丹巴扎木苏认为，前面三种方法都有不利之处，他同意以组为单位统一贮藏的办法。他还强调堆放贮草时应尽量减少与风、雨、雪接触的问题。他还从都勒禾古尔的皮挎包上解下茶缸放在地上，又从自己兜里取出一张白纸卷成的锥形"帽子"给茶缸戴上，给围观的群众解释道：

"你们看，这是一个锥形空间形状，以这种形状堆放草堆，风、雨、雪就会很少影响到，它还能排除或减少风把草吹走、发潮霉变、被大雪覆盖等不利因素。"这么一讲，大家都觉得很有道理，十分高兴：

"这办法真的行。"

"怎么能不行呢！人家是专门学这方面的！"

"可是运输怎么解决？"

"是啊，这……"

"这运输可不是一句话的事，我的老天爷！"

人们谈笑之中，争论着，几乎引起了小风波。

"背过来。"

"用牲畜驮也是个办法。"

173

"要么用车拉。"

"人多用扁担担也行！"

"怎么说也是付出了那么多的劳动，扔在滩里受了损失就太可惜了。"

人们在谈论着各自的看法。

人们看着都勒禾古尔、朝格吉玛、丹巴扎木苏，看他还有什么话要说。朝格吉玛把鬓角上的头发理了理，说：

"就这方面我稍微谈一谈，"换了下口气，她又高声说道：

"我看堆放草必须要踩实，像丹巴扎木苏所说的那样堆锥形绿'帽'时还要加上泥'帽'子，这样的话不是更能防止雨水的侵蚀吗？今日吃到嘴的下水①，总比明天想吃到的肉强。"这么一说，众人中有一个人支持说：

"将来羊多了，绒毛多了，咱们可做一个大的锥形毡帽给咱们的草堆戴上。"大家都冲着她大笑起来。朝格吉玛继续说：

"大家的主意、方法都特别好，大家有什么就用什么支持互放组，打狼前我们村子里有多少羊被狼叼走，据全巴格解放前三个月的不完全统计，被狼吃掉的小畜有 2401 只，这是小数吗？把这折合成钱的话该是多大的损失？我们应算经济账。但是，最近三个月全巴格被狼吃掉的羊只有 22 只，这说明了什么？它说明打狼的好处和继续打狼的必要性。现在草的问题怎么办？要把它当成像打狼一样的重要工作来抓。要战胜突然来袭的狂风暴雪，到那时才会知道草的重要性，我的朋友们。俗话说，用力能举千斤，用智能举万斤。我们互放组的新成员达日哈、柴达尔一家子将刚刚从嘎查供销社买回来的胶车自愿让给互放组使用。我看他们这种精神很好，但是我看经济方面应给点报酬，大家考虑考虑怎么才好？"

"是的，人家讨论讨论，究竟怎么才能维护互放组的利益而又

---

① 下水：指羊杂碎。

不侵犯个人财产呢?"都勒禾古尔这样说,他坚决支持朝格吉玛所说的。

众人热烈地讨论了一阵。几个年轻人说得更激烈:

"达日哈、柴达尔并不是出于真心!"

"具体说一下。"都勒禾古尔这样要求到。巴拉嘎站起来说:

"他们俩这样做是为什么?!我看不惯的是口头上的漂亮话而已。"他冲着柴达尔满怀疑心地说。

柴达尔确实有点恼火,向达日哈扫了一眼,说:

"你的脑袋究竟长在什么地方,我们的头在脖子上。买胶车的钱有的是,哼!你还小看人?"他这样气冲冲地说时,朝格吉玛故意让大家把意见全说完,她说:

"还有谁再说?"图布新说:

"我看分组以互助形式可以买胶车。"

"是的。"

"钱也是如此,有的多出,没有的少出,还有特困的也可以暂时不出,将来根据入股资金、牧业互放组用胶车的收入给予分配。"

图布新、阿日宾德力格尔一个接着一个地说着。

大家都觉得这个意见好。都勒禾古尔觉得大家的意见统一了,就表态说:

"不管怎么说,大家在购买胶车这个问题上统一了意见。我看这是直接关系到牧民利益的事情,这方面大家都出力才好。这里应该表扬达日哈、柴达尔参加了牧业互放组,并给予大家经济上的具体支持。巴拉嘎也应有自己的观点。朝格吉玛让大家说出自己想说的话是对的。"

说得不夸张,巴拉嘎的头几乎要炸起来了。

朝格吉玛牧业互放组的成员在第二天就交了买胶车的钱,并逐人逐户进行了详细登记。真的是说话算话,柴达尔、达日哈交的钱在组里最多。梅德格玛也并没有落后于其他人,将给姑娘留着买衣

175

服的四十万元① 也交了出去。

阿日宾德力格尔到嘎查供销社买胶车去了。牧马人图布新高高兴兴地去了按照新苏鲁克合同放的马群上。他要捉三匹马准备作新买的胶车的套马。他还要把熟红的一张牛皮献给组里，朝格吉玛同意并作了价。朝格吉玛还求德力格尔芒乃老汉让他暂停猎狐狸，给组里做胶车绳线、前后梢撑、搭腰皮、拖床等，他满口答应了。

眼看天气逐渐变凉，尤其是早晚更是这样。为此，要加快运草工作和有些牧户的棚圈建设，这些工作极为重要。其他的工作还有许多，如果地冻以前不抓紧沼泽地的改造，明年羊群就会受虫害的遭殃。地冻前还要季节性地抓绵羊和山羊的驱虫工作，这也极为重要。继续宣传学文化的重要性，把学龄儿童送到嘎查民办小学，这项工作也要抓紧。

牧民们等不上拴胶车，就忙的没一点空闲，他们背的背，担的担，骆驼马子驮的驮，二"饼"车拉的拉。整个麻黄草地沸腾了。青蓝色的敖伦韶荣山下，麻黄草地上，人来人往，大大小小的草垛像蚂蚁搬家一般移动着，人、畜、车、草组成五颜六色的图案。

牧民们在忙碌着。

草堆越来越大。

拉草的车交错着，阵阵鞭声响着，小山一样的草垛移动着，欢乐的歌声也随之如潮水一般涌动；十来岁的小孩也背着草跟在老人后面好比羊群里的羊羔那样活蹦乱跳着。大草堆旁边晾晒着一块一块汗湿的手巾，青绿色的草一捆挨着一捆，用脚踩实准备装车的草一垛挨着一垛，人们的轰笑声此起彼伏。草原牧区秋天的风光就是这样美好。方圆几十里劳动的欢乐歌声响彻云霄。

牧民们自发组织的秋割队伍在阳光下松散而并然有序地劳作着。两天后，三套马的胶车走进收割场所，在秋草丛中留下两道深

---

① 　四十万元：是恢复时期的人民币，相当于现在的四十元，以下的货币单位相同。

深的辙印，给牧民们增添了空前的力量。驾辕的马刚开始不懂路，慢慢地熟练了。胶车刚开始拉的少，逐渐拉得多了，鞭声"啪"地一响，大大小小的草垛滚动而来，它们都在忙着到郭尔奔陶勒盖"安家落户"。

十四

"瞅准的视力不可阻梗，蹬紧的马镫不可再松。"

草原牧民们从悠久而丰富的语言宝库中选来选去，只选中这样一句名言。

眼下西日夫就很钦佩这一句名言的内涵。一听说他莫木送他念书，天刚亮，他就起了床，活蹦乱跳地一直忙碌到前半晌。他决心和他的好朋友那顺达来一起去新建的嘎查民办小学念书，这时正不耐烦地等待着他。他莫木继续为他做着一些必要的准备工作，拆洗缝补被褥的事儿基本了结，只等打包。可是，西日夫还催促着要枕头。他莫木刚拿起他那旧枕头，但脑子里又瞬间闪出一个新的念头：马驹已开始跑了，绊住它怎么行，我这孩子够可怜的了，自幼失去父亲，不能样样都凑合。她的心软了下来，看了一眼儿子那无可阻挡的目光，走到依着哈那立放的额日格尼格跟前，从里边拿出一块正方形花布。她用慈祥的目光瞅着孩子那高兴的脸庞，将花布给他看了看，取得他的同意后，便拿出针线缝了起来。她那可怜的孩子蹲在旁边，要母亲用双线缝，缝得密一点。他不知听谁说的，给母亲解释着：念书不只是念一两年，而是每年升学，念很多很多年。母亲听罢，照旧说着自己的话，再三嘱咐说：

"树有高低之差，人有贫富之别。不能学人家的孩子，咱自己要知道自己的底细，咱是穷人家，能念一念报纸，读一读来信就可以了。"可是，西日夫看着她那慈眉善目的笑容，用力推了一下母亲的膝盖，撒娇地说：

"说不定，往后的生活还会好一些。一旦咱家的生活好起来，莫木尽自己的能力，让我多念几年书。"他把自己所想的毫无保留地说了出来。缝完枕头，正要往里面装荞麦皮时，在外边玩耍的西日夫的妹妹阿美腾跑了进来。她看见哥哥要上学，向她莫木接二连三地嘟嚷着：

"莫木，莫木，我也要上学去，快点给我缝书包！"她母亲听了，很为难，劝说道：

"我的好女儿，莫木的宝贝疙瘩，你走了，莫木可想你呀。女儿家不能与这些坏小子们相比，长大了要学会一手好的刺花本领，将来好当人家的好媳妇。"她伸了伸手，摸了摸九岁女儿的头发。

小阿美腾的眼睛呆呆地看着她母亲，模样够可怜的，目光好像在说：我也到了上学的年龄了，你为啥不心疼我呢！

西日夫仍旧穿着那件棕色旧长袍，可如今已不显得又大又肥了。他已背上崭新的绿色书包，的确像一名学生。他姐很早就开始缝好了一对耐穿的玛亥，几天前给他穿上了，很合他的脚。西日夫穿上新玛亥，心里觉得挺舒服，想起这是专门为摔跤准备似的，不由得发笑：那顺达来，你如果现在过来摔跤，我非"砍"你的小腿不可。他越想越觉得，那顺达来不早一点过来，很不是滋味：你知道不，我等你多长时间了，你真不够意思，烦死我了。莫木早已准备好热腾腾的奶茶，放在图拉嘎火种上，叫咱俩喝，她最疼咱俩了。他又久久等不来那顺达来，就跑到他家北梁上看，突然他像旋风一般跑回家，气喘吁吁地说：

"莫木，莫木，你的西日夫落在后头了！可能那顺达来过来了，来了两个骑马的人！"

他莫木给他摆满了一桌子奶食品，奶皮、酥油、酪蛋，应有尽有。她端上送行的奶茶，说道：

"催这催那，没完没了的，大半天就过去了。我的孩子呀，快点喝茶。这也是托了你朝格吉玛姐的福，她如果不放几家的羊群，我哪儿来闲坐在家唠嗑的空呢。"真的，西日夫乐坏了，从早晨到现在不吃一口东西，他吃不进东西。他莫木看见他不吃一口炒米，喃喃地骂着他。可是，西日夫清清楚楚地知道：他莫木这并不是骂他，而是从心里疼爱着他，怕他饿着肚子。他端着木头碗实在是坐不下去了，便放下碗，赶紧出去了，那顺达来还没有过来，只有马桩上拴着的他那匹马向着北方嘶鸣。这下，西日夫确信他一定来了。他一口气跑进最近由牧业互放组架给他们的崭新的毡包，取东西。

当他莫木拿着他的行李，领着小姑娘一同出来时，恰好迎上骑着马过来的那顺达来。

西日夫的莫木梅德格玛边问候，边奇怪地问道：

"你怎么一个人从北面来？"那顺达来说：

"这匹马昨夜上得是三脚绊，对它来说就像上了二脚顺绊一样，整夜没吃草，走到大硬梁上，我勉强追上它，这不是骑着来了。"西日夫急忙问：

"那么，你什么时候才能到学校？"那顺达来笑着说：

"我这次都齐全了，钱和东西都带上了！"

那顺达来、西日夫俩高兴极了，互相拍打着肩膀，跳来跳去，忘乎所以。梅德格玛解开缰绳，将行李、褡裢分别驮在两匹马的马鞍上，望着她那可爱的儿子，又走了过去，吻了吻他的脸，连着吻了眼睛和鼻梁，颤动着嘴唇说：

"我的孩子！"她说着掉了眼泪，接着说：

"用心念好书，当个忠诚人，别拿人家的东西，听从老师的话。"儿子听了，嗓子略为颤抖着说：

"喳，莫木！"

听话要听音，西日夫是能理解这些话的内涵的，他一时说不出什么。他频频地点着头，从母亲手上接过缰绳，迅速骑上较烈性的马，在草原上长大的孩子们是不怕这种马的。他瞅了一眼莫木，又

180

望了一眼远方，这眼神好像在说：这次并不是去庙里当班迪，而是要去寻找知识的大海，在那里学会游泳，将来从书的海洋里捞出很多很多珍宝，孝敬我可爱的母亲。

梅德格玛领着从一眼井里吃水长大的两个孩子，没有放松已蹬紧的马镫，走出东面的硬梁。

看着母亲和哥哥已走，小阿美腾心不在焉地小跑着上了北圪梁，望着已走远的三个人的背影，一个人站着，等待放羊群的朝格吉玛回来。

秋风飒飒地吹拂着，天空晴朗，在遥远的天际能清晰地看到南回的大雁群。长绳般的大雁群下面的麻黄草地像滚动着的黄羊群一样，那三个骑马人像追赶这群野兽的猎人。"撵狼大红马"的步子疾快，它根本不落后于两个孩子所骑的马，在最前边带着路。阿美腾孤独地一个人默默站着，不知想着什么，伸出她右手很像是指着她哥哥，双眼直盯盯的，神情恍惚，站立不稳。可是，此时此刻，她莫木怎么能理解自己小女儿这随时代变化而变化的心理呢?!

骑马骑得像个牧马人一样的是西日夫，他在马鞍上学着老牧人斜坐着，刚离开毡包和妹妹时感觉到一股留恋不舍之情涌上心头，不住地看着妹妹，招招手。可走远了，妹妹看不见了，他就决心追赶母亲所骑的马，左右手挥舞着马嚼辔，勇往直前，只想着早点到校，提前报名。

人们从四面围了过来，看着写有"敖伦韶荣嘎查民办小学"字样的牌子，他们背后又有一群孩子追了上来，大人和孩子们你一言我一语地议论着，好像是看见了什么奇特的东西一样。

"哎呀！写得不错！"

"这是曾当过衙门小文书的人写的，他如写不好，他的脸往哪儿放?"

"如今解放了，哪儿来的那么多衙门!"

"噢！我成了老糊涂了，巴老师这字写得太棒了!"巴拉嘎听见乌力吉那顺副嘎查长这样夸奖，他那不高兴的脸上顿时显出一层假笑。这时，他旁边站着的乌力吉那顺微微将起上翘的大黑胡须，用一双贪婪的目光扫了过去，可能专门在考核着巴拉嘎，说：

"你看，把这'敖伦韶荣'四个字换过来，叫成其他一个新名字，该多好呵！"

巴拉嘎看出，他意不在此，而是指着这山，说那山，就未答话，悄悄听了下去。他继续说：

"我听说，最初建嘎查人民政府时，对这名字争论不休。有的说，换个崭新的名字，将一切变得焕然一新，似乎几天之内变个样；有的还说，什么事都是一样的，马上把它变过来是很困难的，慢慢才知道它；可有的还说，这名字真有点意思，它把历史的烙印刻画在名字里边。说法种种，最后还是启用了这个名字。为此，我还翻阅字典，再三地解释了这名字。巴老师，真是这样的。我查看过两种不同词典，一个是四十八年前，即癸丑年正月出版的《蒙汉满文三合》，另一个是 1938 年 5 月在湖南省桤江县出版的《蒙汉词典》，对'韶荣'这个蒙古语有着同样的解释：'中间高的山峰'我又不相信，顺便查看了桌子上摆放着的沙格扎《蒙古语法词典》，其中也有同样的解释：独自矗立的山。由此可以看出，蒙古语中的'韶荣'是从这个意思转变而来的，它并不是单纯起源于'根丹①'这个词。"

乌力吉那顺说罢，习惯地推了推眼镜。

巴拉嘎哑口无言。

可能是新报名的学生，几个孩子正抬着一个牌子，从美岱召门往东走去。后面跟着还未来得及脱掉喇嘛袈裟的劳赖宁布老师。他独自迈着蜗牛步。

他后面走着刚刚被选上的巴拉嘎老师。巴拉嘎挺起胸，走了过

---

① 根丹：蒙古语，监狱的意思。

182

来：是的，世界上的水流形式都不一样，有混浊的，也有沉淀的。有的水也带有泥杂物，即使是纯净水，给它上了颜色，变成黑色水、绿色水，或变成黄色水。水在冬天冻成冰，夏天蒸发成雾，春秋受大地之温而直流不停。一条河流也互不相同，有的地方浅，有的地方深，有的地方河槽宽，有的地方河槽窄。学问的事儿也与此一模一样，乌力吉那顺装作无所不知的样子，可世界上比他知道得多的人有很多，几乎数不清！在敖伦韶荣，必须得承认没有比他知道得更多的人。再说，乌力吉那顺掌握着嘎查的文化权，他自作主张让我当上了教师。咳，有的还大喊大叫地不让我当教师呢！胡雅格、朝格吉玛，甚至都勒禾古尔他们如今也不一定同意呢！这工作作起来轻而易举，不费力气，不用弯腰，不冻耳朵。那些抓镰刀握毛绳的营生是最低等的工作，做得多死得早。一辈子做这种活儿，衣食不足。我也曾努力做过体力劳动，他们所宣传的打麻黄，每天平均挣八千元。妈妈说得真不错，每天躺着也比做它强，那是赤膀穷人们的职业！可教师这个工作不仅能挣钱，还有好名声。每月工资可达三十万元，将来还会增薪，不但不受罪，而且挣钱多！至于孩子们的学习问题，与水一样，有深有浅，学就学，不学就拉倒！反正老子的钱分文不少。的确，按劳分配是千真万确。啊，我可爱的钱，你像水一样流过来该多么好呀！

巴拉嘎边走边想，想到这儿，不由得高兴起来，使劲咽了下唾沫。

抬着牌子跑在前面的孩子们经过大榆树林，走到美岱召最东侧的庙仓院才把牌子立在大门上。东庙仓院由三个小院组成，北面有一处小院，南面有两处中等并排小院。这里的几名年轻喇嘛一解放就当了哈热人①，回到乡下牧村，放了羊群，娶了老婆，享受人间幸福去了。他们提出，把庙仓拆了后拿到乡下盖房，这种提议受到

---

① 哈热人：蒙古语，黑人的意思。那时，男人分为黄人和黑人，黑人是指喇嘛以外的人。

达瓦尼玛的阻止。后来要建学校，可没有合适的地点，达瓦尼玛向嘎查自愿提供东庙仓院。他还提出一个条件，现在在庙上念经的班迪一律不能入学。在乌力吉那顺的要求之下，他勉强同意了有蒙文学历的劳赖宁布过来教书。

嘎查里要筹建一所学校，这事已谈论了几个月。为此，嘎查人民政府很焦急，专门抽出人员，深入到各巴格和互放组，进行了有力地宣传，其内容涉及：念书的好处，学本民族语言文字的优越性，学文化与社会经济一同发展的关系等。这样一来，牧民们活跃了，同意让孩子念书，尤其是那些学龄儿童接受新鲜东西比大人快，个个儿说着大人的话，把建校的好处捧到天上。可是，在敖伦韶荣嘎查普遍存在的一个问题是暂时不让那些学龄女孩入学。

因此，从早上到晚上，报名的学生只有二十多个。梅德格玛领着自己的孩子和那顺达来，到巴拉嘎老师那里报了名，如数付了学费、书费、灯油费、伙食费等。她又到北面那挂铃的小院，把他们的行李放进朝西开着的门已破旧的房间里，又急忙到供销分社给孩子买了一些铅笔、本子等文具，就回去了。

几天来，学生们陆续报着名，学校已有了五十多名学生，其中仅有三名女生，她们住在南院最西头的一间小屋。学校还没有开课，孩子们都在美岱召庙院巷道间窜来窜去，有的捡着破铜烂铁想卖点钱，有的用小皮球玩着拦格升级，有的跳着"爬格"比赛，有的耍着"掷铜钱"，也有的在进行摔跤比赛，捉迷藏，"瞎子"被抓，等等。孩子们根据自己的爱好玩耍着，把庙宇当成自己的自由天地，眉开眼笑。再一看，他们真像这里的主人公；再一听，整日的念经声和热木尔声，让人觉得孩子们又不像这里的主人。有一次，西日夫和那顺达来俩人为了看念经会，鼓起勇气，跑进了庙院，隐蔽在墙角下，正要准备扭转身子时，突然被一只又大又粗的手抓住。抬头一看，是两位又高又胖的喇嘛，一位是留有黑胡须的劳赖宁布，另一位是陌生的中年喇嘛。他们俩恶凶凶地提起孩子就连打了几个耳光，严声喊到：

"好！愚笨的小家伙，给脸不要脸的，你们终究有被抓的时候，给我走！"两个喇嘛同时喊着往檐台拉了过去，那顺达来见情况不妙，便求道：

"嘛木，差不多点儿就行了，别又推又打的，我们再也不来这儿了。"他气喘吁吁地边说边摸疼得发烧的脸。

但是，求情告饶，没起作用。那个壮年喇嘛不顾一切地从庙院梯上往下拉着他，一直拉到庙西侧的绿色琉璃塔院跟前。那顺达来腰部好几处已被划破，痛得要命，他不停地直喊。这时，塔院门开了，里面走出来一个满脸疙瘩的喇嘛，凶喊着西日夫、那顺达来，迅速关起塔院大门。在阳光的照射下，四四方方的塔台琉璃砖上反射着刺眼的光线，只见四角上的石狮子龇牙咧嘴，十分可怕，尤其是那朝着大门的一对石狮子使人胆战心惊。那喇嘛从地上捡起皮鞭子，正要往西日夫身上猛抽时，被那顺达来阻挡住了。西日夫立即看出那顺达来的胆量，冲了过去，想一把抢下喇嘛手中的皮鞭，可被喇嘛踢倒了，喇嘛像一条疯狗似的用鞭子抽打那顺达来的屁股。这时，塔院大门缓缓地开了，从外边露出黑胡须劳赖宁布的光头，他笑着说：

"呵，这个算了吧，让那一个尝一尝鞭子的味道！"他好像下命令似的说着，往站起来的西日夫身上"噼喊啪嚓"地打过去。那个陌生的胖喇嘛把那顺达来拉到外边说：

"你们这些小家伙，没有受苦，舔上几次热锅的火辣味道，才知道寺院之道。回去给你们那些学生说一说，多来几次寺院，好吗?！"从院内传来西日夫呼天喊地的哭叫声，看来打得太狠了。一会儿，哭哭啼啼的西日夫走出塔院大门。

两个孩子吃力地迈着步子，他们已受了伤，走起来东倒西歪的。三个喇嘛都用嘲弄的目光瞅着他俩的背影，但他们未听清又哭又骂的西日夫、那顺达来俩人所说的话。

"西日夫，你说，那不是咱们劳赖宁布老师吗？他确实是个明里一套，暗里一套的人呀！那说得比麻糖还甜，可怀里藏着一把刀！"

"是的，咱俩的命苦呵！有了这么个老师，怎么让他当老师的呢？"

他俩一回到宿舍，就谈起被打的经过，顿时，激发出众多学生的恼怒。但是，这些年纪小小的可怜的孩子们怎么知道去找嘎查领导呢？只是互相议论一会儿，便鸦雀无声了。大家都同情着他俩，每个人的心里都留下了一个难忘的烙印。虽然课本还没有来，但是学校把学生分成甲、乙两个班，开始上课了。

一个教室是前面两个小院的最东侧的宿舍，离伙房最近，与老师的宿舍只隔着一条狭小的走廊。另一个教室是女生宿舍。教室里面没有桌椅板凳，学生们在炕上盘腿坐着，几个人中间放着一张炕桌。教室的门是木板门，窗户是方格糊纸窗而且室内光线很弱。北墙上虽挂着用木板做的黑板，但老师从未用过它，所以上面有很多灰尘。课程种类不多，只有一种蒙古语文课，因此，学生们不分上午和下午，一股劲地上语文课，除此以外，就上练习课，反复念，反复写。甲班的课由巴拉嘎老师上，他在第一节课上就把韵母"阿、额、伊"一下子全教给学生后，便留下作业，要求每字写五十遍，没等下课，提前溜走了。乙班的课由劳赖宁布老师教，他给每个学生发了一块长方形的小木板，当作"小黑板"用，使用时，先把羊油烤热后涂抹在上边，然后又烤一烤，就可以滚一点灰面面。这样的"小黑板"上可以用竹笔写字，写满了，再做"小黑板"，回回如此。全班学生都得这样做，他们那小小的脸和手一上课就会变成灰色的、斑斑点点的。当天所教的，必须当天背诵会，这是一条硬规定，不然，就会尝到"竹尺"的味道。西日夫的个子略高，因此，被分到乙班。一天早晨，劳赖宁布老师为了考西日夫所学的字母，叫了他。西日夫虽下工夫学了十几个字母，但没有念会最后面的两个字母。这下，黑胡须劳赖宁布老师发怒了，马上对西日夫采取行动。他拉住西日夫，顺手抓住他的左手，握紧了他的四指，展开手掌，迅速用竹尺往掌心上使劲地打起来。刚开始，西日夫尽量咬紧牙忍着，后来忍着忍着，实在忍不下去了，十指连心，直疼得心痛，他边哭边喊叫起来：

"哎呀呀，我的老师！饶命吧，我实在痛得不行了！求求你呀！求求你呀！今后我要好好背。"

西日夫在疯狂地喊叫着，直喊饶命。

"活该如此！废物，吃了那么多粮食！"劳赖宁布蛮有理由地骂着。

"痛死我啦！我的老师！"

西日夫在哭叫着。

确实，打得很厉害，他的左手掌心肿得鼓了起来，发青发青的。

西日夫终于解脱出来，他一回来就蹲在炕桌旁哭着，气得直哆嗦。学生们没有一个人出来吭一声，都一动不动地坐在各自的座位上，死死地背诵着，下着很大的功夫。他们那小小的心脏跳动得很剧烈，都在害怕西日夫的不幸遭遇落到自己身上，摸一摸掌心，用指头掏一掏耳朵。

比起乙班，甲班大部分学生的年龄比较小，因此每天会少学几个字。这可能符合儿童的智力发展，到如今还没有出挨打骂的学生。为此，巴拉嘎并没有高兴，而是很恼怒，时而还大发雷霆。他想来想去，从那顺达来身上找茬儿，每天都观察着他的言行。说实在的，他留在学生身旁的时间太短，那顺达来和往常一样，按照老师所讲解的内容，给全班同学反复辅导着蒙古文字母。刚开始，有几名小同学很吃力，可那顺达来坚持着多教几次，多念几次，那些差的学生很快变了样，全班的学习质量也有所提高了。那顺达来会这样教的原因是他在麻黄草地时跟朝格吉玛学了蒙古文字母和铺垫音节，为学会这点知识，他不知参加了多少次夜校扫盲班，也不知熬了多少次夜。那顺达来辅导学习这事后来成为甲班的一个奥秘，同学们都对外不谈这一秘密。孩子们那样的可亲可爱，漂漂亮亮，纯真幼稚，悄悄地互相通气：乙班的西日夫已挨打了，我们可要从中吸取教训。巴拉嘎这个人也挺怪，他不为孩子们的学习好而高兴，反而很悲观失望，得过且过，教得也越来越不像话，可学生的学习仍然在提高。他情绪低落地迈着步子，边走边想：真奇怪得很，这些爱流鼻涕的"大将们"真的变成聪明的小家伙了?! 他为此费尽脑子，想来想去，照旧坚持下午不去课堂。

校园里还出了一件令人惊讶的事。全校院内传着一个不吉利的消息，即北面挂铃的小院里已有了"鬼魔"，学生们不敢住宿舍。这消息不但使学校乱了套，孩子们也怕得要命，谁都不敢睡在喇隆巴① 院内，而且嘎查人民政府有关人员也听到了这话。胡雅格听到这话，悄悄进到那挂铃喇隆巴小院，与西日夫他们睡在一块儿。他考虑到有备无患，睡时没脱衣服。说起来，两年以前这个小院的北堂房里死过一个有"喇隆巴"学位的西藏喇嘛。听人们最近的传言，说那喇嘛现已变成鬼魔，每到黑夜就喊来喊去，铃声和念经声不停。

胡雅格躺下，但没有睡，观察着动静，这时几个学生甜甜入睡了。只有西日夫瞪圆了眼睛，觉得没有睡意，不断地打着哈欠。因外边有点风，小院大门木板已破旧，又加上横闩不牢固，不时传来"砰砰"的开门声和关门声，使人不由地惊悸不安。不一会儿，突然传来猫头鹰的"呕—嘀、呕—嘀、呕—嘀"叫声。胡雅格轻轻推了一下还未睡觉的西日夫说，可能是旧房烟囱里造窝的雕鸮在啼叫。

确实，有"鬼魔"，这不是在胡说。过了一会儿，那个挂铃开

---

① 喇隆巴：藏语，喇嘛教学位之一。

188

始慢慢"当—当—当"地响着，接着又快节奏地"当—当—当"响起来。胡雅格想：啊！这响声够厉害呀。他悄无声息地下了地，走到纸糊的窗户跟前，从窗孔往外一看，铃声突然停了。但是，院大门被什么东西用劲儿推开，又"当"的一声，大门上了闩。胡雅格嘟囔了一句：真奇怪，这大门还会自己被闩上，他决心出去看一看。

人们都知道胡雅格的胆量，他什么也不怕。长满黄蒿的喇隆巴小院给人一种阴森可怕的感觉。已陈旧的北堂房因不住人，两个大窗户上所糊的麻纸早被穿了许多孔，在风中发出古怪的响声，忽而又发出吹笛声。透过灰蒙蒙的夜"猛"地一看，墙头上长高的沙蓬草好像坐着的一个人似的。一会儿，一股旋风扑面而来，胡雅格喘不上气，风卷着泥沙、草尖、灰尘，一时使他无法睁眼，只好闭上了眼睛。睁眼时，他似乎看见一个怪模怪样的、灰白色的人模样的东西翻墙而过。他迅速跑了过去，靠在墙角下一听，只听见在鼓膜里走远的赤脚跑动声。他像一名搞多年侦探工作的侦察员一样追了过去。谁能知道，这是为了全体学生的安宁而采取的压倒鬼魔行动呢？

追赶着鬼魔，一直追到喇嘛商大院跟前，院大门没有发出大的开门声，只是"吱吱"响了两下，出现了一点门隙，一会儿又被严严实实地关上了。

喇嘛商大院内的佛教堂外屋门开着，在灰色的灯光下晃动着一个人，喊道：

"被鬼追了，怎么这么大动静？"随着喊骂声，从大门边溜了过去的黑影子渐渐变成一个化装的人，用颤抖的声音说道：

"呀咿！吓死我了，从喇隆巴院……出来个拿枪的人……向我瞄准，差点扣动枪机。"这是个十几岁的男孩的声音。这时，灯光下面一动不动地站着的人从又宽又长的袖口中拿出皮鞭，挥动着骂道：

"狗咬的东西，你还是没尝够皮鞭的味道?!"皮鞭迅猛地落在那孩子的光屁股上，孩子的嗓子被什么东西卡住了似的，"咿哑咿哑"地说不出话来。

在皮鞭的抽打之下躺倒在地的孩子不住地磕头祷告，皮鞭这才逐渐停了下来。

"再犯错，让你脑袋搬家!"

"喳，喳!"

那粗大的声音一停止，佛教堂外屋的门被使劲关了上去。灯光前突然显现出一个年轻人，他头带时兴的八角帽，身穿毛蓝布套服。

巴泽尔抬头一看，吓了一跳：呵?! 这不是学校的巴拉嘎老师吗? 巴泽尔摸着阵阵酸疼的屁股，看着推门进来的巴拉嘎，有些瞠目结舌。

达瓦尼玛跟着班迪进来，观察着巴拉嘎的脸色，他那凸出的双眼眨动着，脸上露出微笑。说实在的，巴拉嘎不但知道衙门的规矩，而且还知道刚刚在外发生的小事情，从心底里佩服着这在衙门没有权力的大庙大喇嘛达瓦尼玛。达瓦尼玛的微笑并不是无意的，他高兴得是巴拉嘎暂跟随了他，有时住在他房间，又接受了维持庙秩序的五十万元。达瓦尼玛说：

"班迪，你往后要认识这老师。"达瓦尼玛表现出一副支持学校工作的样子，观察着巴拉嘎。巴拉嘎听完大喇嘛的这话，频频点了点头，默默地看着灯光。隔着双层玻璃，从里间反射过来的酥油灯光、佛神的光、铜桌之光、檀椅之光，都借着这灰色光线，发出薄弱而奇异的光彩。巴拉嘎静悄悄地坐了一阵子，然后忽又站了起来，从院东北角的后门，走了出去。

早上，胡雅格早早地起了床，特意追踪察看，他发现昨夜跑出去的是一个孩子的赤脚印。那脚印走向喇嘛商院大门，直线上了台阶。从脚印的大小，可推测出那孩子的体重和身高，预料到孩子不

190

出十四五岁。

学校学生宿舍里已有了"鬼魔"的事传到了嘎查长朝格那顺的耳朵里，又传到了各巴格牧民中间，使很多人坐立不安。有些学生家长听到后，直接来到学校，不让孩子念书，领走了孩子。有的还说，我小孩受到惊吓之后，有了这样或那样的毛病，还不如不念书。对此事，巴拉嘎只当不知道，若无其事地说："我们学校不会因你们几个家长领走孩子而关门的。"但是，嘎查人民政府的同志特别关注这个问题，专门派了胡雅格。这么一来，胡雅格就把精力放在压倒"鬼魔"和协助抗梅队上。

通过几天的周密调查和详细盘问，"鬼魔"一事大体上已有了眉目，胡雅格向嘎查人民政府作了情况汇报。

有一天下午，胡雅格同志根据嘎查人民政府办公室的意见，来到学校，以"压倒'鬼魔'的有趣之事"为标题，讲了故事。听故事的，除甲乙班的学生外，还有部分学生家长和牧民们。胡雅格讲得特别生动活泼，句句有神，听众把全部注意力集中在听故事上了。

"亲爱的小同学们！这挂铃喇隆巴院没住人已有两年的时间了。院内杂草长势茂盛，特别是在灰蒙蒙的夜里，野蒿个个像个坐着的人；或像从墙上探过身子的人。因这些野蒿、沙蓬等长势特好，借着夜幕看时，好像眼前站着一个竖起头发的人一样。小朋友们，别笑，这是真的，当时就是这样。好，谈一谈挂铃自动响的事。我们必须看清楚：挂铃的树与北大正房中间挂着一个粗粗的绳子。猛一看，挂铃好像挂在树上似的，可是，并不是这样；实际上铃在离树一尺远的地方上活挂着，能左右摆动。再仔细一看，挂铃的地方上恰好安装了圆形滑轮，粗绳正好套在它上面，这一点如不注意的话，是看不到的，安装得非常隐秘。因此，挂铃的灵敏度很强，这是挂铃的独特性。有一次，猫头鹰坐落在粗绳上，挂铃慢慢地响起；还有一次，院内起了旋风，挂铃也快节奏地响起。又有一次，从北大正房窗户眼上跑过一只猫，它跟着粗绳跑起来，挂铃一会儿快，一会儿慢地响起，可这只猫不知听过多少次的铃声，不以为奇，照样沿着粗绳上了树。

你们现在已知道'鬼魔'的奥秘了吧，这才哈哈大笑起来。追踪游魂，我们胜利了。那时，谁都怕喇隆巴院，不敢住，抱着头，往后退。但是，我有一次真的看见'鬼魔'了，那'鬼魔'会迈出轻轻的步子，又会开大门，又会把门闩上紧，确实鬼鬼祟祟的。"

"哈呀！真怪，'鬼魔'还会把门闩上紧?"

"……"

"是真的呀！那'鬼魔'在夜幕之中悄悄地走近挂铃的绳子，用一根木杆摇动了粗绳子，使铃响了起来。那'鬼魔'突然还像是看见了什么，迅猛地扬起砂土和杂草面儿，使人顿时什么都看不见了，只好闭住眼睛，而这时'鬼魔'却翻墙逃跑，无影无踪了……"

大家都在一阵阵发笑。

"胡雅格哥，第二天一大早，我们一起追踪察看时，发现是个赤脚孩子的脚印呢！"西日夫这样喊道。

学生们听了胡雅格压倒"鬼魔"的故事之后，觉得真的是大快人心，从此以后，谁也不怕"鬼魔"了。古代人艺术珍品、美丽的铜铃被迁到了学校院内，成为炊事员和师生们的好伙伴。

十五

　　胡雅格早早地起了床，按老牧民的话来说，似乎要踩到草丛下甜睡的麻雀。他走到嘎查办公室，看见乌力吉那顺副嘎查长也起床了，便走进里屋。乌力吉那顺正一边饮着早茶，一边死死盯着书本，抬头看见胡雅格进来，给他倒上了茶。他喝着茶，了解了各巴格近几天以来发放公债的情况，又和乌副嘎查长谈了一些今后的工作。这时，麻黄草地的图布新急忙过来，问候完，说道：

　　"喳，羊圈里有了畜群，就等于有了财产。这话一点都不假，我们依靠牧业互放组，群策群力，统一收回了人民胜利公债款。"胡雅格听了很高兴，说：

　　"统一收回来了，那就太好了！"说罢，又向乌力吉那顺说：

　　"您和以前一样统一收回来以后，交到区信用社怎么样？"乌力吉那顺把书放在炕桌上，笑道：

　　"都已收上来了，这是件好事，往上交，那可不费多大劲儿。"图布新说：

　　"大家都在说，国家有了钱，百姓就不愁了呢！"

　　胡雅格鼓励图布新说：

　　"你们做得对呀！"说罢，跟乌力吉那顺办了详详细细的交账手续，一五一十地以户为单位立项登记了。

　　胡雅格备好马就启程了。他刚才听图布新说，朝格吉玛在达日哈家帮忙，快把羊圈盖好了，所以朝达日哈家走去。

　　秋忙开始之后，牧民们忙得顾不上捡掉在地上的帽子。朝格吉玛发动全巴格牧民搞起了轰轰烈烈的打草运动。因区、嘎查干部都被调到其他巴格，所以一切工作都落在了她的肩上。但怎么忙也做不完这些没完没了的工作。她决心把劳力集中起来使用，觉得人多力量大。她利用图布新算账记账又快又好的长处，叫他负责了放公债券的工作，自己担负这方面的宣传工作。达日哈参加了牧业互放组，并较积极。因此，朝格吉玛根据达日哈的要求，发动组里的同志们给她们盖棚圈，连所用的柴蒿都是朝格吉玛自己参加背过来的。达日哈感动极了，有时光动嘴唇，迟迟说不出话来，一旦开口就说起自己身上的毛病来。朝格吉玛总是主动走过去，说：

"过去的事情，叫它永远过去吧，能认错的人就是聪明的人。"她常这样解释着，她的意思是，凡接受任何新生事物的人都进步快。

送西日夫、那顺达来上学的头天晚上，柴达尔气喘吁吁地来到朝格吉玛家。朝格吉玛问：

"怎么啦？"柴达尔脸色不好，没有回答，静悄悄的。过了一会儿，柴达尔只求道：

"朝格吉玛，你去一趟我们家！"

朝格吉玛到羊圈看了看羊群，回来关好门，就骑上"撵狼大红马"，跟着柴达尔到了他家。还没等进蒙古包，达日哈就哭哭啼啼地说：

"现在就去嘎查，与这穷光蛋柴达尔离婚，不和他过了。"看样子十分恼火。一进门就像孩子般乖乖地站在达日哈旁边的柴达尔哭笑不得，难为情地说：

"你和我离了婚，我怎么生活呀！"希日布老汉只是摇着头，什么都不说。

朝格吉玛为了知道怎么引起的矛盾，让他俩说事情的经过，这才明白了事情的原委：柴达尔去麻黄草地割了麻黄后，带着钱到嘎查供销分社做买卖，路上遇上几个认识的朋友，买了一瓶酒喝。不知什么时候，把挣的钱全丢了，就这样灰溜溜地走了回来，挨了达日哈的臭骂。喝了一点酒，胆子却大了，平时老实厚道的柴达尔变了样，不但不听达日哈的劝说，而且还瞪眼拍桌子。他骂达日哈连个老鼠都生不出来，又乱七八糟地骂这也不对那也没味。发火的达日哈第一次揪住她男人的衣领，说："从此以后，你用你的钱，自己过自己的生活！你为啥连个老鼠都不如，那老鼠不分昼夜地往窝里堆积吃的东西，老鼠都比你强！可你挣了钱为啥不往家里拿呢?!"这么一说，柴达尔返口骂道："我在你手下受尽了苦头，你看不见，只看见了这回挣的几个钱！你的眼睛简直成了猴子屁股那么一点点，放荡的老婆?!"

希日布老汉虽站在女儿一边，把女婿骂了一顿，但没起作用。他只是一个人嘟囔着："我可爱的女儿、女婿都是以上天赋予的恩爱而形成的两碗平静的水，一旦失去一个，另一个也会干涸起来的。两碗水如此不平静，是这时代的恶果，就这'自由、自由'，这东西很可怕，它隔离了我的俩孩子。"这样一来，他更忙了，再三敬着神，加了神盅，又加强了烧香的力度。听见柴达尔的谩骂，达日哈又哭叫道："好了，那么，我把你当成多年的长工使唤了。是的，你是我的长工吗?! 你现在往哪儿走，自己看着办！我不让你住在家里，明天就到嘎查，办离婚手续。"她说着恼着，一把扔出她男人的被子和褥子。柴达尔这才看出老婆的厉害劲儿，脸刷地白了，便跑出去，骑上马，疾驰而来，叫了朝格吉玛。

朝格吉玛去后，给柴达尔说：

"随便花挣回来的钱是不对的，起码应该和家人商量后花才对。最重要的是把这一笔钱的一部分先投入到国家建设才对。但是，这个问题的关键在于贼的身上。我们无论如何也要与嘎查人民政府公安人员联系，一定要找到所丢的钱。"朝格吉玛耐心地解释着，达日哈看见她严厉地批评教育着柴达尔，火气略微消了下来，说：

"我对爱人的态度不够好，但柴达尔也不对。怎么说也好，不

195

能说出那种挖苦贬低我的肮脏的话吧?!"她委屈地说起来，朝格吉玛趁机接着说：

"是呀！你们俩虽然是在旧社会结婚成家的，但好比蒙古袍子上的一套纽扣，一个扣着一个；你们俩家庭和睦，和和气气地过了这么多年，新社会来了，不能让那些在旧社会结婚的人统统离婚吧！这是怎么理解的问题。最重要的是互相爱护，互相理解的同时，要互相让步，思想上互相多帮助，树立一个共同进步的观念。"这么一说，达日哈马上活跃起来，刚才脸上所露出的阴沉、冷酷劲儿一扫而光。

柴达尔也慢慢抬起微黄的脸，朝达日哈微笑的脸直直地瞪过去，好像寻找着什么爱恋之情。他直截了当地说：

"达日哈，原谅我吧，我的被褥?"达日哈嘴虽厉害，但好在极爽快，脸含笑意，走出外面，把行李抱了回来。朝格吉玛说：

"达日哈，你们俩的目光，含有几分爱意，这家一定会兴旺起来的，我现在就回去了。"她说着，直率地笑着，走出蒙古包。

达日哈走出来送行。

满天都是星星，黎明前的寒风不时地窜入怀抱，防止着人昏沉欲睡，朝格吉玛望着硬梁那边快要落下的残月，低声说道：

"很晚了。"她说着，骑上了马，对达日哈说："回去快点休息吧，不要耽误明天的棚圈建设。"说完她走了。

马蹄声在郭尔奔陶勒盖北侧响着，不一会儿又传向西南。

※　　※　　※

胡雅格到达日哈家一看，她家的羊圈已建成，从外边过来帮忙的人都不见了。希日布老汉听见狗叫声，到外边，用手遮着光，胡雅格问候后，问道：

"大爷，朝格吉玛在你们家吗?"老汉说道：

"哎，我知道的越来越少了。"他依旧说着老一套："互放组的人成天与沙蒿打交道，噢，没事可做的人也许就这样吧，挖一下掌心也是个事儿吧。哎，不知哪辈子做的孽。我女儿放羊去了，女婿做活儿去了，从哪儿来的那么多活儿，不知道！"他说着，往东南方向指了指，意思是往那边走了。

胡雅格听朝格吉玛说，一搞完麻黄草地棚圈建设，各巴格就突击会战奎腾河沼泽地的改造工程。他拿定主意，往东南方向走去。

胡雅格所骑的貉青马缩短了麻黄草地的路程，不一会儿就来到奎腾河畔上的几块沼泽地跟前。放眼望去，向北流去的奎腾河与东岸上的沼泽水滩像条巨龙在戏弄着什么庞然大物。秋末的太阳射出万道金光，使周围的柴达木滩凸凹清晰，草浪滚滚，银光闪闪，仿佛一张大画家笔下的自然水草风景图似的格外妖娆。这水是草原上固有的天然水；这草是柴达木最有名气的芨芨草丛。多少年来，芨芨草在随着水浪的移动，接收着阳光的温暖，形成大块大块保卫圈，或高或低地把乳白色的枝叶伸向阳面，闪闪烁烁，遮盖住一切阴影。它那秋天的面孔像白纸一般洁净，是世上少有的草原植物，长得像柳木条一样高，营养如牛奶一般丰富，尤其它那铅丝似的深根牢固稳定，不怕水涝，不惧干旱，像千万株小白杨一样耸立在肥沃的原野之中。大自然优美的景色使这里的空气湿润，万物色艳，悠然自得。天空传来优美的歌声和劳动的欢乐声，此起彼落，不由得吸引着人们的注意力。

草原牧民们改造沼泽地的新的劳动已拉开帷幕，这是前人从未做过的创业。翻开敖伦韶荣村近一二十年的五畜繁殖的历史，都与这沼泽地有着密切的关系，这一点也不假。如果遇上秋雨少，地冻早的年头，第二年的牲畜成活率就高；一旦遇上秋雨多的年景，第二年的牲畜虫害多，特别是绵羊肝虫、脑虫、山羊角虫、牛角虫等各种寄生虫泛滥成灾，使牲畜头数大量减少。

胡雅格听着断断续续的长调民歌，心情万分激动，用鞭子抽打着貉青马，疾驰而去。沼泽像严冬的残月似的发着光芒，它的周围有二三十名男男女女在不停地劳动着。走近了一看，朝格吉玛刚走出膝盖深的泥水，与伙伴们一起推着车，她也认出胡雅格。她脸色稳重沉着，一对明亮的大黑眼睛闪烁着，体态婀娜，朝旁边劳动的三位白衣大夫频频微笑着。

胡雅格脱口而出：

"情人！我的朝格吉玛！"顺着视线，他看见了阿拉坦巴尔斯、额尔德尼大夫和另一名护士以及众多乡亲们。

瞬间，两对相爱的目光碰撞在一块，两个炙热的心脏，跳动着，激动着，几乎沸腾起来。如不这样，仿佛谁在旁边胡说似的。确实，一明一亮，一对眼睛从众人中跳了出来似欢跳着，飞跃着。无比深情的爱情之火，正在熊熊燃烧着，照亮了旁人，又照亮了自己。给沼泽地旁边的无数朵霜降花带来光泽。胡雅格虽不是因私事见朝格吉玛，但疑惑得是人们用异样的目光盯着他们俩，周围的人们看着他们俩非常亲热的举动，不约而同地笑了。

胡雅格走过来问候大家的同时，把所有的注意力都放在一个玻璃瓶上面。因为，瓶里分别装着几个沼泽地各种各样的寄生虫样品，文字说明清清楚楚。他用稀奇的目光看着，问道：

"阿医生，这是寄生虫吧？"阿拉坦巴尔斯大夫手抓着铁锹，走到玻璃瓶前，说：

"这是第二次实验的样品，今天从沼泽地里捡出来的几种寄生虫。"胡雅格清楚地看到，瓶里的寄生虫很可怕，个个都在动弹。互放组的几个牧民带着铁锹走了过来，也在观察着寄生虫，好像他们也是初次见到似的。胡雅格非常感激地说：

"你们做了一件很了不起的事情。这对牧民来说是最关心的、几乎是一年三百六十五天都在思考着的问题。"阿大夫说：

"这不光是我们的努力呢！"他说着，一会儿拉长音调，接着说：

"说起这事，起初还是麻黄草地牧业互放组的朝格吉玛发现的。

198

她把这沼泽地的寄生虫装在墨水瓶里拿过来后，引起了我们的注意。我们虽用显微镜看后，基本已确认细菌的种类和它的性质，但没有彻底满足她的要求。那次实验只是首次实验。我们初次检验的结果表明：这里有四种严重危害畜牧业生产发展的寄生虫，还有人的肉眼未能看见的十几种细菌。为此，我们已把这些寄给了国家卫生部细菌研究所，等详细化验结果出来后，通知你们。"他口音清晰，解释得一清二楚。

大家都在听着阿拉坦巴尔斯大夫的讲解，异口同声地说道：

"是的，确实是这样！"

"这比空喊这病那虫，超过十万八千倍！"

"可以说，这才是人掌握大自然的具体的科学方法！"

"也说不定。一切牲畜疾病都来源于有着寄生虫的沼泽地，这种说法也太愚蠢吧?！"

"你们牧民们能够相信科学实验，这是件了不起的事呀！"

"有些人在抗梅队工作刚开始时，不相信抽血化验的科学方法。可是，病治好了之后，牧民们毫无异议地相信了这一科学诊断。"人们七嘴八舌地谈论着各自的观点。

胡雅格从心眼儿里钦佩着医生们的高尚品德，感到特别温暖。他们不分昼夜地守在病人旁，与药品和器具时刻不离，自始至终关心着群众的生产和生活。真是这样，牧民们心中不知不觉地产生了一种说不清的特殊感情。胡雅格说：

"阿医生，您稍微休息一下，我来做。"他边说着，边拿起他的铁锹。阿大夫急忙说：

"不，谁做都一样，我来，"他伸手要拿铁锹，又指道：

"胡雅格，那边还有一把铁锹。"朝格吉玛往那边走了过去，把铁锹拿来递给胡雅格。改造沼泽地的劳动竞赛进行得热火朝天。

秋风瑟瑟，阳光和煦，巍巍敖伦韶荣山峦矗立在正南头，像块即将要下雨的团团黑云。战斗在这故乡——敖伦韶荣山峦深处的人们为"故乡"二字特别高兴，因为故乡迎来了第一次建设，它像雨露滋润，给草原带来一片喜悦，奏起了劳动交响曲。这里的人们虽从先辈开始就穿着蒙古袍，住着毡包，但他们从未这样为铲除病魔精神抖擞，各个像摘到了日月一样。他们觉得把一切力量献给故乡的建设，是天大的幸福！的确，人多就力量大，麻黄草地牧业互放组的牧民们已经改造了第一号沼泽地，现在只剩下围库伦和种树了。他们又向第二号沼泽地宣战了。沼泽地旁堆起的坏杂草在熊熊燃烧，这使部分寄生虫失去"温床"，宣告死亡。人们一担一担，一车一车地将沼泽地西畔上的沃土拉过去填在臭水脏泥上面，一股清新的泥土味儿扑面而来。牧民们迈着快步，用着力气。他们希望将这块生着害虫的沼泽地改造过来，种上千万株树，撒上四季开花、结果的草籽，让它最终变成盛开万朵红花的新的人工草场。为此，他们在默默地高兴，悄悄地擦着汗水。他们觉得，什么都新颖、新鲜。比如，这新田地，这新买的胶车，就是好。没有一个人不佩服胶车拉土拉得又快又多。这些都是牧业互放组的神奇的魅力。对于从未做过泥活儿的牧民们来说，真是个奇迹。不知怎么干的，很容易就改造完了第二号沼泽地。广阔的原野不但活跃，而且到处呈现出新气色；苔藓味，水藻味，牧草味，汗水味都迎面而来，使大地快活，使空气新爽，使人们有劲。大有希望的奎腾河，你是希望的泉水，又是故乡的摇篮。这摇篮上空飘动着朵朵白云，它将滋润万物生长，给草原带来无限风光；翻身的牧民们与病魔斗争后，胜利了；现在又与自然虫害斗争，必将取得新的胜利。这一切的一切，最宝贵的是劳动，它才创造世界。是的，高原牧村靠着这些财富，自由自在地发展起来，这发展可以比作永恒的、快乐的、无形的一条彩虹呢！

太阳快要落了，只剩下放骒马的时间。参加劳动的牧民们从柴达木滩上取回来上绊吃草的马，各自骑着马走向各浩特。火热的青春给了朝格吉玛力量和胸怀，有个意义深刻的话语渐渐地出现在她脑海里——

"朋友，我们这改造沼泽地，开发新牧场的行动好，尤其是按劳动记分的办法好得很!"她回头一看，不知谁说的，后边谁都没有，众多骑士都在前面奔驰。她心想：不管怎么样，劳动已成为这地方的火热的斗争!

她给"攥狼大红马"加了鞭，猛地跑了过去，瞬间追上了胡雅格的貉青马。她把想要问的问题向胡雅格提道，胡雅格神采奕奕的脸上露出微笑，说：

"我看，今后这种事会更加普遍，按劳分配是一个基本原则，组里这样搞是对的，一定会得到各级政府的支持。真的，谁有本事，谁挣得钱就多。"

"朝格吉玛，亲爱的，你考虑了我的重要问题没有?"

"是咱们俩的婚姻问题吧?"

"是的。"

"我肯定不拖你的后腿。"

"喳，我亲爱的未婚妻! 这样就太好了!"胡雅格说罢，急忙勒住马嚼辔，说一声"再见"，迅速转向，奔驰起来。朝格吉玛扭过头，喊道：

"胡雅格!"胡雅格向后望了望，高声说：

"亲爱的，明天再见!"他已走远了。

※ ※ ※

胡雅格想直接到嘎查办公室，路过小学校时，传来学生们阵阵朗读课文的声音。

甲班的学生们正在上晚饭前的自习课，他们在那顺达来的领诵下，齐声朗读着老师教的语文课。这时，有个班迪从窗户外探头瞅着教室的学生。看见他的那顺达来说：

"哎，同学们，达瓦尼玛的班迪在偷听我们上课，大家都出去赶走他！"他边说边喊，学生们迎门而出。听见学生们的哄赶声，巴泽尔拼命地往喇嘛商院跑去。追赶的学生们那顺达来跑在最前边，几乎追了上去。看见他马上要追上了，几个调皮的学生连连喊道：

"那顺达来，再快一点！"

"再加油！"

"抓住他！"他们一再鼓励着那顺达来迅速追上班迪。

"哎哟，哎哟！"巴泽尔喊叫着，似乎跑不动了，那顺达来抓住他的衣领，便顺手摔了过去，巴泽尔被后边追上来的学生拳打脚踢，滚倒在地上。学生们中不知是谁在让巴泽尔发誓：

"你一定要说，往后是否继续扰乱我们学校正常上课的秩序？"巴泽尔像个挣扎的蜘蛛一样，翻来滚去，哭哭啼啼，连声求道：

"再不，再不！我求你们，原谅我这一次吧！我也想去你们班学习。"还有一个年纪小的学生跑了过来，不知有什么冤屈，朝巴泽尔脸上吐了口唾沫，说：

"那顺达来，跟他算上次的'账'！"他的话带有几分煽动，于是，那顺达来说：

"我们不是向他报仇，而是他不讲理，偷听咱们课堂的'秘密'。"他说罢，又提高了嗓门，严厉地说：

"巴泽尔，你说，这是不是真的？"巴泽尔频频点着头说：

"是真的，确实真的，将来我绝不再这样捣乱。"

这时，传来一阵破铃般的声音：

"你们快点过来，是谁先惹的事？"

学生们听了，都害怕了起来。劳赖宁布老师站在甲班的西墙下大发雷霆。学生们虽没办法，只好放走巴泽尔，但各个都像比赛中的获胜者似的相互偷看着，心在激烈地跳动着，还有的低声说道："这下可完蛋了。"可那顺达来对同学们说：

"一旦追问起来，你们就说，这事是我干的。"

学生们被叫到老师跟前，都沉默无语，装作聋子，迟迟不回答。等了好久，发怒的劳赖宁布才慢慢地看出，这些学生都是甲班的，只说：

"哎呦！你们的父母是怎么嘱咐的？哼，以后再算账。"他气恨恨地说罢，走了。

正在吃晚饭时，巴拉嘎气呼呼地走了过来，把那顺达来的木头碗扔在地上，吼道：

"你?! 真不像话!"就把那顺达来拉走了。

不一会儿，巴拉嘎体罚了那顺达来，他让那顺达来站在甲班教室前面的毡包基上，做出投降动作并双手各抓一块砖头。他又命令他不准动弹。那顺达来是为了识几个字，不变成文盲而这样站立着。劳动者因自己没有文化而暂受冤屈，人家怎么罚，由人家来决定——这么长的时间，谁能忍受住，一直站到黎明呢。那顺达来全身的力气都被消耗了。三名女生见那顺达来额头上流下豆大的汗珠，可她们不敢接近他，只好远远地站着看。

胡雅格见巴拉嘎从抗梅队护理病人的帐篷里走了出来，急急忙忙地往喇嘛商院走去。胡雅格是在路过美岱召巷道时，看见的。可是，他装作没看见，下了马，再往东走去。

※　※　※

嘎查晚饭铃"当当当"地响了，胡雅格先饮好貉青马，然后去吃饭。好几个人在吃着饭，还有两名陌生的军人也在吃着饭。他向两个军人问候后，开始吃饭。吃饭间拉话时，他俩才知道这是胡雅格。从两位军人的谈话中得知，朝鲜战争已出现紧急情况，我国政府下令，派遣抗美援朝志愿军。

晚饭后，嘎查人民政府朝格那顺嘎查长专门找胡雅格，进行了谈话。他特意谈了一个现役军人不可推卸的责任，即到前线保卫祖国的东大门，打败一切侵略者。他又说，区领导同志接到胡雅格的申请书后，特意派来这两个军人。朝格那顺虽给胡雅格这么解释着，但他对这一突然的事，感到惊惶失措。为此，他把目光投向墙头，觉得无法直盯胡雅格，他们之间的友谊太深了，他有一身使不完的干劲，处处引人瞩目，有双充满信心的眼睛。这也许是从小疼他的原因吧。胡雅格谈了为什么到前线的重大意义。他还表明了自己的决心：我们这些苦海里泡大的军人必须首先响应祖国的号召。朝格那顺听了他的这些话，无比激动，他不愧为一名优秀的接班人，他把祖国的前途命运和人民的利益放在首位。听着胡雅格的表态，他从心底感到高兴，热血沸腾，鼻子一酸，热泪盈眶。可是，朝格那顺是一位饱经苦难的人，亲眼见过旧社会的丑恶和庸俗，因此，他此时此地对胡雅格无法说出"再不要当兵了"、"不用参加战争了"等不激励的话。他觉得这些话是现时最丑恶的、最不文明的东西。胡雅格对朝格那顺毫无保留地说出了一切。他谈了自己所分管的全嘎查民兵工作和公安保卫工作，又谈了对今后工作的意见。

胡雅格准备回到寝室睡觉。

但是，他始终想着下午的一件事，想着想着就睡着了。不知什么时候了，他突然醒来，又想起这件事。他悄悄地走出宿舍，与站岗的打了一声招呼，往小学走去。美岱召的很多喇嘛庙内没有灯光，由此可以看出很晚了，他从大树林南边不远处路过。随着风力的增大，树上不时发出"簌簌"的响声，使他不由得打了几个寒战。他这次没有往挂铃喇隆巴院走去，直接走到小学校院西墙，朝大门缝望去，只见东侧的教室里亮出灯光，灯光下影影绰绰地看见毡包基上站着一名学生。他有点不相信自己的眼睛，仔细一打量，真的站着一名学生，双手还举着东西。他有一点不相信，可一边又相信了人们所说的"学校常常体罚'有罪学生'的说法"，往里喊去：

"巴拉嘎老师，请你快点开大门，我有急事要进去!"他说着，"咚咚"地敲起大门来。

巴拉嘎不知在屋里包着什么东西，听见敲门声和喊声，吓了一跳。他把所包的东西左右摇晃着放进精巧的铁箱里，便上了锁。看见灯光晃动了两下，未熄灭，巴拉嘎听见敲门声，不满地摇了摇头，将门拉开一条缝隙厉声喊道：

"谁在捣乱呢?"胡雅格回答：

"是我呀，你还听不出来声音吗?"巴拉嘎这才听清了胡雅胡的声音，走出来开了大门。大门一开，胡雅格直接走到站着被体罚的学生跟前，对巴拉嘎说：

"这个学生怎么了?"他直接问。巴拉嘎吞吞吐吐地说：

"不好好念书的学生，下场就这样!"他用瞧不起的口气这样回答。

胡雅格走近一看，那学生是那顺达来。胡雅格急忙说：

"巴拉嘎老师，将这学生手中的两块砖头快扔掉，今后不能这样体罚学生，我的同志!"他带有几分火气地说：

"你这老师自己穿着皮夹克，而在这么寒冷的夜里让衣着单薄的学生站在外面，这又是哪一种体罚呢?"胡雅格这么一说，那顺达来觉得有了靠山，迅速地把砖头扔了，又说：

"巴拉嘎哥在说谎话，我根本不是不好好念书!达瓦尼玛的班迪过来扰乱了我们甲班的上课秩序。他为袒护他而体罚了我……"巴拉嘎好像无处可藏，用颤抖的声音发怒道：

"你……你还是我的从弟，敢胡说……"他用食指恶狼狼地指着那顺达来这样说，他耍了一阵威风，再也说不出话来，拿出一副文人的姿态，右手略微举起来，说：

"武装委员会主任同志，请进屋!"他以谦虚的态度说着，似乎变成了另一种人。胡雅格又说：

"老师，那么这学生……"巴拉嘎说：

"现在可以回去睡觉。"他斜着眼瞪了一眼那顺达来。

胡雅格走到学生宿舍，用手电筒挨个看甜睡中的学生，给有的整了整枕头，给有的盖了盖被子，然后走进巴拉嘎的宿舍，很耐心地说：

"喂！在生活的路途上你已走上了悬崖，我希望你尽快从危险的边缘上醒悟过来。这是我在思想上对你的劝告。"他说罢，走出宿舍。他迎着寒冷的风，迎着黎明前的黑暗。

地面上已扎实地铺上了一层雪白的霜，胡雅格踩着潮湿的地，迈着大步，走进嘎查办公室大院。

十六

"是否已经走了呢?"

"是的，已经走了。"

"不是吧?"

"真的，我的姐姐。"

她疑惑的心得到了如此肯定的答复。从解放到现在，她从未有过这样惊讶的表情。崭新的生活，快乐的歌声，亲昵的微笑，欢腾的劳动一直伴随着她，迎来美好的前程。她脸上冒出汗水。不一会儿，这汗水顺着她那微微上翘的柳叶眉和那常常吸引人们的秀美的酒窝流了下来。她顾不上用手绢，而用手背擦了一把汗。她慢慢地抬起头来，一双水汪汪的大黑眼睛直往远处望去，好像是望了在巍巍敖伦韶荣山峦、麻黄草地的蜃楼之间似的。她看见了驰骋而来的亲爱的胡雅格。顷刻间，她那清秀美丽的脸上露出原有的神采奕奕的光彩，渐渐地展开了手中的纸条。

那布其从未见过她可爱的朝格吉玛姐如此紧张的表情，她惊奇无言，焦急万分。貉青马，如今不是由它的主人牵着，而是由别人牵着，它"咿—呼呼"地长鸣个不停。马，这可怜的家畜也在想它的主人了。它不时地朝着南面矗立的敖伦韶荣山峦嘶鸣，这好比暗示：主人是朝南走的，它已被一个不认识的姑娘牵着，这嘶鸣声很像小孩子在陌生人的怀中挣扎哭叫一样。

展开揉成一团的信笺时，上面显出几行清楚的字样：

亲爱的未婚妻朝格吉玛：

　　我已走了。看见这留条，你一定会惊奇的。但是，一切咱俩都已商量过，马留给你了。

　　再见，亲爱的！

　　　　你的胡雅格行礼

　　　　15 日早晨 9 时

　　她从未想过，这样一个小小的留条将成为她俩分别的礼物。

　　不，想到了，也迟了！她才醒悟到，几天前他与自己自由自在地交谈的内涵；她又想到，"我亲爱的，永远不要离开我"，如今她意识到，自己处在激情缠绵当中，说不出依依难舍之情，总以为一家人不说两家话。可是，战争这个世界上最无情的东西，转眼间把她最亲爱的未婚夫带走了。

　　她这才觉醒到，从小尝尽苦难的未婚夫胡雅格如今朝着火焰滚滚的战场走去。他挺着胸膛，愿一切顺利。小小的纸条在朝格吉玛手中平平展展的，她已进入深思之中，想着胡雅格那坚强而温弱的情感。突然，那布其"嘻嘻"地笑了，她觉得很恼火，这时貉青马又长鸣了，这一长鸣使她猛地醒悟过来，脱口而出：

　　"我的那布其，你送来消息，这太好了！"她以这话鼓励着自己，稍微放松心情，决心不让那布其姑娘知道自己难过的心情。那布其觉察出什么，忽地像孩子般活蹦乱跳起来：

　　"姐，现在就追赶他，还能赶趟。喳，启程吧！"朝格吉玛急急忙忙地问道：

　　"往哪里去？"朝格吉玛瞪大眼睛，那布其说：

　　"爱心连着爱心，牛犊跟着奶牛。去哪儿？赶快往第一区所在地跑。"朝格吉玛脸上露出微笑：

　　"图布新家已买回驱虫药，正等着我们，怎么办呢？"

　　"嗨哟，我的姐！你可以不去，我能去！"

208

"哎哟！这是什么话呀？"

"怎么？"

"胡雅格哥还给我捎了一句话呢。"

"什么话？快点说一说？"

"胡雅格说，明天他就坐汽车去往盟府，说你如果赶趟，去一趟区里，这是他的原本话。"

"鬼东西，你真会开玩笑，为什么，总是笑我呢！那么，为啥不快一点说呀？！"

"这就是最快的速度吧，要比这还快的速度，干什么？"

朝格吉玛看着那布其朝南指的动作，不由得笑了起来：

"那么，你给羊群灌药了？"她像是找到了玩具的孩子似的乐呵呵地笑着，听着那布其的应答：

"姐，你不要为此事分心，你走就对了。有图布新他们一家，有我，还有阿日宾德力格尔……"

并肩战斗在草原上的姐妹俩都高兴了，她俩的脸上同时露出了喜悦之情。她俩交换了马儿，又骑上马。貉青马似乎认识朝格吉玛，不在仰身砍蹄，剪叉双耳。朝格吉玛骑上后，它稳住马嚼，奔驰而去。

她俩一起走到美丽的天然巨石——陶脑哈达跟前，分开，各奔东西。貉青马、"撵狼大红马"在它们那跑了又跑，走了又走的辽阔草原上留下了两道浅白的尘印。

"送什么作为留念呢？"朝格吉玛一时想不出来，把貉青马嚼辔略微往右压了压，想先回一趟家，决定拿一点东西带回去。

回家一看，看家的梅德格玛早已放羊去了，还没有回来。她一进蒙古包，就翻起箱子，从包裹中取出给未婚夫准备好的蓝色绸袍：哎哟，我这个人……上战场的人拿这袍子干什么呢？又把它照旧包好。她又急忙抱住放在额日格尼格上面的一小布袋炒米，这是她专门为胡雅格准备的干粮。心想：送这个怎么行，一旦要送去，人们会笑话她。她又把它放在原处。那么，究竟送什么礼物呢？她把蒙古包巡视了一遍，根本没有看中的东西，只有那叠好的行李像个不愿动弹的大男子汉似的躺在北哈那脚下。放在行李旁的双铃闹钟好像与她谈着话，"嘀哒，嘀哒"地响着。她焦急起来：送什么东西呢？她把自己从头到脚细看了一遍。

想到了，现在才想到。我要把自己的内心留给他，用辛勤的劳动得来的获奖证书——绿色日记本是最好的纪念品。胡雅格不是常说，"知道了，我彻底知道你的内心"，他这样说的，也是这样想的。朝格吉玛这么一想，她的脑海中刹那间出现了胡雅格那可亲可爱的脸庞和炯炯有神的一双大眼睛。初次与他见面是在少年时代，在宝伦查干叔叔的外屋巧遇的。他在麻黄草地的荒梁上从狼嘴里救了她的命，狼——可怕的野兽，没有胡雅格，就没有她的生命；在朝格那顺的帮助之下，他参军前在毛窝棚里与她订了婚；从那开始她才知道，爱情是那样的亲密无间，亲吻是那样的心潮澎湃；当朝格吉玛流放芒乃淖尔时，胡雅格与骑兵连战士们一起过来，宣布了解放；那时的她的确变成了"小后生"，剃光的头发已开始长了；这样的时候，他也知道她可怜的内心，他是那么心醉神迷呀！但他还是继续为人民的利益日日夜夜地工作着，忙碌着，他孜孜不倦地关心着她的工作与学习，并在思想上给予大力支持……

朝格吉玛把日记本揣在怀里，上紧了双铃闹钟，秒针不停地转着。她觉得，只有秒针那急促的声音，不允许她长时间停留在蒙古包内，催促着她快点启程。

朝格吉玛驰骋在辽阔的麻黄草地上。巍巍的敖伦韶荣山峦连绵起伏，秋末的草浪到处闪烁着银白色的光芒，凉爽的风时时送来鲜嫩的草籽味儿，激动的心情不由自主地催促着她。太阳从南斜照着，把万物的影子向后推了过去，好像是风在猛追着影子。扑面而来的和风，伴随着她，送来一股股新鲜草味，它来自凹地、山坡里所生长的艾蒿、蒙古葱。大自然的阻碍力是自然而然产生的，貉青马跑得越快，风力就越大。貉青马那疾驰虽追风般快，但对朝格吉玛来说，还是觉得有点慢，好像风力在故意阻止着她的前进一样。她最清楚貉青马，快马用不着加鞭子，可是，她不由自主地加了鞭子。平平展展的草地，坑坑洼洼的山径都像流水般往后退去，让她觉得无比舒畅，她想以飞快的速度赶到一区所在地，她的心早已飞到那里。突然从山沟窜出一个深橘色的狐狸，"呼"的一声，貉青马惊了起来。朝格吉玛差一点摔了下来，赶紧勒住马嚼辔，整好了所背的快枪，一看，已经从敖伦韶荣山峦下来了。

朝格吉玛忽然间醒悟过来，奇怪着自己为什么来到这里：啊！我为什么来到这里呢？往哪里走呀？是否貉青马把路引到这里？她这样问着自己。

她默默地勒住了马，满含泪眼地望着很遥远的柴达木，独自一个人站住了。

怎么连羞耻都不懂，公开骑着马去追赶亲爱的！其实，爱情纯属秘密，只有俩人心里明白，不能流露在脸上，更不能让众多的人知道。这样一去，就露馅儿了吧？胡雅格怎么说的呢？热恋中的心是只属于两个情人的，任何人都不会懂其中的奥秘。如果谁透露，由谁来负责，连自己的姐妹都不能知道，一旦知道，就不属于初恋。年轻姑娘的脸好比一张白纸，它应最薄、最洁净，不然，不叫作姑娘。为此，"姑娘"这个名字无比纯净，无限美好，有着不可比拟的神奇力量，专门吸引小伙子的心。像黄金那样纯质而值钱。由此，绝不能染污它，绝不能弄脏它。为了保护这份感情，视为黄金般的爱护它。如有一天忘记这一切，把爱情之秘远远抛弃，把金子变成黄铜，谁也看一看，摸一摸的话，就会失去其价值，变成众人之丑。

朝格吉玛是个始终保密的姑娘，她从心底里爱慕和敬佩着他，真是一见倾心。此刻，她很想原路返回。但是，貉青马像知道姑娘的心似的，头僵硬硬的，不肯松嚼辔。从坐骑姿势来看，朝格吉玛挺着腰，稳稳当当，双手放松了马嚼辔头圆绳。像牵牛花盛开的春季吸引了她的目光似的，她的眼睛闪亮起来，好比见到了亲生父母那样，圆脸比以往略微发白一点。眉毛之间冒出点点汗珠，表明她已处在紧张之中。略高的鼻梁皮肤细嫩，发出呲呲的鼻息声，是否闻到了什么？略厚的粉红的嘴唇好比一对优美的花瓣，格外秀丽，不时露出洁白整齐的门牙。浅红色缠巾下面可清楚地看到分开的小辫子，使她越来越成熟起来，与隆起的乳房呼应，鬓发飘来飘去，像禽鸟的飘翎一样。

貂青马在仰头砍蹄，它的迎鞍鬃飘动，好像它已知道姑娘家的去向。可是，这一切的一切都掌握在姑娘的手里，究竟往哪里奔驰，啥时离开岔路口，都由她来决定。路，这没有生命的东西，好像知道了貂青马的好品性似的，把山谷东北口子的凹陷径留给了它。平展的草原连接着柴达木，高高摇动着的芨芨丛给人一种特殊的感觉，貂青马带着姑娘的热情洋溢的心，自由自在地奔驰了。她觉得只有见上他一面才能轻装上阵。

远远就看见了一区所在地的标志——大白塔。这里阳光明媚，气候凉爽，人们来来往往，一片喜悦的景象。从附近骑着大畜过来的很多牧民欣赏着区所在地的新景象，他们虽没有反复问"支援前线"这一新名词的来历，但还是想着深刻领会其内涵。

第一区根据上级的指示，已召开了紧急工作会议，在光荣榜上张贴了胡雅格等四个人的名字。他们是通过军事常识、政治考核、身体检查等后公布于众的。人们都走到区办公室西墙下，看着光荣榜，念到熟悉的名字时，笑逐颜开。可能是都勒禾古尔与文书刚贴完这公告，一回到办公室就帮几个人做起红花来，这是准备给几名志愿军战士戴的。不久，聚集的人们都走到办公室前的操场上看练舞，这里在区文化干事丹巴扎木苏的指挥下正跳着秧歌舞，以此欢送志愿军。这里锣鼓喧天，喜气洋洋，一片欢腾，自然而然地形成群众包围圈，大圈内呈现出新式秧歌队伍。他们不分男女都穿着两

212

种不同的服装，一部分穿着长袍，另一部分穿着短衣，衣服的色彩纷繁艳丽，以此表示着民族大团结。扭秧歌的男女青少年排成两行，动作优美，节奏较慢，他们来自区干部和学校的学生。排头的手抓着红旗，扭着秧歌步子，姑娘们背着摇鼓，快节奏地敲着，又把七彩长绸缎摆来摆去，十分好看；跳舞的青少年中有的提着灯笼，有的举着火炬，也有的拿着镰刀和套马杆，也有的拿着花屏。孩子们在热闹的气氛中放着鞭炮，玩得也很快活。扭秧歌的队列沉浸在欢乐之中，继续变换着动作，套马、剪羊毛、赶路、炼钢、收割、射击等样样都有，激动人心。秧歌舞转了几圈，又换了新的舞蹈动作，观看的牧民们心悦诚服，小孩为初次看到这样的秧歌舞而高兴，有的在父母的怀中不停地拍手，有的在学着舞蹈动作，有的在欢笑着。

　　矗立在高高的土丘上的白塔，衬托出它东侧的人民烈士纪念碑。这纪念碑有三米高，上面的金字在阳光照耀下闪闪发光。人们经常来到碑前与亲朋好友交谈，或者阅读书信，这已成为一种新习惯。这是给英勇牺牲的地下工作者策仁同志所立的纪念碑。纪念碑立了只有一年多，他那勇往直前，为人民的利益而牺牲自己生命的精神永远活在人们的心里。原来，按照上级的要求，纪念碑要立在旗府，可后来都勒禾古尔提出自己的看法，为纪念他为故乡的解放而流血牺牲，就把纪念碑立在这里了。

　　胡雅格看到通知，特别高兴，正在准备上前线的工作。他知道，这是通过激烈的竞争后，得到的结果。他觉得该准备的已准备好了，他走到牧民中，打听了有谁从麻黄草地来，然后来到纪念碑前，决心向钢铁战士策仁同志发誓。正要走出报名室时，碰巧遇到了其其格，他与她是在部队认识的，她如今在部队文工团工作。其其格一见到胡雅格，就高兴地说：

　　"胡雅格，祝贺你光荣地参加了志愿军，到前线！"她说着，很快乐，她知道了胡雅格去外边走动的心思问："我和你一起去吧？"

她好像知道他的想法似的，胡雅格的脸在众人的盯住下"唰"地红了起来。可是，他很稳重地接受了她的要求，说："行。"

长得挺好看的其其格姑娘有着与胡雅格近似的参军经历，只差两岁，比他迟两年参军。当时，部队里没有马上同意她参军，一开始，她跟着连队医疗组当护士。后来，正式招收为部队文工团团员。其其格姑娘唱得一手好歌，以此名扬全连队，经常参加各连队的文艺工作。在部队通信连时，胡雅格认识了她。胡雅格听从组织分配，参与民主建政工作后，其其格常来信反映自己在部队的近况。每封来信的内容大体上差不多，主要是部队训练、学习、排练以及自己的努力等情况。胡雅格接到首次来信后，及时写了回信，其余的都没有来得及回信。胡雅格这个年轻人虽对同志和蔼，对工作兢兢业业，但写信比较懒惰，这也是他的一点小毛病。对此，其其格姑娘在后两次的来信中不客气地批评过，可胡雅格未曾考虑什么，只是觉得对经常递送信的他来说，信件没有什么新鲜感，好比使用千万次的手绢似的。

第一区欢送志愿军的日子恰好是星期日，来到旗所在地的其其格姑娘，参加完早上的操练，就来到了这儿。都勒禾古尔看见连队的战士来了，不由得高兴起来。与此同时，他又考虑到：太无组织无纪律，就这样一个两个地跑出来，怎么称为军呢？便说道：

"其其格，回到部队里去？"心直口快的其其格回答说：

"指导员指示我们，星期天可以深入到牧民中，教一教歌曲和舞蹈，以此巩固我们的军民鱼水之情。但是，晚饭前一定回到连队。"

这确实是部队的一项不可缺少的工作，都勒禾古尔再没说什么。

其其格前半晌来后，就顾不上休息，连忙帮助丹巴扎木苏，改编秧歌节目，增加新内容，马不停蹄地工作着。为此，很多牧民都十分感激她。

走近纪念碑时，胡雅格突然从其其格姑娘手中接到一封求婚信，他浑身发热，不知怎么的，迅速把信打开。其其格姑娘的脑海中浮现出自己在信中所写的一些内容："我就这样没日没夜地思念着你，究竟想到什么时候呢，见面的机会还很少。谁都无法阻挡年轻人的自由恋爱，因为我们已相互了解，所以，我要求亲爱的哥哥你在走之前给予一个明确的答复，并且咱俩能否做出保证？……"她那想达到目的的目光迟迟停留在胡雅格脸上，恍然若失的神情，无处可藏。

这时候，突然从北面传来马蹄声，过了一会儿，一个骑马的人像飞箭般地驰骋而来。焦急的胡雅格手中拿着信，站在其其格姑娘旁边，抬头一看，来人骑着他那貉青马，亲爱的朝格吉玛头上缠绕着粉红色头巾。胡雅格脸上露出笑容，其其格姑娘的双眼也追随着他，好像看见一起一落的蝴蝶似的，停留了好一阵。

朝格吉玛看见胡雅格，高声喊道：

"我亲爱的胡雅格！"其其格姑娘吓了一跳，急忙问道：

"胡雅格，骑马的人是谁？"

朝格吉玛这才注意到胡雅格旁边站着一个穿军装的年轻姑娘，她身材苗条，长着一张美丽的脸庞，身着灰色军服。可是，朝格吉玛的脸色未改变，更加沉着冷静，跳下了马，直接走到胡雅格跟前问道：

"我亲爱的，真的要走了？什么时候启程？"胡雅格不慌不忙地把信放进裤兜里，说：

"你来得太好了！我们今天就到旗府吧。"他激动地说着，从朝格吉玛手中取下马缰绳，遛着马，亲切地问朝格吉玛：

"亲爱的，你在路上累了吧？"

"不太累。"她低声回答完，接着向那个站在胡雅格旁边的陌生姑娘问候到：

"同志，你好！"其其格姑娘没有回答，只是不好意思地沉默了一会儿，好像懊悔似的用一双满怀深情、敏锐的眼神盯着胡雅格问道：

"这个同志是谁?"她不拘束地向胡雅格问起朝格吉玛。胡雅格牵着马想离开这里，又看见朝格吉玛莫名其妙的样子，对其其格说：

"这是我多年的老乡加朋友。"他这样隐瞒了俩人的恋爱关系。

胡雅格的这一答复虽然迎合了朝格吉玛的心理，但是不知怎么的，对于她火一般炽热的爱恋来说，好像缺少了什么。朝格吉玛的内心涌动着爱意，她看了一眼貉青马，又看了一眼胡雅格，再瞟了一眼其其格。其其格姑娘故意躲开朝格吉玛那闪光的眼睛，把话题引向自己，说：

"我叫其其格。"然后问起朝格吉玛的名字。她听罢朝格吉玛的回答，眼睛盯在胡雅格和朝格吉玛身上，忽然间她有点难为情，脑海中闪过疑虑，难以形容。她有些恼怒，腮颊微颤，身子靠住了胡雅格。刹那间，其其格姑娘的眼睛好像在说：哼！这姑娘的目光尖锐得很，是在向我挑衅。我怎么了！肯定没有做见不得人的事，把你牛的！她又拿出一种向对方挑衅的表情，向胡雅格说：

"哎，胡雅格，在石台阶上坐一会儿。"其其格姑娘略带期望地说。

朝格吉玛没留心胡雅格的脸色，但胡雅格的脸马上红了，望着两个姑娘，说道：

"喳，久闻不如一见，新认识的你们俩可以在这里坐一会儿，拉一拉话，我去饮饮马再回来。"他说着，牵上貉青马。

两个姑娘同时望着胡雅格的背影，都在想说些什么，微微动了动嘴唇，个个站着不动。只有纪念碑耸立在她俩的旁边，默然无语，像是一位排除一切猜疑的巨人。朝格吉玛顺手取下自己的头巾，向烈士纪念碑行了个礼，表示深情哀悼。一直沉默的其其格姑娘也注视着朝格吉玛那沉重的表情，拿下军帽向这位为革命事业而英勇牺牲的战士行礼表示追悼。

朝格吉玛姑娘的心中瞬间浮想联翩：我那"落叶"叔叔是位出名的地下工作者，他胆量大，有智慧。他为全旗的解放而牺牲了自己的生命，他曾与她秘密接头，安全地转移了十五瓦交直流 R·D·R 型无线电台，返回的路上，在王爷府附近被特务发现，中弹牺牲……

朝格吉玛不由自主地掉下了眼泪。好动感情的其其格姑娘望着她旁边牧民姑娘的泪汪汪的眼睛，跟着也掉下了眼泪。过了一会儿，她俩并肩走到台阶前坐了下来。虽然刚刚认识的两个姑娘一时没有共同的语言。但是，朝格吉玛这个虽才二十出头却饱经风霜的人，打破了沉默。她将自己的情况简单介绍后，又问起其其格的近况。不知怎么的，其其格姑娘一开始有点紧张，拿出手绢擦了擦嘴，仔细端详着手绢上孔雀戏牡丹的图案，又把手绢方方正正地叠了起来。她思绪万千，望着远方，语无伦次地将自己介绍了一番：

"我虽比你大一岁，但不如你那样成熟老练。"她叹了一口气，很客气地说。朝格吉玛说：

"哪能这样说呢！马兰花总是在四月里开花，牧马人总是在草场上走动。我这个人考虑不周，鲁莽冒失，这些年就这样闯了过来。"她这样意义深刻地说着，一个人哈哈大笑起来。其其格姑娘却没有跟着她笑，想探讨什么似的将她的话一个不漏地揣摩着。朝格吉玛接着说：

"是的，只要老老实实，赶着牛车也能追上兔子。真的，如果不说这些，我'哥'还说不定说个啥？"其其格姑娘清楚地听到"哥"这个字，她大吃一惊。

朝格吉玛姑娘想向其其格打听一下近几天以来的朝鲜战场的情况，此时恰好胡雅格跟着两个现役军人走了过来。他走近纪念碑，介绍道：

"他俩是和我一起走前线的两位同志。"朝格吉玛听了，满面笑容，高兴地说道：

"喳，这又是一件喜事，我'哥'虽离开家乡，但不会寂寞了。我衷心希望你们并肩作战，消灭敌人，保卫国家，各个受荣誉称号。"她恰如其分地说着，便祝贺他们。其其格也心想：我也说几句比她强几分的话，表示祝贺。可是，她想来想去，觉得胸中所记的词汇太少了，一时想不出妙语善句，感到吃了哑巴亏似的，悄悄看着他们，别说此时此刻的难受劲儿了，俗话说：贤人还会有跌摔的时候，愚人还会有得胜的时候。

胡雅格与两个战士一起站在纪念碑前行了个礼，默哀了几分钟，又各自从兜里拿出笔记本，不知记录着什么。他们中的一位中等身材，略带调皮劲的战士朝着其其格说道：

"歌手女士，你的游览快结束了吧？那里的区文化干事叫你呢。"其其格姑娘秀丽的脸上忽然露出几分难舍难分的样子，她忽闪着大而黑的眼睛，将他们四人挨个瞟了一眼，最后将目光停留在胡雅格身上说：

"那么，我走了，希望你尽快给予答复。"说罢做了一个向后转的动作，小步跑去。

时间无声地流逝着，快到出发的时间了。

两位志愿军战士还没赶趁准备东西，所以胡雅格先让他俩去区里。

他俩已走了。

胡雅格端详着朝格吉玛的脸色，朝格吉玛也观察着胡雅格，两人沉默了一会儿，朝格吉玛先开了口，说：

"你是否说了胡话？"

"怎么了？"

"那布其捎去话，不是明天出发吗？"

"是的，可是战况有了变化，十分紧急。我们要比原先的计划提前一天上火车，就这么提前了一天，不然我怎能不见你……"

218

"那么，你是非走不可吗？在高土坡上所说的话，都不变吗？我亲爱的，你那爱恋之情不是一匹无缰绳的骏马吧？可是，我永远时刻想着你，如今也在担心着你，因为战争是最无情的。"

"你在说，一旦在战争中牺牲了怎么办，是这个意思吧？"

"哦，是的。"

"对于我们一切革命者来说，从来不会有死亡。策仁叔叔虽牺牲了，但他的名字永远活在人民的心中，他有颗不死的革命军人的心。"

"如果你一旦牺牲了，我怎么办……因为战争是最残忍的。"

"我亲爱的朝格吉玛，你不是常说：为人民的利益而牺牲自己的一切是不可惧怕的吗？"

"但是，除此以外，这可是最最特殊的事情——爱情啊，我亲爱的胡雅格！"

"是的，参加革命工作之前，我也曾这样考虑过，可经过革命风暴后，我已有了新的认识。亲爱的，你听一听，我的看法是否对：爱情是幸福的顶峰；与此相反，战争是矛盾冲突的高潮。俗话说，关键时刻会考验一个人，就是指这样的紧迫时刻。另一方面，我们不是那种预言者，但可以说我们是用真理之战捍卫着祖国的东大门，打败侵略者。我们一定会胜利的，最后的胜利属于我们！一定要向不怕牺牲的策仁叔叔学习，学习他那顽强战斗的精神！"

"可是，我亲爱的，你无论如何不能牺牲。"

"我理解你那忠诚的心，这个世界上除了我以外，你没有任何一个心上人，对吧？"

"没有，绝对没有！"

"别哭了，我亲爱的朝格吉玛！在人民最需要我们的时候，我们不应该退却，而是冲锋陷阵。战争要求我们一马当先，奋不顾身。这样去努力的最终目的是为了让你这样可亲可爱的姐妹们享受幸福的生活。一旦，我在战争中牺牲了，我亲爱的未婚妻，你把我

219

的骨灰与策仁叔叔的骨灰放在一起。亲爱的，我要吻你，这是我的嘱咐，请你记住。"

"我亲爱的胡雅格，我要接受你的吻，我理解你。其实，我对你……不能带来这么大的阻碍。我……心中……只有你……因为……我没有……父母。我心中只有你……因为亲爱的你救过我的命。"

她频频掉着眼泪，倾诉着心里的话，使胡雅格不由得伤心，心里痛恨着这魔鬼般的战争，跟着她又流下泪水，望着她那清洁而优美的脸庞，激动地说：

"我亲爱的朝格吉玛，要稳住心，不能胡思乱想，非下决心不可。你不是常说：我有很多朋友弟兄吗？你说的话很有道理。今后必须在人民群众的大风大浪中锻炼自己，用自己的实际行动支援前线，这是我们每一个公民应尽的义务。"

"你说得对！"

"我感谢你！"

"……"

"……"

朝格吉玛的手心热了起来，全身都涌动着一股热流，因为胡雅格紧紧握着她的手：这，这不是手，而是两颗爱心连接在一起，激烈地跳动，比亲吻还要亲密得多。

中午的太阳金光闪闪，照着纪念塔以及它旁边的稍发黄色的草滩，发出黄色的、白色的光。这诱人的光线直射在胡雅格和朝格吉玛那难舍难分的脸上，反射在团团缠绕着的白云上，又普照在撒满珍珠的辽阔草原上。这烈士纪念塔，从建立的那天开始就给人们带来无限的欢乐，给大地带来一片温暖和希望的种子。它前面那小而方形的方池里有几颗小松树，叶茂枝拔，充分吸收着阳光，秋末的阳光长久地照着它的全身。

朝格吉玛的心依旧那样热乎乎的。

胡雅格的心依然在沸腾万分。

　　他俩并肩走着，深情地谈论着，一直走到区工作委员会办公室西边的马桩上。马桩上拴着他们的貉青马，胡雅格想看一看可爱的马。在通风处卧倒的貉青马闻见主人，立即拍蹄站了起来，耸立着耳朵。胡雅格走近貉青马，把掉下的马嚼嚼搭在鞍鞒上。朝格吉玛心里十分明白：貉青马由胡雅格一手养大，他又靠着这匹出色的骏马，闯过难关，参了军。貉青马如今已十四岁了，当胡雅格九岁那年夏天，最迟下的一匹马驹。把头看见貉青马所下的小马驹说："这匹小马驹因大雨所生，带一点毛病，好像不足月的。"听见这话，胡雅格的"炊事员"额吉说："把这匹弱驹给我吧，就顶个我一年的长工钱了。"于是，把头同意了。胡雅格的"炊事员"额吉把马驹从麻黄草地驮了回来，为驱寒，灌了少量酥油茶，并针灸，勉强救活了它，给了胡雅格。几个月后，小马驹的一切毛病都没有了，慢慢成为牧人所喜欢的小貉青马驹。可是，大户人家的主人说，小马驹不能养在家里。所以，胡雅格和"炊事员"额吉俩无可奈何地把小马驹交给牧人，悄悄地养了起来，它一到两岁就跟了马群。从此以后，"貉青马"像跟马群的海燕飞翔似的跑来跑去，可亲可爱。它与胡雅格太熟悉了，远远看见他，就迅速跑过来，让胡雅格摸一摸它，挖一挖耳朵；别的人谁都抓不住它，唯独胡雅格在什么地方都能抓它。如今胡雅格要离开貉青马了，他把马交给了亲爱的朝格吉玛，整了整额头鬃，又把迎鞍鬃从右边压到左边，让它真正成为女人所骑的带着陶布格①骏马。朝格吉玛不住地掉下眼泪，不肯放下胡雅格。忽然间又像得到水果糖的孩子般地跟着胡雅格的手势，摸起貉青马来，她好像很了解胡雅格的意图似的，默默地擦着马胸上渗出的汗碱。呵，真可怜，战争即将把胡雅格和朝格吉玛无情地分开。他俩身上都有一个共同之处，这就是蒙古民族的

---

　　① 陶布格：蒙古语，祭马的一种，打结辫子的绸缎和线；即马鬃上带上红绸后成为女人的坐骑。

221

一大特征，即他们像眼珠那样爱护骏马，失去它就似乎失去一切一样。

他俩紧紧地靠在一起，左右手握得紧紧的，左右手同时摸着马的迎鞍鬃，继续谈论着。可能胡雅格启程的时间快要到了，朝格吉玛从袍襟里拿出绿色日记本，略带微笑地说：

"我亲爱的胡雅格，你是我的命根子。此时此地，我也拿不出最宝贵的东西，只能把这日记本作为纪念。"胡雅格再次握紧了朝格吉玛的手说：

"知道，我亲爱的，我完全理解你的心，我要带走你那跳动十分激烈的爱恋之中的心。"他深切地说着，吻了吻朝格吉玛那滚烫的嘴唇，补充道：

"亲爱的，我的心也是肉长的，我知道你那忠诚的心。"朝格吉玛又亲吻了胡雅格的嘴唇。她才真正理解到熄不灭的爱情之火燃烧于全身上下。心脏，它是用肉和细胞所组成的最高指挥者。它在未来的每时每刻里，睡眠中都会不停地呼唤战争的结束；不管是什么，不管是做噩梦，不管这一切的一切。只要战争胜利结束，吉祥如意属于我们的未来。那时，我们用正义战争打败非正义战争，胜利属于祖国和人民，这样才能有温暖的家庭幸福。那时，温暖从爱情中生根发芽，带来无限的爱、人类的爱、和平的爱；人们会幸运地比较起和平与战争，幸福与苦难，从而能够真正地理解人类生活中亲吻的甜蜜和亲吻的内涵……

"汽车开过来了！"一区办公室那边传来喊声。

自然路旁边彩旗飘飘，格外隆重，牧民们形成队列，夹道欢迎挂满小彩旗的大卡车。麻黄草地的牧民们也来到这里，参加了欢送队伍。不知从什么地方过来的这么多人，在一区办公室门前、广场上都站满了从四面八方过来的牧民们。有的牧民正从庙巷弯曲的路上走了过来。穿着各种颜色长袍的人们中有牧妇、有放牧儿童、有牧马男女青年、有放牛老汉，还有已穿上紫袍的尼姑，有披上袈裟

222

的喇嘛，也有穿戴较讲究的旧官，以及有三五成群的活蹦乱跳的孩子们。诸位的脸上都呈现出好奇的笑容，有的也在笑着孩子们的过度玩皮。这一切，使牧人们有了很多新的感触，它确确实实地摆在人们的眼前。人们都急急忙忙地走了过来，迎接这崭新的时代，好像千万朵花般地盛开在绿叶之中，即将要迎接冬天的秋末的太阳从白云间发射出弱光照在人们的脸上，不热不凉；它又照在塔顶上，使庙宇、房屋、树木、牲畜都处在光与阴影下面。原野戈壁滩与原先大不一样，阵阵歌声从柴达木这边传来，恰与送兵乐器声融合在一起，特别激动人心，好比一个大自然的泉水丁冬直响不停似的，美极了。扑鼻的奶油味、水果味、奶酒味、油饼味、鲜肉味占领了整个送兵场面，使所有的人都振奋起来。如今胡雅格等战士正要离开这哺育他们的，永远吸引情感的，富饶美丽的故乡。留恋故乡之情难以言表，离别家乡的人才会把这种情感抱着走，揣着走。

大卡车靠近了送兵观礼台，胡雅格他们在几位领队的安排之下上了车。区长都勒禾古尔等同志走到队列前，在热烈的掌声和欢呼声中与志愿军战士一一握手。刹那间，欢呼的人们涌了过来，迫不及待地与胡雅格等战士握手道别。朝格吉玛也围在像海潮般的人群中，再次与她亲爱的未婚夫胡雅格握了手，他俩那火一般烫的双手连接在一起。她决心永远也不放开他这热情的双手，她忽然冒出一身冷汗，又一会儿全身发起热来。

歌声、音乐、欢乐、泪水、呼欢、祝福……历来都是一家之客。它们都在蔚蓝的天空之下结成好友，永不分别，永不分手。

卡车，缓缓地启动了。

人的海洋，在微微流动。

胡雅格向欢送的人们不停地招着手，他的招手好像在轻轻地说：是啊，红旗在招展，我们相会的地方将是红旗之下。

朝格吉玛向胡雅格频频招着手，只好留在原地。不，我亲爱的胡雅格！她用手擦了擦直流不停的热泪，好像在祝福着他：我心爱的胡雅格，祝你一路顺风，佩戴着勋章胜利归来。

　　人们欢送到很远，很远，似乎只望见一个小黑点，还在望着，还在欢送着。卡车一直沿着辽阔的原野柴达木滩，轻轻地左右摇摆着，在羊肠小道上扬起阵阵尘土。送行的人们靠着各自的记忆，清楚地知道：谁谁站在谁的旁边；他们，还在招手，还在送行——他们是最可爱的人！

十七

　　朝格吉玛不知怎么的，她觉得浑身发软，两腿铅一般沉重。她的胡雅格已经胸戴着红花参加了中国人民志愿军。出发之前，与朝格吉玛在貉青马旁边站了很久很久，谈论了今后的任务以及将遇到的困难。如今朝格吉玛跟着麻黄草地的牧民们，已踏上返回的路。貉青马的迎鞍鬃向着左面压了过来，伴随着马蹄声。胡雅格与她谈论嘎查今后工作时顺手辫好了貉青马的迎鞍鬃。从此，貉青马的迎鞍鬃上多了一个用红绸陶布格打结的辫子，貉青马真正成了一个草原姑娘的坐骑。

　　众多骑手朝着麻黄草地奔驰而来，朝格吉玛的双眼在马的颠跑中忽然看见那颠簸不停的大敞车，接着又呈现出挂在天边的麻黄草地的蜃楼之中的她那亲密无间的胡雅格，他向她频频招着手，他旁边站着其其格姑娘，她也不停地微笑着。驰骋中的貉青马突然挣脱嚼辔圆绳扯手，她才忽知自己已经来到巴音道尔基家跟前了。这时，从东面驰来两个骑马的人，正好迎接着她。

　　仔细一看，是东亥和那布其她们俩。

　　东亥没扣长袍襟的纽扣敞开着系了腰带，她眼睛里不知进了什么东西，不停地揉着双眼，向朝格吉玛姑娘问候。朝格吉玛问起东亥从什么地方过来时她不言不语地只指着东面的嘎查所在地说：

　　"实实在在地支援前线是一件特大的事啊。胡雅格，他是一个多么好的后生呀，可他已经走了。"她紧紧盯着朝格吉玛说罢，长长叹了一口气，便把下面的话咽了回去。朝格吉玛便下马低声说：

225

"喳，你肯定是有啥说啥的，有什么顾虑呢?"语气里似乎含着：现在与以往不同，人人有说话的权利和自由。

东亥默默地牵着马走在那布其跟前，她的眼球充满了血丝，还没有来得及直看那布其，就大声哭起来。朝格吉玛没有感到惊奇，没出她的预料：这眼泪说明犯错在前，懊悔在后。可是比起那吱喝数次也站不起来的"泥牛"强个十倍。

朝格吉玛在思索中往前走着。

"哎，我真是个老糊涂。朝格吉玛姑娘，我真想送一送胡雅格，可是心有余而力不足，我想你骂我也不过分。"东亥边说边哭，甚至大声哭叫起来。

"说到哪里去了，胡雅格也没把你当外人呢。"

朝格吉玛以姑娘家的性格见泪心又软了，便这样说道。东亥这么一说，马上笑了：

"哎呀，胡雅格还……"她半信半疑地眨着眼说罢，见了朝格吉玛后第一次正眼看了那布其。

"我不会多想的，请你放心。"

那布其往往考虑得比较多，于是口是心非地这样说着，但是话中有话。

东亥听了两个姑娘一前一后安慰的话，可能感动了，用怜爱的目光望着她俩说：

"哎呀，我这个人糊涂上加糊涂，人家都到门槛上了，还不请人家。朝格吉玛姑娘，我这家'锅外结烟少，人亲门户也少'!"她边说边请时，朝格吉玛滴水不漏地说：

"这房盖得相当漂亮，再比这个还大了，就得盖庙上的独岗①，嘻嘻! 关键是如何经营家产!"那布其听了她一语道破的话，不由自主地笑了。

----

① 独岗：蒙古语，庙宇的一种。

226

她们三人到马桩上拴好了马。已拴好的青鬃黄马这回不踢不叫了，站得乖乖的，耳朵竖立起望着貉青马和"攆狼大红马"，扬扬尾巴，好像初次见到它们似的很乖。正准备给青鬃黄马上三脚绊的东亥可能早知道马的脾气，用奇怪的目光看了看，又把三脚绊挂在马鞍皮梢绳上。

　　那布其想着：这家的狗为什么不吠呢，只见东亥十岁的儿子那顺达来惊恐不安地跪坐在西墙底下抓着狗。

　　东亥走进院大门后低声解释着，院正中支起的毡包是祭神佛重地，让朝格吉玛和那布其俩从下边① 绕过进了正房。宽敞的正房有一股寒潮，说明一整天没生火。屋里东亥一进来就点的福寿檀香冒着细细的青烟，不朝来回开关的门串去，而有秩序地慢慢消失在整个屋内。在青龙蓝蛇般的香烟的笼罩下香炉几乎看不见了。高大的红色立柜上面摆放的神龛像被一层云雾覆盖了似的。神龛前面摆设的十六个银供、神龛上面摆齐的神经、右面摆放的法轮和祭奠桐、左侧摆好的插孔雀羽把盅、从屋顶下挂起的揭开的龛帘以及它上面的哈达格、撒贝② 等都在烟雾之中清晰可见。多么可怕的檀香烟雾啊。炕中间一前一后顺放的大方桌和火盆桌上盖有很薄的一层尘灰，毛毡和地毯上也到处可见灰尘。只有神龛擦得干干净净而不时地发出磷火般的光。

　　朝格吉玛端详着这客厅，猜出巴音道尔基已经出门了。巴音道尔基虽然是一个富人，但也是个好牧马人。邻居们都知道，他在家的话，里里外外会打扫得干干净净。有些人还小看他，议论着说：红顶章京③ 加上区扎令章京④，哪能当好牧马人？还有些人说：区

────────────────

　　① 下边：在牧区自古以来，妇女从佛包的上边（左边）不能走过去，所以有着从右边绕过去的习惯。

　　② 撒贝：蒙古语，由纱绸涂上蓝粉后形成，又短又小，一尺长，旧时请客人时所用，与哈达格近似的东西。

　　③ 红顶章京：清朝时的旧职，带红顶帽子的是成吉思汗后代。

　　④ 扎令章京：清朝时的旧职，相当于区长一级职务。

别这家弟兄俩的唯一标准是这一个青年得到了五畜，只不过因他太聪明而学会了拍马屁。

因为害羞而不敢进家，在外边打扫院子忙来忙去的那顺达来被母亲叫了过来。圆脸上闪烁着一双明亮的鼠眼，一直盯着立柜的下门扇，刹那间伸出手从柜子里拿出什么东西，便用左手压着扇风耳跑了出去。炕箱子上面的墙上挂着装有一对穿戴古老的陌生老汉老婆放大的相片架子，旁边挂着装有巴拉嘎放大的带色照片架子。再下面整齐地贴着盖有嘎查、苏木大方红印的新苏鲁克合同书。合同书上清清楚楚地写着大畜成活比例和仔畜分成比例以及牧主牧户两利原则以及双方的签名、盖章。朝格吉玛详看着这一新苏鲁克合同书不由得想起胡雅格再三提出东亥一事的其内涵和深刻意义。嘎查人民政府成立后，胡雅格解释了关于这一家在几个方面发生了变化一事。对旧职人员巴音道尔基给予宽大政策是十分正确的。因为他听了人民政府的宣传后，及时交出了所藏的枪支弹药，还与反抗人民政府的从兄弟扎拉曾仁庆划清了界线。在新婚姻法的宣传指导之下，格日乐得到了公民权利，她与"小老汉"①那顺达来离婚是对的。通过多次政策宣传，各牧业互放组积极支持参与新苏鲁克活动的东亥的行为是合情合理的。

朝格吉玛从屋顶的椽望到家俱，从门窗望到行李、炕墙围画儿，仔细地观看着，不由得考虑到这一家的家庭经济现状：巴音道尔基、东亥他俩哪能放弃这么多的畜群？嘎查人民政府支持东亥的意见，实行新苏鲁克制度是绝对正确的。"我怎么也放不了这么多畜群？"东亥的意见是比较现实的。

东亥一手端着茶壶，一手拿着放奶酸酪蛋的木盘，走进来：

"哎，啥事都是我们老两口子的，成天瞎忙活！现在压在他头上，他不去看马群，谁替他去呢？我这傻里傻气的老婆连小畜都忙

---

① 小老汉：封建时期的小龄爱人的称呼，也叫"玛乃合德"。

不过来。"她倒出一连串的话，给朝格吉玛、那布其倒上茶。说实话，那布其来之前已喝好了茶，如今不想和茶水沾边。她目睹着东亥这般客气劲，只好端下了木碗。朝格吉玛喝着茶对那顺达来亲切地说：

"小弟，你也喝口茶。"他本想出去，当姐的这么一说，就犹豫着坐在板凳上。他妈给他边倒茶边说道：

"哎呀，傻老婆生了这么个聪明东西。他爸这次在运动中没出事，没走他从兄弟的路子太幸运了。谁能预料往后的事，可是国家大事与家务事不同，往往是反反复复的。不过，毡帽小了能撑大，牧人儿子要长大，他爸老了，家庭财产的继承者是我这儿子。前些日子我突然有了把孩子送进学校念书的想法，为此求梅德格玛送过一次。说起学文化一事，它不是那么简单的东西，好比一个无渡口的长河。据某些有学问的人士说，念书还会上瘾，一旦尝到它的甜头，就念个没完没了，不如回家呢。哎呀，汗肯特山也有被雪覆盖的时候，咱老两口子也有掉牙衰老的时候。一旦我这儿子念书到了老远的地方，这家财产和牲畜都会归我老汉整天夸讲的巴拉嘎。这样的话一切都完蛋啦！我的朝格吉玛，这样一看，我儿子还是有头脑，他受不了巴拉嘎的惩罚而逃跑回来，说明做对了。咱老两口子有这个儿子，巴拉嘎还敢动咱们一根毫毛！"她气愤地说着，拿起茶壶倒了茶。

话根已露出，朝格吉玛把东亥的原意吃透后便有了顺水推舟的想法，就说了嘎查人民政府的执行意见，接着直截了当地问：

"巴音道尔基叔叔如何认识新苏鲁克制度呢？"东亥不假思索地回答说：

"哎呀，只能给你们俩说一说，听一听吧。人们说我傻，我看他比我还傻。我丈夫在执行新苏鲁克试行制度时是抱着怀疑的态度，可是，这些都是他自己要做的事情，心中有数吧？吸足了血的狗虱还能知道它将要丧命！"朝格吉玛说：

"你给他多做思想工作，他一定会听你的话。"这时，那布其觉得不是滋味，心想：东亥常常耍小聪明，其实她狡猾得很，便带有几分火气地说：

"你这有的没的，连碗筷都端出来说了一通，和你一样能说会道的人有几个？可是，看一看自己的所作所为！见缝插针，见风使舵！"

朝格吉玛在一刹那间思考着：对东亥说上这么几句也不过分，但是方式方法上一定要注意。因此，向那布其眨了眨眼。

东亥这个人发火、哭笑都会，这是她拿手的把戏，可这次不知怎么的，可能上了岁数吧，根本没有发火，只是三番五次地说着道歉的话：

"今后主动接近牧业互放组，积极参与新苏鲁克试行活动，这样行不行？"看样子，那布其不再恼怒了。她按照朝格吉玛的意图说了一些牧业互放组的中心工作。

"那顺达来为什么还不返校呢？"

"他不去学校，不念书是个严重的问题。"

两个姑娘一前一后地问着说着，好像是从东亥的解释中故意挑刺儿似的。

"主要是怕家庭财产和牲畜没有人继承。"她又倒出那老话。

"出了问题，我担当，并与嘎查领导谈好。你首先把那顺达来送回学校。说实在的，你们拉念书娃娃的后腿是错误的。"朝格吉玛斩钉截铁地说。

小那顺达来听着她们的谈话，犹犹豫豫地眨着一双明亮的小眼睛。

太阳快要落山了。

朝格吉玛、那布其没谈其他的话题。

她俩走出家门。

朝格吉玛一骑上马就把回家的心思说给了那布其。

230

那布其跟着到了朝格吉玛的家，顺便数好羊，羊群进了浩特后，准备回家。这时，朝格吉玛拦住她说：

　　"妹妹，别忙着走，吃了晚饭再走。"

　　点了灯。她俩一边煮饭，一边放着一本书，两人念着。

　　"姐，你真仔细呀，你的眼睛把字都钩住了。"

　　"真奇怪，有一件事久久地缠绕在我的脑海里。"

十八

从远处看，敖伦韶荣山峦几乎像一位巨人的五个指头，映衬在蔚蓝的天空之下。手指下面与手掌连接的地方显然是凹凸不平的山川，这里就是通向西部的古老丝绸之路。它如今还带来驼铃声，就像个长长的拉骆驼的缰绳，忽隐忽现。从这山到火车站大约有一百五十公里，要通过四个区的地盘。因为，从右翼后旗所在地到火车站的公路未修通，所以各旗支援前线的物资另绕四百多公里，才能送到火车站。因此，上级部门下达紧急通知，在最短的时间内修通直路，满足支援前线的需求。因此，修公路的难度仍在于敖伦韶荣山峦的十几公里的地形上。那边三个区的地形一般都是平原、柴达木、硬梁，如果发动群众，公路可以按时通车。

为这一紧急事，旗人民政府派通信员送来通知，直接与新提拔不久的第一区副区长朝格那顺联系。朝格那顺一接到通知，便找到都勒禾古尔同志，与他商量具体的事，并表示了自己的决心：

"请汇报上级领导部门，现在虽然已临近隆冬，但是我们一定要完成任务。"

朝格那顺同志送走通讯员后，按照区工委的安排来到敖伦韶荣。

朝格那顺骑着马奔驰在草原上，离家很近了。突然有个怪思想像眼里蹦进的刺一样跳进他的脑海：修路的关键是发动群众，好汉更是应该从家里"开刀"，应该顺便看看老婆和小孩。因社会和家庭条件，他年轻时几乎与恋爱、家庭不沾边儿，忙碌到中年才娶了

232

个合情合意的爱人，开始得到女人的温存，把她似乎当成自己所呼吸的空气和所喝的茶水一样。他爱人虽比他小五岁，也算一辈人，除爱情生活美满外，还是养牧的能手，家务安排妥当，村里组里的学习劳动样样得力。当他冬天受着冻，夏天饿着肚回来时，洗脸水、热奶茶、换衣服，这"三备"样样齐全。以往朝格那顺每次一进家门就哈哈大笑：

"喳，你妈不容易，'三备'又齐全了。你爸忙来忙去，只买了水果糖了！"说着笑着抱住小孩。

今天朝格那顺照旧思慕着往日的喜悦情景，走进家门，一边摸着兜里装的水果糖。可是，他小孩不但没有迎面跑过来，而且躲躲闪闪地往墙角那边跑。屋里没有生火，冰冷冷的。他急忙抓住儿子的手，冻得快要僵了。"三备"不知跑到哪儿去了，只见空空当当的屋子生着气迎接了他。朝格那顺急忙把皮大衣脱了下来，披在儿子的身上，暖着儿子的手慢腾腾地问：

"你妈去哪儿啦？是否放羊群还没有回来呢？咿哑，我的小宝贝，太可怜啦！"他向孩子问着说着，拿起已备好的柴火烧起炉子来。这时，五岁的儿子清楚地说：

"妈放羊群还没回来，她骂爸爸，说是调得太远呢。"

"喂，孩子，你说什么？给爸爸说得详细一点！"朝格那顺向孩子说。

这时候，门犹如冰雹打玻璃一样地响了一下，朝格那顺的爱人布仁其其格气愤地走了进来。

朝格那顺疑惑地想着儿子刚刚所说的话，又抱着只信爱人的心理——因调得太远而不可以发火的想法，就坐在了蒙古包中间。他心想：看来我爱人有点发火，可是不可能骂我，炉子着得很旺，煮个茶是不成问题。他等了一会儿，和气地说：

"天气特别冷，路上有点冻，好好喝上一顿热茶。"身材苗条的布仁其其格听了后将方圆的黄色脸绷起来说：

"喝，谁不叫你喝？听说数九后凉水能变成药呢?！你这样的达日嘎①在全国比沙蒿还多呢?！"她古里古怪地说着，把针线包扔在柜子上就出去了。

朝格那顺突然充满了愤怒。这老婆原来不是这种人，如今不知吃什么枪药啦，将她好好咒骂一顿！可是，他慢慢地把怒气压了下来。一刹那间，他小儿子跑进他怀里，让人又气又笑，哭笑不得。他终于笑了：老婆的气可能来自自己，也可能来自牧业互放组的某一件事。女人嘛，毕竟是个女人，当女性自傲心和虚荣心受到伤害时必定要发火，某种程度上男人也会这样的；生活，就是这样，又活又生，半生半活，鸡毛蒜皮的事情比头发还多些。这个道理谁都相信。他叹了一口气，从自己的大衣兜里拿出旱烟袋，默默地抽起烟来：奋斗着，奋斗着，夺取了政权，建立起这般新政府，有了秀美的山水草场，有了家庭，有了牲畜，有了老婆孩子。现在哪能马上走出去！换一句话说，一旦马上要走出去，与自己的女人不和睦的人，如何发动他人，或全社会的人员去修公路呢？这纯粹是无从谈起的事。再说，布仁其其格在群众中的威信很高，牧业互放组里她说了就算话，因此首先必须争取她。如果自己的爱人坐在家里烤火炉子，别人谁会给你在数九寒冬修公路！

整个蒙古包暖和了。小儿子的手变暖了。暖和之中烟雾几乎无处不到，充满了蒙古包，小孩渐渐地咳嗽起来，朝格那顺自己也咳嗽个不停。他深邃的一双黑眼睛使劲滚动着，寻找着办法，追求着公道，充满着勇气。他眉稍翘起来，微微笑着：

"我可爱的儿子，快去和妈妈说，把你爸又调回嘎查了，这回是专门来报到的！"

小孩跑到外面。真的，可想而知，不多一会儿，小孩蹦蹦跳跳地拉着她妈妈的手走进来，二话没说，布仁其其格那迷人的方圆脸

---

① 达日嘎：蒙古语，领导的意思。

蛋上出现了一丝红润，"扑哧"一声笑了：

"那么，你为啥早一点不放这屁呢？"她责怪地说着，麻利地往炉子里加了牛粪熬起茶来。

喝茶间，朝格那顺想知道爱人发火的原因，想办法乘机开口问。布仁其其格也虽端着茶碗，但一口不喝地蹙着眉，忽然开口说：

"你工作得近一些，对你也有好处，对我也有好处，确实一举两得。我也能把自己的力量力所能及地献给牧业互放组，尤其在支援前线的运动中不想当一个袖手旁观者，想当一名积极分子。"她边说边喝着，对关于自己的牧业互放组如何能在全嘎查竞争比赛中当选为先进组，谈个没完没了。朝格那顺清楚地知道，爱人发火的原因在于他的工作被调到区工委的问题上，于是专门把话题转到另一个问题上，问道：

"最近你组是否把红旗竞赛输给了朝格吉玛组？"

"是的，怎么啦？人家会说，会做，这并不奇怪。"布仁其其格马上变了脸：

"你也得……"

"我有一双会做的手，就没有那多余的嘴巴！可是，我们组的群众素质比她的那些人强得多！"

"为什么？"朝格那顺追问时，布仁其其格眼角渐渐上翘而舒展开来，给爱人倒了茶，回答说：

"说起这，话就长了，睡前可以慢慢谈，我得饮羊群啦。"她说着，仔细观察着朝格那顺的脸色，"回来不要忘工作，别忘了晚上还教我识字呢。"她悔过似的笑了。

朝格那顺喝茶喝得满头大汗，全身有了使不完的劲儿，他也走出去帮爱人，饮了几家的羊群。

他们回来得很晚。朝格那顺抓住爱人做饭前或吃饭后的空闲时间，给布仁其其格办了识字班。爱人还向他提出学新歌的建议，朝格那顺认为这是最合情合理的要求，每个区、嘎查干部都肩负着教新歌和进行宣传教育的义务。朝格那顺从小就爱好民歌而且还会唱解放后一些新歌。

"我会唱《自治区成立之歌》、《团结起来就是力量》这两首歌。唉！你这家伙快唱最新的，不然我要打你！快快教完，还要早一点睡觉呢！"布仁其其格催促着说。

"布仁其其格，究竟是哪一首歌？"

"我不知道歌名，反正歌词中有'雄赳赳，气昂昂，跨过鸭绿江'的开头词。现在，知道了吧，我亲爱的！对不对啊？"

"你这个东西，老是爱新的！哈哈哈，那是《中国人民志愿军之歌》呢，我刚刚学了不到几天。"

"我的那顺，不要紧，多注意一点就不会唱错的！快一点教一教吧。"长得挺拔秀丽的布仁其其格用肘压着男人的膝盖坐着催起来，朝格那顺亲吻了用手抱着他脖子的儿子说：

"喳，你这可爱的东西，老是给我出难题，我可能拿不准调子。"

"妈，你帮着拉一拉四胡，咱学会了，可以合唱嘛！噢，莫木！"小儿子也在旁边催着说。

"新歌的节奏比起民歌稍快一点，拉时注意就行。"朝格那顺边说边下了地，紧皱着双黑眉，左右拉着矫健的步伐，像个老军人般精神抖擞地唱起来。虽然在某些唱段停留了两次，基本上没有跑调，完完整整地唱了这最时髦的新歌。

"我的那顺，歌词全记得吧？"

"记得，我已经全部抄下了，在我的皮包里。"

朝格那顺边唱边抄着小笔记本上的歌词，写得一笔一画，布仁其其格边唱边拉，学得也挺快，使男人不由得笑了笑。她的整个注意力集中在拉四胡上，调儿拉得那么优美，那么有力。她拉个不停，越拉越有劲儿，力求发挥自身的智慧，把志愿军的雄赳赳、气

236

昂昂的精神奏出来。儿子听着，听着，早已睡着了。她唱得很悠扬，已基本唱会了，四胡拉得也顺手了；两人一股劲儿地合唱着。歌声和乐器声奏为一体，好比翻滚不停的鸭绿江浪潮，用喜悦拥抱着牧民，一直流向苍茫东海。旧社会里妻离子散，新社会里阖家团圆的这家在欢乐的乐器声中欢唱着。到中年之后才当了孩子母亲的布仁其其格的嗓子越唱越柔和，可是她未能将自己感动的心情体现在乐器上而焦急万分。四胡啊，它的确是一个解闷的蒙古族民间乐器。她心想：如果我俩那可爱的儿子没有睡，他一定站在旁边拍手叫好。真的，朝格那顺多么希望她给他再生一个女儿呢。煤油灯宛如刚刚点着的火柴，斜照在她那微带皱纹的太阳穴上，使她更加精神饱满。他又在心里想：到了明天，娘给儿子教歌，这里的天就是他们二人的天。真的，天苍苍，野茫茫。此时此刻，他特别高兴，但四胡的美调伴奏着他那如同一层层堆放着的奶皮，想法绵绵不断，无法用音乐来驱散这些想法。

朝格那顺好像很熟练了这首歌似的一边唱着，一边捉摸不定地观察着他爱人的小脸以及吃不透的心理。该睡觉的时候了，他暗暗想到：被窝好比温柔的接吻，一定要让她在被窝里说出心里话。

……

突然门巨响，朝格那顺被惊醒了。一看，灯又着了。可能爱人出去查看羊圈里下羔的母羊回来，她脱掉皮袍钻进被窝里，紧紧靠着朝格那顺，用黑溜溜的眼眼一直盯着椽子。已经到了三更半夜，朝格那顺顺手搂住了布仁其其格那月光般柔美的身体，仿佛情欲又在激发似的。布仁其其格甜蜜地想着刚才进行的亘古持久的激情，深情地吻着自己的男人。是的，住在同一个蒙古包，喝着同一个锅的奶茶，过好生活，这是他俩的终身誓言。他们又闪电般吻在了一起，各自的胸中都燃烧着无数的火焰，这火焰难以言表。呵，世界真奇妙。发音中涵着彩色，沉默中涵着秘密。朝格那顺没想到别的，只想"脑门破皮也在帽子中，肘弯伤了也在袖筒里"，这是蒙古族一句古老的惯用语。这说明两口子有什么矛盾，得背着人家，和和气气地在被窝里解决。他反复琢磨着这句名言。布仁其其格脑海中也翻滚着中午她发脾气的事。"脾气"这两个字真的成为布仁其其格脑子中一去不返的"政客"。她越想越闷，越不好意思，几乎失笑。不管她昂面躺，左面躺，还是朝着朝格那顺躺，都不舒服，就闭着眼睛，她眼中立即出现发脾气的那件事。这成为她的思想包袱，越想越不对头！从初恋到夫妻分离，从分离到又成家，布仁其其格从未给丈夫发过脾气，这确实是第一次。可是，今天是什么不吉利的日子？布仁其其格的心像绵羊毛一样软了起来，自己好比被旋风刮走的废纸一样，要跌落下来似的。她这一沉默，给朝格那顺留下了一个问话的机遇：

"亲爱的，中午为什么跟我发脾气呢？"

"究竟怎么回答呢？"布仁其其格悄悄地说着，当时回答不上。世上在被窝里都不说真话的夫妻还能长久地生活下去吗？不，我必须说真话。可是，不能说她所说的话。她突然振作起来。

但是，这关键时刻，朝格那顺又提出让她回答自己提出的问题。

布仁其其格心想：不回答对不起丈夫。她有点害怕起来，又顿时咬了咬嘴唇，壮起胆来。"这话，跟谁都不能说，我是和你才说的。一旦说出来，就等于是杀人不见血。"她的脑子嗡地一下，忽然想起她的话，浑身出了冷汗。她好比看到毒蛇一样，目瞪口呆，直怕她亲爱的再要求她说出来。

布仁其其格作为一个妇女，只能对付硬的，而对软的却不行。她经不起爱人那热乎乎的肉体，她的嘴唇、乳房、脚踝都被燃烧起来，忘了一切，不能走到"杀人不见血"的地步吧？最后，她把发脾气的起因毫无保留地统统说了出来。

※　※　※

太阳快要落到天边了。布仁其其格在圈羊回家的路上拿了一簸

238

箕羊粪蛋，准备烧火。突然马蹄声一响，马桩上来了个人。一看，是其木德稍。这正是各巴格选举"红旗牧业互放组"的那天晚上。其木德稍下马后，犹豫不决地左顾右盼，想拴马，又不想拴马，用右手揉着眼睛。布仁其木格放下簸箕去迎接。走近马桩，清楚地听到其木德稍的哭声。朝格那顺已调到区工委去参加西巴格青年团的学习了，家里只留布仁其其格和儿子俩人。其木德稍一进门，就大声哭了起来，声音比杀猪声还大。布仁其其格以为出了什么人命，急忙问道：

"喂！出了什么事？"其木德稍靠着哈那蹲下来，一言不发，哭个不停，用绣花手绢儿擦着眼泪。布仁其其格这个人，听起打骂声胆越大，但听起哭叫声全身就会松软。这与她那从小孤苦伶仃，后又离开恋人，佐领作主将她卖给婆家，当牛作马有直接关系。因此，布仁其其格常说：谁的苦都是一样的苦！她的这种看法，与有些牧民的看法一致：其木德稍过去在别人的压力之下虽压迫过人，但现在解放了，她醒悟过来，认识了她的错误，这是件特好的事情。他男人扎拉曾仁庆已跳河死了，她们各走各的路，免得影响团结，少提她男人的丑事。她这么一想，心痛起其木德稍来，便说道：

"其木德稍，你怎么啦？我并没有另眼看待过你呀！"其木德稍擦了擦眼泪说：

"是的。"她说着坐稳了。

布仁其其格怕儿子不吃饭睡觉，便忙碌着烧火做饭。其木德稍擦净眼泪，对布仁其其格说：

"早上朝格吉玛到我家问：'达瓦尼玛来你们家干什么啦？'她问得好不客气。还教训我不能与他淫荡，这是给你的一次严重警告。她说完就走了。"她咬牙切齿地说罢，又哭着说道：

"她这太过分，真是无中生有，光天化日之下歧视人。达瓦尼玛先生昨晚来是来过，但没有'那事'。你说，我虽没有男人，但我不喜欢他！我能看得起他吗？"她说得很邪乎。

布仁其其格听着有些不耐烦，心想：到我家瞎扯与喇嘛放荡的丑事，这不是见鬼！可是，她又听到与她竞争红旗的对手——朝格吉玛和邻居不和的事情，感到兴趣。她的这种说法，与她的想法不谋而合。于是，布仁其其格说道：

"不要怕，有什么说什么是应该的。"

其木德稍开始谈了起来。她首先谈了达日哈如何和她丈夫起了矛盾的事，然后又谈她想讨好朝格吉玛而将自己摘得一干二净，把罪孽都推在她身上。

"我这个人过错多得很，有这么不好的遭遇。你是常给我不客气地提出来的。我这个人坏就坏在不会在人家背后说坏话。扎拉曾仁庆走他的死路，我走我的活路。可是，阻拦人家进步的人绝没有好下场，这种人咱们嘎查里大有人在。"她怪异地瞟了对方一眼，目光里好像隐藏着憎恨一般地接着又说：

"你这个人对谁都和蔼，把你的牧业互放组的全体成员发动起来，又团结又友爱。"布仁其其格看见她想施诡计，耍花招，立即打断她的话说：

"黄羊跑得快，全凭内力强。别人的夸奖，对自己无用。我从来不听虚假的夸奖。帽子大了，会被大风刮走的。"其木德稍听了，半信半疑地说：

"不是这个意思，我随便谈的。"

饭熟了。布仁其其格给儿子盛了一碗饭，边递边说：

"我永远不会忘记的一件事是那十只新苏鲁克的奶羊。当时，刚解放，我的羊群里进了野狼，惨得很，留下那么多没娘的羊羔，你那奶羊顶了大事。"见缝插针是其木德稍的老脾气，她听了布仁其其格的话，洋洋得意，便插嘴说：

"是呀，这些小事不值得一提……"

她扬眉吐气地笑了起来。这个漂亮女人的眼睛如无形的网，如野狼的眼睛。她放低声音，和声和气地说：

"你还没有来得及说那事。因为那些奶羊，我那位不但臭骂我一顿，而且狠狠地打了我一个耳光。"

"那位是谁?"

"唉，就是那个跳死鬼，我那个丈夫呀!"其木德稍说完，乘机把话转移到朝格吉玛身上，说：

"穷人，永远是穷人，给了蒙古包也不领你的情，给了牲畜也不看你一面……"

吃完饭，其木德稍围绕着如何以胡雅格的主意，把朝格那顺调到区工委的问题大作文章，想激起布仁其其格的愤恨。她说：

"看一看红旗竞赛，可以把红旗让给团结好的其他组。可是，朝格吉玛根本不是那种人，她是一心向上爬的人!"她不知想到了什么，把话停了下来，从裤兜里拿出来香烟，递给布仁其其格一支。布仁其其格摇摇头说：

"我不吸烟，戒烟了。"她边说边给儿子铺好褥子，叫儿子脱衣睡觉。其木德稍自己把那支烟点着后，耻笑似的说：

"喳，你是致富先锋啦。"说罢，她用劲吸着烟，烟雾笼罩着整个蒙古包，煤油灯在烟雾中发出一点点光。这烟气可能打开了她的话匣子，要说的话一股劲地涌上了心头。

"他们故意把你的丈夫调开，这是有目的地削弱你们互放组的力量。你和我不同，我是独身一人，屁股放到哪儿，哪里就是我的家。唉，我的希日万姑娘太可怜啦，长得好看有什么用! 谁也不知道这社会的发展趋势。对穷人而言，这社会是满可以的。如果你爱人在这里，就由你来摆布社会。好比一丈丈高级丝绸，由你来裁剪，缝什么都可以，由你来决定。可是，现在都不一样了，人们的眼皮都朝着朝格吉玛跳，对此我也很生气，气也白气。再说朝格那顺，他也是快到五十的人啦，被人鼓动得晕头转向，不知天高地厚。像你这样聪明能干、心好的女人有几个? 现在把你这个群众威

241

信最好的组长也弄得缺胳膊断腿的。在这种情况下，你们互放组丢掉红旗是理所当然的事！"

"丢掉红旗是理所当然的事？"

布仁其其格重复了她的最后一句话。她对她的话半信半疑，也想找出毛病，只转动着她那小眼睛。

"人们都在议论，在红旗竞赛中朝格吉玛对你们的互放组提出了不少意见呢。"

"不，她也提到了自己互放组的缺点，还作了自我批评。"布仁其其格说罢，又补充道：

"可是，她会说，我不会说，区别就在这里。"

"要想超过她，必须坚决一点。她是杀人不见血的人。"

"说什么我也不想见朝格吉玛那气凶凶的脸。"布仁其其格十分恼火地说罢，簌簌地掉下了珍珠般的眼泪。怎么啦？其木德稍不由得高兴，她堆着满脸笑容，亲切地说：

"谈得太多了，时候不早了。布仁其其格，你瘦多了，要多保重身体，我要走了。"

其木德稍说罢，就走了。

布仁其其格没有出去送她，也没说什么。她心里产生了一个奇怪的想法：丈夫朝格那顺是个真正没有头脑的笨东西，只知道自己进步，他那耳朵软得不得了。人也怪，拿活人作游戏！你来时我再来个厉害的！非和你见个高低不可！布仁其其格难过地想着，她那丰满动人的前胸微微起伏着。

※　　※　　※

太阳升起的时分，朝格那顺喝完了早茶。他心情非常舒畅。他将心里的话都跟终身伴侣——爱人布仁其其格说了。布仁其其格方圆的小黄脸充满了活力，好像脸上的皱纹都不见了似的，饱满的胸膛洋溢着健康的活力。她这个敖伦韶荣山冈野杏果一样生命力旺盛

242

的人，全身上下装满了朝格那顺爱的种子。她向朝格那顺主动地保证了冬天参加修公路一事。"群众的工作，尤其是布仁其其格牧业互放组的工作，我发誓包下了。"这是她的原话，也是全组牧民的保证。朝格那顺走到夜里喂马的马桩上，和布仁其其格谈了一些家务事儿。他骑上马，奔驰而去。他调到区工委后，修路这个压倒一切的新的中心工作，一直转在他的脑海里。当他走近嘎查所在地时，修公路的重要性像光芒四射的金子般呈现在他眼前。他感到，这份工作十分艰苦，但关键是工作方法的问题。他过去把做群众工作，或确切地说，发动群众的工作看得简单一些。但是，自己做起后，才知道并不那么简单，好像十个绳子有百个结扣，非得解开这个结扣不可，解开结扣，才能用上绳子。否则，再好的绳子也无用，因此必须首先下工夫解开绳子的结扣。这要求你自己动手参与。他的社会地位怎么样？人们看得一清二楚。每时每刻，都能遇到不同的事务，不同的人物，不同的条件以及不同的考验。不谈别的，小小的家务事儿也弄得你晕头转向，这要求你必须拿出工作艺术来。呵，性爱的魅力真大呀！他决心一定要参加好这次不同寻常的修路工程。当他的脑海里蹦进"艺术"二字时，他心想：智慧与艺术始终存在于音乐之中。他肯定了自己的这个观点。是的，只简单地拉拉四胡，弹弹三弦，吹吹笛子。这远远不够，尤其是学会马头琴、呼比斯、钢琴、蒙古号、雅图嘎、檀板、渣鼓、大钹、提琴、琵琶……才能算有点艺术才华，才能算有出路。爱人布仁其其格发脾气也是有几分道理的，这不是秃子头上的虱子明摆着的事吗！

　　这么想来想去，他心中就有数了，到了嘎查所在地之后很快要求下乡，必须深入到群众中去。

　　到嘎查所在地后，朝格那顺首先去抗梅队了解了情况。他掌握了看病的牧民中有多少人能参加劳动的具体数字。然后他又想找大夫们谈谈参加劳动的牧民应注意的事项。

这时，从他背后传来马蹄急促的嗒嗒声。一看，是区工委通讯员。朝格那顺知道，他是最忙的人，他俩快马加鞭，直奔向抗梅队队房，到了队房跟前才下了马。

化验组的胖后生看见通讯员来了，迎面跑了过来，接住了信件和报纸。苏布德等化验组的几个姑娘见到朝格那顺，热情地握手问候后开始查看报纸和信件。

"苏布德，这是你的信！是从西藏来的！这是你的信，从你老家来的。"

胖后生"认真人"一边分信件，一边向阿拉坦巴尔斯大夫喊道：

"阿大夫，您快一点过来，从北京大学细菌研究室来了一封信啦！"

"是从细菌研究室来的吗？"

"草原虫害调查报告的回信……"

阿大夫撕开信封看后，高兴地说着，几个大夫围了过来。

大夫们和朝格那顺亲密地握着手。然后又向阿拉坦巴尔斯大夫凑过去，兴高采烈地看着化验单。化验单下角盖着北京大学的大红章，上面清清楚楚地写着：内蒙古自治区鄂尔多斯右翼后旗第一区敖伦韶荣嘎查的地址，中间写着生物化验检验物、检验目的、送验日期、检验结果、送验者、送验时间、取材时间等。报告单中的拉丁文、阿拉伯数字令人神往。阿拉坦巴尔斯大夫仔细看了一遍，他那饱经风霜的圆脸上显现出几分喜悦。他急忙对朝格那顺说道：

"好极了，我们初步的判断进一步得到了科学的验证。这些细菌中有害于人体和牲畜的十五种肝病传染细菌已被化验出来了，治疗有办法了。"

他又看了看跟前的大夫、护士们，接着说：

"朝格那顺同志来得正好。朝格吉玛同志为草原人民自觉主动地为防治研究工作做出了很大贡献。"

朝格那顺脸上出现了一道欢喜的光芒，它好比一朵盛开的牡丹花。他恳切地回答说：

"阿大夫，这事你放心，我一定要向区工委作一个认真地汇报，表彰她，鼓励她。但是，你们的功劳也很大，我代表区工委，在这里表扬你们。"

掌声把所有的光芒变成众多盛开的牡丹花，人们的心情非常激动。他们都认识那位朴素而精明能干的草原姑娘朝格吉玛，她的创造精神使人更加钦佩，人家不会想到的，她能想到。这不是盛开的牡丹花丛中最红最艳的一朵吗？大夫和护士们议论着、漫谈着。通讯员听了这些话，不由得高兴起来，这使他鼓足了无尽的干劲。他二话没说，骑上骏马，又奔驰在草原上。

朝格那顺在慰问中十分关心大夫、护士们。他问：

"你们在生活上有什么困难？在牧区生活有哪些不习惯的？"

阿大夫边看报纸，边指着胖后生说：

"你看，他们对牧区的肉食很适应了，吃成胖乎乎的、脸上也散发着红光。"他说得很有趣，大夫、护士们一个个看着一起呼地笑了起来。

可是，阿大夫身旁站着的苏布德没有笑，也没有生气，只说：

"他来的时候就那么胖，唉，我的领导，他如今也不像咱们一样能吃肉了。"她的这话里有话，好像包含着几分袒护，使大家又不由得笑了起来。

俗话说，笑中含情。这话是真的，"认真人"和苏布德悄悄地相互看了一眼，好像他们的胸中燃起了一团团爱情之花，使人看起来更想发笑。

朝格那顺对这些尊敬的大夫们不摆一点架子，笑着说：

"你们别怕吃肉，牧区的肉是吃不完的，谁能吃肉，谁的福气就好！"

阿拉坦巴尔斯和额尔德尼二位大夫先谈了医生、护士们习不习惯牧区生活，然后说到嘎查已经准备好了过冬肉食，他们打算集中精力医治周围三个苏木的重病号等问题。这时，朝格那顺像是很吃惊似的问：

"我们这里的医治工作？"

阿拉坦巴尔斯一听，将眼神从医生、护士们身上收了回来，他似乎猜测到朝格那顺的心思，即及时点出参加修路工程的人数。他用敏锐的目光看着朝格那顺说：

"医治的牧民中有百分之九十的人已经治愈，其中有百分之二三的需要复查的患者，除此之外，都能参加生产劳动。可是，要注意让他们劳逸结合；打春后，再复查一次，那就更好了。"他的眼睛在阳光下飞快地转动着，好像为公路事业奔波是莫大的幸福似的。

朝格那顺问道：

"还有什么事儿？"

"还得说一件事情。还不一定有未做检查的病人，再普查一下，那样我们就放心了。"阿大夫说罢，看了看额尔德尼大夫。

"是的，这个任务可以由我们来完成。"朝格那顺斩钉截铁地回答说。

阿大夫听了很感动。他的脸在空气里像蓝色的火苗闪闪发光一样。他一下子把话转移到改造寄生虫沼泽地上，说：

"一打春，我们要封闭寄生虫沼泽地，牧人和牲畜都要远离它，再查看我们的种树结果。我认为，这是一个很好的疾病预防措施。"

"是的，阿大夫处处为我们牧民的健康着想。"朝格那顺从心底表示感谢。说罢，准备向他们告别。大夫们用学会的当地牧民的礼节，纷纷说：

"赛音雅布塔①！"

---

① 赛音雅布塔：路上走好，祝一路平安。

246

"请你们留步！"朝格那顺笑着回了礼。

朝格那顺从那里走向嘎查办公室，准备找乌力吉那顺谈一谈。一进办公室，刚刚被提拔为嘎查长的乌力吉那顺正在阅读报纸。他与乌嘎查长见面后，先谈了修公路的问题。有文化的人就是和别人不一样，乌嘎查长一字不落地记在笔记本上。朝格那顺又向乌嘎查长了解了畜群情况。乌嘎查长翻了翻自己的笔记本，认真地说出各巴格畜群的大畜成活率和仔畜成活率。他一边看报纸，一边说：

"从最近统计的这个数字来看，今年的畜群没有问题。"他看看报纸，又看看朝格那顺，不知突然想什么似的接着说：

"朝副区长，您又深入村子进行调查研究啊？"他低声下气地继续说着，"那么，我得给各巴格专门下个文件吧？"

朝格那顺听着笑了，说：

"不用。另外要下个文件，多多宣传一下抗美援朝、支援前线的重要性，怎么样？区工委这方面专门下了个文件，收到没有？"

乌力吉那顺大口地吸着夹在右手指中间的香烟，点头哈腰地说：

"是，是。通讯员刚刚送来这个文件，里面讲得很清楚。"他的这动作，所说的话，都自然地暴露出他的内心世界，担心跟不上时代的形势。

朝格那顺刚下了地，乌力吉那顺也从炕上下来，送了这位副区长。朝格那顺十分看不惯他那低三下四的样子，便开门见山地说：

"不用送，我们都是一块儿工作的老朋友嘛。"乌力吉那顺无法改变旧官员的那种老习惯，硬要送，还关心地说：

"朝副区长，连续下乡困难多，午休以后再走吧！"

"不！您怎么，老是这话！任务十分重要，深入到群众中间，发动群众，时不我待。您要搞好这里的工作，我必须马上去麻黄草地。"朝格那顺一边说，一边骑上了马。

劳赖宁布老师在自己的寺院中邀请了几个人。他们是达瓦尼玛大喇嘛、宰桑、巴拉嘎老师等。他们围坐在一起，一边吃饭，一边谈论着修公路一事。

突然门巨响，进来的是乌力吉那顺嘎查长，人们都站了起来，给他让了座位。宰桑向乌力吉那顺低着头哈着腰，然后倒了一碗奶茶，便说：

"乌达日嘎，我庙的几个喇嘛已经在爱国条约上签了字，我也想自愿参加修公路爱国活动。"这时，达瓦尼玛也假惺惺地笑起来，说：

"哎！我的佛天！神地上动土，你们要往哪里放镐头，我就给那里念经吧。"乌力吉那顺回答说：

"还是那个臭名昭著的敖伦韶荣山呀！"巴拉嘎老师说：

"这样干行吗？山脉河水自古以来都不是归属于喇嘛黄教的吗？"宰桑说：

"真可惜，敖伦韶荣是美岱召庙放了斯特尔①的山呀！"达瓦尼玛大喇嘛十分机智地说：

"宰桑你今后怎么披这个喇嘛斗篷？"

他们正谈得热火朝天的时候，巴拉嘎提起大茶壶，想弄个地方，不小心碰倒了方桌子，把上面的饭菜撒了一地。

"王八蛋！怎么啦？"

"哎呀！烫死人啦！"

乌力吉那顺等人火冒三丈，大喊大叫，有的已经跳出门外。乌力吉那顺宛若怕风波里又出现旋风似的溜走了。达瓦尼玛捻着额日贺独自出门时，宰桑随在后面。

巴拉嘎目瞪口呆地看着达瓦尼玛，交叉着双腿站在基地②里，打着口哨。

---

① 斯特尔：蒙古语，蒙古族在喇嘛黄教的影响下祭典敖包、山梁、畜群的一种形式。它们被斯特尔后，不能人为地动；比如马不能骑，牛不能杀。
② 基地：方语，指炕地。

248

劳赖宁布埋怨巴拉嘎一点也不小心，但在大喇嘛面前骂不出来，只好向西墙上的佛像磕头。他急忙去拿扫帚时，留心看了达瓦尼玛出去时瞪大的眼睛，不好意思地看了看巴拉嘎，然后修整了一下斗篷出去了。

巴拉嘎一回去就躺在火炕上。热汤溅出后烫伤了他的脸部，眼睛部位刺痛得很厉害。他忍着疼痛，又想起他所爱过的姑娘们。她们都把他视为堕落的人、窝囊废、低等人。他想到这些，心里十分难受，不由得冒火。这激发了他的情绪，激发了他的幻想。他把自己比成秋日最后一朵贡菊花，在原野上开放着。他所追求的朝格吉玛姑娘美丽得很，像朵开放的红玫瑰，越看越想看，那芬芳的花瓣轻轻散发着香味儿。他最终已闻到这美味儿，享受了美的味道，激发了他的爱的深情。多情的男人们都想摘掉这朵玫瑰花，他拼命地保护着这朵花。他在想在竞争中赢得这朵花。

他想得很高兴，不由得想起给朝格吉玛的那封情书。

前些日子，朝格吉玛收到一封没有头绪的情书。那信一开始描写了朝格吉玛美丽动人的眼睛和整洁漂亮的脸庞，接着写到他多么的想念她，多么的爱她，夜夜梦见和她相遇、拥抱。然后又写到她的文化水平提高得很快，他从心里佩服过她，还写着"你还能成功地发现新事物，在寄生虫沼泽地的研究方面做出了新的贡献，只有你，只有了你，我的家乡才能复活"，等等。一页接着一页，全是"掌声"。信的末尾还简单地写了他自己那"不成功的婚礼"，还问她是否与胡雅格真的订了婚。然后，又想写好多的东西，但没有写，只放了两行省略号。这两行省略号好像在说明他的情绪很混乱，不知心里装着什么不可告人的肮脏的语言。

坐在朝格吉玛旁边，缝慰问袋的那布其说：

"我看看你的那封信，行不行？"

朝格吉玛毫不掩饰地说：

"行，可以看，这不是！"那布其拿到信后，没看内容，只看了信后页的名字，嘲笑着说：

"就是他？唉，太自不量力了，癞蛤蟆想吃天鹅肉？姐，快烧掉这家伙的信！他真不要脸哪！"

朝格吉玛一本正经地说：

"新时代与旧社会不同，那个人看见我好，才把信递过来的，因此我必须看它。社会气氛变了，自由成为整个新社会的主流。人家年轻人利用自由权，写表达爱情的信，谁能阻挡得住，对吗？"

朝格吉玛那年轻的脸上好像浮现出一道朝霞似的红光。

那布其说：

"那么，姐是不是对他有了心思？或者说，你脚踩两只船？巴拉嘎为什么老是对胡雅格说一些带刺的话？这人的目的不纯！"

朝格吉玛一听这话，嘿嘿地笑了，说：

"那不要紧，影响不了大局，他问他的，我们拿我们的主意就行了。"

朝格吉玛看见那布其那"低垂的下唇上拴个骆驼缰绳都不成问题"，不由自主地"嘿嘿嘿"地笑起来，开玩笑地说：

"那布其，你下唇上拴个三岁公牛正好！"那布其"扑哧"一声笑了："你心目中有了他？……"她犹豫地看着朝格吉玛。朝格吉玛觉得这方面要讲得话太多，但是她简明扼要地说：

"几年前，他曾抢过我。我每当想起这事，对他有刻骨之恨。那时，我想过，他要强迫我成为他的老婆，我只有死路一条。但后来又想起我心爱的胡雅格，我没有那么做，只好当一名假疯子来对付他。后来解放了，胆小如鼠的这后生向党和政府交代了问题，得到了宽待。我看，只能帮助他，不能放弃他，因为他是一个年轻人啊。我们向他伸出友谊之手，尽量把他拉过来，使他成为我们队伍中的一员，你说我的这种想法对吗？"朝格吉玛用商量的语气谈着，那布其并没有感动，她说：

"我看，他给你写信的目的就不纯，反而你对他抱着治病救人

250

的态度，这是两个叉道上的黄羊。不说远的，只说近的。秋末的一天，他随随便便地进病号房间里胡作非为，影响很坏，被苏布德护士发现了才了结的。他还有体罚我弟弟的罪行，难道你不知道吗？"

那布其转动着她那尖锐的黑眼睛，发了火，继续说：

"这又是他的新罪行，你为什么把这样的人拉进我们的队伍里呢？"

朝格吉玛反而低声回答：

"都勒禾古尔同志不是曾经多次强调过，因为我们的这个社会是从旧社会的胎胞里诞生出来的，所以不能转眼间变成崭新的社会。"她对着哈那上挂的圆镜子照了照，又说：

"谁的毡包没有一点褴褛破缝？谁的衣服没有一点补丁？完完整整，全部崭新的东西目前无法存在。"

其实那布其知道，嘎查牧民们中或多或少地都存在着她的这种想法。因此，她无法理解朝格吉玛的这种态度。她心想：朝姐和胡雅格哥的爱情是否被人破坏了？不，这不可能，或者是她想一手弹拉两种不同的琴啦？不，她不是这种人！朝姐是奋斗到底的人，她永不半途而废！另外，她多少年来一直爱着胡雅格哥，反过来巴拉嘎这许多年以来一直爱着朝姐！啊，想念是世界上最痛并快乐的事！

她突然想起嘎查牧民们所谈的东西，是的，财产和金银是最宝贵的东西，有了财富，就有了一切，是的，朝姐是不是为了得到财富而徘徊在两条道路中间，很可能有这种实事存在。她想着，久久沉默起来。

朝格吉玛默默地看着那布其。这时候，那布其故意把话转到另一个问题上，说：

"我前两天想过，一定要参加修路。可是，反复考虑了朝姐的话之后，认为应该尊重大夫的意见。"

朝格吉玛再没说什么。

她俩结束了谈话，分别离去。朝格吉玛想去图布新和其木德稍的家，骑上了马。

天气阴冷，地冻得越来越硬，马蹄好像在钢板上走着似的，发出"哒哒"的声音。

图布新见了朝格吉玛，决定参加修路。

其木德稍决定让自己的姑娘去参加修路。

整个麻黄草地的牧民们都在准备参加修路工作而忙碌着。

柴达尔决定先参加几天后再说以后的事。图布新信心百倍，说干就干，马上去供销社买了石匠所用的钢钻、铁榔头等。

修路队很快被组织起来，先上敖伦韶荣山修路。

十九

大地披上了厚厚的雪衣。

修公路工程全面开动。

前所未有的修公路新高潮，震撼着大地。牧区的生产力从来没有这样解放过。这究竟为什么？只有社会才能给予正确的答案。人们所看到的，只有靠自己去判断。

敖伦韶荣山脉变成人的海洋。红旗迎风招展，茫茫雪原连着地平线，地平线上将敖伦韶荣山路横出，修路的人们像一条五彩缤纷的纽带。修公路指挥部的设计方案早已出台，唯一的设计员按照设计方案同时负责第一区敖伦韶荣嘎查和第六区西热木仁嘎查的公路设计。参加修公路的几百名牧民按照修路规划先修起敖伦韶荣山东坡的山路。当然，这是修公路中最大的难点，如今正按照规划设计，将一处山谷用人工添补，再往西开山豁出路。

修公路的人们正在挥动着钢钻、铁镐、铁锹挖山，担着满筐满筐的土石。牧人们不分昼夜地分班干着，争分夺秒，为早日通车而埋头苦干。这里确实成为了一个盛会，从未见过的庞大队伍出现在这里。与冰天雪地奋战的人们中有牧业互放组的成员外，还有区、嘎查的干部、抗梅队大夫、庙里的喇嘛、小学教员等。他们的颗颗心随着伟大的形势而跳动，为抗美援朝、保家卫国、支援前线、支持正义而跳动。干部看见被发动的群众而高兴，群众看着有了靠山而高兴，一个个都兴高采烈。解放后得到自由的人们，脱离梅毒病和布氏杆菌病的牧民们万分感谢北京来的大夫。他们因为北京大夫才有了今天的幸福生活。他们能吃能劳动，又能生育，这是老天爷赋予他们的莫大幸福，会劳动就是劳动人民的最大本色。在修公路劳动中，嘎查人民政府及时表彰了自愿参加修公路工程的三十多位喇嘛，这自然而然地鼓励了全体修路人员，并且对那些偷懒的人也是一次深刻的教育。

爱笑的牧区姑娘们被均匀地分到各个修路组里，各自发挥着各自的作用。她们以嬉笑来融化着寒天的冰冻，也悄悄地牵动着年轻小伙子们的心。寒风吹来，不由得让你加快速度，强迫你用汗水来取暖。于是，青年们以组为单位进行着比赛，他们赛速度，赛质量。正在这节骨眼上出现了一个新问题。他们相互悄悄地谈论着这个新问题。他们说，这个新问题是巴拉嘎先提出来后争取了朝格吉玛意见的。

巴拉嘎一大早带着公路图纸去了朝格吉玛毡包。朝格吉玛细心地看了巴拉嘎所设计的规划图。他的设计图对原来的设计方案进行了本质性的改革，不添补一处山谷，而利用山谷东岸沿进行修路。巴拉嘎指着图纸上的修改处，问：

"朝格吉玛，你今天去不去修路现场？"朝格吉玛回答说：

"一定去呀。有什么事？"

巴拉嘎说：

"那么，太好了。你仔细地看看我这个设计方案，能否给上级领导介绍一下这个方案的好处。你是知道设计规划的，因为你作过寄生虫沼泽地的改造方案。我主要是为了提高劳动效率，能提前半个月完成修公路的任务，还能预防山上洪水冲断公路的特大危险。"巴拉嘎说完一直低着头。朝格吉玛稍微考虑后说：

"行，设计方案不错，我把这个设计意见传达到指挥部。"这时，巴拉嘎用手肘轻轻地碰了一下朝格吉玛说：

"说的时候，千万不要说是我设计的。"朝格吉玛听了吓了一跳，开门见山地直接问：

"你这是什么话呀？为什么？"

"虽然图纸是我设计的，但是你说成自己设计的，这对你好。第一，在红旗竞赛中你能赛过布仁其其格的互放组，你的名望大大提高；第二，你的话，一句顶两句，如果设计方案是我作的，指挥部根本不理睬。人们一听是你设计的，马上就拥护，理所当然地执行，这样多好啊。"

朝格吉玛听了巴拉嘎的这番话，不高兴起来，铁面无私地说：

"你为什么说谎话，巴拉嘎，我不会这样做！现在你和我决定不了这设计规划的成败。"朝格吉玛生气地说着拿起哈那上挂的背包，跑出毡包。巴拉嘎焦急起来，因连话都没说完就放走了朝格吉玛而追了出去，边跑边喊：

"朝格吉玛，这门锁不锁？你不能走！等一等我！"

朝格吉玛好像没听见巴拉嘎的喊声一样，直奔马桩。她还有什么急事？连头也不回，真奇怪呀。

巴拉嘎一直追着朝格吉玛，当她要解开缰绳的节骨眼上，他把手伸了过去。他没有抓住她，而她用雄鹰展翅的动作骑上了骏马。

"朝格吉玛啊，不拿这图纸不行啊？"

朝格吉玛忽听巴拉嘎的提醒，将马辔头圆绳向左一打，马来了个急转弯，她顺手拿了设计图纸，尖声喊道：

"巴拉嘎，我先去，争分夺秒，向他们汇报新设计方案的情况。"她说完，给貉青马来了个缰绳头。

一瞬间，人和马被打入升腾的雪的旋风中。

巴拉嘎忧郁地望了一眼朝格吉玛的身影。他为她的明确答复而高兴。他在此时此地不知想着什么，返回了毡包。一股女人的香味儿飘过来，巴拉嘎用双手捧起箱子上面摆放的装有朝格吉玛照片的相框。巴拉嘎目不转睛地瞪着照片，自言自语道：

"呵！多么漂亮的姑娘呀！脸上的这酒窝，这黑溜溜的大眼睛，这些谁都没有。特别是她那俊俏摩登的身材……"他沉迷着，不知自己说了些什么。他目瞪口呆地站着，突然不知想起什么，从挎包中掏出两件时髦的新衣服，端端正正地放在箱子上面。他正准备出去时，忽然门一响，进来了梅德格玛老大娘。

梅德格玛一进门看见巴拉嘎就惊叫起来：

"嘿！你是什么时候进来的？"巴拉嘎急忙把相框翻过来，看着背面的镜子，然后认认真真地照着镜子，朝着梅德格玛伸出舌头，表示不好意思，脸色苍白得很。镜子里他的卷发亮得似乎要流出油，瞪大了双眼，巴拉嘎没说话，把相框慢慢地放在箱子上面，转身就跑了出去。梅德格玛也没说什么，只是想，朝格吉玛知道我在羊圈里，饲养冬羔，所以没锁毡包就走了。

朝格吉玛很快就到了修公路指挥部，把巴拉嘎设计的图纸交给了朝格那顺和丹巴扎木苏等人。丹巴扎木苏立即带着这设计方案到了西热木仁嘎查，向修路技术员做了汇报。技术员答复他说：

"这设计方案对修公路很有利，应马上采纳并执行。"

那一天，巴拉嘎骑上马后，忐忑不安，一方面想见朝格吉玛，另一方面又怕自己的设计方案没什么结果。他又无法猜测朝格吉玛的态度，因而将马辔头圆绳打向东面。去哪里呢？巴拉嘎心中无数，只能没头没脑地走在白茫茫的麻黄草地上。他自己也不知道这一夜在谁的家度过。忽然听见狗叫声，抬头一看马把他驮到了自家的门口，不知不觉中妹妹希日万迎面走上来，问了话：

"哥，你从哪儿来？"

"问这个有什么意思？从倒霉的修公路现场刚回来的呗。"

巴拉嘎的谎话可能被妹妹察觉，希日万笑眯眯地看着他。巴拉嘎托着那沉重的脚步，走进毡包。希日万听见他哥的谎话后，黄色的蛋脸上出现了不高兴的神情。巴拉嘎喝完茶，和妹妹一起走进正房。因为正房已经点上了汽灯，坐在写字台旁边的其木德稍正忙着写一个东西。她没有抬头，不理睬巴拉嘎。巴拉嘎坐在紧靠炕沿摆放的高级皮沙发上，仔细地观察着新布置的大客厅。雕刻着金色双龙的大堂柜、画着彩色狮和虎的大板箱微微发出亮光，北墙中央的大镜子照着靠东墙摆放的行李；炕上铺满白色的蒙古毡，上面又铺着一对有凤凰图案的五彩地毯。

其木德稍坐立不安，好像坐在火炕上似的，把靠椅挪来挪去。她虽然看到巴拉嘎，但是没说话。可是，巴拉嘎的心情特别激动。他心想：在这麻黄草地里只有他妈妈其木德稍才能理解他的心情。她是永远可以相信和依靠的人。

她掌握一种奥秘，换句话来说，她能十分巧妙地解决年轻人的爱情和恋爱问题。这是她的独门绝技。巴拉嘎只想问一问，她如今在替谁写情书，但妹妹在跟前，他无法问。他只是嘴里嘟囔着："地冻三尺的冬天，这公路无法修通，但用上新的方案，也可能通了……"这时，其木德稍忽然向姑娘希日万眨了一眼。

希日万悄悄地知道了她妈的用意，便走了出去。其木德稍对着儿子问道：

"你刚才嘟囔什么呀？"

"修公路遇到了难题。"

"为什么？"

"设计方案搞错啦。"

"是真的吗？"

"是真的，我还跟您说谎啊？"

"那么，现在怎么办呢？"

"我重新设计出一个方案，交给了朝格吉玛。这是按照您的意图靠近朝格吉玛的唯一办法，但不知她怎么处理新设计的方案。"

"喳，不管怎么说，靠近她是好事。比方说，人与动物靠得近了，也会变得亲密无间。人的心理是变化无常的云彩，有人会马上得到疼爱，有人会瞬间失去恩爱。有些人日久天长地靠近，再靠近，突然神仙知道了，就把他们故意放进一个被窝里，互爱互疼，这是人生规律。生活中有很多这种解释不了的故事。比起原先，朝格吉玛对你不怎么凶了，温和柔顺得多了，这方面我有预感。千说万说，她是吃我家饭长大的姑娘。上一次，她接到你的求爱信后拆开看了，这充分说明她放宽了心。这是一种铁的证明啊！如果朝格吉玛为了你的新设计方案而亲自出马，这也是一件大好事。送去的新衣服，她要不要暂时不说，说不定，突然有一天神仙降临，那时你会得到朝格吉玛的心。"

在其木德稍脸上呈现出难以捉摸的盛气凌人的姿态，不知从哪儿流进她血脉的暖流？其木德稍用温和的眼光看着巴拉嘎，十分高兴地走近他坐下来，就说：

"我的儿子，这么好的后生，劳动没有把你压垮。"她说着笑了，又站了起来，悠然自得地说着：

"巴拉嘎儿子，我过去过于信你爸扎拉曾的话，对你常说些胡话。其实……"她说着嗓音颤抖起来。她的脸出现在右面的镜子里，照出十分难受的样子，而镜子里巴拉嘎的脸色却高兴而惊惶失措。

"妈呀，您?! 要想说什么，就快一点说吧！"

巴拉嘎急忙一说，其木德稍忽然掉下眼泪说道：

"不，其实你和希日万是同父异母的兄妹。过去希日万她爸为了支持王爷府，把在衙门当上文书的你说成自己的'侄儿'，这是为了达到给你娶朝格吉玛姑娘的目的。可是，当时朝格吉玛疯了，咱们的婚事也以失败告终。"

巴拉嘎听这话后，十分难受。其木德稍又从板箱子里拿出来整包钱，说：

"给你钱，这是给你分的，最近我家卖了几匹好马。"

其木德稍看见巴拉嘎拿到钱的高兴劲儿，便悄悄地溜走了。希日万走进大客厅后，靠坐在巴拉嘎跟前，安慰他说：

"巴拉嘎哥，人总会遇到一些苦恼的事儿，别总是愁眉苦脸的。你跟前有妈，也有我，我们一定要振作起来。"

希日万长相俊俏，脸色黄嫩，眼睛绿黄而深邃，头发金黄略带卷曲，像个俄罗斯姑娘，使人不由得想起混血一事。解放前，有人知道，这赫赫有名的大富人的夫人其木德稍曾去过俄罗斯、法国等国。希日万性格开朗，稳中有细，追她的几个小伙子因摸不透她的内心而常常头痛。如今她和巴拉嘎哥并肩坐在皮沙发上，议论着帮了哥哥大忙的母亲，特别高兴。其实希日万对那个曾爱过自己的小伙子给了她的爱。为此她希望自己的这个家庭永远温暖和谐。关于父亲他俩没提一个字。说真的，他们到目前为止，确实不知道父亲的下落——死与活。尤其是巴拉嘎，根本不想考虑，他曾考虑得都腻了。他如今只考虑心中永不离去的朝格吉玛姑娘；人生也真怪，不是亲人还能住在一起，虽然富人与奴隶不一样，但是他们一起吃过，一起玩过。可是，马上变成两种社会的人吗？他不承认这种逻辑。如今他虽然靠近了朝格吉玛，但是这靠近究竟持续到什么时候。他只想跟妹妹大哭一场，以此解忧。但是，他没有哭，怕男子汉丢脸，只能硬着头皮想朝格吉玛姑娘，她会给他真正的爱情，她的全身就是他取之不尽的爱情资源。他又想到最坏的另一面，哪怕爱情不成功，共存共死的命运在，人爱人的大目的绝不动摇。因为她是他所爱过的姑娘们中最好的。他的心被朝格吉玛姑娘俊俏摩登的身影缠绕着。

　　希日万的说话声越来越远，巴拉嘎的耳中只有朝格吉玛的声音，眼睛里只有朝格吉玛的身影，心胸中只有朝格吉玛的活泼劲儿。希日万姑娘是一位聪明的妹妹，她一眼看出哥哥的心思，因而在谈话当中专门多提起朝格吉玛的名字。真的，她作对了，巴拉嘎的情绪高昂起来，好像走进了最幸福的爱情浪潮之中似的。过了一会儿，希日万谈起自己参加修公路时遇到的有趣的事，巴拉嘎像孩子一样地不高兴起来。这样不行，希日万又重复着谈母亲对哥哥的关怀，尤其对恋爱一事的关怀，巴拉嘎瞪着眼睛还是不高兴。希日万无可奈何，谈起另一个美如山丹花似的刚满十八岁的小姑娘的情况，巴拉嘎不但不高兴，而且发怒了：

"哎呀！你这个妹子，烦死啦！好话说尽了，为什么不替哥哥跑一跑，为什么不给朝格吉玛作一作思想工作呢？"

希日万看见她哥为爱情而快要发疯了，眼睛也直了，因此她表示沉默，说不出一句话来，只对着哥哥笑了笑。

其木德稍到里间睡觉了，兄妹俩停止了谈话。汽灯还亮得很，灯的周围闪烁着刺眼的光芒。

保护畜群的家狗叫个不停，好比从远处听到了什么惊人的动静。

朝格吉玛从修公路指挥部很晚才回到家。当她来时，梅德格玛老大娘从家里赶来已经给朝格吉玛准备好了晚饭。朝格吉玛进蒙古包就向梅德格玛老大娘微笑道：

"扎吉，等久了吧？耽误您休息了。"她一边说着，一边把"三八"式枪挂在哈那的左侧，打了半盆凉水，洗起脸来。

"姑娘，肉粥熟了，快吃吧。"

"行，我自己来盛饭，您早一点休息吧，别等我。"

朝格吉玛脱掉大衣时，突然看见箱子上面的衣服，急忙问：

"扎吉，这衣服是否是您的？"梅德格玛大娘回答说：

"不是呀！"她边回答边想到：这衣服是巴拉嘎从挎包里掏出来的，就立即说：

"早上我刚进蒙古包时，巴拉嘎从挎包里陶出来的，可我没有细看。"

朝格吉玛带着疑问，吃着晚饭。她吃完饭，自己动手，洗了碗筷、锅勺。她又拿起哈那右侧挂着的手电筒，出去查看羊圈里的羊群，梅德格玛老大娘也跟着出去了。

外面风静了，满天的星星照耀着苍茫雪野。晚间的星星早已升起，数得见的太子帝星、景星、火星、金星、土星、水星、七星、彗星、北晨、三星都在以不同的光线眨闪着，给明亮的月亮带来不同的光气，把整个夜空打扮成星的海洋。远空中还出现从东往西拉开的星海长虹，这是老人们常说的河鼓，河鼓里集中了数不尽的小星星，小星星都没有具体的名字。在河鼓的西南角忽然出现了星陨。梅德格玛老大娘咕咕哝哝地自语着："唉，呜玛尼巴达迈浑，可怜的人类中又一个人升天啦。"这时，在刺骨的寒风中站立的朝格吉玛听到后，根据自己所看到的一本自然科学书中的解释低声说："扎吉，书上已写得很清楚，将来科学发展了，要研究天文中的月亮和星星的奥秘，而且要开发利用呢。那样就太好了。"她俩说罢看着羊圈中的羊群，羊群也星星般地窝着，有散有聚的，以传统的观察来说，明天是个好天气。

和朝格吉玛默默散步的梅德格玛老大娘忽然说：

"我的姑娘，灭了'天狗'后，多么好啊！能有机会，放心地睡觉了。"

"是的，不然的话，大小事情都出在黑夜里。这说明，解放给我们带来幸福啦！"朝格吉玛这样回答说。

真的，那时，整夜整夜地守着羊圈，结果每夜都给"天狗"送上几只活羊。日久天长，羊圈里的羊越养越少了起来。一个羊群两个人都忙不过来。现在，同样的两群羊，只用一个人，那些见血的倒霉的事儿都不见啦。这些好的办法过去想都不敢想，有了劳动力，解放了生产力，还能想出修公路等新鲜事儿来。

一老一少，谈得很热火朝天，她俩走进六个哈那的中型毡包。朝格吉玛一进去就铺好两床皮褥子，放了两个枕头，让梅德格玛老大娘睡在里边。两人躺下后，梅德格玛老大娘谈了一会儿住校念书的西日夫，谈着谈着，由于劳累，她睡着了。朝格吉玛习惯地坐了起来，披上上面儿的三岁绵羯羊夏皮做的长袍。她跟前放着小方桌，桌子上点着煤油灯，灯旁边放着她的日记簿和一本《科学与生活》。每晚她都这样总结一天的工作。如果没有做到，往往心里会难受，好比滚滚的奶茶没放盐，所以她一定要坚持这样做。如果梅德格玛老大娘不睡的话，会阻止朝格吉玛这样做，怕她因过度劳累而把身体搞垮。为此，朝格吉玛想出等她睡觉后，自己在夜间坚持学习的好办法，她放了心，翻开日记簿时，昨夜写的日记闪现在她的眼里。

×月×日

开始修公路，已经有半个月了。从报纸上看到前线的消息，无比激动。抗击美帝国主义，支援朝鲜人民的战争越来越激烈。本月六日，在英勇的中国人民志愿军、朝鲜人民军和敌后游击队等三方势力的猛烈进攻下，新朝鲜的大圣地——平壤得到了解放。美帝国主义以及李承晚傀儡政府决定暂时放弃这个城市，准备进行大规模的反攻战。我们的军队继续前进着。所以，我们修公路实质上也是拿着枪和敌人作战！虽然气温已达到零下三十度，但我们绝不能停止战斗！胡雅格战斗在前线，我俩的心跳动在一起，他是为了可爱的祖国而战。人们还不十分理解我们那火热的爱情。啊，究竟什么样的爱情才能惊心动魄呢？我想到了，火热的青春永不衰退！昨天阿日宾德力格尔和那布其订婚了。这是他们俩自由恋爱的见证，幸福生活的开端也是胡雅格咱们俩的骄傲。牧村的妇女姑娘们都自愿组织起来，你追我赶地缝着送给志愿军的慰问袋。这是一件多么好的事情啊，我从心里感到高兴，绣着梅花的慰问袋，它能代替我的思念。我想把爱心全部绣在这慰问袋上，快快送过去。但这路……

朝格吉玛念完自己所写的日记心情十分激动。她走到箱子跟前，从箱子里拿出来一双未缝完的慰问鞋，急忙继续缝了起来。她用自己搓好的麻线一针一线地纳着鞋底，非常好看。她默默高兴：

262

缝得越快越好，纳得越美越好，一针一线应该这样。她自己不由得万分激动，因为她已经缝完了六对慰问鞋，这是她缝的第七双鞋。她的心情为胡雅格而激动，为整个志愿军的辉煌战果而激动。她却忘记了梅德格玛老大娘睡在旁边，一边缝着，一边低头哼着歌：

在那星星布满的冬夜里，
一针一线缝好的慰问袋，
为献给可爱的志愿军而，
绣花绣心缝起的慰问袋。
秀丽秀气的慰问袋里，
装满那草原的风干牛肉，
为献给可爱的志愿军而，
隔着千山万水送上一片爱心。
绣花的白色和平鸽子，
带着咱们的正义飞翔吧，
营养十足的草原食品，
变成保卫世界和平的力量吧。

多么清脆柔和的嗓音啊！歌在慢悠悠的节奏中带着大草原的无限宽广；这歌，一片真情，顶着寒气飞向毡包的陶脑①，柔和的声音好像不怕寒冬的鸽子一样飞向夜空，飞向星星和月牙儿。月牙迎接了它，星星欢迎着它，星星和月牙久久发着亮光。

麻黄草地的牧人们以不同的方式欢送着这发亮的月牙儿，不知不觉中迎来了金色寒冬的太阳，牧户与牧户之间传递着新的消息。

转眼间，已过一个星期。

敖伦韶荣山修公路工程有了新的进展。

————————————

① 陶脑：蒙古语，指蒙古包的天窗。

近些年从未见过的鹅毛大雪下了一天两夜，还没有停下来。大自然披上了银装雪衣，山梁、原野、树木、毡包、沙蒿、羊圈、畜群都沉睡在纷纷扬扬的雪片之中。雪越下越大，大片大片柔软的雪花使红旗变得成了头纱。在天空里只能听到那条山谷岸上修公路的声音和劳动的欢呼声。砸呀，打呀，搞得震天动地；铁榔头声、铁锤声、铲头声一个接一个地叮当响着。各种工具亮闪亮闪的，在劳动的号声中融化着雪花。修公路的几百名队员都来齐了，他们一股劲地干个不停。有的用筐子担着土，有的背着大块石头，有的推着车，有的砸着石头，有的平整着路面。劳动的整个场地被大雪打扮得白茫茫。只能看清五六丈内的人和物，远处是一片奇妙的雪的海洋。竞争中的各个组越赛越有劲头，比赛着质量，比赛着速度，给整个敖伦韶荣山修路工地带来一片笑声。雪海中雪人在忙碌着，无法认清男人与女人。冷酷无情的冬雪使人们都成为套子里的人，皮帽、皮衣、皮裤、皮靴、毛嘎蹬、皮手套都成为保暖的神服。朝格那顺从未戴过皮手套，但近几天他也用起皮手套来。虽然数九寒天的大雪使气温降到零下三十几度，但是他们还是坚持修公路，这是敖伦韶荣嘎查的一个奇迹。朝格那顺根据修公路的实际情况，同意了两件事，一是可以买炸药，二是民校可以放寒假。为此供销社专门出人出车，赶着雪路，从五里以外买回来炸药和雷管。这件事，使参加修公路的牧民、干部、医生、喇嘛们都高兴起来，因为它加快了工程进度。朝格那顺迅速组织了爆破组。但是他们需要技术指导。正在这燃眉之急，改变设计方案的修路技术员亲自过来，进行了技术指导。丹巴扎木苏、朝格吉玛、图布新、阿日宾德力格尔等被各个组里选了出来，参加到爆破组。他们每个人都腰系绳子，双脚蹬着绳环，在山谷东面悬崖上钻打着放炸药的斜眼儿。这确实是一种危险性很大的工种。

钻打岩石的钢钻声、斧头声发出巨大的回音，震动着整个敖伦韶荣山脉：

"叮—当，叮—当！"

"叮—当，叮—当！"

丹巴扎木苏的右手食指受伤了，可是他没跟任何人说，继续战斗在修公路第一线。朝格那顺看出他的动作缓慢，就向下喊：

"丹巴扎木苏，你上来吧！我替你钻一会儿！"丹巴扎木苏的回答又在山间回荡：

"不用——换我——正干得——起劲儿呢！"

朝格那顺急忙用细绳把皮手套递了下去：

"那好——换个新皮手套吧！"

看样子丹巴扎木苏的皮手套不行了，他毫不客气地接住新皮手套，一换上就继续干了起来。

山谷东岸上的野杏树丛不停地摇摆着，自然而然地抖撒着雪块儿。因为所有的吊绳都拴在野杏树上，所以为了保护悬崖上钻打斜眼儿的同志们的人身安全，图布新从一头到另一头，不断地查看着。他对自己站岗放哨的任务，持有十分认真的态度。他认真负责，不留情面地守护着野杏树丛。突然一个雪人出现在他面前，他仔细一看，是巴拉嘎，他急忙喊道：

"嗨！巴拉嘎，你快到你的工作岗位上去，这儿用不着你！"

巴拉嘎出乎意料地遇上图布新后，只好退步迅速离开野杏树丛岸，去参加拉石头。巴拉嘎像一位技术人员一样不停地抖打着身上的雪花，推着拉石头的平板车。刚才他就想过：自己没功劳也有苦劳，图布新你知道不，正实施的设计方案由谁设计出来的？你能答上我这一题吗？可是，巴拉嘎刹那间看出图布新那股基层民兵的严肃劲儿，把已到嘴边的话咽了回去。其实巴拉嘎到岸上是有目的的，他想知道朝格吉玛的绳子是哪三根绳子。因为朝格那顺、图布新、朝格吉玛等三人亲自组织了拴绳子这一秘密的事，所以谁都无法知道谁在哪三根绳子上。巴拉嘎遵照其木德稍的劝说，对朝格吉玛退还衣服一事，没发脾气，只好耐心地采取多多接近朝格吉玛的保守态度。他心想：如有可能的话，伸出一双友谊之手，帮一帮朝格吉玛的忙，在帮忙中得人心。他这样想着上了野杏树丛岸，谁知一上来就碰了硬钉子。巴拉嘎从心里不高兴，把推石头车推给了别人。巴拉嘎像一块被厚雪严埋的立石似的一动不动地站在雪花中。他心想：噢！知道啦，我彻底知道啦！后母所说的话有点依据，是哪一个后生爱上了朝格吉玛的原因吧！巴拉嘎在雪中站了很久，忽然悄悄地离开了人群。他虽然看不见推车拉石头的劳动场面，但是在飘雪中清楚地听得见劳动的欢呼声。他又心想：周围的五丈以外的地方什么都看不清，这是一个很有利的条件。他这样一想，不由自主地高兴起来，找了个下谷斜坡，直往下走。他独自一人靠近东岸石壁，想靠近朝格吉玛。他走着，走到一个无法靠近的积雪旁边，山谷里的钻打斜眼儿的"叮当——叮当"声越来越清晰了。他惊慌失措地瞪大眼睛。这时候，钻眼儿声忽然全部停止了。从山上传来急促的声音：

"请注意！用绳子送去炸药和雷管。请注意！马上要炸山！"

"请注意！停止工程。请大家统一走向西山口！"

巴拉嘎听见这急促的喊声，害怕了，使劲喊过去，他的喊声回荡在山间：

"图布新！朝副区长！啊，我在这里！我—在—这—里！"

雪海中的人们被惊动了：

"巴拉嘎滑进山谷里了！"

"怎么滑进去的？"

"在雪中滑倒了吧？"

"是否受伤啦?!"

"谁知道他呢！"

朝格那顺听见人们异口同声地谈论，急忙高声喊了起来：

"巴拉嘎—受伤没有——赶快上来！"

没有回音。几个后生焦急起来，正要绕道进山谷时，碰见图布

266

新。图布新阻拦他们说：

"现在已经到了爆破的时间，你们不能下去。"然后他提高嗓门儿喊道：

"现在——已经到了——爆破时间！"

山谷中传来回音。可是，从山谷里传出巴拉嘎的喊声：

"请你们稍等一等，我在山谷里！"

图布新同意后，几个后生急忙下去，连骂带推地把巴拉嘎拉了上来。这时，修公路的技术员把雷管儿的导火线引了出来接上火：

"隆—隆—隆！"一连巨响，悬崖被成功地爆破了。

山被爆破后，修公路的全部工作转入到搬运石头上。几个组迅速展开竞赛，边搬运石头，边平整新公路。

大雪下到第三天，才停了下来。

虽然没起大风，但大雪却带来了降温，已经降到了零下三十几度。太阳上来以前来到修路工地的朝格吉玛、布仁其其格俩一来就平整公路。按照区工委的安排，加强了牧业互放组的工作并普遍加大了互放的力度，因而很多牧民们一心一意地参加着修公路的工程。

数九的天气非常寒冷，唾沫落地之前就能冻成冰块。朝格吉玛劳动了一会儿后，用嘴的哈气吹暖着冻得直发麻的手指。骑马上来的牧民们一下马就在原地跺着脚，暖和了一阵之后，才拿起锹。身着三岁绵羯羊夏皮做的长袍，外面还套穿皮大衣的牧人还不停地嘟囔着"伊西①"、"低克②"！埋劲儿劳动才是取暖的巧妙办法，所以所有的人都埋头干着。他们干着，干着，埋头干着，出了汗了，有了使不完的劲儿，他们顶着刺骨的寒冷，在劳动的欢呼声中接二连三地唱起蒙古族有名的长调歌曲。

几天以后可以通公路了。人们不由得高兴起来。"四个区的一

---

① 伊西：蒙古语，冻得特厉害时叹出的口语。
② 低克：蒙古语，冻得特厉害时叹出的口语。

百五十多公里的公路快要通车了。"这个消息好比春风，好比阳光一样地传着，修公路的人们高兴起来，跳起舞来。正当敖伦韶荣山公路即将通车的时分，修路指挥部从各个牧业互放组中选拔出十几名劳动模范，并给抗梅队的修公路组奖励了一面绣着"劳动先锋"四个大蒙古文金字的红旗。按照修路技术员的提名，将巴拉嘎老师选为节省劳动力的劳动模范。

巴拉嘎因意想不到地进入模范队伍而合不拢嘴，站在美丽的朝格吉玛姑娘旁边。他斜着脖子，高兴地看了看朝格吉玛，在他眼里朝格吉玛好像用温柔的目光看着他。

巴拉嘎的脸顿时乐开了花，他还轻轻地摆动着双肩。

二十

放寒假的敖伦韶荣嘎查民办小学又开学了。遵照区工委的指示精神，牧羊姑娘朝格吉玛来到学校，当了临时代课老师。朝格吉玛姑娘在两天之内，将自己的羊群与梅德格玛的羊群合并在一起，由梅德格玛老大娘互放，她出互放费，就来到小学校。她马上变成了一个截然不同的姑娘。

这时候，巴拉嘎也结束了修公路劳动，并当了节省劳动力的劳动模范，高兴地回到了学校。他一看到朝格吉玛姑娘就"啧啧"直称赞。朝格吉玛姑娘梳着披肩短发，戴着时髦的翘边的绵羔皮做的圆顶帽子，浅红色的上衣配了黑色俄罗斯绵裤，左手提着棕色真皮衣箱。从远处看见她的牧人以为是一位美丽的城市姑娘来到了学校。牧民们知道后，高兴得不得了，有的用三套马车送来朝格吉玛的行李和口粮等杂物。从一个住惯毡包的牧村来到喇嘛集中的召庙，朝格吉玛有一种奇怪的感觉。她没有来得及找到自己吃住的地方，就先向见面的熟人问起学校的最近住宿安排情况。她心想：早一点见到学生，很快给学生教书，把学生培养成全面发展的优秀人才。

她找到宿舍之后，从第二天早上开始上了课。她一方面为当了教师而高兴，另一方面又为自己的知识贫乏而感到惭愧。

但是还没上完一个星期的课程，一切都出乎意料。她遇到几件难以理解的事情。有一次，一天晚上，几个班迪闯进朝格吉玛的宿舍里，将她连推带拉地撵到门外，大喊大叫地说："姑娘家不能住在庙的古热①之内。"还有一次，巴拉嘎给朝格吉玛写了一封用诗写的情书，意思是要巩固原来的友谊，谁也不离开谁。又有一次，在学校院墙上贴了一副漫骂朝格吉玛老师的漫画。这个漫画是她回答巴拉嘎的情书后出现的。朝格吉玛在巴拉嘎写的爱情诗词的纸张背面上写了这样几行字：你太不要脸了！我到哪儿，你就追到哪儿，你丢我的脸！我来这儿是干什么的？你想的太美了，要想披星戴月，已是日上三竿！巴拉嘎看到她的回音后，很不高兴。朝格吉玛遭到这些污蔑，不由得哭了起来。她出了一身冷汗。可是，她还怕更多的人知道这些丑事，只是一个人坐在宿舍里痛哭了一场。她心想：我为什么忍受这天大的污辱呢？我有手和脚，为什么不赶快离开这鬼地方呢！我不能住这儿！我要走！她决心回去参加牧业生产，也能照常完成上级交给的任务。她穿好来时的衣服。于是，她自己决定，先到嘎查人民政府说明情况，别让丑事扩散，既然失火了，应该地灭火。她这样想好之后，就这样去做了。她见到乌力吉那顺嘎查长说了自己的想法，但嘎查长一听很惊讶，表示坚决不同意她走。朝格吉玛姑娘心想，自己找组织是责任感的问题，可是同意不同意却是另外一个问题。她这么一想就不管乌力吉那顺的阻拦，往院外跑。乌力吉那顺嘎查长急忙拖着一只布鞋往外追，正巧迎面跑过来的几个学生孩子中的一个被撞倒。被撞倒的孩子大喊：

"啊哟！你这大人！"后面追上来的又一个孩子在喊：

"不知谁画漫画贴在院墙上侮辱我们新来的朝格吉玛老师，所以老师就走了！"在他前面跑的小学生在喊：

"我说的是真的，新老师要回去！"

乌力吉那顺嘎查长又急忙追问道：

"真有这事吗？谁画的？他妈的！"

小学生们一个个地摇着头，表示不知道。

---

① 古热：藏语，指绕着庙背经书的圈子。

270

因为是在乌力吉那顺嘎查长值班时出的这事儿，所以他瞪大眼睛，有点害怕，给一个小学生指着马桩上的马喊道：

"快，快一点！把马骑上！去给丹巴扎木苏说！一定要把新老师给我追回来！绝不能让她走掉！"他又给旁边站着的小学生西日夫说：

"快，马上给我撕掉院墙上的漫画！"他在发号施令，像个孩子王似的，轻轻舒了一口气，返回屋子拖那只布鞋去了。

那个小学生一解缰绳就骑上马，快马加鞭地奔驰，在雪地中卷起旋风。

不一会儿，朝格吉玛姑娘就跑进陶日木柴达木茂密的芨芨草丛中。她顺着羊肠小道往西南方向走去。忽然她的前方有马的嘶鸣声。朝格吉玛姑娘继续往前走着。

突然从比一人高的芨芨草丛中传来人的喊声：

"去哪儿呀！?"朝格吉玛吃了一惊，看去，是给她写爱情诗词的巴拉嘎。巴拉嘎面如死灰，牵着马，迅速挡住了朝格吉玛的去路。巴拉嘎清楚地看见，朝格吉玛皱着眉梢，整一整领口，沉默无声地迈着大步。巴拉嘎迎面走过去，十分惧怕地说道：

"我有一点儿对不起你，这次请你原谅我吧！不能去区工委那儿告我！"朝格吉玛恨恨地说：

"我去哪儿，这和你无关，我这是对你的严重警告！"

朝格吉玛姑娘向他的旁边冲了过去，但巴拉嘎一伸手，抓住了她的袖口。朝格吉玛甩了手，没有甩动，便说：

"你有什么理由挡着我？和我拉拉扯扯的?！快放开我！"巴拉嘎回答说：

"你不能走！你绝不能走！"他边说边和朝格吉玛纠缠起来，说啥也不让她走。

朝格吉玛拧足劲儿第二次冲上去时，皮箱被巴拉嘎碰倒。她把皮箱甩落在雪地上。朝格吉玛因为匆忙而没锁皮箱，皮箱被碰开，里面的衣服撒了满地。巴拉嘎的黑马因受惊而频频蹿跳，刹那间用缰绳将他拉倒，他又把朝格吉玛撞倒了。朝格吉玛被撞倒后，立刻站了起来，想与巴拉嘎算账时，黑马用缰绳将巴拉嘎拉着奔跑起来，他东倒西歪地像一块麻团滚来滚去。他被黑马拉着，向后甩着脑袋，躲着马的铁蹄。他无可奈何地终于松开了缰绳，脱缰带鞍子的黑马远远跑去。马脱缰而被甩掉的巴拉嘎衣服和头都是雪泥，狼狈不堪地走来。朝格吉玛姑娘看见他那丢丑的脸，没有笑，反而怒冲冲地收拾着撒满雪地的衣物。巴拉嘎吞吞吐吐地说：

"这么漂亮的姑娘不能带着怒气走呀？"他从衣服兜里拿出白纱巾擦脸时，忽然想到：想尽一切办法，要压住这事，于是就说：

"朝格吉玛老师，我实在对不起你，向你道歉！为此我专门迎路过来的。"巴拉嘎说罢，伸出手，想帮忙。朝格吉玛阻拦他的手，急忙咒骂道：

"鬼东西?！你不要替我捡东西，我有手!"

巴拉嘎听见朝格吉玛姑娘这样生硬的话，一刻间似乎头痛得要炸一样。巴拉嘎脸上迅速出现了假情假意的样子，笑里藏刀地瞟了一眼：远近闻名的朝格吉玛姑娘太漂亮了。他死盯着她突起的乳房，一时又像块生铁一般被吸引到磁铁上，不由得倾斜上去。巴拉嘎又以温和的态度，哀求地说道：

"哦嗨，哦嗨！撒缰的马可以抓，可是说错的话难以纠正，这次无论如何原谅我吧！求求你!"他边说边用贼眼瞟着朝格吉玛，太美丽了，那脸上的酒窝更美极了。他不由自主地靠近了朝格吉玛姑娘，想着从心眼里得到她的再次原谅。在巴拉嘎眼里，朝格吉玛姑娘从头到脚都美得比珍贵的珍珠还鲜艳，像块闪光的真金似的。巴拉嘎一瞬间收不住笑容，眼睛变得混浊起来，神经质地看着，他那双类似于石头的眼睛一动不动。他突然振作起来，伸出左手拉住了刚刚提起皮箱子已走开的朝格吉玛，往学校的方向死劲儿地拉。

"快一点儿来人啊!"朝格吉玛大声喊起来的同时，来了个急转

272

弯，用劲儿推开了巴拉嘎。

巴拉嘎被推倒在雪地上，挣扎着，想站起来。

巴拉嘎站起来后，又想拉着她走。

这一刻，丹巴扎木苏、小学生等人看见撒缰的黑马奔驰而来，先到的那小学生对朝格吉玛哀求道：

"老师，老师，您不能走！"

丹巴扎木苏还未来得及下马就往巴拉嘎身上一瞧，说：

"巴拉嘎，你是一位教师，教师应该有教师的形象，现在那些旧黄历都无用了。这里的文化人一天比一天多了起来，不只是你一个?!"他那郑重其事的言语中带着几分怒气。

朝格吉玛那双深邃的黑眼睛像星星般闪烁着，她一言不发地站着。她和他们背对背地站着，此时此地，她只想不顾一切地冲出去：我走定了！你们来多少人也不管用！

丹巴扎木苏忽然想到，让巴拉嘎尽快先回去，然后再给朝格吉玛说一点好话，这十万火急啊！于是，他就说：

"巴拉嘎，你快去抓你的脱缰马，不然会丢掉新马鞍的!"严厉的命令声使巴拉嘎突然醒悟过来，他迅速朝北面的芨芨草丛跑去。丹巴扎木苏指挥对了，他用这个心灵的钥匙来打破愚蠢与聪明的界线。

丹巴扎木苏在骑来的马上驮好皮箱子，领着朝格吉玛来到嘎查人民政府所在地。他在路上虽然跟朝格吉玛了解了一些情况，但是对巴拉嘎没下任何一个结论。他给朝格吉玛姑娘熬了茶，做了饭，让她喝好吃好，然后打开了话匣子，谈了解放后全区工委的文化、教育战线上的复杂情况，并且举例开导她。朝格吉玛因为首次接触文教界复杂的情况，所以听了全区工委的文化经济落后而导致的不三不四的现象后大吃一惊。她认为，这才是人生、这才是社会，社会本身就是五花八门的。这些东西使劲儿敲开朝格吉玛的脑瓜：哪一个是社会进步势力？哪一个是社会落后势力？朝格吉玛姑娘在下定决心适应新的环境、改正自己的弱点、克服困难、努力当一名新生力量等方面跟丹巴扎木苏谈了许多，也作了保证。丹巴扎木苏在谈话中肯定了朝格吉玛姑娘的两大优点，即爱情问题上的坚定不移的立场，再就是与巴拉嘎的落后思想进行了针锋相对的斗争。于此，朝格吉玛姑娘很高兴，有了工作的劲头，她直爽地说：

"可是，有些人为什么另眼看我？"这是她心中的一大问号，她把这问题说了出来。丹巴扎木苏听了她这心里话后也很高兴，因为他所工作的敖伦韶荣嘎查里有着这么一位聪明能干的蒙古族牧羊姑娘。所以，他激动地说：

"生活与学习就像长征路上遇到的千险万难一样。虽然大体地估计到所遇到的困难的一般规律，但是经风雨，见世面以后才能完全体会到它的味道。你从小就在艰难的环境中成长的。寺庙的生活和牧村的生活根本上不同，好比毛驴耳朵和马的耳朵，相差太大。你刚来，不适应学校的淡茶和大锅饭。我作为一名组织成员、文化干事没有很好地深入学校生活，没有关心你的生活情况，很对不住你，很对不住大家。"

"不，我并不是没有这样想过，只能怨我的母亲。自己为何长成了这副美人胚子？可能母亲是长相出众的人，与母亲分别的时间太长，如今记忆里很模糊……"

"咳，你这是什么话呀！其实，问题的本质不在这儿，而在于我们有错误。我们这些搞具体工作的干部在深入基层、了解思想工作方面确实不够。在我身上也或多或少地存在着官僚主义。我向你学习的东西很多。首先你克服重重困难学到了文化，其次现在还在积极参加蒙古族文化教育事业，为培养接班人而下了决心。对这些可贵的精神，都应给予高度评价。我们牧村里的这一代年轻人们还想以你为师，学习自然科学的课程，这是一件很好的事。"

丹巴扎木苏跟朝格吉玛谈得很多，谈完后他回去了。

几天之后，那布其来到朝格吉玛跟前。那布其一见面就说：

"姐姐，对知识应抱真实的态度。我要努力向姐姐学会适应。"朝格吉玛听着，她那明镜般的脸上堆出微笑，回答说：

"没有关系，咱都互相学习嘛。因为我们都是建设社会主义的新生力量，所以我们自愿地把自己的一切献给故乡。我们有很多实在的朋友，有很多好姐妹。"她的心情高涨起来，像流水一样地说着，微微一笑，心中荡漾着说不完的话语。她的柳叶眉一动，聪明才智涌上心头来。这点那布其非常明白，为此她决心让朝格吉玛将全部话说完。朝格吉玛心里也明白，因为她这是和最相好的姊妹谈话，所以她就爽快地说：

"你心中有谁？能给我说一说吗？"她说话的语气很清楚，知道她们之间的岁数之差只有三岁。如果那布其反过来问这个问题的话，究竟怎么办呢！朝格吉玛这样想着又想到后一个问题时脸色微微红了起来。朝格吉玛那微翘起的柳叶双眉一动，自然隐藏不住心中的语言：前线的战况很急！亲爱的，我不应该给你传出坏的消息！啊，这是一个惊心动魄的时刻！在朝鲜战场上我们最可爱的人在流血牺牲，是为了什么？

那布其姑娘看看朝格吉玛，她忍不住笑了：

"姐，你不相信我吗？"她说完就靠近朝格吉玛，动起了手胳肢。那布其的细细手指碰到朝格吉玛上肢和胸部时，她无法忍受，向后倒在炕上咯咯笑个不停：

"我自己说，我自己说，求求你，别动手！"她忍着痒说道。

那布其从朝格吉玛的嘴里听到胡雅格哥的名字后才罢休，心里明白，她与巴拉嘎没发生任何关系。然后，那布其细心看着摆在桌子上面的胡雅格和朝格吉玛俩单独照的照片框架，提出要照片的要求。这时，朝格吉玛迅速地抱住相框，两眼泪汪汪地看着胡雅格在安东照的全身相，求那布其说：

"他就寄来这么一张照片，以后再没来信，那布其求求你，要什么东西都可以，唯独这个不行。"朝格吉玛太可怜，两眼里装满了泪，那泪水快要掉下来了。那布其看着她心软了，拿了另外一张朝格吉玛的相片。

朝格吉玛主动说：

"牧村的一些别有用心的人专门浑水摸鱼，将我与巴拉嘎说在一块儿。这是一件坏事，我说起这事，就想哭。"她说着就掉下眼泪。那布其也跟着哭了，朝格吉玛接着说：

"说实在的，在旧社会巴拉嘎想把我抢过来当他的老婆，他的算盘打错了，他自找苦头。他有个极坏的毛病，追求每一位漂亮的姑娘，不看看人家对他怎么样？丹巴扎木苏给我作了详细的解释。巴拉嘎是咱敖伦韶荣嘎查扎拉曾仁庆的儿子，这谁都知道。他虽然从小娇生惯养，但是他的心不那么坏。现在，大管家、大富人扎拉曾仁庆已成为我们的敌人，他卖国卖人民。可是，我们应该根据上级的政策，区别对待他的儿女。巴拉嘎他一方面年轻，另一方面有文化，应争取他。他有严重的重男轻女的思想，他把所有的姑娘都看成是他的奴隶、他想玩弄的东西。这些问题究竟通过批评与自我批评能否解决？孜孜不倦地教育，对他起不起作用？如果起作用，他可以变成一个好人。"

"哎呀，这不是一个简单的事！简直是对牛弹琴！如果能把他拉过来的话，简直是奇迹，不可想象！"

"可是，按道理来说，我们应该团结一切人，团结一切愿意搞社会主义建设的人，这样才能组织一个庞大的建设队伍。"

"我确实不理解你说的这话。我看，巴拉嘎应该受处分，他连一般牧民都不如，他多次欺负了你，多次呀！"

"我也这样想过。可是，遇到这样政策性强的问题，以个人感情来处理的话，不怎么好。妹妹，都勒禾古尔同志常说：在革命队伍里多·个人就多一份力量。他下面的干部们也常作这种宣传呢。你说，他的话里是不是有值得考虑的道理？"

朝格吉玛姑娘说是这样说，可是她一想起巴拉嘎的一些没头没脑的事儿，直想吐。她无意中看了手表，急忙说：

"那布其，你是我最好的妹妹！丹巴扎木苏作了解释之后，我的心就安稳多了。现在，时间不早了，已经十一点多了，咱俩一块儿休息吧。"

她们俩睡在一个被子里，相拥而睡。

她俩平日同进同出，亲如姐妹。朝格吉玛虽然整天忙于学校的教学工作，但是一有空余时间就和姑娘们谈谈话，成为她们的知心朋友。

在一次嘎查主持召开的周末青年生活会上让巴拉嘎作了自我批评。都勒禾古尔同志以旁听者的身份参加了会议。他对巴拉嘎的品行、作风等作出深刻分析，并且找出思想根源，讲出这种落后的思想意识给革命工作带来的种种不良后果。与会的很多青年人都发了言，热情地帮助了他，批评了他的缺点错误。他的缺点错误归纳起来，即贪图享乐、金钱为重、重男轻女、追求情色、好逸恶劳、体罚学生等。他们以惩前毖后、治病救人的态度批评了他，并且鼓励他改正错误，当一名好教师。说实在的，巴拉嘎在认识缺点错误方面态度不端正，认识极为差劲儿。在会上对明摆着的问题都没有讲清楚，他说：

"别人给他介绍说，朝格吉玛长得漂亮，因此他才爱上她，追她。"在众人面前，他对自己的思想根源一字不提，只想蒙混过关。丹巴扎木苏在会上毫不客气地指出：

"巴拉嘎来到敖伦韶荣嘎查后，阴阳怪气，表面上支持抗梅队的工作，背地里在群众中传播过谣言。"巴拉嘎听到后，坐立不安，站起来就说了几句实话，他花言巧语地说：

"我为了美好的未来，确实作了一些努力。比如我从国民军政学校毕业后留在该校当了一年时间的教师，这些个人历史从未向组织交代过。后来在和平谈判期间，回到衙门当了文书，是被上级特派的。"

巴拉嘎发言时，朝格吉玛心想：在他小时候，扎拉曾仁庆最疼爱他，但他比起他的妹子直爽得很，有什么就说什么。她想到这儿，用锐利的目光盯着巴拉嘎。朝格吉玛刹那间的脸部表情被巴拉嘎看到，他马上惊讶起来。朝格吉玛暗暗地明白：自己多日的怀疑变成现实。巴拉嘎目瞪口呆地看着朝格吉玛，他的双腿微微颤抖起来。他知道，没有一个人说过叫他站起来，而是他自愿站起来的。他的浑身都很别扭，好像很快要倒下去似的。

与会的很多青年受到了教育，他们明白各自所处的环境并非一潭清水。

散会时分，年轻人又唱又跳，震动了整个大会议室。巴拉嘎惊惶失措地低着头，唉声叹气地对旁边的朝格吉玛、丹巴扎木苏说：

"我要改正自己的缺点错误。"

次日，嘎查人民政府召开会议安排中心工作之后，顺便研究了巴拉嘎的问题。参加会议的人员认为，对青年人应教育为主，处分为次；这次不处分了；让他继续留在学校当临时教员，看看他今后的表现，就这么决定了。

巴拉嘎一般不去喇嘛院转悠了。其木德稍常常拉拢巴拉嘎，而巴拉嘎决心和其木德稍断绝关系。他总想其木德稍究竟对达瓦尼玛有多少还不完的账？他想着想着，自尊心强了起来：不管怎么样，他那母亲般的爱心对他来说，是爱护，是关心，是别人永远做不到的关爱。

朝格吉玛虽然逐渐改变了对巴拉嘎的态度，但是在教学的重大问题上与他仍存在着一些矛盾。于是，经常提醒他说：

"巴老师，这些孩子们是我们革命事业的接班人。你愿意教就教，不愿意教就不教，这样可不行。你在课堂上早退之后，班级的几名调皮学生在课堂内摔过跤，这种情况你知道不知道？你不抓纪律是不对的。你只努力了一个月，那不行，原地踏步地进步，是不对的。我看，这说明你的自我批评做得很肤浅，关键在于具体行动。"巴拉嘎立即回答不上来，过了一会儿才支支吾吾地说：

"你认为肤浅就肤浅吧，那有什么办法！我只能听大家的话，光听丹巴扎木苏和你俩人的话，旁人听了不是要想什么吗？对你们也不好，人们会笑话你们吧？"他说话的声音越来越低，话中套着话，目的不纯。

朝格吉玛、丹巴扎木苏俩人很清楚地看出，巴拉嘎的脾性又开始不对了。她俩动脑研究着对策。

朝格吉玛老师很适应学校的生活、学习。她一到黎明就起床，晚上睡得很晚，特别重视自己的学习。她白天上课，担任着语文、图画等课程，批改作业以外，还给学生们教歌舞。晚饭后，她帮助炊事员抱柴火，洗碗筷。她和学生们相处得相当好，学生见了她叫一声"朝老师！"她听着这亲切的叫声，经常主动去辅导学生的课程有关系。她很耐心，念来念去，教来教去，到学生熟练为止。劳赖宁布老师的态度也慢慢地改变过来，对学生亲切得多了。

朝格吉玛老师抽出一点时间，和学生们一起扫雪，把扫好的雪堆在种好的榆树上。操场干净了，她领着学生，在操场上跳集体舞。那顺达来、西日夫俩带着一部分小学生进行摔跤比赛，他俩成了小"教练"。朝格吉玛老师一到星期六下午，就给学生洗衣服，看看学生身上有没有虱子，给男生理发，给女生梳头，忙得很。这一天，她会忘掉平时的午休呢。

冬季午时的阳光虽然暖融融的，却化不走一点点积雪。朝格吉玛老师午休后，用自己的哈气将窗眼中心的小小玻璃眼上的冻冰融化过来，把它变成小小望远镜，看着她那活蹦乱跳的小学生们。她看着，看着，甜美地笑了：造得多好啊！别上去！雪是脆融融的！

姑娘教师只想着，望着，激动着。窗户外面是一片银白色的，闪光的雪的海洋里呈现出了美丽的雪雕。在那里几十个小学生用白皑皑的雪雕出两辆雪汽车。从远处看确实像是暴风雪中的汽车。他们还给这两辆重车修通了公路，汽车轮胎一清二楚，是用黑泥土与白雪混合着做的，驾驶棚敞开着，好看极了；汽车的挡风玻璃是用蓝色泥土加上雪而造出来的；车内还有用红泥做成的驾驶员，它抓着用柠檬条杆做的方向盘。两辆汽车前面和后面站着十几名学生，齐心协力地喊着汽车发出的发动机声。

朝格吉玛老师不由自主地微笑着，感动着，自豪着。她忽听上去，误认为是汽车到学校门口了。回头一看，她烧好的生铁炉子发出嗡嗡之声。她比照片上的还要美丽丰满，看上去格外帅气，稍发红的圆白脸上闪烁着深绿色珍珠般的眼睛，睫毛上翘着，皮肤很嫩，在阳光的照射下散发着蜜汁鲜奶的香味，使人瞬间产生做梦般的感觉。她在自豪和感动之中很自然地比较着屋外的寒冷和屋内的热气，微微地笑了。她，是一位适应高原寒冷气候的姑娘；她走到外面，拿回来一盆洁白的雪，将雪沾在毛巾上，擦着脸和手。她凉快多了，心也不闷了。短暂的午休，给她带来新的精神和新的活力。这一天，她一起床就带着学生们跑步，做早操，又帮助值日生生了火，然后和往常一样上了语文课。如今盆里的雪接触暖温后，慢慢地融化了。这屋子的主人站在镜子前面，梳着短发。她用雪擦过的脸部和手指都没有发红，而且从来没有过如此奇妙、温柔、舒服的感觉，已融化的雪，像水一样流淌在她的身上。她那微翘起的柳叶眉毛很黑，比起那梳亮的披肩发黑得很。她在又浓又黑的披肩发上轻轻地上了头油，像歌舞团女演员，又像牧村女教师一样。她照着镜子，微微地笑了：这不重要，头发怎么梳都可以，可是最重要的得是脑子里多装一点知识，外形不怎么重要。于是，她放下梳子，镜中的她笑眯眯的，整齐雪白的牙齿好像在闪光，丰满突出的前胸绷紧了她那白色羊毛衫。

她清楚地知道，再过一会儿就是星期三下午的第一课时间。她坐在炕沿上，再次仔细查看了已批阅的一年级语文课的学生作业。没有批改错的，她放心了。她已备好所上的语文课。她办公桌上放着笔筒、墨水、砚石、作业本、教案以及《蒙语字典》。她等待着时间。时间也默默地等待着她。土炕的右侧叠着两个小学生的被褥，左侧叠着朝格吉玛的被褥，旁边放着衣箱，上边盖着绣花方形头巾。朝格吉玛看了看闹钟，还有二十分钟就打铃上课。她的目光移到衣箱上面放着的相框上，这照片是军人胡雅格的全身像，它像长着翅膀的雄鹰一样鼓舞着她。她觉得自己有了它，很有劲儿，很有份量，不知为什么？她看着照片，很激动，又看到一叠作业本，也很激动。对了，在她眼里只有这两样东西很重要，也很宝贵。

上课铃响了。

朝格吉玛一到教室就上了新课，听课的小学生们很认真。她上完课后，主动地给西日夫补了课。

劳赖宁布老师怕朝格吉玛姑娘过度劳累，也抽出时间给西日夫补课。劳赖宁布老师忽然感到惊奇，不知不觉中西日夫已把所耽误的全部课程都补上了，他的学习成绩很快提高到原来的水平上，更奇怪的是劳赖宁布老师没有补的那些课程他都掌握得很好。他心里很奇怪这件事。晚饭之后，他和炊事员玩了几盘蒙古象棋，去西日夫宿舍补课了。

"呸！已迟到了！"劳赖宁布一进门，就嘟囔了一句。朝格吉玛老师早已来到学生宿舍，坐在炕沿上给学生补完了课，正准备起身。劳赖宁布老师大吃一惊，解开了补课之谜。他高兴地笑了，悄悄地走到朝格吉玛老师跟前，羡慕地看着她说道：

"啊呀！原来是这么一回事！"朝格吉玛姑娘平平常常地微笑着回答说：

"你们说，只有劳老师为提高教学质量而努力，这还行吗！这是大伙儿的事！"小学生们心直口快地喊：

"我们的两位老师都好！"劳赖宁布老师的老脸不知往哪里放，变得通红，匆忙说：

"不，为啥这么说呢？"朝格吉玛姑娘脸上那对像绿宝石似的眼睛在灯光下更亮了，仿佛一对发光的仪器似的照在劳赖宁布老师的老脸上，她谦虚地说：

"您还有别的不同的看法？男女老师都一样呀，我做得很不够。"她说完微笑着，亲切地看着学生。劳赖宁布老师不好意思地低下头，低声说道：

"对不起你们，我过去体罚了学生……"他一时说不出话来。朝格吉玛姑娘给劳老师让了座位，直爽地说：

"那是过去的事儿，过去的事儿一概不追究，今后改了就好吗！"一老一少两位老师相互看着，小学生们像一朵贡菊花儿上的花瓣似的围着，都笑眯眯地瞪大了眼睛。忽然"呼"地一声，大家都大笑起来。

敖伦韶荣民办小学有了很大的变化，教学质量的提高使很多牧民心情舒畅，快乐无比。刚刚觉悟的有些牧民因高兴而说出了一句一直不敢说的话：喳，把子女交给学校老师，让她们识几个字！好多牧民亲眼看到了培养后代的新型小学校而不由得高兴，认为未来的希望在于识字上。

茫茫大草原一望无际的雪白、洁白、纯白，像展开的大哈达格一样。饱经风霜，面临严寒的北方牧民们每当送走冬天时，就会特别高兴，升起那新黑木力，大唱长调歌，迎接新春；欢呼小草长大，盼望草原茂盛，祝贺风调水顺，花开结籽。这已成为草原的规律，千年的祝福。大草原似乎是一个庞然大物，不眨眼地看着山峦、河溪、星星、月亮和太阳以及万物的变化，它敏感地意识到一切新生事物正在默默地迎接着它们，欢迎着它们；它不分万物的好与坏，伸出它那大翅膀，爱护着整个大自然。

修通公路之后，汽车已成为茫茫大草原的最新常客。汽车就像奔驰的骏马一样不分昼夜地驰骋在麻黄草地上。它带着牧民的心愿，满载着抗美援朝慰问品——风干牛肉、炒米、酥油、酪蛋、布鞋等奔向接送前线货物的火车站。新生产的"解放"牌汽车像绿色的信号弹，尾巴上常常冒着深蓝深蓝的烟气；新修通的公路像一块儿无形的长飘带一样伸向天边。路，长长；歌，漫漫。高原牧民为有自己的公路和汽车而几乎废寝忘食，勇敢地战斗在支援前线的畜牧业生产上。

转眼间，修通公路已有一年的光景了。麻黄草地的牧民将这好事记得清清楚楚。他们迎来了接羔保羔的繁忙时刻。春节过后，气候较暖和了一些，也没有春季暴风大雪。天气有时晴朗，有时多云间晴。原野，还处在白茫茫的融雪之中，雪正在化着。清清的微风慢慢地吹过来，万物都在苏醒，热气腾腾的土味儿伴随着融雪。缓缓漫步在嫩芽之上，一切美丽好看，尤其是这片新的土地。很多巴格的牧民为畜牧业生产而忙碌着，为争取牧业丰收而战斗着，他们不停地忙碌在各畜群互放组中。如今到了六月①十一日，这是修马鬃的传统节日。四面八方的牧马人迎着初升的太阳，都集合在敖伦韶荣山山腰上。

---

① 六月：蒙古族古历，指农历三月。

二十一

麻黄草原上万马奔腾。有时是马嘶鸣声，有时是骏马串铃的响声。远近的牧马人都骑着骏马，唱着长调歌，赶着各自的马群。有一群白色马群从奎腾布拉格起源畔卷起，仿佛一片银白色的云彩一样。它的儿马是敖包所祭礼的，因为这儿马的汇拦母马的能力特好而使牧马人高兴。这马群是麻黄草地牧业互放组牧马人图布新承包的又一群马。他放的马群今年成活率最高，三十匹母马全部怀了胎，有的已下了驹，有的即将下驹。这白儿马群回旋在很多马群的前头，似乎是一顶活动的毡包，又似乎是蜃楼之中的敖包那样。为此它的主人特别高兴。他为新苏鲁克制的实现而喝彩，他为无产者有了财产而喝彩。他的一生从未有过如此欢乐的时刻。他已沾了新苏鲁克制的光，所兑现的比例中有只纯黄色马驹，他把这匹马驹指给了儿子呼斯勒图。过去，他是个穷人，做了下衣没上衣，吃了上顿没下顿的人，常给牧主放马，驯马拉驹，一天只吃两顿稀酸奶①。在那漫长的日子里他经常饿得口吐酸水。可是，如今他有自己的新毡包，有自己的爱人和孩子，也有自己的坐骑，换洗衣服更是不成问题。只是他依旧那样热情，那样乐于助人又喜欢开玩笑，他已成为牧马人当中的欢乐之音。如今他这热情劲儿，他不管跟前的小学生那顺达来，给马来了一个缰绳头，就奔到柴达尔旁边。柴达尔帮着忙给他拦马群，他又不管这个，直接说：

---

① 稀酸奶：蒙古语叫毫日木格，乳清与甜奶对好的次品。

"喳，你看，福气就要降临在我脑门上了，你赶的马群里还有十匹马驹在它母马的胎里呢！"

柴达尔只瞧他一眼，用右手打住马嚼辔头圆绳，将马稳住。他站立在鞍镫上，吹出一句：

"我那驼群里瘦的有几峰？我那骟驼里不好的有几峰？"

其实，笨嘴笨舌的柴达尔想夸他承包的驼群怀胎情况，可他的厚唇不听他指挥只说出这个笑话来。于是，图布新咯咯笑个不停，擦着泪说道：

"唉，你嘴笨得够劲儿，应比那个怀胎母马和怀胎母驼。"

奔驰而来的牧马人们听了这话后，一口赞成图布新的话。柴达尔急忙改口就说道：

"是说错了，不是骟驼，而是母驼怀胎率高！"图布新又专门开起他的玩笑来：

"不，还是肥大的骟驼怀了胎！"他边说边"咯咯"笑着，急说道：

"是的，是的，我的母马都怀了胎，你的骟驼也怀上胎了！哈哈哈！"

"哈哈哈！"

"咯咯咯！"

牧马人们都笑个不停。

柴达尔这个人把人都快笑死了。可是，他自己也"咯咯咯"地笑着，骑着他那彩青走马，迅速地拦着那些好离群的马，直奔马圈。

传统的打马鬃盛节吸引着敖伦韶荣山的人们。牧马人图布新、朝格那顺、柴达尔、德力格尔芒乃、阿日宾德力格尔等都来到现场。他们挥动着套马杆，"吠的——吠的"地喊着，距离相同地死劲围着马群；好离群的马耸立起耳朵"咿——呼呼"地嘶鸣着，真想逃离冲出人圈；有经验的老牧马人就一眼盯住了它，厉声吓唬着它，终于先圈住了几群马。这时，从不远的毡包走出一个年轻妇女，她手上提着马奶桶。这是干练的牧马人图布新的爱人唐苏格达力。她长得很漂亮，身着长袍。

　　和大家一起下马后，正方向绕马圈三圈的朝格那顺精神抖擞，迈着大方步子，把牵着的马拴在马桩上。唐苏格达力迎面走了过去，与大伙儿问好，把马奶桶的鲜奶献给朝格那顺。因为朝格那顺是年年如此，争当马鬃盛节的领头人。朝格那顺将马奶桶接过来，高高举起，向着苍天用奶勺祭祀三次萨楚丽①，正方向绕着马圈和马桩，三三九地涂抹奶子，祝福良骥不达目的地绝不停止飞奔的四蹄。为此，他就熟练地背诵起打马鬃盛节祝福词：

> 祝福万马奔腾，
> 一切像苍天般地安康！
> 大汗的马群，
> 两个扎格勒②的希望；
> 北方的水啊，
> 像湖泊般清澈明亮，
> 高原的草啊，
> 肥美而新鲜，
> 开花的原野啊，
> 像绿绸般美好；
> 碧绿的河水啊，
> 像水晶般灿烂流淌；
> 骏骁的马群啊，
> 竖起机灵的双耳；
> 翘起潇洒的长尾，
> 甩开奔腾的四蹄；

---

① 萨楚丽：蒙古语，指祭祀的奶子。
② 扎格勒：蒙古语，指马毛色，即鹰膀马；这里指的是神马。

286

四面八方，

百鸟飞翔，

婉转鸣啼，

动人心魄；

芳草如茵，山花烂漫，

涓涓溪流啊，萦绕敖伦韶荣山，

让可爱的马群，

没有敌人的猖獗进犯，

永远成为咱君主成吉思汗的神马。

用鲜奶涂抹繁殖多的母马哟，

打好白骏马的神鬃，

一年四季都变成好日子，

牧马人们要永唱富裕之歌！

打马鬃盛节开始了。

　　套马杆和套绳不停地挥舞着，一匹又一匹粗野的马被套住，强手们拧着它的耳朵，快剪在它那长鬃上飞来飞去。牧马人把每一匹马的鬃都修理得整整齐齐，漂漂亮亮。年轻的牧马人向老年牧马人学着鬃刀的用法。说来呀，真奇怪，这尖三角形钢打的东西，比快剪还快，像从山上下来的洪水一样，一打就打完了一匹马的全部鬃。好呀，这样好的东西，是蒙古人创火锅一样创造出来的，已有千年的历史。自古以来，蒙古人一代传一代地打着马鬃，将这称为"给马打扮"，打扮得越好，马就越值钱，就像打扮好的漂亮姑娘一样。而打下来的马鬃成为他们的日用品，比如打水绳、背柴绳、缰绳、套绳、嚼辔头圆绳、三角绊子干索、滚新毡拉绳、毡墙围绳、红毡顶拉绳以及黑热苏力德徽穗等都是用珍贵的马鬃来做的。此后，第十天是苏力德祭祀的盛会，再过十四天就迎来骟马节，即鄂尔多斯蒙古历七月初五。这一天是入夏的第五天，不冷不热，气温温和，也没有蚊蝇，是最适合骟掉马蛋的好日子。骟马的人分两种；一种是轻手，他的愈合能力快；另一种是重手，他的愈合能力差而慢。到这一日，老年人乐合合地合不上嘴，小伙子们为吃到"烧蛋"而伸着脖子。图布新他爷爷年轻时，是一位远近闻名的骟马蛋轻手，到处都是请他的人，哈达格接都接不完。图布新现已学到他爷爷的这门本领，他也成为这牧村里难得的技术人员。的确，会者不难，难者不会，这是个硬买卖，不会就不会，图布新也有过难处。

如今这个技术已被他牢牢掌握。那时，他还不到二十岁，年年跟随爷爷参加骟马。这确实是考验年轻牧马人的关键时刻。草原上的男人们为了吃到这"活人参"，几乎奋不顾身，纷纷来到现场。老人们说，这是贵重药，实际上花钱也买不到它。一般说，草原上人少，可那时就人多得不得了。有些没有力气的人，连看都看不上。因此唯一的办法就是胆子大一点，勇敢一点，冲在人们的前头，又能看，又能吃，两全其美。

图布新有一次听到他爷爷对"烧蛋"的夸赞：就是好东西，比药还强，能治梅病，治腰腿痛不在话下。为此，图布新就心想：一定要吃到它，压倒庙里的班迪。其实，那时图布新像个城市"瘪三"似的，他怕别人推垮他。他又从班迪那儿听说过，将"烧蛋"夹在腋窝中往外跑，就能得到一个。因此，在现场他就是这么干的。他在激烈的竞争中得到一个"烧蛋"后就夹在腋窝里往外跑。坏了，谁能想到班迪们为抢到"烧蛋"而像野兽般地追了过来，把他压倒，死死地压在下面。坏了，图布新刹那间快要被烫死了，他拼命地喊叫，死去活来。此后他因烫伤而引发高烧，卧床不起，差点丢了性命。可是他当时因吃了骟马蛋而他的梅病彻底好转了，只在腋窝里留下了深深的伤疤。从此以后，他再也没受欺负，而且还偷着学了艺，证实了"学艺不如偷艺"的古话，成为赫赫有名的骟马轻手。

288

图布新听着牧马人们关于骟马蛋、做马奶、出奶酒、调教生格子马、拴赛马、比走马、集朱拉格① 的动人故事，高兴得快要长起翅膀来。

几群马出圈了，接着又圈上几群马，接连不断。

辽阔的草原上撒满马群和羊群，像五彩地毯上的无数小珍珠和玛瑙一样，确实好看极了。牧人们骑着马奔驰在草原上，十分繁忙地接羔保羔。

几天以来，因小学校放牧忙假而回到牧村的朝格吉玛帮着梅德格玛老大娘做着接羔保羔工作。梅德格玛家是麻黄草地牧业互放组最困难的牧户，她的羊群比谁都少。可是新苏鲁克制把光芒洒在她身上，她家可以在这好年景之下得到合同中的比例羊羔。这事使她高兴得不得了，她要终身感谢朝格吉玛姑娘对她这方面的帮助。朝格吉玛也把她当成亲生母亲，不但算了她的放羊工钱，而且在很多方面帮着她的忙。她这一次放假回来就和她一起参加牧业生产第一线的接羔保羔工作，帮了大忙，鼓舞了人心，在整个牧村中呈现出一片牧业丰收景象。

朝格吉玛今天骑着她那"撵狼大红马"来到百眼井上。她身挎"三八"式步枪，枪在阳光下闪着光，那炯炯有神的眼睛看着前方。她身着天蓝色的长袍，腰上系着金黄金黄的绸带。她在离井二十几步的地方上机警地下了马，可能怕吓跑饮水的羊，就地用缰绳绊住马前腿，把嚼辔头圆绳套在鞍桥上。朝格吉玛看见水槽里的水不多了，迅速走过去上了井台，吊起水来。打满水槽后，她用迷人的眼光瞅着迎面走来的人。她身姿苗条，举止妩媚，嗓音清纯，镶着酒窝的圆脸虽比起原先稍白了一些，但又细又嫩的皮肤在阳光下发出亮光，那双翘起的柳叶眉下闪着又亮又大的一对黑眼睛，微笑起来最甜最迷人，使人不由得想起天仙美女，似乎不敢相信自己的肉

---

① 朱拉格：蒙古语，敖包会的另一种形式，主要以抓马驹、挤马奶为主，此外还安排摔跤、赛马、射箭。

眼。她见牧人很近了，便问道：

"又下了几个羊羔？"她脸上呈现出微微笑容，宛若一张优美的山水画儿展现在眼前。

"将三只羊羔已经放回家，你猜……"那女人回笑着说，指着鼓起的接羔毡袋："你真能猜出来？"朝格吉玛眨了一下眼，说：

"袋里还有两只羊羔，总共三只，对不对？"她迷人地笑着，跳下井台低声说：

"你还想骗我！不顶事，你还说不定骗了柴达尔哥呢！"朝格吉玛说着，笑着，靠了过去，一手指着袋里的两只羊羔，另一手指着她怀襟里的一只羊羔。她们两个"哈哈"大笑起来。猜对了，怀襟里已睡的羊羔一碰到指头就"咩咩"地叫了起来。达日哈亲吻着那可爱的雪白的绵羊羔说：

"可怜死了，我亲爱的东西！它真像那个大头大角的白细毛种绵羊呢，连声音都不差一点！"真的，朝格吉玛很奇怪种绵羊的遗传性这么强，看了看达日哈，她故意低下了头，默默地微笑着。于是，朝格吉玛把绵羊羔放进袋里，仔细地观察着接羔毡袋上绣好的花儿。

绵羊群大多都痛痛快快饮了水，为让羊饮好水必须提前将槽水打满。因此，朝格吉玛、达日哈俩人忙着吊水。她们俩把很乖的"撵狼大红马"套进深井吊绳上。朝格吉玛骑马拉着水，木头滑轮吱吱咕咕地转着；达日哈上井台提羊皮桶，她们很快就把槽水打满了。绵羊群毫不客气地饮着水。朝格吉玛从褡裢里抓出颗粒食盐，放到水槽里。达日哈不知想到什么，将羊皮桶没有往井里扔，搁在井台上，问道：

"把食盐炒好了吗？"朝格吉玛听后马上回答说："是的，梅德格玛大娘炒的。"

"那样就对了，供销社最近购来的一批食盐中硝的含量不少，炒一炒对羊好啊！"

"你家冬天用过这食盐吗？用盐水饮了几次羊？"

"一冬天断断续续地用着，基本没有间断用盐。如今真好啊！最好的东西是群众的力量。一百头牛顶什么用，交上一百个朋友才好啊！这确实是一句名言呢！"

"撵狼大红马"拉着深井拉水绳一路奔走，饮水的羊逐渐减少着。她们俩边做边拉着话。

"互助团结的力量就是大。大家总结牧业生产后，自然而然就有了宝贵的经验。那酥油最适合胃口，那懒马最适合皮鞭呢。你们应该说，我这样的人，说得对了。"达日哈说完微笑着，把羊皮桶放下去。朝格吉玛又拉了一趟深井重绳后，回来说：

"那时，你对大家开座谈会，总结放牧经验还认识不足，十分不赞成呢。对吧！"朝格吉玛专门挖苦她，一针见血地说了出来。可是，达日哈这回没有恼火，反而"咯咯"地笑了：

"是的，那时，谁能从娘肚子里出来就知道互助团结的威力呢！柴达尔我们俩珍惜羊群，勤俭持家，少吃少穿。可是，常常遇到难题，这羊群往往走进天狗的嘴里。后来我才醒悟过来，打天狗很有好处。在这个基础上所进行的以防为主，发展畜牧业的经验交流是个很好的办法，妹子！"

"那么打草贮草这新鲜事儿怎么样？"

"哎呀，我对这事一不反对，二不赞成。草场上老天爷赐予的草有的是！你们下狠心打呀贮呀，用上了几堆?！可能因此你们的名声提高了几寸，威风大了几推，我可不知道。"

朝格吉玛心想；来个当头回击。可是，另一种想法瞬间占领了她的脑瓜：这种思想意识问题必须慢慢来，不能有一点冲动和盲目，绝不能把自己的想法强加给人家；她今天不懂，明天或明年可以醒悟过来。于是，她就改变了说话的方式，问道：

"还有哪些不足？"

这个出乎意料的话，使达日哈的脖子根都红透了，她急忙回答说：

"我真的想把所想的和你说一说。还有一件事，想和你说。那天我去嘎查听到：咱敖伦韶荣嘎查要选一名劳动模范呢？这话是否是真的？"

朝格吉玛回答说：

"是有这事，可以选咱的那布其姑娘。"

达日哈说：

"我看你行。"

朝格吉玛焦急地说：

"我不行，我们还是从牧民中选一个比较合适的，我们俩选那布其吧。"

达日哈抢话道：

"我们早已决定选你了。我那个东西（爱人）也借大家的光，现在可变样了。去年，因羊群缺少盐碱而冬羔吃起身上的毛，得了胃毛团病，死了不少。以后梅德格玛大姐介绍了养羊经验，成效很好，整个牧村呈现出科学养牧的新气象。"

达日哈边饮羊边说着。朝格吉玛解下深井拉水绳钩，骑着马，去吆喝饮完的羊群，走向北面的草场。这时，梅德格玛大娘赶着互放的合并羊群，饮羊来了。朝格吉玛和达日哈急忙吊起水来。她们三人在喝茶的工夫就把羊群饮完了。

貉青马忽然朝着北方嘶鸣。

她们三人一齐抬头看，从北面走来一个牵马人，马上头还骑着一个小孩。她们一眼认出，这是图布新饮羊群来了。小呼斯乐图也看出朝格吉玛在拉深井绳，便指手画脚地挥动着袖套中的小手。小小狐皮帽挺帅气，把他的小脸几乎盖住了，只有他那星星般的眼睛在闪烁，指着骑上马拉深井绳的朝格吉玛，喃喃地说个不停：

"爸爸，朝格吉玛姨姨不是当上老师了吗？为什么她还骑马拉深井绳呢？"

为此图布新很焦急，因为快要到她们跟前了，就匆匆说道：

292

"快闭嘴！说个没完，问个没完！"他想在别人面前或多或少地保护朝格吉玛的脸皮，而他小儿子不管三七二十一地继续说：

"她是不是我的老师？老师为什么还骑马拉深井绳呀！她是不是又放上羊群了？"小家伙问个没完。他的话快要传到深井台上去了，图布新更加焦急。他怕小儿子那乱七八糟的话传到朝格吉玛的耳朵，便说：

"行了，快给我闭嘴！小傻瓜！这不是咱俩谈话的地方！"图布新拿出老子的架子说，可小孩子又问：

"爸爸，为什么深井旁边不能说话？"

小呼斯乐图那清脆的声音太天真了，清清楚楚地传到井旁。朝格吉玛因为怕"撵狼大红马"惊起，所以提前迎了过去，伸出双手。可是，小呼斯乐图抢先就说：

"姨姨，我要替你骑马拉深井绳。"图布新听着有点不好意思，便说：

"行了，小调皮，我可爱的儿子，什么事儿也要问个没完没了，就不知你自己的本事多大！"他皱起眉头，边说边把马鞍肚带上紧，给儿子准备好深井绳钩。他自己上了井台，替换了梅德格玛大娘。

小呼斯乐图骑着马拉上了深井绳，像巴乙尔壶① 似的站在马上，不停地挥动着缰绳头。深井滑轮儿劈里啪啦地快速转动起来。

啊，多么喜人的小家伙！好像骑马拉深井绳这活儿是专门给他准备的，太适合他飞驰了。他虽然只有六岁，但早已熟悉了牧村的这些日常工作，他对拉深井绳的起点、终点都不差分毫。人虽小，胆子却大，抖着威风，熟练的程度很迷人。牧人的儿子从小就这样在劳动中锻炼，确实是个勤劳勇敢的新一代。是呀，他是前进中的敖伦韶荣山的一朵美丽的山丹花！

朝格吉玛看见小呼斯乐图骑马拉深井绳那样快速而熟练，不由

---

① 巴乙尔壶：蒙古族礼节的最高象征，也叫鼻烟壶，起源于马奶桶，现用玛瑙、银子做，内装鼻烟。

得默默地高兴。她真想很快地跑过去，痛快地亲上两口，这才心满意足。可是，她忍着这种想法，只好用疼爱的目光去表达自己的这层意思。为此，她感激地说：

"喳，骑得太好了，后年秋天就选你当我校的学生，你实在太棒了！"她的目光又转到忙碌中的小呼斯乐图身上，心想：这也是个奇迹，如果别人跟我讲这种年龄的小孩子，干这种难度大的营生，确实不相信。

不一会儿，图布新饮完羊群，骑着马吆喝着羊群，把羊群赶向东南草场。达日哈、梅德格玛用马驮起水桶。

朝格吉玛老师骑上貉青马跟在她们的后面。

上个星期日，她去了巴音道尔基家谈了那顺达来的入学问题。通过作思想工作，那顺达来已上了学，朝格吉玛因增加了一名学生而特别高兴。她还根据嘎查人民政府的指示精神，每到星期六就深入各牧村发动未入学的儿童，号召他们早日上学。朝格吉玛心想：应作梅德格玛大娘的思想工作，让她女儿阿美腾早日上学。她脸上呈现出爱惜草原的喜悦之光。她脑海中常常出现百眼井上那动人的景象：牧民养牧辛苦啊！她们天天如此，年年如此，太辛苦了。去井上饮羊，少则十几里，多则二十里呢。可是，他们那辛苦劲儿，艰苦奋斗的精神都很宝贵。他们不但很快就改变了夏天在阳沟饮羊的坏习惯，而且春冬寒冻季节里一直坚持两日饮一次。因此，饮深井水的羊群精神好，受寒性好，预防性强，绒多绒头长。这一点也不假。将来如能在这里挖出一眼机井的话么好啊！那时，牧民们看见机井不知多少地高兴呀！

走了几里路，达日哈说她有别的事，于是和朝格吉玛、梅德格玛分开走了。

朝格吉玛走到一个旧址，忽然看见几个高高的白杨树很感动。她用左手拉住貉青马的嚼辔头圆绳，突然有了灵感：

——呵，草原上罕见的白杨树！你长在干旱的原野上，气魄浩大，参天入云，笔直向上。你把根深深扎在软土里，桠枝一个靠着一个，宛若冰山上的青松绿柏。白杨树啊，你美得很，大风刮不倒你，绝无横斜桠枝，一直向上是你的品性，顶天立地是你的性格。美丽的白杨树呵，蓝石、白泥、黄土、红砂都能适合你的成长，越长越粗。啊，参天的杆，参天的枝，杆和枝都永恒地靠拢，而那树皮微微泛出银灰淡青色。你那好看的树皮常迎着绿色大草原，使草原有活力，有生命力，让寒冻的冰雪化在你的色彩之下，迎接着初春的燕子。你那宽大的叶子，年年要像传送喜报般地融化着高原的雪，迎来嫩草和千万朵花果。草原在你的温和之中伴着百灵鸟的美声，看着万片雪野的融化和蒸腾！高立的白杨树啊，你不管疲劳和怠倦，坚强不屈，顶着北国那刺骨的寒冷，迎来霜冻，磨炼自己。你把枝枝叶叶伸向参天，永远地上进。在月光之下闪闪烁烁，在太阳之下灿烂如莹，把地下营养吸了出来，滋润万物。你给草原牧人带来欢乐和幸福，你给孩子们带来理想和志气。有了你，空气清新，天空舒适，蓝天与碧绿赢得世间美丽！

朝格吉玛在白杨树旁站立了一会儿，很不愿离开它。

朝格吉玛、梅德格玛回到毡包时，小阿美腾坐在蒙古包里不知缝着什么。她看见她俩就把针线藏在方桌下面，然后才出去迎接她俩。朝格吉玛先走进去，看到靠西北哈那上角摆放的神龛，又看到靠东北哈那下角叠好的羊皮被褥。蒙古包内摆设很简单。代替碗橱的旧柳木箱子上面整齐地摆放着木碗、勺匙、碟子、漏勺、铜铲子等。靠着箱子摆放着敞口缸，它上面立放着新做的案板，靠着哈那挂着擀面杖。朝格吉玛眼睛又转到北面哈那上挂着的小锦旗上。锦旗上面用蒙古文写着"打狼英雄"四个金字。她为又一次看到这面锦旗而感到高兴，为西日夫成长在这样一个模范家庭而高兴。她很激动，只想像一位记者一样采访关于锦旗的事儿。

朝格吉玛问道：

"阿美腾，你在忙着做什么呢？"

小姑娘瞪大眼睛，回答说：

"姐，我什么都没做。"她说完，老练地转动着眼睛，用尊敬的目光看了看朝格吉玛，便出去了。朝格吉玛看见桌子下面放着她的针线活儿，便随手拿了出来看。

呵，她的针线真好！她已缝好几个羊羔喂料袋，缝得还很细腻，是把几种花布裁好后接上去的，又好看，又漂亮，引人瞩目。尤其是小袋边上的针脚很细，密缝的针脚像用直线串好的小小蚂蚁。

过了一会儿，阿美腾从外边抱回来干牛粪和柴火，烧起茶。朝格吉玛只怕麻烦她，怕她不小心烧坏手脚，急忙说：

"小姑娘，不用熬茶，我不想喝茶，别烧火熬茶！"

这时，梅德格玛大娘也走进蒙古包，帮着小女儿的忙，往锅里放水。

朝格吉玛呆呆地看着那好看的小料袋，阿美腾忽然大吃一惊，边喊带叫地说：

"姐，您！为什么随随便便地看我的东西呢？"她的声音中带有几分责备，迅速抓住了她的小料袋，藏在背后，用命令的口气说道：

"不能看，因为这是我的东西！老师您穿得这么好看，手也……这些喂料袋是用脏布缝起的，只洗了一次！"

梅德格玛看见自己女儿那毫不客气的样了，有点不好意思，便说：

"我的好姑娘，你姐她只是看一看而已，没有别的想法。"

阿美腾不知想了什么，她只顾帮着妈妈，又抱回来干牛粪。朝格吉玛用手擦了擦她那红得宛若红元帅皮一样的嘴唇，满脸羞愧地说：

"小妹子，请你原谅我吧！"

"……"

"你为什么不说话啦？"

"……"

小姑娘极不高兴，沉默地站着。图拉嘎火焰闪烁在她那明亮而有些怒火的目光中。她那小小的圆红脸上，鼻子频频抽动着，纯洁而粉红的小嘴唇紧闭，好像永不开口似的。绵羊羔的角一样的一对小辫子是长在了脑瓜上，更合乎她的倔脾气，使她马上变成了小犊儿。

梅德格玛心有余而力不足。她坐立不安，东张西望，心想：多么不好意思啊，这小家伙把我的脸都丢尽了。她究竟怎么啦？！

但是，朝格吉玛硬着头皮克制着自己，也决心不看小阿美腾姑娘，只向哈那上的锦旗望去。忽然一个庞然大物挡住了她的目光。她惊愕地一看，小阿美腾右手端着倒好茶的木碗，站在跟前。朝格吉玛急忙接住茶碗，向小姑娘递了个微笑。梅德格玛又站在她小女儿身旁恳切地说：

"哎嗨，我的朝格吉玛，请喝茶。"

小阿美腾好像嘴里还嘟囔一般"哼，你呀"，不服气地背对着坐在图拉嘎旁边，缝起她的喂料袋来。朝格吉玛心里想着：你只不过是个十岁的小姑娘，再大一点就更厉害啦，想得太邪乎了！她顿时有些恼火的同时，又恍然大悟，不由得看她一眼：是的，我随便动了她的针线活儿！于是，她直截了当地说道：

"小姑娘，姐姐随便动了你的针线活儿，我错啦。"

听到这话的小阿美腾转过头来，悔悟地微笑了，这使她那幼稚而固执的性格彻底暴露。梅德格玛大娘一辈子受穷，为此她教育孩子诚实做人，不能将羊粪大的东西说成驼粪大，不能偷人，不能说谎话，不能随随便便动人家的东西。这些要求慢慢成为这家的家法。日久天长，孩子们都养成了这种习惯。

阿美腾的"坏脾气"彻底消了，她甜蜜地微笑了，她开口说：

"我妈说得对，她常常教育我们三个说：你们饿死也不能偷吃人家的东西，缺什么也不能随便动人家的东西，这是你爸的遗嘱呀。"

梅德格玛听了女儿的话，很焦急，急忙说：

"孩子，谁说也是这话吧。"

朝格吉玛老师从小姑娘生硬的话语中得到启发，她间接地了解到一位普遍牧民不平凡的性格。她心想：既然如此，就应该影响全家人？可是西日夫为什么不一样呢？是不是一个人在成长的过程当中会受社会的影响；所有家庭教育好的人家的家庭成员都好是不可能的。她对于西日夫方面考虑了又考虑：应该听小阿美腾所说的话。所以她没有说什么。

她虽然想问一问梅德格玛大娘关于争夺的锦旗、阿美腾的上学、西日夫的事儿等，但是没有开口。因为梅德格玛早已出去扫羊粪蛋去了，所以她只好等她回来。小阿美腾也利索地收拾了茶碗后，默默地坐在她旁边做着针线活儿。

关于争夺锦旗的事儿阿美腾很清楚：这面锦旗是奖给朝格吉玛和她姐那布其的。当时朝格吉玛硬是将锦旗拿到她家，亲自挂在哈那上的，梅德格玛看见后曾为此事高兴过。

小阿美腾对自己上学的事更清楚：她虽每天都跟妈妈说上学的事，但至今未被同意。

关于西日夫的事儿，她虽然不知道她哥上学之后的事儿，但是知道他在家里的事。尤其知道他哥上学之后高高在上，歧视她，歧视所有女孩子的事。她哥两个星期之前回到家后所说的话，至今嗡嗡地响在耳边：

"儿子好，女子孬！人群里只有男的能念书。你看，念经的班迪中哪一个是女的？只有你这个女孩想上学念书，快死了你的心吧，不用念那个书。去学校念书的女孩子中的一个已发了誓：'一辈子不念书！'她发誓后，已回家去了。现在还有两名女学生正准备回家呢。"

西日夫以大人的口气说过的这些话已让她刻骨铭心。

今天上午，梅德格玛大娘从大女儿那布其嘴里听到西日夫在学校里的情况后，特别恼火。梅德格玛心想：我教育不了这孩子，就不当这个寡妇。因此，她就骑着马到了美岱召。去后，到处找儿子，供销社、学校、嘎查院都没有，又去了劳赖宁布老师的大院。他说：

"西日夫和巴拉嘎老师一起去喇嘛商院玩去了。"她一到喇嘛商院就找到了西日夫，西日夫正与达瓦尼玛、巴拉嘎、巴泽尔三人赌牌。梅德格玛大娘看见儿子就大声骂道：

"该死的东西，你在这儿干这个！赶快给我滚回去！"儿子无法与她对抗而被她拉走。她虽然一路上骂着儿子，但是她儿子哭哭啼啼地不说一句话。

梅德格玛见到朝格吉玛就说：

"我是一心一意地叫他识几个字，可这东西不学好，只学坏；跟人家学骂人，学打人，学赌博，还想学偷人呢！"

……

不一会儿，西日夫背着柴回来了。这是他母亲给他的惩罚。他低着头，好像没看见朝格吉玛似的，自己动手喝完了茶。

梅德格玛喂完冬羔回来，看见儿子来了，就顺手拿起擀面杖，向西日夫头上打去。西日夫机灵地躲闪着。

"哎呀！你不能打！"

"喂！"

朝格吉玛迅速站起来，抓住了梅德格玛的手腕，西日夫幸运地

299

逃过挨打。

"这钱是谁给的?"

"老师给的。"

"哪一个老师啊?"

"是巴拉嘎老师。"

"今天我把他这个傻瓜脑袋给榨成浆糊糊,你给我闪开,快一点!他为什么不给别人的孩子,偏偏给你?"

"哎哎……妈妈!我说,我没有偷东西。他多次求着我,把钱送给我,但我一直没有要!"

"今天,我要一刀子宰了这个哈热拉格!"

从梅德格玛深蓝色的头巾下面露出她那又白又长的头发,她上气不接下气地大发雷霆。整个蒙古包内满是骂声、喊声、哭声和阻拦声,真是一个无法阻挡的家庭纠纷。小阿美腾姑娘一直站在她妈妈的立场上吼喊着,现在直哭个不停。朝格吉玛看见小姑娘哭了,心想:有那么大胆量的姑娘还能哭出来。她几乎想笑,但控制住了自己。朝格吉玛先是挡住了梅德格玛的身子,又干脆将擀面杖夺了过来,免得出现一次流血"战"。可是,怒气未消的梅德格玛仍在喊:

"和你无关,我打也是打自己的孩子,你不能阻拦!"朝格吉玛只在心里想:梅德格玛不是和她过意不去,而是非常恼火。

于是,她匆忙说:

"嗨呀!扎吉啊,现在是新社会,即便是亲生骨肉,也不能打骂他,讲道理为重!"

朝格吉玛心想:她是一个真正有权威的母亲,如今连好邻居都不认。可是,打孩子怎么行啊!她想来想去,无计可施。

梅德格玛听着朝格吉玛的劝说,稍微平静了一些,能听进她人说的话了。

她家的纠纷就这样暂时停了下来。

300

太阳下山时分，朝格吉玛帮着梅德格玛大娘让初生的羊羔一个一个地认了母，又为防止它们吃过多的奶，吃饱后即放回了暖窖——古热贵。此后，朝格吉玛为了教育西日夫准备住宿在梅德格玛家。

　　晚饭后，朝格吉玛思考着如何教育西日夫的问题，想摸准他的性格，想把他学校里的事儿问出来。她先讲了革命英雄人物为革命而流血牺牲的动人故事。朝格吉玛讲的是很多人所知道的烈士策仁英勇杀敌的故事。她讲得很激动人心。她又接着讲了活生生的蒙古族女英雄甘德玛在敌人的军刀下英勇牺牲的故事。

　　人们都说春天的天气不可捉摸，半暖半冷，这是真的。外面开始下雪了。天气说变就变。朝格吉玛穿好棉衣，忙着看羊群。暖棚里怀胎绵羊一个挨着一个地卧着，初生的羊羔在暖窖里睡得很香。朝格吉玛打着手电筒，仔细地查看了羊群，发现一只较弱的两岁绵羯正站在风口上。她抱住它将它放进暖棚里。那里有一只怀胎母羊在使劲儿"咩咩"地叫着，她看了一下，知道这只母羊快要下羔了。她跟梅德格玛一起抓住了这只母羊，两人把它抱进了暖棚。她俩谈着话，慢慢走进毡包。

　　"事情很明显，这孩子过去不是这样的，肯定是听了坏人的话！"

　　"最近他还在课堂上捣乱，学习成绩也差了。"

　　"你问一问他的详细情况。"

　　"是的，这样才对。"

　　在煤油灯微弱的光线之下西日夫仿佛一个用红铜铸造出来的塑像一般，他双手抱着头。在他的头脑里有两个小人正在争斗：一个支持着巴拉嘎的话，另一个反对着巴拉嘎的话。西日夫对此无可奈何，究竟支持哪一个，反对哪一个。这时，门一响，进来了人。西日夫"啊"地一声，忽然惊讶起来，只转动着眼睛，仔细地看着她母亲和朝格吉玛俩人。

　　朝格吉玛向前走了一步，低声说道：

"我的好弟弟，姐姐跟谁都不说，你悄悄地在我耳朵里说一说，谁给你的钱呀？"

西日夫沉默着。

梅德格玛进来后，左右张望了一阵，跟朝格吉玛说：

"你……我出去给马再放一点草。"朝格吉玛急忙回答说：

"外面很黑，你把手电筒带上。"

梅德格玛二话没说，拿了手电筒就出去。

一股寒风随着梅德格玛的开门而吹了进来。朝格吉玛屏住呼吸，盯着西日夫的脸。西日夫稍动了一下嘴唇，他像是要说什么似的。他又看了看朝格吉玛那微笑着的脸，说道：

"我的老师，你不能给任何人说。"朝格吉玛马上回答说：

"我知道，绝对不跟别人说。"

"他强调过，特别是不能跟您说。"

"不要紧，你不是相信我了吗？我一个人知道就行了。"

"是的，就你一个人。"

"哦，只有我一个人！"

一瞬间，西日夫屏住了呼吸，压低了声，吞吞吐吐地说：

"他叫我常了解朝老师的情况，然后及时向他汇报，巴拉嘎老师是为了这个给我钱的。"他说完就哭了。

二十二

　　倾听着清清河溪的絮语，不知不觉中已到了春末。

　　青蓝青蓝的天空中挂着几朵云彩，阳光透过彩云，边上闪烁着光气，云彩随风移动着。

　　深蓝深蓝的大山早已披上绿色的盛装，明媚的阳光朝山峰的天空攀登，大山众多小河沟间的树林中百灵鸟声时清时脆。靠近山和沟，山峦巍巍移动着，好像在眼前忽闪而过似的。有树木、岩石、河溪、羊群的地方泛着万道金光。真的，那里就像一块有磁铁的地方，吸引着人的身心。可是，不能猜测未见过的地方；也不能光凭着空想想象出未来的清静。

　　那里特别晴朗，温温和和的小溪在不停地流，喷泉发出窝牛声，溪流发出山雀声，极为呼应。又好像是贵夫人身上佩戴的玉佩、玉环相碰撞发出的声音。它也让垂柳发出声音，可是垂柳默默地看着几乎停止了步伐的风。因没有一丝风而喷泉形成一面大镜子，又清又深，棕色壁石，灰色底角，黄色底石都一清二楚。棕色壁石上还长着一对樟松，它将自己照进这大自然的"镜子"里。樟松那笔直的杆在水潭里有了一定的弯度，仿佛一对迎宾小姐在那里行礼一样，使它名副其实地成为迎宾松，在微小的波纹中晃来晃去。仔细一看，一棵樟松较老而拐着杆，另一棵樟松垂直而很年轻。因此大自然为它俩的组合而永恒地微笑着：突然"扑"的一声笑了！但是，这不是真正的笑声，而是从某一位闲游者的手中飞起的小石子所发出的声音。这一瞬间，波纹上溅出小小的浪花，宛若闪出千万朵银色花瓣，宛若千万个快剑在发光闪烁。它涂抹掉了水纹中樟松的影子和山水风景，万物都摇晃着。随着这千万道小波浪和皱纹的出现而由强变弱，由弱变静，正处在微风的吹拂之下。过了一阵，原有的明镜般的风景又恢复在眼前，将一对樟松的倒影和山水风景衬托出来。欢乐无比的闲游者站在迷人的景色之中久久不愿离开，只站在垂柳旁手扶着挡住视线的枝叶，大吃一惊：喷泉风景好看极了，溪是溪，岩石是岩石，无法改变，清清楚楚，纯洁的大自然小河流；溪水弯弯曲曲，像北斗星那样曲折，像蛇爬行似的弯曲，或显或隐，都可看得清楚。

呵，多么好看的风景区！

如果将这巧遇安排在这迷人的无限美好的风景区里，是有着多么巨大的意义啊，是多么珍贵的难忘啊！这样一来，宇宙所有的祝福都变成大草原的长调歌曲，永存于人间；这样一来，苍天会把远离的两体合为一体。

雪白的大厦，绿色的树林却像相框中的照片，清晰万分。

啊，来到新的地方，来到新选择的地方！初夏的气候不冷不热，夏风和煦，轻轻的歌声陪伴着愉快的心情。阴雨后的山腰、树林、烟囱、工厂、房屋、街道、车站都处在明亮之中，清晰度已扩大几倍。火车、汽车、人兽车以及飞机上都挂着红绸，上面写着欢迎的标语。人们都身穿新衣，给新城大街小巷带来了欢声笑语，一派锦上添花的快乐气氛。大街小巷人来人往，一片欢腾，来的人越来越多。晨光照在万物上，闪闪亮亮，金光万道，给大地铺上七彩虹，一直伸向大青山脚下。一切都处在忙碌之中，尤其出现在大街上的游行示威队伍举着爱国主义横幅标语，像白纸上画好的有序的表格一样，又整齐又威风。他们又不停地喊着口号，把人们引向新的战斗。游行队伍的出现，给所有的人带来了雄赳赳、气昂昂的干劲，开着车、骑着自行车或步行的人们无比欢欣，无比激动。他们的脸上带着微笑，带着勇气，宛若万朵花蕾在开放。公园里花儿和花蕾齐放着，或者花儿中还有很多花蕾，它们在绿叶丛中相互笑迎。夏季的花园里飞着很多翅膀阔大、颜色美丽的蝴蝶，它们自由自在地低飞，你追我赶。花儿和蝴蝶似乎握着友谊之手，无比幸福的花衣儿童在跳舞，向新世纪致敬，向新时代微笑。

多么美好的夏天，多么美丽的季节啊！

人民政府的首府从乌兰浩特迁移到这新地方。这是多么隆重的新迁移，是多么巨大的，多么幸福的迁址仪式！

欢迎你们，四面八方的贵客！欢迎你们，牧民代表，新的自治政府的兄弟姐妹们！你们带来人畜两旺的贵重礼物，将打满了鲜奶的银碗和银色奶桶，举向蓝天，祭祀蓝天！胡瑞、胡瑞、胡瑞，隆重的庆典，好比南山的不老松！几万人的大集会，前所未有的大那达慕！

时轮在转，岁月在流逝，这是公元一九五二年的夏季。欢迎啊，欢迎，带着时代步伐的年月，最吉祥的年月。

双会即将揭开胜利的幕布，像只银色的雄鹰般飞向蓝天，走进人间。蓝天变成绚美的音乐之中的蓝天，微风变成欢笑的音色之中的微风，空气变成欢腾的长调之中的空气，这使与会人员无限欢乐，都变成了新宇宙中的仙男仙女。这里是古老的"天苍苍，野茫茫，风吹草低见牛羊"的土默特川，自治区成立五周年纪念大会和劳模大会在这里隆重举行。这是巨大的盛会，双庆双贺，我们的蒙古民族在幸福的海洋中迎来这比翼双飞的百灵鸟之声。

欢乐之声，赞叹之声从土默特川涌起，涌向孕育着鄂嫩河的金色的大兴安岭，涌向美丽富饶的鄂尔多斯高原成吉思汗陵园两匹扎格勒的圣水——陶高布拉格喷泉。从这里腾起一匹带着时代神圣使命的白色骏马，飞向蓝天，登上白云，给人间带来无限美好的希望和幸福。

会场，一派不平凡的欢乐场面。鲜红的锦旗在闪闪发光，劳模的威望轰动着整个场面。双庆大会进行了第一个重要内容，主持大会的首长用洪亮的声音正式宣布了给劳动模范颁奖。

千万张笑脸迎上去，千万双锐目飞向主席台。面带笑容，眼带志气的劳模一个一个地走上主席台，在欢呼声和掌声中接受着锦旗和奖品。他们举起金字闪闪的锦旗向群众，向主席台的领导同志频频地敬礼。

这时，掌声如雷，整个广场响起雷鸣般的声音：

"劳动模范朝格吉玛同志上主席台领奖！"在第一会场工人队伍中的阿拉腾花忽然听见这个名字，又相信耳朵，又怕听错名字，就重复了喇叭上的话：啊！劳动模范朝格吉玛？为此，她心想：你是什么地方什么巴格的人？有多大岁数？她的心情霎那间变成汹涌澎湃的大海的浪潮，一时谁都琢磨不透。她的全身随着人群的摇摆倾斜而倾斜过去。正在这时，她的名字像一根麻绳似的窜进她的耳朵。

"劳动模范阿拉腾花！"

一瞬间，阿拉腾花直奔主席台。她的步伐虽随着剧烈的掌声迈出，但她却忘记了接受锦旗之事。她的脑海里只有那个"朝格吉玛"，只想见到她：朝格吉玛……朝格吉玛……朝格吉玛……朝格吉玛……朝格吉玛……朝格吉玛……她的脑海、记忆、心脏、血液以及全身上下都已卷入这个不知姓、不知地方的名字中。台梯不但没有给她带来好处，反而给她带来麻烦，她觉得路难以缩短。

当朝格吉玛上主席台行礼时，"阿拉腾花"的名字像洪水般流进她的耳朵里。"啊，世上的事难判断——我母亲不一定活着，我也不一定有幸见到母亲。不，同名的人很多，绝不能认错人！即使是她，也……"

先上去的劳模们在无数的目光之下接受着锦旗和奖品，有序地走下台时，他们的眼睛都仔细地观察着刚刚上去的仙女般的年轻姑娘。她像一朵盛开的玫瑰，脸上挂着微笑，一双大眼睛好比黑色的珍珠；这是一位典型的牧村美女，像得意洋洋的采花儿小蜜蜂飞行在万花丛中。她觉得身子不是自己的，自己不知走在哪里，只盯着那一位朝着她急速走过来的工人模样的妇女。她的眼睛模糊不清，根本不是她自己的眼睛。

转眼间，工人妇女和牧村美女相互拥抱起来。

诸位读者，文章写到这里，作者对此巧遇并没有停留笔墨，只能用写真的方法继续写下去。工人妇女伸出手来，她看到了牧村美女右耳轮后面的黑痣。

欢腾的会场在主持人的主持下，更加欢腾起来！

"我的女儿啊！"

"亲爱的妈妈！"

阿拉腾花在激动人心的大场面中留下了珍珠般的泪水："啊！难得的生命——极不平凡的巧遇——不可计量的十年！"

朝格吉玛决心不掉眼泪，将目光扫向那千千万万与会各族代表。

主持大会的两位首长看到这激动万分的场面，不由自主地向母女俩走了过去。身材魁梧、肩膀宽大、胸膛挺直、脸庞大略带红而堆满微笑的壮年男人非常高兴地说：

"尊敬的母亲，祖国的劳动模范阿拉腾花同志，祝贺您！"他用洪亮的声音说着，把锦旗递了上去。母女俩微笑着，这笑像是叫不出名的鲜花般开在绿叶丛中。

记者们涌向主席台，抢着好镜头，整个会场掌声雷动。

"向劳动模范朝格吉玛同志贺喜并发奖！"

在欢腾的气氛中，颁奖大会继续着，掌声阵阵。

……

朝格吉玛与母亲巧遇之后，一起住了几天。在纺织厂的一个集体宿舍里朝格吉玛和往常一样坐在椅子上，一手放在她妈妈的膝盖上，另一只手托着下巴。她妈妈坐在床边上和她拉着话。纺织厂的一位车间主任来到阿拉腾的宿舍，让她休息几天，好好和女儿拉一拉话。可是，母女俩商量后，都不愿意耽误工作，所以决定有空就可以拉话。她们在职工食堂里吃饭，所以很省时间。因此，她们一吃完饭就回到宿舍拉话。她们有着说不完的话。朝格吉玛决心多做劝导工作，不让母亲哭。可是，她母亲一谈到心酸的往事就哭个不停。阿拉腾花谈到卖了两次姑娘的惨事，又哭了。她哭得很伤心。她决心不让女儿再离开自己。但是，朝格吉玛不是不了解妈妈的心，像孩子似的抱着妈妈，亲吻着妈妈的面颊，劝说着妈妈：

"妈妈，别再哭了！妈妈那时候，没有办法才那样做的。咱俩应该多谈一点我爸的事，我一定要找到爸爸！"阿拉腾花那明显红肿的眼皮在她那鹅蛋般的脸上，好像带着什么希望似的上下轻轻地动着，那黑亮黑亮的大眼睛久久停留在女儿的脸上。她微带笑容，听着女儿的话，勉强地擦干眼泪，说：

"哎，艰难的岁月一去不复返了，咱母女俩能同时见到天上的太阳呢！谁知你亲爱的爸爸是否活着。我可爱的女儿呀，这家里只留下咱母女俩了。"

"不，我爸肯定还活着！我爸是个有胆量的人，死神不会纠缠他的。我现在达到了一个目的，即找到了我亲爱的母亲，现在我一定要找到我爸！我爸如果从大青山革命根据地往西走的话……"

"说不上，听说在一次战争中不知受伤啦？还是牺牲啦？一直不清楚，问都问不清楚。"

阿拉腾花又哽咽起来。

"唉呀，多么多灾多难的母亲啊，可这个灾难是由黑夜般的旧社会造成的。"朝格吉玛在嘟囔着，泪水涌上眼眶。她心想：到后天，她会走向故乡——麻黄草地。她在妈妈的哽咽中默默地继续想着：自己应到百货商店给母亲买做袍子的丝绸料。

第二天正是星期日。

朝格吉玛换上新衣，上街去了。

她先去了百货商店，卖绸缎的专柜里站着一个似曾相识的姑

308

娘。朝格吉玛心想：谁呀？好面熟。她这样想着翘起眉来，看到她那很有表情的一双黑眼睛，便瞬间认出了她，叫了一声：

"其其格呀！你在这里！"那姑娘听到这清纯的嗓音，一时认不出这美女，心想：可能是市歌舞团的哪一位舞蹈演员。她一时叫不出名字，很焦急地说道：

"啊，你是……图雅吧？"

朝格吉玛大吃一惊，一刹那间几乎不相信自己的眼睛，目瞪口呆地看着她。她怎么看也是那个能歌善舞的其其格姑娘，她曾背着她将情书递到胡雅格的手中。现在她只不过烫了头发，一身城市姑娘的打扮。她苗条的身材依旧没变，只是皮肤变得又白又嫩。她那认不出人的一双黑眼睛像黎明中的一对星星般，使她脸上的白粉更加白。朝格吉玛怕她一时想不出她的名字，只好像重走一步棋盘中的"车"和"马"一样，将计就计，学着其其格姑娘初次认识她时介绍自己的样子，提醒了她：

"我的名字叫朝格吉玛，你可能忘记了，咱俩曾在纪念塔前巧遇……"其其格姑娘那刷白的脸忽然间变得通红。她不好意思地暂时躲开朝格吉玛的目光，向另一位年轻顾客走去。

"服务员同志，你给我拿了绸褥面，我不是跟你说要绸被面吗？"一个工人模样的年轻顾客毫不客气地批评了一句。其其格的脸变得像红铜一样，从兜儿里拿出四四方方叠好的花手绢，擦着汗。那工人模样的年轻人一看朝格吉玛就认出了她。朝格吉玛也在颁奖主席台上见过他。其其格姑娘因当着众多顾客的面，受了一个顾客的批评而心里很难受，像挨了一巴掌似的，忍着一肚子气，将绸被面递了过去。那青年工人选来选去，买了两个红绿色绸被面。他忽然看见受过锦旗的劳动模范朝格吉玛，茫然失措地吐了吐舌头，诙谐地和相跟的年轻人不知说了什么，就忙着走了。其其格姑娘觉得不是第二次，而是第一次见到这样美丽超人的仙女，决心把已说出来的话改变过来，就说：

"我说的是你和我原来团里的图雅姑娘太相似了，我早已认出你了。"她调正着她的视线，略微笑了笑，接着说：

　　"你已经结婚了吧？"她问得很直接。朝格吉玛心想：究竟怎么回答她？为此，她好像进入主题似的说：

　　"哎呀，麻烦你给我量十六尺棕色绸缎？"

　　其其格姑娘见到朝格吉玛以后，想起自己给胡雅格写过的几封情书，忘记了眼前的一切。她因至今为止只收到胡雅格的一次回信而感到很懊悔。所以从今年开始写的信少多了。她在每次的慰问信中都衷心祝愿胡雅格戴着英雄勋章回来。朝格吉玛姑娘还想问她是什么时候转业，又是什么时候调到市中心百货商店，可是顾客很多，忙得不可开交，因此她交了货款就离开了。

　　朝格吉玛走到对面的新建的人民公园，恰好她妈妈在公园大门口等着她。她见到母亲后，母女俩逛了人民公园。因为是星期天，所以公园里的人特别多。人工湖、假山、石桥、花池、松树、白楼等一个挨着一个，好比五彩长虹，无限优美。铁丝网中的苍狼，引起了她们俩的回忆。朝格吉玛离开她妈妈的第二年被狼咬了，碰巧遇到了胡雅格才捡了一条命。她红着脸，跟妈妈第一次提到了胡雅格的名字。可是，阿拉腾花听了好像没有这么一回事似的东张西望。她指着人工湖旁、直柳之下、石梯上、花池边坐着的一对对热恋中的年轻人，高兴地说：

　　"我可爱的女儿，你看！这一对对姑娘和小伙子们多么幸福啊！"

二十三

在茫茫的麻黄草原上，啊，或者说在地广人稀的草地上，或者说每个人的脑海之中都有关于新与旧、好与坏、明与暗的激烈斗争。因此，笔墨无法阻挡它！

随着社会的大变动，随着社会政治经济的大发展，人际关系和人们对生活的看法都有了巨大的变化。新生活的模式好比乘风破浪，无可阻挡的激流，涌向社会的各个角落，吹散着牧村几千年以来的封建势力。它还触及了腐朽势力所造成的恋爱不自由、男女不平等、民族不团结、愚昧无知等社会落后现象，大力提倡了科学的社会发展观。

每个人都为了在社会上生存而巩固着自己的地位和经济基础，这是最起码的要求。有的力争美好的前途，全力以赴支援前线，为打倒敌人争取和平而献出自己的一切；有的被志愿军的英勇顽强、不怕流血牺牲的精神所感动，决心很快脱离旧社会强加在人们头上的所有烙印和旧习惯；有的在党的教育之下，改造自己的世界观，力求站在新生力量一方，默默地为社会做着新的贡献。

历史发展趋势，社会进步势力已经成为主流。它虽然仿佛是一个巨大的铜铸人，但是它使整个社会的所有的人都说出话来。

"哎哟哟，小学校放了暑假。这期间究竟去哪儿为好？又有一位漂亮姑娘嫁给阿日宾德力格尔了，眼看着失去了她。你看，他们俩多么亲密无间！相反，我呢？选来选去，只留下了渣滓！我还是老子的儿子呢！哼，有些人还想报复我呢！他们抓住我的把柄，甚

311

至告我的话怎么办？不，我坚决不同意。那时只有十六岁的朝格吉玛在全衙门丢尽了我的脸，这是为什么？我要报复这件事，一定要达到自己的目的。我要让她成为我的老婆，在家庭的皮鞭之下让她驯服顺从。那时我看她再装疯？达瓦尼玛大喇嘛说的就是对，男子汉大丈夫的心胸要宽得像天地大海一样。是的，如不成一刀两断，像切奶豆腐一样。她别想活，我也不活了！可是，她为什么不理解我的爱呢，为什么不理解我那似乎燃烧的火焰般的心呢?！如果说，她对我恨之入骨，我也向她赔过礼道过歉呀！从那时候起，一切都不是变了吗。老师说的话真对！在爱情面前，一切像棉絮一样的软弱，手软，心软，所有的都软像棉团一样。对，真对！世界上根本找不出能离开爱情的人！关键在于得到她的心，用爱情之心换回来她的感情。这里感情很重要，如她不爱我的话究竟怎么办？喔，我想到了。修公路时，她曾有过爱我的一次经历吗？她和我笑笑谈谈，她还看了我的情书，这是真事。可惜的是钻眼儿时，我没有帮上她的忙，这是图布新一手造成的。胡雅格一去不复返。可是，爱情这个怪物，好像长着眼睛似的，谁亲近谁就能靠近她，谁疏远谁就靠不近她。经常接近她，她就更亲密；躲着她，她就更冷淡。是的，恢复关系就对了。啊呀，历史上不是有过许多名人分分合合的爱情故事吗，有的成功了，有的吹啦！对，人的经历就是用波浪方式组成的。谁知道这个呢？巨浪……"

　　奎腾河浪潮澎湃。河畔上坐着一位穿着蓝色衬衫的青年，他双手抱住前额。突然浪潮溅到他身上，他猛地站了起来。他边站边喊着。他的喊声虽被浪潮声和风声散去，但他的思绪仍旧留在他发闷的脑海中。他的长发有时被吹得像小黑尖塔似的。他的白脸微微泛着土黄色，身子瘦得像一根电线杆一样。别人很难认出他。他回头看了看走过来的脚印，热风迎面吹着。喔，真的，他昨夜回家去了，一早赶到这里。他究竟去哪里呢？他自己也不清楚。他只知道，他已接受了母亲交给他的任务。他的头脑被爱情的浪花冲来冲去，昏昏沉沉，只留下明镜般十五的月亮，这月亮就是亲爱的朝格吉玛。母亲还说过，让达日哈当媒人就一定能成功。他听后高兴过。他虽然知道这事的难度，但是硬着头皮等待着即将到来的时刻，不知不觉中骑上马，到了奎腾河玛尼图湾。

他看见从敖伦韶荣北梁上下来个牵着马的人。那人像女人，骑着黑色马。他奔驰而过，靠近一看，不是他所等待的那人。他认出后，想躲开来人，可是来人已迎面而来。他们俩都未下马，相互问了好，只是面对面地站着。来人可能远道而来，她骑的大红马已出了一身汗，甩鬐喘气，无法停留。

"巴拉嘎，你为什么横着路，在这里等谁呢？"

"达日哈姐，你因什么急事而去了区工委呀？区里有什么好消息？"达日哈听见巴拉嘎那毫不客气的追问，有点吃醋的样子，便说：

"我和你不一样，不是光驮着双大腿去区工委……"她用右手拉紧马嚼辔头圆绳，将大红马拉住，接着说：

"不，你呀！奶桶中的鲜奶不可沾手，牧村里的美女不可试情。"她的话有些讽刺，还很生硬。达日哈的黄脸稍胖了一点，她的双眼边和鼻梁两侧也有了两道明显的黑印。

"喔，你把要说的话全部抖搂完啦？"

"哼，你真想听我的，那好。我是女人，可是你也长上了女人的头发，也能超过我。"

"哎哟，你骂自己是对的，可不能张冠李戴，我和你不一样！"

"哼，谁骂你了！喂，说就说了罢，说话能磨坏嘴唇吗？最近我身子重了，怀疑是否怀上了，一去检查，正查对了，我真的怀上了，把我高兴死了。我要感谢尊敬的大夫，感谢他们把我的病彻底治好了。……"

巴拉嘎无可奈何，说不出话来。达日哈乘虚而入，"扑"地一声笑了，然后笑眯眯地说：

"嗨，我给你传个特好的消息。"她说罢，仔细观察着巴拉嘎的面部表情，继续说下去：

"人们都说，参加自治区劳模大会的朝格吉玛这一两天就回来。"她是肚里藏不住话的急性子，所以将知道的全部说完后将马嚼箸圆绳撒开就走了。巴拉嘎真想问一问从谁的嘴里听说的，可是达日哈一瞬间走远了。他神经质地站着，望着她的背影。他想喊一声，可达日哈更远了。

达日哈忙着要回去，为多出一锅奶酒而忙着。她一方面怕男人柴达尔放不好犊群，另一方面忙着将自己怀孕的好消息早一点告诉给男人。原来她听了朝格吉玛的劝说后，找了抗梅队大夫，经过几个疗程的治疗后，她怀孕了，就是立竿见影，疗效好。其实说真话，达日哈是为两件事去区工委的。她和爱人缓和关系后，牧业互放组在她的心里有了一定的位置。尤其是组织上以实事求是、弄清真相为目的，解决了她的事情后，达日哈开始有了一个新的观点，即政府是正确处理事情的。特别是她看中了朝格吉玛姑娘。自从朝格吉玛姑娘走后，她心中好像缺了些什么似的，因此她去区工委时就特意给朝格吉玛牵了一匹马。

但是，朝格吉玛没有来，她只好一个人回来了。

达日哈一回来就挤奶去了。平时仗着是女人只动嘴的柴达尔今天高兴了，不知怎么啦？自愿地跟着她爱人来到奶牛栅栏上，不停地拉着牛犊。

"唉呀，我亲爱的，挤奶一定要小心一点，留下那些连踢带蹬的坏脾气的奶牛吧！"

他说话很亲热。达日哈从未听过他的这话，所以很高兴，她说：

"嗯，不要紧，不是今天才挤奶，别大惊小怪，我也得注意着。那接生员说了，现在孩子小，多跑多做一点不要紧呢。"

"好，那就对了，你身子轻就好。可是，你和过去不一样呀，你现在是中年人，不是年轻人。俗话说，有备无患，今后多注意一点，跌倒了也是个问题。"

达日哈听着她丈夫的关爱之语，一言不发，笑眯眯地乐个不停。奶牛栅栏上的挤奶声"嗷嗷"地特清晰，奶牛的粗哞声和小犊的细哞声连成一片，给牧人带来无限幸福。已经挤完奶的奶牛香甜甜地舔着自己那吃奶的小犊子光滑的屁股，太可亲可爱了。有些吃饱奶的小犊围着栅栏俯首翘尾地狂奔，确实好看极了。柴达尔看着特别高兴。他和以往一样，身着新袍，习惯地吸着烟锅脑勺，它的翡翠长嘴儿和银子烟锅脑勺中间接着一尺长的檀木花秆，这是牧村富人们最好的烟锅脑勺。他那干瘦的黑脸上出现了一丝微笑，嗓门儿很亮，用手捻着上唇稀疏的胡子。

"知道了，你的心今天才暖乎乎的。喂，快放你的小犊！奶牛奶头又硬起来了，叫它吃一阵奶。"

达日哈不慌不忙地说着，笑眯眯地看着她丈夫温柔的双眼，心里格外高兴。用鬃绳套住红奶牛的剑角，拴在栅栏上，使野性的红奶牛老实多了。可是，柴达尔又怕意外，拿来小鬃绳将牛的后腿拉开，拌住。这才放心地拉起小犊，叫达日哈继续慢慢地挤奶。

"亲爱的达日哈，这才能止住它的野性，你和我都放心。"

"唉，你把手绕来绕去，站得远一点，奶牛一直惊着。你呀，胆小的连我都不如，那东西你急也不顶事，到时候该降临就降临！"

"说是这么说，说起来容易，做起来难……老来得子，全家得感谢抗梅队尊敬的大夫们……"

"嘿嘿嘿！"

突然听见一阵细嫩嫩的笑声，达日哈想到拌住了红奶牛的后腿，所以牛没有惊，她高兴地笑着说：

"你看，你就像吃奶的婴儿似的围着我喃喃说个不停，来人啦?!"

一看，从栅栏那头那布其探出头，听见两口子的说笑，不停地笑着。达日哈看见那布其放心了，便说：

"喂，那布其，咱俩可一样了。你的脸色比我好看得多了，你肯定怀着小子！"

那布其听这话脸就红了。达日哈的快嘴又动了：

"挤完奶牛啦?"那布其微笑着，慢慢地回答说：

"我起得很早，一挤完奶牛就带着牛饮水，饮完就放出草场。"那布其再没说别的，只动手拿起栅栏上挂着的另一个奶桶，帮着达日哈挤起了奶。

"刷刷刷……"

"嗦嘎，嗦嘎，嗦嘎……"

牛栅栏里清晰地传出挤奶声，它温和、柔顺，空气中带着牛奶那香甜的味道。它使周围的环境变成牧人的天堂，万物中都飘着鲜奶的香味，使红奶牛的白额小红犊更加香甜，更加可爱，它给整个大草原喷出天然人参的味道，使整个大草原焕发出白皙无瑕的牛奶般的光彩。

敖伦韶荣嘎查牧户虽少，但最穷的也能挤上两三头奶牛。这使牧民们都高兴，孩子们有了开胃的奶食品。牧民们都说，这是试行的新苏鲁克制的优越性。过去，在这里常常发生狼灾、寄生虫灾、大畜群失踪等。如今可变了大样，最穷的牧户的圈里也有了牛羊。他们像爱惜珍珠般地爱惜着这些宝贝，向它们要毛、要绒、要鬃、要肉、要奶。多么美好的地方啊，多么富裕之乡啊！

"那布其，你最近去过你妈那儿没有？她的萨里① 怎么样?"达日哈一边挤奶，一边问。那布其回答说：

"今夏，她的萨里真好，还出了几锅奶酒呢，我妈今年最高兴。"

"确实没办法。世上就有那么些人，他们整天地把嘴拴在酒壶

———————————————

① 萨里：蒙古语，指整个奶食业，包括牛奶、马奶、酸奶、奶皮、奶酪、奶酒、酥油等等。

上，喝呀，醉呀。我们不做酒行吗？有的人整天地站在供销社里喝那个黑水水，那得用多少钱？可是那些糠酒不好喝，曲味儿太大，不如咱这奶酒好喝。有个货郎子说，奶酒是十里香，糠酒是半里香。这话一点也不假。我挤完奶就蒸一锅奶酒，你姐夫又会高兴一番。"

"我还想给老姐夫喝一喝自己做的奶酒呢，可不会怎么办？姐快给我教一教！"

那布其的想法很迫切，像个学东西的学生一样地说真心话。达日哈一边挤着最后一头奶牛，一边回答说：

"行啊，行，我一定要教会你。"达日哈的态度很亲切。

这品性，真像大草原，又大方，又迷人！

"友谊"二字宛若机灵的小百灵鸟似的飞翔在整个麻黄草地上，它唱着一切在诞生，一切在新生。牧人们户与户之间，组与组之间，家庭成员之间都有了团结互助的新气氛。他们决心改变过去互相不团结的恶劣品行，他们在努力改变一棍打死的旧习惯。几个月前，那布其去区工委参加兽医培训时，达日哈在群众大会上举手选过她一票。为此，那布其从心底里觉得高兴，对好几个人说过这样的话：达日哈姐真正成为一个牧业互放组的成员了。达日哈间接地听到这话后心想：她们都在鼓励着我呢。

七十几岁老人希日布听着达日哈和那布其的谈话，根本听不懂，只说着自己的老话：

"哎呀呀，我那神圣的天呢！现在的年轻人的谈话和人不一样呀。她们成天"咕嘟嘟咕嘟嘟"的，哪儿来那么多话？她们那是不重视圣经呀。哎哟，算了吧！咱黑头发人从来都是望着天地，祭着敖包才活下来的，绝不能忘记圣经。我可爱的姑娘，快一点准备你蒸奶酒的事。太阳刚升起时酿的酒最好。"他继续说着，用五根柠条根似的手指遮在前额上，故意挡着太阳的光线。

达日哈忙碌着，把一些蒸奶酒所用的东西，从毡包抱到外边用泥做的炉灶跟前。希日布老人从毡包里走出来，手牵着祭祀奶桶。他的情绪如今很高昂，双手中的奶桶举得很高，将奶桶朝太阳来回转动着，背诵起蒙古民族酿奶酒颂词：

胡瑞，胡瑞，胡瑞！
太阳火球的光辉，
连绵好雨的原汁，
五畜兴旺的标志，
阴阳配套的圣洁，
牧人挤出的津液，
百老酿酒的秘诀。
……

那布其今天才亲眼见到这位性格暴躁而倔强的老人的本事，她心想着：这位白头爷爷的诵词真好听。她烧着火不由自主地笑了。她默默地笑着，又怕希日布老人看见她的笑容，怕笑她，故意不好好教酿酒的技术。因此，她就迅速收起了笑容。她抬头看了看达日哈，她的脸上浮现出喜悦之情。往九印大锅上抹着素油，清理了铁锈味儿，用发亮的双眼看着他爸爸的一举一动。希日布老人诵一段祝词，正准备酿酒。他们拿来搅完酸奶的大坛子，里面盛满酸奶，把古老的活塞杆放在奶桶上，从坛子中拿出一点酸奶祭天三次，又三三九地点上酸奶祭大锅。他们好像在参加寿庆喜宴似的又忙又乐。然后把坛子中又甜又酸的酸奶往锅里倒了进去。希日布老人又诵起祝词，将白色酿酒笼圆筒放在锅上。他又把大口带双耳子的瓷瓶挂在酿酒笼盖下面，用成吉思汗时代开始遗留下来的老窖作为酒醇，三三九地点进大锅。一瞬间，美味香久，回味悠长，清香入口。盖上大盖后，用哈达格一样的长缎子绕上里三层，外三层，密封好，上面再抹上用奎腾河纯净水洗过的公牛湿粪。他老人家又诵

318

起祝词，祝愿火力旺盛，祝愿锦上添花，祝愿马到成功，把水银般的奎腾河水洒向酿酒锅周围，让一切清洁，让一切新颖。

蒙古民族传统的酿酒颂歌响彻云霄，格外悦耳动听。牧村山水为此更加美丽富饶，绚丽多彩的夏景一望无际。时候已经到了蒙古古历夏季的中月，即到畜草旺盛的八月。忆往岁月，更加甜蜜而温馨。打马鬃、骟马蛋节已过，六月二十一日的成陵盛典已过，七月初五的割羊羔睾丸的日子也过了。如今是八月十五，太阳爷爷明亮地笑着。阳光融融，云彩或像天边的巨石一样，或像几团棉絮一样，高高挂在天空中，即将带来一场雷雨。在辽阔的麻黄大草原上忽然出现一条唇楼"河"，它像飘带，又像银河。如果这让从未到过大草原的顾客见到，他一定会害怕，心惊胆战，为如何渡过这条河而焦急。可是，这里的牧人们都知道。这是美丽的蒙古大草原一道难得一见的自然风景，麻黄草地的海市蜃楼。这是特殊的海市蜃楼，应该说它是银河蜃楼。大草原的海市蜃楼只在周围的四五里范围内出现，它像一群骆驼，又像奔腾的骏马；而这银河蜃楼更远，几乎在七八里以外的地方，像大草原上呈现出的一条真正的河，使人不相信这里没有河。因为它浪潮迎面急速而来。牧人们说它是银河蜃楼回升。它最能迷惑人的眼睛。过去，这里多次发生过人畜迷惑而死亡的事件。有些生路旅行者望着河水，追着银河，走呀，走呀，走不到尽头，往往在迷惑中渴死。人们知道它是奇怪的自然现象之后，不再受迷惑，不再受欺骗，进一步观察了它。可是，在科学还不发达的那个时代里，这现象是用人的肉眼研究不出来的。是远处有相对的大山，中间有河水，在阳光的反射下形成河光塔影，就这样银河蜃楼呈现在遥远的大草原上。

离开家乡很久的牧人纳布塔亥亲眼看着这美丽的银河蜃楼，为能健康地回到敖伦韶荣而特别高兴。她为目睹着百花盛开的麻黄草地的夏景，骑着快步马，揭开银河蜃楼，遇上乙未好日子回到自己的草场而特别高兴。因为她遇上了两件喜事，一是在北京大夫的治疗之下，她的病已痊愈；二是她已完成了终身的愿望。她精神抖擞，红光满面，好像年轻了好几岁似的。她心想：一回去就抓萨里，准备佛灯酥油，多做奶食品，而且还要准备送尊敬大夫的礼物——奶酒、酪蛋、奶皮、酥油等。他们一般不收牧民送的礼，可是这一回不行，不要也得要。媳妇好，给我这老婆子送来天堂般的幸福，我的媳妇就是头等好媳妇。回去后，自己在畜群上多跑，让媳妇多跑一点兽医的事，让互放组的牧人们也多高兴高兴。她想着，想着，就来到了回家的岔路口上。可是，她提住马嚼辔头圆绳时忽然想到七十多岁老人希日布捎去的一句话：喂，我的纳布塔亥，把我这一瓶神灯酥油送上去，来时把成吉思汗宫殿的熏香捎来。她决定，怎么忙也得去一趟达日哈家。

当纳布塔亥走到达日哈家时，看见她们全家在忙碌着酿奶酒。因此，她也高兴，送去熏香时，正遇上了好时候。那布其很远就认出了她婆婆，迎面跑过去，磕了头后接住了马缰。希日布老人从女儿达日哈嘴里听说纳布塔亥来了，坐立不稳，拿起奶桶走出毡包，一边说着"胡瑞"，一边去迎接。过了一会儿，柴达尔全家和纳布塔亥她们围坐在酿奶酒的九印大锅旁，喝开了午茶。遇上自己的生日，又收到了宫殿熏香的老人希日布高兴万分，他梳好自己白苍苍的长辫，走进蒙古包内，向神龛磕头，点着熏香。

柴达尔也十分理解他岳父的心情，为了让他更加高兴，就向纳布塔亥问起成陵祭典的情况。纳布塔亥高兴地讲开了。她将自己看到的成吉思汗特大马鞍、白神马、新宫大包、祭典等都一个不落地讲着。她又讲起赛马、摔跤、射箭和自治区派来参加庆典的首长、记者等，将现代舞表演、唱鄂尔多斯长调民歌、观众超过几千人的新鲜事儿讲得活灵活现。希日布老人不时地提醒着，讲得稍高声一点。

"据说，再过两年就更好看了。那时，把成吉思汗的灵柩从青海省邀回来，把哈热苏勒德和阿拉格苏勒德等旗帜、鞍子、嚼子都

320

放入新建宫殿。据说，在不久的将来，在阿拉腾甘德尔山梁上新建三个大毡包式的大宫殿，把它分为中央宫殿、北宫殿和西宫殿。在新大宫殿中央安放圣主成吉思汗汉白玉塑像，并陈列祭典桌子等贵重物品。宫殿内安放的灵柩有：黄色绸缎中央蒙古包内安放圣主成吉思汗的灵柩和他大夫人孛尔帖、二夫人也遂、三夫人忽兰的灵柩；左侧黄色绸缎蒙古包中安放大汗弟弟哈布图哈斯尔和毕勒古岱的灵柩；右侧黄色绸缎蒙古包中安放大汗第四个儿子脱雷及其夫人伊西哈屯的灵柩。”

老人希日布听着纳布塔亥的讲述，乐滋滋地笑着，他放下拐杖走进毡包，给神佛点上佛灯。那布其听着婆婆那流水般的讲述，高兴得不得了，便说道：

“莫木，你的记性多么好啊！”纳布塔亥的小黑脸上滚动着热汗，用温柔的目光看着她的好媳妇说：

“如今的时代真好，这一切都是尊敬的北京大夫那妙手绘出来的，我的脑子好使了，我的心胸开阔了。”达日哈插嘴道：

“是的，咱全凭那些尊敬的大夫们，是人家把瘟神赶跑的！我也和你……”她故意打了个岔，说起另外一件事儿来，对那布其说：

“你现在会酿奶酒了吧？”那布其默默地一笑，说：

“亲自做几次，肯定能会。”她说得很自信。纳布塔亥笑了，她看着柴达尔和达日哈两口子，对媳妇说：

“回去后，你和莫木一起酿上一锅奶酒，好迎接那可爱的朝格吉玛姑娘。多酿些清香绵甜的奶酒，向明年的成陵祭典献礼。”她这样说着，意思是支持媳妇的做法。真是个知心的婆媳俩呀。纳布塔亥心想着这是好运降临，可是那布其却想这是新婚姻制度的特大好处。那布其每当看到蒸蒸日上的幸福生活，就不由得想起朝格吉玛对她的帮助。

纳布塔亥、那布其婆媳俩向达日哈告别。希日布老人忙从毡包走了出来，给她们俩用银盅酌上刚刚出锅的奶酒。那布其摇一摇手，表示不能喝，纳布塔亥急忙说：

"老人斟的奶酒，不喝也要尝一尝。"纳布塔亥边说着边喝了三三九盅的最后一盅。达日哈再三地感谢给她爸捎回来了熏香。

当她们启程时，那布其先扶她婆婆上了马，然后自己才骑上马，并肩奔驰而去。那布其一路上没说什么，只想着朝格吉玛能够安全地回来。达日哈八个哈那的毡包渐渐看不见了，那布其只担心朝格吉玛，她心想：哎呀！没有出事儿吧，她今天还没有回来！

那布其胡思乱想着，放松了马嚼辔头圆绳，婆婆的说声话忽近忽远。纳布塔亥突然高声问道：

"那布其，你怎么不作声啦？照达日哈的说法，你是不是也腿重啦？我可爱的儿媳！"她说罢，看着那布其微笑了。那布其吓了一跳，一本正经地说：

"莫木，你在问什么？我……没注意听。哎，您常听别人不三不四的话。我不知怎么啦，脑海中全是朝格吉玛姐姐。说一句实话，她回来的时间过去了，是不是路上出了意外？"她说着思绪不宁。

真的，已过了朝格吉玛回来的时间。敖伦韶荣嘎查的牧民们为了迎接参加自治区劳模大会的劳动模范朝格吉玛准备了许许多多萨里，如今他们翘首企盼着她。

朝格吉玛究竟怎么啦？

朝格吉玛提前一天买了火车票。那一天一早，阿拉腾花无论如何也要退她的火车票。朝格吉玛心想：莫木肯定想让自己谈对象。她一边想一边很不高兴。阿拉腾花问什么她也不回答。

"我可爱的朝格吉玛，妈给你说了，快把火车票退了吧！再一方面，坐火车……"

朝格吉玛抿着嘴，端着茶碗，一动不动地坐着，一声不吭。

"不，我的女儿，妈在说呢，这车间工作不忙，妈肯定能请上

322

假送你一趟。"阿拉腾花说完，也不吭声了。哎哟，母女分别的时间太长了，有了一定的隔阂。她这样想着。怎么说呢？亲生女儿也不听我的话。

朝格吉玛一直不回答。

"我可爱的女儿，咱母女俩能这样巧遇是天大的幸福。你的母亲，你亲生母亲的心里话：你住在这里，早一点成家，这是母亲莫大的幸福，母亲也不是靠上你了吗！那样美满幸福的生活就会降临在咱们家中，我的女儿！"

这真是几天前母亲提出的想法。朝格吉玛不但考虑过，而且从多方面想了一整夜。

"莫木，你考虑得比我更多更多。我一定要找爸爸！另一方面，我在敖伦韶荣有我的家。"

"这与那家有什么关系？妈知道女大当嫁是天经地义的事！可是我女儿应听妈的话。妈已经给人家开口了。"

"莫木，你究竟什么意思！我不懂，在敖伦韶荣嘎查里，有人民政府分给我的毡包和羊群，还有我的'撵狼大红马'……还有我的心爱的宝贝。那救我的传家宝酒壶……"

朝格吉玛隆起的前胸胀鼓鼓的，微微弹动着，非常生气的样子。她并不是怕她妈妈，而是害怕社会顽固而守旧的习俗在作"靠椅"。真的，就这个旧习俗和"靠椅"，有将她与为整个社会的美好未来而战斗在前线的胡雅格分开的危险。她有一点害怕，便说：

"莫木，我给您做了一件新袍子，可以在节假日穿，光穿这短工作服有一点……"她说着把袍子递给她妈。朝格吉玛接着又拿出火车票，将车次和时间说给她妈妈。阿拉腾花更加焦急起来，说：

"我的女儿呀，这样忙着走，怎么行呢？我已经给你说了一个好女婿。"

"莫木啊！您在说什么！您……还把我……当成货物啦？莫木！"

朝格吉玛假如是一位软弱的姑娘，早已痛哭了。但是，她此时却想到工人们那种行动一致、团结齐心的优点，便说道：

"莫木，我一定要找到爸爸。我找到爸爸之后才结婚，只有和谁谈恋爱，这是我个人的自由，任何人不能干预。我亲爱的莫木，您应该向工人阶级兄妹解释清楚！"

阿拉腾花下班回到宿舍后，她感到非常烦恼。她忽然间想到自己亲爱的巴拉珠尔。她俩自由恋爱，结婚，共同走入刀山火海。他们又生了两个女儿，这些情景一下子浮现在她的脑海中。她的脸像火烫似的，她不能入眠。她力求把女儿朝格吉玛留在城市结婚的努力已彻底失败。她忍不住痛哭了。

在刺眼的电灯之下，阿拉腾花擦着眼泪，默默地看着正在甜睡的女儿朝格吉玛。女儿的脸庞漂亮得令人心疼，刹那间她不会眨眼了。

朝格吉玛还是一个知轻重的聪明姑娘。早上，她跟母亲说：

"不，莫木，我已经说清楚了，您别累坏了身子。那时是旧社会，现在莫木您把话说完吧。"

阿拉腾花默不作声。

唉，多么可怜的母亲呵！母女像一块分离的大玉石一样。朝格吉玛这样一想，又忽然想起自己受伤的事：不，这事不能跟妈妈说！她确信，将这伤疤永远地留在心中，像影子一样终身跟随着她。

"我可敬的莫木，我要回家乡去。"

朝格吉玛郑重地说完，决心不掉一滴眼泪，伸手准备拿挂在衣钩上的小包，包中有她带蒙古刀的火镰。阿拉腾花迅速阻止女儿说：

"我的女儿，妈妈很难受。不，妈说不过女儿，现在再不提把你留在城市结婚的事了，行吧？"

"莫木，我已长成大人了。每一个人的想法都不一样，我还有自己的想法。我一定要克服一切困难。说一句真话，这里住久了，我的业余自学会落下的；我的植物学、生物学怎么办？这是我向他……送的最贵重的礼物……"

"我的女儿，给谁送？"

"不，这是我送给大草原美好未来的最珍贵的礼物。我要学习草原专业，成为大草原一草一木的真正主人。"

谈话间，阿拉腾花从小就爱草原的激情像一丝白色的烟雾一样静悄悄地升起。她转过脸去，看着女儿，用长满老茧的双手摸着朝格吉玛那卷曲的头发，亲吻着女儿的脸，激动地说：

"妈妈全明白了，我可怜的女儿……去吧，别忘找你的爸爸……"她断断续续地说着，"嗷嗷"地掉下眼泪。朝格吉玛翘起柳叶似的眉毛，情不自禁地抱住了妈妈，难过地说：

"莫木，我全知道了，我在黄河畔上的昆都伦河火车站下车。"她又不知想到了什么，不好意思地抿了抿嘴，说：

"莫木，赛音苏①！"当她说完，刚要走时，纺织厂的十几位工人过来送行。工人们中还有那位上主席台领奖的劳模青年。

工人们目送着朝格吉玛上了火车。

火车开车的时间到了。

朝格吉玛举起右手不停地挥舞着，祝愿他们一切顺利，而工人们向她微笑着招手，叫她再回来美丽的首府之城。工人们中的阿拉腾花就在这种欢乐的气氛中送走了自己可爱的女儿。她望着女儿，不由得掉下了热泪。可是，那位青年劳动模范在原地站了很久，他像个名副其实的准女婿一样寸步不离阿拉腾花。

火车像一条巨龙似的奔驰在祖国的土默特大草原上，开往正西方。

---

① 赛音苏：蒙古语，留步、保重的意思。

二十四

朝格吉玛坐了半天的火车，来到原定的火车站就下车了。

她步行来到黄河东岸，雇了一艘小舟，渡过了波浪滚滚的母亲河乌兰哈屯，背起小包准备步行到敖伦韶荣。她把母亲送给她的绣有玫瑰花的三角形头巾搭在肩上，结在领前。在轻轻吹来的微风中她掀起下摆，散发着莲花芳香的脸上撒满了阳光。她的脸上早滚出了汗珠。她决心两天走完三天的路程。大草原的空气特别清新。她只想快一点赶路，想到要做的事，她的心情高涨。她第一次觉察到，自己的胡雅格是个聪明伶俐、严格要求自己上进的人。这是她有了充分考虑的时间而得出的结论。路上，她饿了，就吃母亲给她准备的干粮；渴了，就找草原上的泉水喝一喝。真的，俗话说得好：人靠食，马靠水。吃上啦，喝上啦，就有了使不完的劲儿。她心里只想：使牧村的牧民们团结得像一个人一样，开展生产大发展，这是一生中最幸福的事儿。

她第一天晚上，住在一个蒙古族老大娘家，第二天黎明就起身。她脑海中常常出现她爸爸的魁梧身材，在心中的分量越来越重。毛毛细雨没有挡住她的去路，一路上她想着许许多多的事，又分析着许多事的真与假。她一直从第二区工委所在地走向第一区工委的羊肠小道。她心想：这是一个最好的办法。越想，她的步伐就越快了。谁也没赶着她，她只是一个人这样匆忙地走着。替她忙活得不只是她的肢体，还有她那颗心。在她大脑的指挥之下，她的双手双脚虽然因慢而受到责备，但是必须听从指挥。特别是她这历经艰难的双脚，将还要经过险峻的路程，比如必须经过大昆兑河。朝格吉玛无暇考虑这些路程的艰难。走着，走着，胡雅格突然来到她面前。他直爽地说着话，严格要求着自己，开展着批评与自我批评。他这一宝贵性格鼓舞着朝格吉玛。她的胆量更大了，此后，常常在她脑海中以飞翔的怪形象出现的草原狼群不见了。朝格吉玛的双手热起来。因为胡雅格在她旁边站着，说起原在温都尔 陶勒盖上说过的话："从咱俩的角度上说，这个秘密力量，天生力量不能主宰我们，我们可能成为它的奴隶。一定要成为真正爱情的主人……"朝格吉玛顶着连绵的小雨，自言自语道：

"胡雅格，你在哪里？我深刻地认识了你，尤其深刻认识了你的思想。你是一个有着硬骨头，像雄鹰一样的年轻人。"

忽然看见了柴达木中间高丘上的大白塔。朝格吉玛昂首跨起大步高兴起来：啊呀！真是在梦中赶路啦，多亏没走错路！抬头一看，细雨早已停了，太阳的金线银线照耀着一团团棕黑色的云彩。朝格吉玛因来到养育她的美不胜收的故乡而高兴万分。她快速地赶着路，心想：直接到区工委办公室，找到都勒禾古尔和朝格那顺他们两个人中的一个，谈完事儿，当天晚上就回敖伦韶荣。

当朝格吉玛跑进区工委大院时，正好碰上都勒禾古尔同志背着皮挎包锁着宿舍门。

"都勒禾古尔区长，您好？"

"我们的朝格吉玛代表啊！两会胜利结束啦？"

都勒禾古尔转身边问边与朝格吉玛热情地握手。他的脸上突然间呈现出又红又润的光芒。他急忙从兜儿里拿出钥匙说：

"啊呀呀，你来得正好呀！快进屋，朝格吉玛！"

都勒禾古尔手拿着钥匙，开了半天没能打开。

"嗨，不是拿错钥匙了吧？"原来他拿错了钥匙了，说着，换了个钥匙。

他打开锁子后开了门，帮着朝格吉玛将包裹拿进屋里。他把朝格吉玛让进屋，先让她坐下，然后他自己提着茶壶打水去了。朝格吉玛坐在椅子上观察着屋子。她的衣服已湿透了，一股湿气凉飕飕地透进她的全身，感到很不舒服。这时，她才知道这屋子几天没有人住没有烧火。真的，屋子里的单人床上没有都勒禾古尔的被褥，床上只铺着一条白毡。朝格吉玛心想：都勒禾古尔区长肯定常下乡，住在嘎查牧民家里。办公桌上也不像以前那样摆着那么多的书籍和文件。不过这屋子里多了一个保险立柜。单人床的一头乱七八糟地堆放着许多报纸，旁边放着一本书。朝格吉玛走过去，翻开那本书，从书中掉下来一张照片，展现在她眼前。这是谁呢？确实像她过去见过的人：他戴着军帽，大宽脸，浓浓的眉毛，一对暴性子眼睛。朝格吉玛用敬仰的眼睛看着这张照片：我在哪儿见过这个人？她最后给了一个定义：这个人我肯定见过。正要把照片插进去合上书时，都勒禾古尔右手提着壶，左手抱着柴进来了，说：

"看你这书迷，被雨水浇透了回来，还要看一看书。"他微笑着，没有一点责备，就忙着烧起火。他烧起炉子，边加柴边说道：

"火快旺了，快把外衣烤一烤。这屋子很长时间没人住了，你会凉坏的。"朝格吉玛脱了长袍烤在炉子跟前说：

"都勒禾古尔叔叔！这本书中间夹的是谁的照片？我好像在哪儿见过这个人呢？！"都勒禾古尔动了一下眉毛说：

"噢，哪一张照片？"他加上柴，把壶放在炉子上，往茶壶里放了一点砖茶后，无心地说：

"我解放战争时期的朋友多，不知把谁的照片夹进了书中。"

"就这照片，我给您拿来看！粗略地一看，像我爸，可是我爸脸上没有伤疤呀！"

朝格吉玛一边说着，一边跑过去，拿起床上的那本书。都勒禾古尔无话可说，十分焦急。在朝格吉玛正要翻开书页的节骨眼上，都勒禾古尔把书抢过去，忙说：

"稍等，里面有我的一个秘密单子！"他换了一副低而柔和的嗓门儿，问起她什么时候参加完劳模大会，为啥没坐汽车就上了火车，路上住了几天等一系列问题，问得很亲切。朝格吉玛虽然想问照片的问题，但是考虑到先必须回答他问的问题，就一个个仔细地回答着。壶里的茶煲了。都勒禾古尔给朝格吉玛倒上茶之后，一直抓着茶壶，不让朝格吉玛自己倒茶，还说道：

"路上饿坏了吧？你是真拿出傻劲儿步行过来的呀。好好吃这炒米、奶皮、酥油啊！"他像一位热情的母亲一样。这时候，区工委炊事员送过来饭，说：

"先吃饭吧，我已准备好住处啦。"他说完就走了。朝格吉玛说：

"吃完饭就想走。"

"天都快黑了，怎么走？路上会迷路的，雨水大，很危险呢。你和格日乐住在一起，明天一早走吧。"都勒禾古尔关爱地说。

"格日乐？哪儿的格日乐？"

"就你们麻黄草地的格日乐呀！她最近和丹巴扎木苏结婚了，丹巴扎木苏刚去了旗所在地，格日乐一个人在家。"

"她！真的成家了？"

朝格吉玛十分惊喜地笑着说：

"真的，这是人类必然的规律呀。"都勒禾古尔的圆脸上现在才有了一丝微笑。

朝格吉玛心想：啊，她真的当上干部家属啦？她想着，将想法说给都勒禾古尔，都勒禾古尔听后说：

"原先她也没有这种想法，可是格日乐是听话的人。朝格那顺同志说：我们畜牧业生产是多么需要人力，你是知道这个的；畜牧业生产好了，我们对前线的贡献就大，同时牧民的生活也会好起来。我们两位聪明的新人，听了老朝的这一番劝说，就马上转变了思想，在结婚的第三天就准备下去呢。"

"咳，是否起了矛盾？"

"不，不。我们考虑，既然是新人，就应多住上几天。于是，决定安排丹巴扎木苏在附近的柴达木嘎查下乡。突然旗公安局有了急事，把丹巴扎木苏叫走，他刚去旗府。"

喝茶吃饭间，朝格吉玛的长袍干了，她穿上长袍。她的眼睛一直盯着床上那本内有照片的书籍上。都勒禾古尔仔细观察朝格吉玛那水灵灵的大眼睛和颊上的酒窝后，就再也不敢直看她。"怎么说呀？"都勒禾古尔的心在咚咚直跳。他突然间头昏眼花，向前倒了下去。差一点把头碰在火炉子上。朝格吉玛眼疾手快地抓住了他的肩膀，忙喊：

"您身体是否欠佳，快昏倒啦！"

"不，我不会倒，有点头晕。"他勉强稳住身子，低声说。

朝格吉玛扶着他的身子，他的前额上冒出豆大的汗珠。朝格吉玛急速拿出手绢擦了他的汗，让他靠着墙坐了起来。都勒禾古尔睁大眼睛看着朝格吉玛。朝格吉玛大吃一惊：怎么啦？，她说：

"叔叔啊！我爸的照片！"

朝格吉玛又惊又喜地这样喊出，都勒禾古尔只是发愣，刹那间他的心感到剧痛。

"我爸怎么啦？您肯定知道。叔叔，让我再仔细地看一看那张照片！"

都勒禾古尔的脸色由红润变为雪白，眼睛盯住地板说：

"朝格吉玛，你累坏了。今晚无论如何不能回去，明天早晨我还给你交代任务呢。那时，我把照片给你详细介绍一下。"他说着，眼睛盯在那本书上，顺手抓住她的包裹，说：

"这样行吧，我把你送到格日乐家。"

朝格吉玛什么都没有回答。

都勒禾古尔把朝格吉玛送到格日乐家后，回去了。

格日乐和朝格吉玛俩见面后，十分高兴。朝格吉玛从格日乐那里听到了牧村的新变化。然后，朝格吉玛谈了自治区两会的盛况。

她俩钻进一个被窝后，又谈了许多。格日乐的情绪特别高涨。朝格吉玛毕竟是一位年轻姑娘，她为格日乐的结婚而特别高兴。她要求格日乐仔细谈一谈结婚那一天晚上的情况，要不，不让她睡觉，一定胳肢她。可怜的格日乐碰到指头就笑个没完，"咯咯咯"地笑着。

"我的妈哟！说！说！笑死了，喂，我说……我说。"格日乐止住笑说道。

"朝格吉玛，你早就知道丹巴扎木苏和我相好的事吧！"

"哦，知道是知道一点。可是，既然成为热恋中的一对男女青年，就有他们巧妙的办法，你怎么把自己的热心献给他的？哪一种热恋法？"

"我真心爱丹巴扎木苏。因为他坦率得可爱，再加上他有文化。我常常注意他的言行，尤其他劳动时的样子很吸引人，他在劳动中从来不迟到早退。他那次在打草时悄悄地给我递了一封求爱信后，我们俩更接近了。此后，他还远远地拿着小镜子利用反射光偷看过我的长相。这个早被我发觉了。我默默地想：唉，可怜的东西，他已爱上我了。有一次，他给我悄悄地买回来几件时髦衣服。我怎么穿它呢？他低声对我说：'这是我省着钱，买回来的衣服。'后来其木德稍和我相遇后拉起话来，她的意思是收到那么好的衣服应归功于她。我听了她的话后很恼火，将衣服还给了丹巴扎木苏，这是修公路前的事儿。我虽然爱上了他，但是怕把我当成彩礼，特怕二次'彩'礼的重新出现；我生活在烦恼之中，心想：你原先是怎样宣传过自由婚姻，如今你又用上'彩礼'那一套东西?！你说的一个样，做的另一个样！我莫木看见那些衣服后还不高兴地说，你不能嫁给丹巴扎木苏。那一天晚上，我在被窝里哭了一夜，一直哭到天亮。热恋这个怪东西是自然而然从心中涌出的泉水，将不好的也能看成美的。第二天，喝早茶时我爸看见我的眼皮都肿了，才把我的婚姻一事当成一回事，说：'我可爱的女儿，自己不同意就早一点算了吧，第二区工委的我认识的一位好友，给儿子问你呢。'我没回答。随后，又流着眼泪，放了一天羊。年轻姑娘的热恋之情是这样的难，这样的急促，好像马上跳进大黄河才痛快一场似的！后来，有个大夏天的中午，我忽然睡醒了，我满是汗水的手中有一个纸条子。打开一看：'格日乐，我有一点不好意思，不该向你求婚；我把那衣服烧掉啦！丹巴扎木苏敬。'我几天以来吃不下，睡不好，明显地瘦了下来。"

"格日乐，我知道。我问过丹巴扎木苏详细情况。那时，其木德稍想尽一切办法，想把自己那宝贝女儿介绍给丹巴扎木苏呢。"

"说实话，我当时考验他一两年，等彻底了解相互的脾气和性格，才做出最后的决定。可是，突然丹巴扎木苏追开我了，又爱上我了，无话可说。他在什么事儿上也帮我的忙。姑娘那心也是个怪东西，像个被磁铁吸走的一块生铁一样。几天后，在我眼里丹巴扎木苏的什么都好了起来。我主动向他学文化，又学珠算。这样日久天长了，我慢慢接受了他的结婚请求，整天地想：人家对我那样好，我不能往人家的热心上泼冷水。因此，将自己的事通过达日哈姐，说给了我莫木，事成了。三天之前，就在这屋子里举行了新式婚礼，好脸红啊！从此以后，我成了一名干部家属，整天无聊地坐在家里，无事可做。可是，丹巴扎木苏说，叫我永远住在这里。哼，我为什么同意呢！第二天一早我俩就争吵起来，谁也不让谁，只好去了区工委办公室。到那儿以后，我爱人同意了我的意见呢。……"

"格日乐，说说你们的婚礼的情况！"

"简单地谈一下，现在看来有点过于新式，以酒和糖为主。谁都没有喝醉酒，不过乐队、歌手好，真叫喜宴。客人们嬉笑我们俩是新式婚礼的主题，叫我俩坐在一条板凳上互相亲吻，那板凳能坐下咱俩？我完全坐在他怀里。细线吊着一块水果糖，叫我俩一起吃，嘴对嘴地相互喂糖，那一根线移动不定，真叫人出一身汗，尤其我的下身出了一身热汗，亲吻着他，真想马上能入洞房，真叫人脸红死了。"

"是哪一位顽皮后生出的主意呢?"朝格吉玛"咯咯"地直笑,勉强说出一句话。

"咯咯咯!"

"呵呵呵!"

她俩的笑声甜蜜蜜地消失在布满云彩的牧区天空中。

都勒禾古尔的心脏跳动得特别快,几乎异常,使他不能久久入眠。他心想:一夜不合眼,快要黎明了。他起了床,打开抽屉,念了一番阿拉腾花捎回来的信。"……旧社会,万恶的旧社会拆散了我们一家人。可是,在新社会里你们应该欢聚一堂,享受幸福,成为建设社会主义社会的真正主人。你这样相信党,我一定要执行区工委会议精神。我相信党,相信你们! ……"都勒禾古尔在嘴里这样嘟嚷着,等着的通讯员还没有来,自己一个人就出去了。

外面起了一点风,雨的潮气浓浓的,院里面的小榆树随风摆动着。大门上一位基干民兵正在持枪放哨。都勒禾古尔向那位放哨的基干民兵走过去,说:

"革命同志,我替你放哨吧。"那位放哨基干民兵立即回答说:

"不行,这必须由排长同意才行呢。"他只好遵守纪律,走向基干民兵的宿舍。基干民兵们睡得很香,那位排长后生很机警,听见都勒禾古尔的脚步声就醒了,他持着枪,和衣而卧。他主动向都勒禾古尔说:

"天气很凉,我替门哨吧。"都勒禾古尔没有听他的话,自己去替了门哨。

朝格吉玛一早起床后,洗完脸就来到都勒禾古尔宿舍。都勒禾古尔已放哨回来熬好了茶,等着朝格吉玛。她一来,都勒禾古尔就倒上茶。都勒禾古尔默默地喝着茶,再给朝格吉玛倒上茶后,将那本床头上的书拿过来递给朝格吉玛说:

"你是一个从小经受了严峻考验的,吃尽苦头的普通牧民的女儿，这书和照片是你爸送给你的。"朝格吉玛大吃一惊，双手接住那本绿色封面的书后，疑惑地问道：

"我爸在哪里呢？"

为此，特别激动的朝格吉玛立即补充道：

"都勒禾古尔区长，求你一件事，就是把这带蒙古刀的火镰暂时保存在你这里。"她说着，把带蒙古刀的火镰从长袍怀襟中拿了出来。

二十五

朝格吉玛一早喝完茶就出去了。

雨后的大草原格外清朗，草上、花朵上都闪烁着千万个珍珠颗粒，在阳光的照耀下像无数颗小星星般的水珠珠使草原一片绿茸茸。

格日乐上午洗完丹巴扎木苏的衣服后才走，因此朝格吉玛没等她就坐上顺路的大卡车，去了敖伦韶荣。汽车行驶在一望无际的大草原上，心事重重的朝格吉玛一觉就来到了敖伦韶荣山。朝格吉玛同那位少言寡语的年轻司机打了一声招呼，在靠近敖伦韶荣山梁到麻黄草地的岔路口下了车。卡车刚走，巴拉嘎就从岩石背后突然冒了出来，迎接了朝格吉玛。在巴拉嘎眼里，很久未见的朝格吉玛那脸庞、身条都十分漂亮，美丽诱人。她那圆而白了许多的脸上散发着又细又嫩的光芒，天蓝色的长袍和跟稍高跟的白皮鞋让人感觉她是一位城市美女，看不出是一位牧村姑娘。为此，巴拉嘎激动万分，跑过去问候起来。朝格吉玛也看到这位家乡年轻后生，不由得伸出她右手和他握了握手。他嘴角上挂着傻乎乎的微笑。

巴拉嘎主动地伸出手准备帮朝格吉玛拿小包。

"巴拉嘎，不用帮！这不重，我自己拿。"

"不，还是我来拿吧！"

"我自己行，不用帮！"

巴拉嘎听见朝格吉玛的说话声很柔和，他高兴极啦。他不好意思地摸了摸自己的后脑勺，说：

"啊呀！可把你等上了！"朝格吉玛将话题转开，反问道：

"是牧村的人们吧？"她又眨了一下眼，说：

"是否有什么重要事？"

"不，我想跟你说一件重要……"

"那么，你就直说吧！"

巴拉嘎脸上呈现出假惺惺的笑容，说：

"不，咱俩在这儿坐一会儿。"巴拉嘎边说边伸出右手，迅速摸到朝格吉玛丰满突出的乳房。他觉得那乳房太软绵绵了，觉得没有碰上硬东西，几乎吓了一跳。

"你为什么摸我的乳房，真是个鬼东西！"

朝格吉玛说着背起小包迅速往山下走。巴拉嘎喘着气，追过来挡住了她的去路，说：

"你和我有仇吗？"

他噘了噘嘴。

"你这是什么话呀？没有仇恨我也不想和你在这儿坐。你有话就直说，你别瞎挡路。"

朝格吉玛说得极为生硬，眼里射出愤怒的目光。巴拉嘎看出她已怒气冲天。因此，巴拉嘎心想：这是朝格吉玛，不是别人。对她应该来软的，她不是吃硬的人；用软的办法可以尝尝漂亮的朝格吉玛的滋味，这是起步。朝格吉玛看见巴拉嘎故意挡着她的去路，她皱起眉说：

"巴拉嘎，我为了在思想上帮助你才与你谈心，这是真的。可是，你作为一个有文化的人，不能误解这事！现在为什么还提出无理的要求呢？"

朝格吉玛斩钉截铁地说着，她那双大黑眼睛发怒地转动起来。她发起脾气，用劲儿推开巴拉嘎放在她肩上的手。巴拉嘎反而笑了，说：

"唉，你可能也听说了吧，胡雅格在战争中受了重伤，残废了，

336

也有可能死去。"朝格吉玛听了这话，没变脸色，冲他说：

"你！你这巴拉嘎！这一段时间你的'进步'真大啊！竟听坏人的话，造谣！"

"呵呵呵，这不要紧，和你开个玩笑，试一试你的态度呢！一旦胡雅格在战争中有了这样或那样的问题，可怜的你究竟靠谁生活下去？"

"谁是你可怜的?!"

"你！和我早一点谈婚……"

"我不愿意和你谈恋爱！"

"我爱你爱了多少年啦？"

"我不同意，怎么样？"

"你现在说一句实话！"

巴拉嘎对朝格吉玛笑着说。他右手伸得老长，想抓住朝格吉玛的袍袖。朝格吉玛迅速将两只手藏在背后。

"这就是我的实话。"朝格吉玛的呼吸急促起来，她边往下跑边生气地说着：

"我不愿意跟你，翻身之前我就说过这话了，不知说了多少遍！你这是逼我！"这时，巴拉嘎真的火了，追着朝格吉玛，并肩跑着，想伸出手抓住她。几分钟后，他抓住了朝格吉玛，想把朝格吉玛拽倒。

和巴拉嘎争执的朝格吉玛在喊：

"你，快一点放开我！"

她直视着他。

"就是不放。"

他露出滑稽的微笑。

"如果不放，我就喊人。巴拉嘎你……"

朝格吉玛终于被拽倒。她高声地喊：

"来人啊！来—人—啊！"

她那双美丽的黑眼睛里闪过一丝恐惧。山间除了她喊声的回音外，那布其、阿日宾德力格尔俩（他们两人在稍靠西的地方上也等着接朝格吉玛）听见喊声奔跑而来。

朝格吉玛拼命地站了起来，拿出九牛二虎之力与巴拉嘎搏斗着。那布其、阿日宾德力格尔俩上了山丘就看见，他们正在悬崖上。那布其、阿日宾德力格尔俩一看，毛骨悚然，他们喊：

"朝格吉玛姐！"

"朝格吉玛——"

他们两边喊边跑，当飞速赶来时，突然巴拉嘎将朝格吉玛使劲推了下去，朝格吉玛从山坡上滚了下去……

眨眼之间，出了大事。

巴拉嘎心惊胆战地站在山上，一动不动，像一个木头人似的。阿日宾德力格尔、那布其俩叫喊着人们。

朝格吉玛的生命危在旦夕。

阿日宾德力格尔、那布其俩和牧民们一起把朝格吉玛迅速送到嘎查抗梅队。抗梅队的大夫、护士们对朝格吉玛进行了抢救。朝格吉玛重伤，处在昏迷状态，呼吸困难，鼻腔流血，忽而有知觉时伸左手，摸一摸左侧胸，又昏过去。嘎查人民政府的有关同志都来看她，"不行了"三个字挂在他们嘴边；牧民们听见朝格吉玛的不幸遭遇，纷纷过来看她，焦急万分。

朝格吉玛的伤情很严重。抗梅队的尊敬的大夫们虽然进行了及时的抢救，打了针，并进行人工氧气呼吸后，又继续救治着，但是关于内伤没能作出准确诊断。人们焦急万分。那布其默默地哭着。拿着听诊器仔细听了朝格吉玛右侧胸的大夫们一致认为：必须及时用救护车送到盟医院，在X光线的辅助下作出正确的伤情诊断。

给朝格吉玛带上氧气呼吸管儿将她上了救护车。

进行抢救的阿拉坦巴尔斯大夫跟着重伤员上了车。

救护车轻轻地驶上了新修的公路。

……

　　时间到了中午十二点。救护车开进孟克镇后，又直接驶进盟医院东大门。救护车上下来的朝格那顺，阿拉坦巴尔斯大夫等用军用担架把重伤员抬进了急救室。这里有一位姓胡的大夫正在值班。他接到重伤员后，及时进行了检查，又紧急通知将要下班的放射科大夫、手术助手、妇科大夫、化验室护士、麻醉师和手术室几位护士等，让他们待命准备手术。

　　重伤员朝格吉玛被抬进放射室。荧光屏前，X 线穿透重伤员整个胸廓。荧光屏上清晰地显现出左胸腔血气胸，纵隔右移，左肋第五至第六肋骨隔角消失。这是一个明显的张力血气胸患者。拍片后，决定紧急动员外科全体人员，并请化验室紧急配血八百毫升，进行急诊手术，迅速动员手术室、护办室作术前准备工作。

　　可爱的朝格吉玛姑娘的生与死掌握在这些白衣战士的一双双纤细的手中。

　　手术开始了，麻醉是第一难关。麻醉师经过认真准备，对此次胸外科手术采取了一种复杂的、高难度的气管内插管、全身静脉复合麻醉的方法。首先在静脉血管内注入硫喷妥纲，诱导麻醉成功以后，将气管插管插入患者的气管内；接上氧气，开始了人为控制的呼吸，紧接着加上百分之一的普鲁卡因的静脉麻醉。麻醉过程中所出现的患者喉头痉挛和反射性血压下降等两次险情被麻醉师冷静地克服纠正过来之后，宣布麻醉成功。麻醉师这才出了一口大气，接过护士递过来的湿毛巾，擦了一把汗。

　　整洁的手术室消毒得干干净净，灌满了来苏儿味。灯光照耀着手术台，白衣战士们紧张地战斗着，整个屋内鸦雀无声，只间断地听见手术刀和剪子的碰撞声。手术台上，外科主治医师胡专家主刀，外科又一位年轻医师任第一助手，妇外科又一位医师任第二助手。器械护士、巡逻护士各就各位，护士办公室内正在紧张地采血。殷红的鲜血从毛肥氏滴管一滴一滴地落下，流进了患者的血液里。化验室的护士正在细心地配血以保护整个手术的血源供应；麻醉师一面给患者量着血压，一面频繁地吸出患者气管内分泌的黏液，保证呼吸道的通畅。

关键时刻来临。

在无影灯下，外科主治医师胡大夫准确、果断地沿左侧胸第六肋开了第一刀，紧张的战斗打响了。助手医师各尽职能，器械护士紧张而准确地传递着器械，穿针引线，手术循序渐进地进行。

胡大夫切开了皮肤，结扎了出血点，切开了背阔肌、斜方肌，显露了第六肋骨，沿第六肋骨切开骨膜，用骨膜剥离器剥开骨膜，剪断肋骨，暴露了胸膜。

紧张的时刻到了，人们屏住呼吸，周围处在肃静中。马上就要打开患者的胸腔了，手术进入高潮。输血管内鲜血一滴一滴畅通无阻，氧气充足，血压平稳。人为地控制呼吸已暂停，配合术者安全地打开胸腔。

患者的胸腔被打开了一个小口，一股压力较高的气流"嘶"的一声喷出来，放出气体约一千毫升，术者和助手都同时感觉到了它，这证明了 X 线荧光屏上所显现的张力气胸确实存在。随着扩大切口，胸腔内的情况一目了然。本院没有开胸器，也没有胸壁固定拉钩和闭合器，助手用普通腹部拉钩，用力坚持拉开胸壁。胸腔内有积血，探查左下叶肺表脏层充血，未见破裂；继续探查，发现左肺上叶后部有三平方厘米表破裂，随着呼吸运动，冒出一串串带血的气泡，肺表漏气，小动脉破裂并有活动性出血，同时第五至第六肋骨角处有二平方厘米的淤血痕，所见与诊断完全符合。麻醉师又一次控制患者暂停呼吸，为术者快速进行了细致的缝合，患者致命部位的肺破裂修补好了，伤口不再漏气，不再流血，手术第一阶段宣告成功。

胸外科手术的下一个问题是引流和抗感染，必须在胸腔闭合转入负压的过程中将胸腔内的游离气体和渗血逐渐引出。于是，第八肋腋后线部放入引流橡皮导管，闭合引流，这将是术后护理上的一个重要问题。

手术进行了三个小时十分钟后，患者朝格吉玛被安全送回 203 号病房。主治医师同值班医师、护士们一起继续战斗着，每小时测量一下朝格吉玛的血压、脉搏、体温，按规定倾倒引流物，迎来连续二十四小时的特级护理。他们几乎一步不离朝格吉玛，坚守岗位。病历上一小时一小时地所观察的记录上记下了朝格吉玛的病情。他们从傍晚战斗到第二天清晨，而手术后的特级护理的一昼夜就燃尽了很多只蜡烛。朝格吉玛的呼吸道很自然地存在着感染情况。她一咳嗽，气管内的痰液就增多。值班医师和护士不怕，随时用吸引器帮着吸出又粘又稠的痰，采用各种办法，即用静脉点滴、肌肉注射有效抗菌素，气管喷雾等办法，感染被有效地控制住了。外科大夫、护士们的辛勤劳动被一页一页地写进病历袋中，他们高尚的品德、热情的关照、精益求精的精神使患者重新获得了生命。他们那坚忍不拔的精神像阳光一样照耀着整个病室。到了第二天下午时分，朝格吉玛胸腔内的游离气体和渗血逐渐被引出，越来越少了。

朝格吉玛忽然醒了！她睁开眼睛，看着旁边的人。多么漂亮的姑娘啊！大夫和护士们好像刚刚看到她一样，都瞪大了眼睛。朝格吉玛看见这些陌生的大夫、护士，微微露出笑意。但是，她只想起她滚进了山沟，刹那间却想不起这突然的重生。

朝格那顺指着周围的阿拉坦巴尔斯大夫、胡专家以及其他大夫和护士们，激动万分地解释说：

"他们都是你的救命恩人！"

朝格吉玛那双水灵灵的黑眼睛在温和中闪闪发亮，脸上堆满了微笑，无声中掉下了眼泪，这微笑和眼泪使周围的人们感动不已，不由得高兴起来。

第二天，朝格那顺和阿拉坦巴尔斯大夫等准备起身。

朝格吉玛十分感激他们，久久地握着阿拉坦巴尔斯大夫和朝格那顺的手。这时刻，谁都难以用一两句话来表达出各自的心情，只好默默地相互微笑着，微笑变成了话语，变成了机灵的百灵鸟。

转眼间，一个月过去了。

朝格吉玛的身体一天天地好起来。她能坐起来看书了。她听护士的话，适当地休息着，早上还作一点简单的体操，看着自己爱看的家乡人捎来的书。护士不同意朝格吉玛过度疲劳。日夜在欢笑中、多梦中不知不觉地像飞越千山万水的飞机一样过去。朝格吉玛不多久也该出院了。她每天帮着护士姑娘擦地板、擦桌子、擦床头。大夫和护士们十分佩服牧民姑娘朝格吉玛勤劳的习惯。

护士姑娘做完自己的事后常常坐在朝格吉玛的旁边，回答她所问的关于自然科学的问题。她还主动给朝格吉玛讲解了窗台上放的几种盆花的生长原理。其中有一盆骨刺梅。朝格吉玛奇怪这花儿，便问：

"你说一说，这花儿过去是长在寒冬的北方地区吗?"护士姑娘摸了摸朝格吉玛那纤细的手，回答说：

"原先它是热带植物，后来植物专家对它进行了多次的栽培实验后就适应了这里的环境。"

"你知道那位专家的名字吗?"

"唉，我的妹妹啊，我这是随便说一说，是我的老师，也是你的老师呀，你知道英国生物学家查理·达尔文吗?"

"噢，知道啦!"

朝格吉玛高兴地回答着，轻轻地抚摸着护士姑娘那纤细的手，观察着骨刺梅盆花。它长有很长的带刺的枝叶，枝叶像很多细长的蛇一样相互交叉着，有很小很小的羹匙般的叶子，叶子旁边开着很多小红花，那小红花很美，只有两个花瓣，中间挂着小小的黄色花粉。

"你观察够了吧?"护士姑娘问。

"好奇怪的植物，又有刺儿，又有花儿。"朝格吉玛姑娘瞪大眼睛，对骨刺梅很感兴趣。

"生活中奇怪的事情真的很多很多。"

护士姑娘笑着说。她仔细地看了看朝格吉玛那不超过二十二三岁的细白而粉嫩的脸庞，以及启明星般的双眼和柳叶似的眉毛，奇怪它们为什么一直停留在自己所研究的几盆花儿上。

"朝格吉玛姑娘，你看一看，我身上有没有知道生活滋味的样子呢？"她不知是在问自己，还是在问别人，很模糊地继续说下去："朝格吉玛，你应该知道，我可爱的牧民朋友！一位伟大的心理学家说，生活是暴风骤雨，从生活中得到真正的爱情并没那么容易；也有一位诗人说，认清生活麻烦特大、爱情也不是那样甜蜜，那么自由。我看，炉火不能拿纸来包，生活中的雷始终要发出响声的。我对植物的爱好往往触动那些不三不四的追求美女的后生们，真烦死人啦。我完成不了写论文之前的实习，不考研究生，绝不接受情书。说句实话，我虽已是二十三岁的姑娘，但至今为止不懂什么是爱情！那些影响我工作的乱七八糟的信，给我滚，滚得越远越好！研究才是我唯一的任务！"爱好植物研究的护士姑娘一口气把话说完，看着那盆冬季能开花、美丽好看、受人爱抚的骨刺梅花。

窗户外边的自然风景宛若一副美丽的油彩画。雷雨后的天气还未晴，高原上的浓云像美女的大梳子一样地一直停留在碾盘梁山下。它绕着新型二层楼，缓慢地升上天空。一半没有云彩的蔚蓝天空下面，红旗彩旗迎风招展，在绿林、白楼、宽街中间出现了一支保卫世界和平的游行队伍，他们的口号声动天震地，格外引人瞩目。游行队列经过小镇所有的大街小巷，那样的威风，那样的斗志昂扬。大地虽然给花草带来微小的灰尘，但是草叶和花朵为艰难中获得新生而高兴。人们的脸上，他们那热爱和平的脸上增加了一层喜悦，这是所有人的期望。

阳光射进每一扇窗户，温温和和的，使人感到很舒服。这使人们忘记了伏天，忘记了炎热的天气。病房内也一样，走廊里也一样，阳光从整齐的玻璃窗户像个文明的客人似的慢慢地走进来。从病房的门到窗户，从窗户到门只有六步半的距离，这几步走了多少次，朝格吉玛心里最明白。尤其这地板印象最深刻。因为从这光滑的、有亮度的人造大理石地面砖上不知走过多少人，大夫、护士们为患者的家庭幸福而磨光了它，踏光了它；它还给患者带来新生活的巨大力量，成为患者难忘的神圣地面。啊，如今护士姑娘也站稳了脚，踩着这人造大理石地面砖，不停地工作着。她像一位年轻的母亲，不，她像一颗闪亮的星星，把光撒向所有的患者。她每一次到病房，都向朝格吉玛热情地询问病情，或给她打针，或给她吃药。啊，大家庭中的人与人之间的关系像不灭的火，像闪光的火炬！可是，……朝格吉玛无法继续想下去。

朝格吉玛姑娘很高兴，因为她明天就要出院了。她和大夫、护士们建立起了真正的友谊，如今已难分难舍。这时候，突然有位护士出现在朝格吉玛眼前，说：

"我的朝格吉玛，给你寄来一个包裹！从邮政寄来的这包裹先到了敖伦韶荣村，然后才由别人捎到这里的，给你！"

头发亮黑，皮肤白皙的二十几岁的护士姑娘天真地说着，将包裹递到朝格吉玛手中。从窗户射进来的阳光像蒸烫般地照在包裹上，又反射在朝格吉玛那苍白的脸上。她慢慢地打开包裹，包裹里露出她送给亲爱的胡雅格的绿皮日记，瞬间日记本滑落到人造大理石地板上。

朝格吉玛那一双水灵灵的大黑眼睛忽然发呆起来。它上面已有了一层泪波，她直盯向地板。

她莫名其妙地看着日记本。

二十六

留念

把这普普通通的日记本留念给我心爱的胡雅格。

你的朝格吉玛
195×年 10 月 15 日

※　※　※

我在日记本上开始写日记了，因这是你毫不吝啬地留念给我的。虽然这日记专门写给你，但是谁都可以念它。走向前线的对我来说，耳闻目睹、亲身体会的东西特别多。特别是朋友们那激动人心的谈话，对我这爱好文学的人来说很贵重。我将这些没有按文学要求去写作没注意典型性格，即只把人们克服困难，生活中的胜与败，愚与智，冲动与平静原原本本地写出来，也没有加工的充裕时间，请你原谅这些。提笔的我为了延长生命的价值，把两个三十秒钟并在一起用，将这作为一个少有的苏勒德精神①。你要知道了这一点，如有一天我在战火中英勇牺牲，

---

① 苏勒德精神：苏勒德是蒙古语，来自哈热苏勒德，意思是旗帜般的精神。

我的战友将这用蒙古文字写出来的日记送给最可爱的祖国，那里有为幸福新生活而战斗的人民之中的特殊一员，她就是燃起我爱情之火的人，送给她就行了。我的朋友和敌人都不可能拿这当笑话，这一点是我确信的。为什么？因为它是由像蛇印一样的长又长的蒙古文字真实地、一点也不添油加醋地写出来的。

亲爱的朝格吉玛，你应知道，这不只是给你一个人写的日记。写时没有用稿纸，只用了你给我留念的这本日记本，因为只能用铅笔写，有些地方会不清楚。

蒙古族青年的眼睛不像黄鼠眼，而是像大雕的眼睛一样看着全世界。握着你火一般的手分别之后，我决心忘掉你，心想：把你的话原原本本地埋在祖国的热土中。可是，你的声音占领着我的脑海，寸步不离。不忘掉你，这怎么行啊？奔向战场的人背着这么大的包袱怎么行啊？我这样问着自己，突然祖国的大好风光慢慢地占领了我的脑海。

我的战友越来越多，我们坐的汽车变成了像天龙似的火车。我们昼夜不分地坐着火车奔向东方。看呀，谈呀，一片欢腾，赶起路来，没有一点畏惧感。真的，说句实话，对从来没有离开过盟、旗的我来说，出远门是一件格外兴奋的事。我的那些新战友们因有了这样一位好问好学的战友而高兴，对我这树形立体字感到新奇，又对我不停的记录感到奇怪。火车这个新鲜东西，虽然写字时摇动，但是认真一点、努力一点，完全能克服这一困难。好像一个有病的人抓了笔一样，可是我没病。战士们各个像猛虎般地瞪着眼睛，红光满面，动作坚硬，确实雄赳赳，气昂昂。

敕勒川连着土默特川，一望无际。家在这里的罗英等几位战友高兴地说，这里有萨拉沁、朱萨沁、必勒格沁、商沁、必其格沁、特木尔沁……等有着蒙古名的村子。

火车到了巍巍大青山脚下的必其格沁站，暂停两分钟后又继续前进了。红浪滚滚的乌兰哈屯虽然早已消失在背后，但是，它的光辉直照在山顶上、云彩上、战士们的脸膛上。祖国的山川连着无数的大江小河，新修的大桥金光闪闪，像一条条巨龙。大青山山脉直通向桌子山，宛若晨曦中的黑云即将要下大雨一般。真的，落日之下照的大青山仿佛流着血一样。火红的血，革命先烈们的鲜血在流淌，他们为解放、为建设可爱的祖国而流血牺牲。他们的血没有白流，是为了创造今天的美好幸福生活而流的；染红了青松、翠柏、岩石、沙滩，给了它们永生的力量。革命先烈们的鲜血染红了五星红旗，铺上了和平之路，成为通向人类最美好的社会——共产主义的桥梁。它又影响了为世界和平而并肩战斗的我们这些中国人民志愿军战士，成为和平的种子。它也会成为自由自在地飞在花园里的和平鸽子、给五洲四海送上胜利的喜讯。不谢的万朵之花吸收着大青山土壤的营养，给祖国的发展壮大增辉添光。

啊，巍巍大青山，你是我蒙古高原的顶峰。我以你的精神不断前进，不怕刀山火海，奋勇前进，成为一名吸收你营养的勇敢战士。

火车在不停地前进中。车厢里吹进嗖嗖凉风，空气不断地更新，没有一点或冷或热的感觉。就好像坐在自己的毡包里唱歌、喝茶一样，舒服得很。指战员都相互分别不出来，都戴着一样的帽子，穿着一样的军衣。指战员们一路上唱着新学的《中国人民志愿军战歌》，雄赳赳，气昂昂。勇敢的儿女们抱着满腔热心，为世界和平、为保卫祖国和家乡而奋勇前进。在火车上喝着水，吃着饭，休息、睡觉，一切都方便。吃了，喝了，我身上涌上一股使不完的干劲。可是，我抓铅笔好久了，该休息休息，只想和新认识的罗英战友谈一谈。于是，我把这绿皮日记本装进兜儿里，望着远方，坐了下来。

一会儿，谈得热火朝天的他们几个像吃了麻叶儿似的甜甜地睡了。在祖国摇篮中他们真正安睡了，赶走了所有的劳累，没有一点旅途疲劳。我心想：祖国的每寸土地都是我的家。从车厢窗户往外瞅，天早已黑了。听车厢里的值班战士说，火车快要开进首都北京，在北京站换火车头。我特别高兴，再也睡不着了。火车早已提速，从车厢窗户往上看，东方欲晓，像一串串酥油灯似的街灯旁闪烁着首都高层楼房的装饰灯，五彩缤纷，格外美丽。啊，周围都是星星的海洋，只有火车头的前方亮着大红灯，它像一团巨火一样。一会儿，绿灯亮了，火车继续驶向东方。

从车厢窗户清楚地看到渤海湾。海浪像大草原的草浪，它的一起一伏和草浪很相似。我说相似的主要原因是在风极小的情况之下，海浪和草浪极为相似，随着风吹，浪潮就越来越大，波纹就越来越多。因为，海浪和草浪都离不开水和土壤。无水，不起海浪；无土，不起草浪。它们有什么区别呢？海浪会产生浪花，但是在夏天里草浪中会产生大自然的千万朵真花。可是，养育这草浪真花的不是别的，而是阳光、雨露、土壤。它们相互都离不开。海浪越来越大，可能是凉风来的凶猛的缘故吧。触岸的海浪忽像绵公羊的大盘角，忽像放冰雹的白肚云。巨浪的浪花像雨点一样，凶猛地流入大海，产生出千万朵小浪花。好看极了，大浪花落下时又会产生无数小小的浪花。小浪花昙花一现时，我忽然吓了一跳。如今我亲眼目睹了这一现象，为此就记录下一句话：昙花一现的小浪是徒然的东西，它不是大浪的真正本色。海浪的美在于永不停歇地勇往直前，触岸的大浪永不消失，后浪追着前浪。这就是美的存在，它像战火中冲锋的战马一样，绝不回头。那巨浪的声音永远永远地跟着浪潮，这也是美的存在。

我们终于到达了目的地——安东① 火车站。

抗美援朝中国人民志愿军某部我大队到达鸭绿江的镇江山一带待命。快要立冬了，天气越来越冷了。回想起所走过的城镇那雄赳赳、气昂昂的游行队伍以及接连不断的欢送人民子弟兵的热情仪式，使我们不由得担负起重任，只想早点投入到前线战斗中。我们每一个战士时刻准备着，只要新认识的大队长下一声命令就都齐心参战。看见敌机每天都轰炸，我们怒火冲天。"快下命令吧！"这句话，每时每刻谁都可以喊出来。我们每天都擦亮枪，这枪是适合寒冷地区的杀伤力特大的"7.62"型四公斤重步枪。每一个战士分到的子弹、棉衣、干粮、救护包裹、短把镐头等足有七十多斤重，战士们将这些已打包好了。部队在继续前进着。我们大队通过整编后，把第一批上前线的战士们以排为单位，开始宣布名单。我迫不及待地听着战士们的名字。

完了！我那带胡字的名字没念上。

第一次上前线的名单中没有我的名字。我抬头一看，同乡的两名战友的一个不见了，一个在我下方站着。他用惊奇的目光看着我。我心想：我的脸色也肯定不好看。我们一个连的指战员都被编入到运输大队。我们原来那个排已上前线。我的眼泪快掉下来了，一看认识不久的战友们就鼻子一热，两眼泪汪汪。我焦急万分：

---

① 安东：现在的丹东市。

"人家在前进，我们在这儿看着他们，这多么丢脸！"

我违犯军事纪律，不知不觉中说出了这样的话。为这话书才排长走过来，拍着我的肩膀严肃、认真地说道：

"小胡，这是军队命令，必须无条件地服从。我们所有的事业都是支援前线。我们先上前线，你们稍后上前线，战争不分前后。"他嗓门儿很洪亮。他的岁数和我差不多，或者大也大不了一两岁，他把我叫成小胡，我很不高兴。想顶他一句时，他早已向后转，跑步进入队列中，与大个罗英并肩走着。前进的队列像白纸上打好的绿色格子一样整齐，威风凛凛。走进远山防空洞的战士们各个都像进山打虎的武松一样，志高、力大，又凶猛。

"呵呵呵！还在看呢，快回去，连长在那里叫我们呢！"

我听见笑声，就知道老乡诺日布在叫我。抬头一看，他在我旁边乐滋滋地笑着，拉着我的肩膀。

部队首长们讲了运输工作的重要性以后，我的情绪上来了，决心把上前线的战马群运好，出色地完成任务。努力工作后，转眼间过了十天，我被班里评为模范。有一天连长叫我去，他说：

"根据你上前线的申请，连部已决定：将你编入队列，马上出发！"

那时，真把我乐坏了……我问诺日布："你呢？"他像个小学生一样探出舌头，嘲弄地看着我的脸，回答说："也走！"他乐呵呵地。

前进的军号响了。

部队在初冬的瑞雪中冒着严寒不停地前进着，敌机到处轰炸着，我们像闪电般地进入伏击战。

为了永久的和平，为了营救多灾多难的人民，我们日夜前进着。从未见过的山脉在我们的脚下，我们勇敢地踏过它。

　　路两旁难民三三两两地乱跑，都无家可归。他们都身着朝鲜民族服装，头顶包裹等东西，有的还用被子裹着婴儿抱着。他们用求助的眼神看着我们这些全副武装的部队。急忙过来帮助朝鲜群众，扶着老少，背着东西，赶在敌机轰炸之前，将他们转移到安全地带。他们知道这支队伍是中国人民所组织起来的志愿军，是与人民军一起战斗的子弟兵后，用手语表达着他们那感激之情。尤其是由会朝鲜语的同志解释后更加清楚：中国人民用这样可贵的牺牲精神来帮助朝鲜人民，用生命来保卫世界和平并与人民军并肩战斗！

　　他们转移后，用朝鲜语向我们频频招手感激：

　　"嘠木萨咳要！"

　　我们下了敞篷卡车，冒着敌军的围攻和敌机轰炸，步行上山，占领优势区，准备与美帝国主义现代化军队进行你死我活的战斗。

　　朝鲜山村青年们为了祖国，为了人民，为了真理，为了和平而离开家乡，离开老婆孩子，有的丢下未婚妻，参加了人民军，英勇顽强地战斗在前线。

　　山村里只留下妇女、孩子和老人。参加送粮担架队的妇女、老人和孩子们自己宁肯用玉米渣子和黄豆煮的粥来充饥，而把大批好粮运在黄牛车上，用稻草堆掩盖着送到前线，或者利用雪橇送粮。还有妇女、儿童拿着铁锹修补被炸坏的公路，因为山路被敌机炸坏了。他们争取使连绵不断的山峦通上车。自从志愿军的修路队来后，和当地老乡紧密地团结在一起，克服一切困难，使支援前线的车辆畅通无阻。山村的"女性同盟"组织动员全体盟员们都加入到了爱国战争，组织了救护队、运粮队，她们日夜守护着公路，站岗放哨，严防特务。

严冬夜晚。

朝鲜大地上雪花飘飘，逐渐又变成暴风雪。哨兵的鬓角、眉毛都挂着霜。他们的衣裤受潮后结了冰，走起步来"喳喳"地直响。夜间，他们点起篝火，烤干衣服；烤完衣服，唱着歌，跳着舞，然后轮班休息。只有那哨兵十分警惕地站在大桥上，紧握冲锋枪，关注着四方动静。

战火很凶猛。

每一座山都变成了火山。

黑云沉沉，无数敌机忽然钻进云层，忽然又钻出云层。惨无人道的侵略者以飞机为先锋，投掷炸弹，放烧夷弹，保护地面战，让坦克、机关炮进行着毁灭性的进攻。其气势压倒高山、压倒森林。敌军的进攻像无数猛虎一样。

美国飞机声和烧夷弹声连成一片。

现代化坦克声和机关炮声像接连不断的雷声一样。

没有写日记，已经几天了。

麦克阿瑟是个最狡猾的战争贩子。

我军进行了阻击云山敌人猛烈进攻的大阻击战。

窜到楚山的伪李军某师的两个团被我军切断而陷入包围时，"美国之音"还在叫嚣，说有把握接应这个团突围，美某师师长邱奇远在指挥他的部队从大泰川到龟城再奔向

352

朔州，叫什么"一两天到不了鸭绿江才怪呢"！他们这是无的放矢！

在云山一带的决战，全线推进到鸭绿江边，使十一月二十三日的感恩节成为云山战斗美骑兵第一师三个营的葬礼纪念日了！　　　　　　　　　　．

我们胜利地打退了敌人的第一次猛攻。

敌人从四面八方的侵扰，使我们下了决心。这冲天的气势不是别的，就是以正义战争来反对侵略战争。

回想一下，我们今天进入堡垒，为及时消灭敌机而瞄准了枪。美国F84E式喷气式战斗飞机快速攻来。因为它的杀伤力特大，所以我蓦地镇定下来，握紧了手中的枪。在这一战役中，我们有一个步兵连单独全歼美军一个连，我们连伤了两名战士。我们步兵连还继续歼灭着美国现代化部队，还继续前进着。如今回想起来，我们步兵的迅速、勇敢是很惊人的，有着使不完的力气。我们这个班就打掉了美国F84A式喷气式战斗飞机两架，炸毁了敌人好几辆坦克。我们排炸毁敌人坦克的主要办法有三种，即：(1) 用手榴弹炸毁敌人的坦克；(2) 用炸药去炸毁敌人的坦克；(3) 爬上敌人的坦克揭开盖打掉它。打胜战的还有一个原因是步兵连的指挥灵活机动而战士们手疾眼快，勇敢无比。

我们又进入了堡垒，等待着战斗命令。

云山公路被敌机炸毁而粮食接济不上。怎么办？我们都看着各自的小米背袋。我看了战友们的脸庞，各个像灰堆中滚出来似的。我心想着：战争这个东西，便从容自在地一笑，他们也朝我乐呵呵地笑起来。那时，不想别的，只觉得歼灭敌人就是我们的欢乐！

没做笔记已经几个月了。

鏖战不分昼夜地进行着。

我们坐着敞篷卡车又到了一个新的战斗地。战士们都把决心当作誓言，不获得胜利，就不下这火线。战士们分吃着慰问袋里的炒面，一把炒面就着一把雪，战争生活十分艰苦。可是，他们一吃完，就有了力量，一片胜利的景象映入眼帘。

战地里什么事都会发生。战士们断了干粮，连领导都万分焦急。我们以小米粥充饥，没有小米就吃南瓜，下一顿又啃玉米。但是，我们的斗志始终没有减弱，照常打敌人的飞机、坦克和全副武装的汽车。

……

我们爬上"三八线"的大雪山，迅速向堡垒转移。大雪山很陡峭，山沟满是积雪，无法找出一条山路。满山的枫树叶都落了，红红的一片，杆枝都披着积雪，挡着去路。在人民军的带领下，我们勇敢而迅速地爬着大雪山。

夜宿时，双方战士坐在篝火旁，吃完干粮就跳舞唱歌，还学着新歌。朝鲜战士小金转动着他那黑眼睛，灵敏快活地松一松宽阔的肩膀，甜蜜地笑着。刚满十八岁的小金那白脸上总是闪着坚定的光芒，而我们每一个战士都很喜欢他。我和罗英在战场上重逢啦！因为罗英比我大一点，所以他在各方面都给我做榜样。我手拿着铅笔，在日记本上记着小金所教的不朽名作《朝鲜之歌》。他和我特别亲密。抄写这歌词时，他帮了我的大忙，我下了很大功夫才记完了它：

旭日阳光美丽鲜明，
我们名字叫呼朝鲜，

这样贵重灿烂祖国，
在世界上难找得见。

三千里江山藏金银，
我国显耀半万年史，
我们打倒仇敌美寇，
解放钟声① 响彻天空。

美寇地主全无的新朝鲜，
在自由江山建我们政权。
有智慧人民享福的祖国，
靠自己的手让她放光芒！

  战士们好像在自己的家乡里唱着歌，欢乐着。

  冬季的冻霜沾在我们的头发上，帽子上，或者衣服上，可是我们的心里却暖乎乎的，更加热爱这里的山水。

  三八线阻击战的总命令已下达。

  敌人的火力更凶猛……

  我们战斗在中线……

  战斗了几天几夜。

  我们正在上甘岭……

---

① 钟声：平壤钟的重量有 13.513 吨。

我们某军某师某团正在黄草林山待命，准备战斗。我们的厨房是个有石头墙的木板房。一团在我们团的东北方向，保卫着阵地。

　　敌机虽然不分昼夜地轰炸着，我们夜间轮流出去埋地雷，将这些地雷埋在敌人进攻的路上。

　　罗英班长和战友们一起完成任务的那一天晚上，天如锅底般黑，寒如刺骨的冰。他们接到战地命令后，拿着炸药和串好的地雷，迅速下了山。

　　可是，当他们刚完成了任务即将返回时，敌机扫地而又放了有毒燃烧弹。我们团的大炮队猛烈地开着火，那燃烧弹发出又白又亮的刺光。

　　我听到罗英等几位战士都被送到后方医院的消息后，十分惊讶。

　　后来，我还收到因战伤而双目失明的钢铁战士所写的一封信。信纸上写着大小不均匀的几行字。我读后，眼泪不由得掉在信纸上。写着：

我最可爱的小胡：

　　继续战斗，这是我们的历史使命。敌机的燃烧弹虽然伤害了我的双眼，但是鬼子们摧垮不了我的钢铁意志。

　　我们一定要和敌人战斗到底！

　　　　　　　　　　　　　　　　你的罗英

　　他那圆红而热情的脸呈现在我的眼前。刹那间，他那大黑眼睛，把"我们"说成"额们"的土默特口音都历历在目。他那英勇顽强的精神极大地鼓舞着我。

　　没写日记很长时间了，现在必须继续写下去。我们在离三八线有六十多华里的地方参加了保卫一个城市的战斗。可是，伪李军为争取这个城市而使阴谋诡计，并加大了战火。我们的原则是寸土不让。我们没有被美帝国主义的谈判冲昏头脑，而是更增加了必胜的信心，以牙还牙，以血还血，勇猛地战斗着。

鏖战连续着，我们向敌人的堡垒进行着猛烈攻击。

谁能想到呢？

"不要紧，我的左手受伤了，包好伤后还能继续战斗！"我给连长说着，"连长，我的伤不重！"

"这伤还轻吗？"连长下了命令。

"那么，伤好之后，我还得返回前线！"我向着连长说，他一面笑一笑，一面无可奈何地回答说：

"行！"

我受伤的当天就被送到后方医院。

伤员们的愿望和目的都是一样的。谁都说，不完成任务就不回祖国。

几天以后，又忽然遇到一件意想不到的事。

我与书才排长又见面了。他比起我伤情更重。他看看我默默地笑了，好像在说，我不是说过吗，一定会上前线的。他只动一动厚嘴唇，眼睛很发亮。我听说，他在上甘岭总攻中立了功并受了伤。听到后很高兴，另一方面，也为他的伤势而很伤心。部队组织上决定，把他转到总后勤部鸭绿江岸边的大医院治疗。当救护队队员用担架抬着他出门时，他的一双黑眼睛不停地闪烁着，好像在说，我们不久会在战场上见面，又频频向战友和护士们表示谢意。我从他的嘴里清楚地听到一句话：

"诺日布还……立功后……"

我从心眼儿里佩服这些日日夜夜陪伴在伤员旁边的白

衣战士。特别是感谢那位四十多岁的戴眼镜的女大夫。她给我做了手术取出了子弹，而且她成天忙碌在我们的身旁。我心想：她是一位祖国派来的伟大的母亲，她像照顾自己的孩子一样照顾着我们。我母亲虽然早已去世，但是我深深地知道母亲的恩爱。我敬爱的母亲就是"炊事员"额吉，母亲就是祖国。

女大夫一天比一天瘦了，红红的脸蛋变白了，因睡不上好觉，眼中充满了血丝。因为护士们常常出去参加担架队，所以女大夫就二话不说，承担起了护士的工作。

"你休息一下吧，太劳累了。"

我们不由自主地对女大夫说。

"我根本不累，现在谁的伤还在痛?"她微笑着向我们问，"谁也不能客气，你们尽管说，只要你们早日康复，我就放心了。"她说着，一个一个地检查着伤员。

多么美丽的笑容啊!

多么温和的话语!

我的伤情一天比一天好。

女大夫同意我出去散散步，活动活动身体。

我这日记写得匆忙，都没有年月日。

今天是十二月二十五。

我从后方医院的墙报上看到一位名叫罗伯特·伍德(Robert I.wood)的美俘代表他们十名俘虏执笔写的信，信是用汉文翻译出来的。信是这样写的：

"我们十个是从十一月八日起成为你们的俘虏的。我们是在云山战斗中被俘虏的。我们感谢中国人民志愿军没有杀我们，为此就签名写了这封信。我们投降后，你们的指战员十分关心我们的生命安全和身体健康。有伤的给治伤，有饿的给吃的东西。指战员把自己的干粮分给我们吃，把烟叶分给我们吸。这些证明了志愿军是不杀俘虏的，过去那'一个不留地杀俘虏'的宣传纯属造谣。因此，那时我们不想投降。变成俘虏后，两腿还直抖。在一次行军中因未赶到驻地，所以必须野宿，而志愿军中只有六个人带了干粮。这种情况下，他们与五个俘虏们分吃了干粮。俘虏被安置在有暖炕的小房子里。我们衷心希望：可以公布我们的名字，给我们拍一张合照，最好寄到美国，在某一报纸上登出来，而且让亲人们看。所以我们被释放后将直接回到美国，再不到军队去。我们宁坐牢也不服兵役了……"

这十名美俘的成分是这样的：工人六个、农民两个、大学生一个、医生一个；没有资本家的成分。

他们矛盾重重，这是很明显的：

为什么参战？

为谁打仗？

和谁打仗？

……

这样的军队，用这样的人所组织起来的军队，虽然配备现代化的飞机、坦克、大炮、汽车、卡宾枪，但进行这样不明不白的战争，怎么不打败仗呢？

我的伤痊愈了。我想在上前线之前把未记的日记补上。

是的，把吃了炒面、雪、南瓜、玉米棒子之后的难忘的生活也补上去。

我们的战士们确实是个齐心协力的英雄好汉。我们忍受饥饿进行着战斗。为了取得最后的胜利而冲锋陷阵，不屈不挠。

　　我们在几次战斗中都获得了胜利。

　　我心想：一定会克服战争中的一切困难。

　　可是，这确实是个难关。

　　关键时刻，朝鲜人民把黄豆送给我们后方战士。当时，很多战士的视力出了问题，都看不清很远的东西。这是多么可怕的事情啊！黄豆解决了大问题。

　　我们连长、排长都十分焦急。让我们迅速转移到防空洞里。我的视力也受到了影响，排长要求我退到第二堡垒。"唉，心有余而力不足。"我心里十分焦急。一瞬间，好像顺着呼吸道上来的痰淤，使我难以忍受，掉下了眼泪。

　　呵，祖国，你是最可爱的母亲。

　　只过了一昼夜。祖国迅速给前线送来了弹药、食品、药品等十分急需的慰问品。很多战士因缺少营养而引起的视力下降的症状经补了各种维生素后逐渐开始好转。真是可亲可爱，也可笑，我们每一个战士都亲吻了那神奇的维生素药瓶。是的，这是我们对祖国的感激之情啊！

　　战士们个个像猛虎，意气风发，勇往直前，接到上级命令后，立即投入到攻占阵地的战斗中。

　　想一口吃成胖子的敌人如今慌了脚，在我们的猛烈攻击下四处逃窜。想往南逃跑的敌人像一群鸭子似的混乱起来。他们有的丢下汽车逃跑，有的钻进大炮中、重机关枪下面，有的还开着枪，直奔向燃烧的森林。有的举手投降。被打死的敌人像雪地上的麻雀一般。在这种猛攻的优势之下，我们的军队进山追捕俘虏。敌人利用山地的恶劣环境，进行返击，双方战斗非常激烈，确实是一场你死我活的战斗。最后，敌人终于一个一个地举手投降了。

我们很多战士英勇牺牲了，还有的受了重伤。

战争是最残忍的你死我活的斗争！

麦克阿瑟是一个真正的美帝国主义的蠢货。他不服第一次战争中的失败，反而继续准备打一月二十日"耶稣圣诞节之前返回"的总侵略。敌人的狡猾程度到了极点，想直接打到鸭绿江边，先打下中国，然后占领整个亚洲。所以我们的全体战士以班为单位宣誓：战略上藐视敌人，战术上重视敌人，获取一个个战役的胜利。

但是，麦克阿瑟这家伙死前还吹了许许多多的牛皮。这批纸老虎最终没有顶住英勇顽强的朝鲜人民军二十四个小时的反击而彻底垮了台。这时，朝鲜战场上出现了急剧的变化，西线敌人全面崩溃，朝鲜人民军和我们的志愿军部队占领了德州、云山、伯川。两个方面大军以清川江为主线，攻向南，把敌军的势力分为东西两部，让敌人兵荒马乱。我们继续追击逃往平壤市的敌人机械化部队。东线，因为我们猛烈地追击而敌人的力量很快被分散，有利于我们的围击。我们的气势压倒了敌人的气势。敌人用尽所有的侵略方式，为了发动更大的侵略战争而派来"螺旋"式直升机拉回了他们被打散的军官。

一旦在战争中胜利了，气势就会越来越大，我们就这样，打倒敌人，威风凛凛。我们为了祖国的每寸土地、每棵草木不受敌人的侵犯而继续战斗着。

战斗中的生命是最宝贵的生命。我们所参加的这个战争是为了捍卫和平，所以有权存在。生命——和平，和平——生命；而爱情是徘徊在战争以外的，用劳动的双手创造出社会财富后等待着众多一对对青年们的现实物。

战火中有森林的山被烧成黑山，黑山被烧成黄山。虽然山土变了颜色，山被炸低了一米，但是红旗依然飘扬在阵地上。用我们烈士的鲜血换来的这块土地，多年后生活会有美好的未来，幸福的人们将把美满幸福的家庭建立在这里。

我们的部队用大炮、飞机防护着航空，我们继续前进。路上小金的脚冻了，他穿不上鞋就用棉布把脚包扎起来，艰难地行走着。指导员要求让他回去，可他微微一笑，说：

"已经抹上药了，肯定会好起来的。这是小事，忍一忍就过去了！而参战打鬼子是保家卫国的大事呀！"他热心地说着，把大家都逗乐了。

……

好了，日记就这样简单地补上去了。

我在汽车上写着。我们刚刚握着女大夫和朋友们的手告别后方，即将奔向前方。

我现在没有那么多的思想包袱。我在路上已经考虑到：部队的领导指到哪里，我就奔向哪里。

汽车通过解放区，绕着山坡，在崎岖不平的山路上奔向前线。

二月十三日。

部队领导派我到了金川江附近的联络站。

……

如今无法继续写这本日记了。因为，联络站是机要重地，日记中所写的罗英、小金、诺日布、书才以及女大夫等同志都是我们学习的好榜样。这一点，我必须写得清楚一些。另一方面，日记本也已快写满，只剩下两张纸了。……因我昼夜与阴险狡猾的间谍作斗争，所以只好把日记本和书包交给了在战争中重逢的小金。

不同民族的战友、可爱的胡雅格那亲爱的牧民未婚妻：我按照搞战争情报工作的胡雅格战友的要求，接受了这最珍贵的日记本。我一定要继续记录战士们的钢铁意志。

可惜的是战士小金接到日记本的那一天下午，在战斗中英勇牺牲了。我们连在战争中无法找到胡雅格的确切地址。因此依照烈士小金的遗嘱，将这最珍贵的绿皮日记本寄回祖国。

此致

中国人民志愿军某部某连连府（印）
195×年7月15日于朝鲜

二十七

朝格吉玛姑娘想着医院里的事，无法入睡。

可是，她完全知道睡觉和休息的重要性。睡觉和休息能够赶走成天像鬼一样跟踪的疲劳。它可以给工作与学习带来神奇的力量。不会休息，就不会工作。虽然知道这个道理，但是看不到灯光而感到愁闷。她又怕影响别人睡觉。她心想：别当那个随便影响别人休息的蠢人，蠢人不是真正的人，甚至是个不知道关心别人的低等人。于是，她就下定决心，闭上了眼睛。她不喜欢黑暗，也不愿意翻来覆去。她又心想：她爱的人睡在她旁边，不但睡在旁边，而且还睡得很贴近。她因有了心上人而特别高兴。她又想起前几天所念的日记，它反反复复地出现在她的脑海中。"不！这根本不是情书，你可以念一念，我给你看。"她这样说着，将日记递给朋友。日记！真的不是情书，怎么办？我心爱的，我的终身伴侣！你的心就这样变了？你为什么要下定决心忘记我呢？咱们那种热乎乎的爱，不，火一样的爱！为什么将它埋进祖国的热土中呢？我不理解，一定要向你说出我想说的话。我为了这爱，每天想着你，克服着重重困难，不迷失方向，不变心，就抱着这爱。你为什么咬紧牙关忘记我呢？我根本不理解。我已经爱上了你，把爱献给了你。我不是大胆地说过：我的一切都属于你。难道我错了吗？不，现在一想，我错啦！我要理解。不管怎么样，我的一切属于人民，人民给了我参加劳模大会的权利。人民中有你，也有我。我们都是人民之中的普通一员，我对你……怎么会成为一个大负担呢？朝格吉玛翻来覆去地想着，鼻子一酸，眼泪快要掉下来了。她还不知道这些。原先他抱着日记本睡在她跟前，现在胡雅格走过来，紧挨着她坐下，对她说："我亲爱的，你不是告诉过我，要当一个有志气的姑娘吗？现在，怎么啦？我看，正义战场中的我们的生命是被全人类所爱戴的，普照和平光辉的最宝贵的生命。因为战争是一切考验的顶峰，所以这种说法不过分。我们所参加的这场战争立足于捍卫真理。生命——真理，真理——生命。而爱情是徘徊在这两个以外的，用劳动的双手创造出社会财富后等待着的众多一对对青年们的现实物。"胡雅格说完就跑向了战火纷飞的战场。她想喊一句"等一等"，但喊不出来。她急忙睁开眼，黑乎乎一片，什么都看不见。她在黑暗中用被子蒙住了头，深深吸了一口气。她深呼吸后，为了睡一会儿，掀开被子。啊！战场中的生命！生命——真理——生命。多么艰难的战场呀！志愿军的战士们不怕艰难，不怕死亡，一心一意地为世界和平而战斗着！一定要学习他们的这种精神。可是，我们面前没有战场。不，畜牧业生产就是我们的战场，支援前线就是我们的战场。她心想：全区劳模大会就是这样号召的。她自己都不知道，她自己究竟有没有心爱的人。她神经质地思考着这个问题，她的脑海全被亲爱的人占领了。她再次命令大脑，不想这个问题。可是，无法摆脱这种想法，又想起日记，她已经翻了几次身了，自己却不知道。她现在想起来了。在黑暗中她独自一人默默微笑着：我亲爱的胡雅格，他心里只有朝格吉玛这个未婚妻，所以才在日记的开头中写出"我把这献给亲爱的朝格吉玛……"的字样。

是否因为是一整天的劳累呢？还是不知别的什么原因？那布其见朝格吉玛翻来覆去的样子才知道她还没睡觉。

"朝格吉玛姐，你还没睡？"

"没，没？"

"我想着一个问题，根本睡不着。"

"我也没觉啦。"

"那么，姐能不能给我讲一讲达尔文的遗传论呢？"

"行。我首先简单地介绍一下查理·达尔文这个人。世界上第一次系统地研究出生物学进化和遗传论的人是英国科学家查理·达尔文。他生于 1809 年 2 月 12 日。他从小就爱好世界上的各种动物和植物。下面所讲的是我从《物种起源》一书中看到并背下来的一些知识。他对每天坐在家里背诵古诗兴趣不大，因此各科成绩很差。因此，他爸不高兴，对他的一些不听老师的所作所为很不满，他常去野外打猎，与猫狗玩耍，抓旱獭老鼠等。他爸大骂儿子'歧视家庭教养'。他爸为了让他学医，将他送进医科大学。年轻的查理·达尔文又不想学医学知识。他爸又把他送进基督教学院，让他成为一名牧师。可是，他继续打猎，仍沉醉于自然科学，其他的什么都不管。当他毕业时，英国皇帝正准备派一艘帆船到世界各地，去开发殖民地。知道查理·达尔文爱好的一位老师提出让他跟着这艘船当一名自然研究员。真可笑，可笑的是这艘船的船长认为，一个人的性格是由他的鼻子来决定的。他看到查理·达尔文的鼻子后，认为在这次的远航中不会做出特大的贡献，不打算带他。可是，因跟他的老师点了头而船长只好同意，决定只给一间免费的船舱，不付工薪。远航中，船长与查理·达尔文交了好朋友，认为自己以鼻子判断性格的理论是彻底错误的。

那艘船 1831 年 12 月 27 日从英国启程，总航程达五年之久。查理·达尔文对开发殖民地一点兴趣都没有。他每到一个新地方，就拿出笔记本，对化石、植物以及动物等详细记录着。查理·达尔文以从世界各地搜集的材料驳斥了当时流行的各种旧观念。即物种的类型是由上帝缔造，永不变化，互不牵连，互无血统关系等各种唯心的神造论。他在南美洲的一个岛屿上详细记录了二十几种岛的构造、巢穴、蛋卵以及鸟的声音。这些新鲜资料显示出，它们的那一种都与陆地上的鸟儿有共同点，也有细微的差别。岛上的蝴蝶与陆地上的蝴蝶虽然相似，但是体型较小。查理·达尔文越研究越奇怪。为此，他在结论中认为：同一个时期内，海岛上的物种起源产生于陆地。后来经过无数次的变化，更加适应大自然，不适应的将灭亡，进行了所谓的'为生存的斗争'；两地物种经过无数次繁殖之后慢慢地变化起来，相互有了差别。他结束远航之后，坐在书房里进行了科学论文的写作。在后来的二十年中，查理·达尔文写出一本又一本，将自己和别人所发现的物种世界都最真实地反映了出来。当时查理·达尔文总结了生物科学，创造了伟大的论断——遗传进化学，即所有的不同的形体都是从同类形体的起源物遗传而来的。

1859 年 11 月，查理·达尔文遇到一件惊喜的事。他的著作《论从自然选择所产生的形体起源》一书出版了。"

"噢，我理解了这一点。这样看，遗传进化论来源于进化论吧？"

"是的。"

生物学方面的谈话，使两位草原姑娘更活泼起来。

她们两人忘记了睡觉，谈论着草原的生物现象。

"……"

"……"

黎明了。

都勒禾古尔、朝格那顺俩一大早就来到劳动场地。他们俩边走边谈论着如何深入开展区工委的爱国运动，为支援前线而迅速组织文艺宣传队，欢送即将返回的抗梅队大夫和护士们等中心工作。他俩并肩走着。在这里看见一处草库轮，大约南北长度有二百多丈。这是麻黄草地牧业互放组改造沼泽地后建起来的新草库轮。牧民们叫它林草库轮。林草库轮中的一排排榆树绿茸茸的。有的长高了，有的矮短一些。仔细一看，改造沼泽地后最早种的一些树苗死了，后来补种的矮短一些。

都勒禾古尔虽然边走边抓枝叶，但是从未揪断枝叶。

"是的，这姑娘在朝格吉玛的带领之下，变成机灵鬼啦！"朝格那顺说:"她还根据老蒙医的临床经验,八月①初五太阳没有照到这个林草库轮时就采集过蒙药呢!"

"你看,最近她把爱人阿日宾德力格尔都说服教育的很好呢!"

朝格那顺听着都勒禾古尔的话,不由得笑了。都勒禾古尔接着说:

"不,她真是个聪明鬼呀!有一次,她事先给岳父岳母作了思想工作,当晚阿日宾德力格尔恼火地回到家时,她给做了好吃好喝的,晚上,她提出选阿日宾德力格尔为家庭劳模,岳父岳母都支持媳妇的意见。完了,咱阿日宾德力格尔的黄脸一下子变成红脸了,'我?你说,如果我被选上,这是为谁说话的劳模呀?不!我有错!'这样阿日宾德力格尔在全体家庭成员面前承认了错误,即听巴拉嘎的话,收了其木德稍的礼钱(以没参加婚礼的名义而补的礼),还有不让爱人那布其与朝格吉玛相好等。当时,这可爱的年轻媳妇感动了,握住了她爱人的手,在他耳朵里悄悄地递话说道:'唔,你把钱不要还给其木德稍,继续好好听她的话,得到她的信任,然后把秘密……'他俩这样商量通了:"怎么?为了取得其木德稍的一切秘密而……"

朝格那顺看着都勒禾古尔那很有表情的脸哈哈大笑起来。

他俩继续谈着,往前散着步。潮气蒸发的新鲜土地因营养丰富而散发出特好的气息,使人不由得心情舒畅起来。在新鲜的土地上长着甘草、黄芪、麻黄、枸杞、黄芩、银柴胡、知母、桔梗等药草,使土地变成了自然花篮。几天以来,朝格那顺以为丹曾巴拉珠尔真的成了叛徒,可是如今他听了都勒禾古尔的坚决果断的观点,有所了解了。但是,新的问题又迎面而来。因为别的嘎查的疑难事接连不断,所以要求他俩中的一个必须返回区工委。去哪儿也都一样,就是搞生产建设和巩固红色政权的问题。他们两人互不谈功

---

① 八月:鄂尔多斯蒙古古历,农历五月。

368

劳、贡献和条件等，只把注意力放在日夜变化的美岱召的新情况上。一想到这个问题，他们多么希望上级若有个中心工作的解释文件该多好啊！但是，工作本身不是像夏天喝上三顿奶茶，出一出汗，解一解渴的简单事儿。再想，也不能，靠磕头祷告来解决一切问题。而是实事求是地多想出办法，依靠群众，相信党，任人唯贤，识别人的本质的工作技巧。朝格那顺没有把重任推给别人，他能准确估量自己的本事。另一方面，他不是怕各种谩骂、流言蜚语。他心里明白：做工作就会听到意见，什么也不作就听不到意见。有错必改，正确就要坚持——这是他常用的原则。可是，有人造谣说，朝格那顺富起来了。朝格那顺把自己的想法告诉了都勒禾古尔。由于新苏鲁克制的正确执行，这两年他家的牲畜繁殖很快，每年的兑现牲畜头数多，确实引人瞩目。真的，过去的穷人今天富起来了。在整个嘎查范围内富起来的穷牧户很多呢！

"我向来反对我们的党员干部利用职权受贿行贿。如有这种情况，群众可以提意见！"

"是的，大部分同志真的没有那种意见，劳动致富是对的，让穷人必须富起来。人呀，什么都可以想；肚子呀，什么都可以吃。所以，我们的党员干部始终坚持廉洁，坚决反对利用职权富个人，尤其是受贿行贿是极其错误的。这话，并不是对你朝格那顺说的，而是对我自己说的。我们的全体党员应该做到这一点。

"……"

"……"

朝格那顺、都勒禾古尔俩都笑了。

牧民们陆陆续续地骑着马过来。

几天以来，丹巴扎木苏忙于练舞练歌。真的，忙得连饭都快点吃。他写出一个小品来，使那些爱笑的姑娘们看后笑个不停。

都勒禾古尔一有空就来到牧民业余文艺宣传队，做一些具体指导，一股劲儿地鼓励着排练。抗梅队的尊敬的北京大夫、护士们虽

369

然很忙，但还是抽出时间，排练着具有蒙古民族特点的几个舞蹈。从近几天的情况来看，敖伦韶荣嘎查已成为舞的故乡，歌的海洋。男女青年尽情地唱着、跳着，像绿苗苗的草原上开着红红的牡丹花似的。路过的牧民们不由得被吸引到那里，放下手中的活儿，停下脚步，看一看排练。爱唱歌的姑娘，会拉乐器的小伙子有的是，说起报名的人更多。驻扎在嘎查的几位解放军战士虽然也爱唱爱跳，但是他们忙得没有时间。

几天之后，欢送尊敬的北京大夫、护士的文艺晚会隆重开幕。都勒禾古尔同志在文艺晚会上讲了话，掌声阵阵。

都勒禾古尔同志在讲话中激动地说道：

"尊敬的北京大夫、护士们，你们跋山涉水，克服重重困难，与草原牧民结下了一段难忘的友谊。你们赶走三百多年以来压在草原牧民头上的恶敌——梅毒病，这是一件特大的好事。我代表嘎查人民政府和区工委以及各族人民向自治区人民政府派来的尊敬的北京大夫、护士们表示深深的谢意！"他的讲话，引来又一次掌声。

在欢乐的歌声中，都勒禾古尔同志向抗梅队队长阿拉坦巴尔斯同志赠送了一面闪闪发光的金字锦旗。

尊敬的大夫、护士们正准备启程。

一大早，梅德格玛、朝格吉玛、纳布塔亥、那布其、达日哈等骑着马来到嘎查人民政府，要为尊敬的大夫、护士们送行。她们都红光满面，嘴角上浮现出微笑。朝格吉玛代表大家以万分感激之情说道：

"阿拉坦巴尔斯大夫，全体大夫、护士，你们即将启程，我们牧民为了表达感激之情，邀请你们到牧民的毡包，无论如何在走之前去做客。"

"尊敬的大夫、护士们，一定要到我们的毡包做客！"

"去我们那儿，我带来了坐骑！"

"现在就走！"

370

"快一点行动吧，坐骑有的是！"

几个牧民接着说。

听着这些熟悉的声音，站在大家面前的阿拉坦巴尔斯、额尔德尼大夫和苏布德以及胖后生等不知怎么回答才好。他们都以微笑回应着牧民们的情谊。他们打心眼儿里为牧民们永远的健康而高兴。

昨天刚到的新华社记者用相机拍出好几个特写镜头。在这喜悦之中，都勒禾古尔同志走到大家的前边，特意向记者一个个地介绍了《抗梅队工作总结》材料中所提到的朝格吉玛、德力格尔芒乃及他夫人纳布塔亥等牧民。

嘎查人民政府的负责同志也认为，抗梅队功劳大，走之前应到牧民家做客。为此，记者随着调研组的几位同志，到了德力格尔芒乃的毡包。

德力格尔芒乃见到抗梅队的大夫、护士们高兴得不知所措。他把尊敬的客人们请到给儿子新建的白色毡包里。新毡包图拉嘎上的铜锅里熬着奶茶，真是乳香飘飘，格外诱人。纳布塔亥先给客人们点上了查干岱后，在三个长方小桌上摆满新奶皮、酥油、酪蛋、白油、红糖、白糖等。整个蒙古包充满了奶香味儿，空气清新，谈笑风生。这与抗梅队的医生们首次来他家相比有天壤之别。德力格尔芒乃说，人活得是精神，有了病，人就没有精神，就等于等死！纳布塔亥眉飞色舞地说着她老汉现在如何地有了精神，腰腿都不痛，能骑上马了，里里外外都能干，这些多亏尊敬的大夫们！她又说，我们可爱的朝格吉玛全靠你们获得了第二次生命，这种美女世上难得。她不知想了什么，也许考虑她讲的话比老汉强，趁记者的记录继续说：

"我的老天呢，那时我得了这梅毒病，只好天天等着死神的到来。你们救了我的命，旧社会谁会来我们这又臭又脏的毡包呢？你们是伟人派来的伟人们，不嫌我们的包脏，不嫌我们的身臭。来到我们家，救了我们两口子。你们有那高尚的医德，真正是救死扶伤。抗梅队就是老天爷，世上还有这么好的人们，我们已经是见了天王爷的人，今天又重见上天日！"

纳布塔亥真的无法不感动。现在她这身体，她这精神！她感激万分，掉下了眼泪，拽着老汉的手。德力格尔芒乃理解了他老伴的意思，拿着他媳妇递给他的盛满奶酒的银碗，说：

"喳，尊敬的客人们，这是我们全家的一点心意，现在上羊背，先敬你们三个银碗！"

"噢，谢谢。"尊敬的阿拉坦巴尔斯大夫接住盛满奶酒的银碗，用右手无名指向天点了三点，说：

"感谢我们的牧民。"他把酒一饮而尽，按照敖伦韶荣牧民的习惯又回敬了一银碗酒，说：

"真是太麻烦你们了，我们永远也忘不了你们这奶子般纯真的心。"

这时，德力格尔芒乃喜气洋洋地接住回敬的酒，说：

"我们大家都应该感谢自治区人民政府！"他边说着，边敬酒，每个人再喝上三个银碗。

客人们香甜甜地吃着礼节性的午餐——羊背。

只有记者忙着说：

"我从来不会喝酒，谢谢你们的深情厚谊。"他说着，把酒递给胖后生，让他替他喝。

胖后生很感动，他把自己学会的蒙语歌用高音唱了起来。

当尊敬的大夫和护士们启程时，谁都阻挡不住纳布塔亥送礼物给大夫们，她把一大包奶食品放到阿拉坦巴尔斯大夫的双手上。

"我们会把勤劳勇敢的蒙古族牧民们所送的礼物送到自治区人民政府的。"阿大夫高兴地这样回答道。他热情地一个一个握住德力格尔芒乃、纳布塔亥、阿日宾德力格尔、那布其的手，表示告别。

第二天，朝格吉玛和那布其俩人代表牧业互放组的牧民们去嘎查参加欢送尊敬的大夫、护士们的晚会。嘎查人民政府很好地筹备

372

了欢送会，给尊敬的大夫、护士们放了几个羊背，此后还举办了那达慕会，即赛马、摔跤、射箭等比赛。

敖伦韶荣嘎查人民隆重地欢送了尊敬的大夫和护士们。

很多牧民热泪盈眶。这时，朝格吉玛代表牧民们说：

"咱们的友谊太深了！如今这么一分别，谁都万分难受。你们走后，给我们草原牧民捎个信吧！"她说着把手伸向前，摇着。

"祝你们工作顺利！"

"祝你们畜牧业生产获得丰收！"

"希望你们把草原建设得更美好！"

"城乡友谊万古长青！"

"愿你们的子弟掌握科学文化！"

"美好的祝福必然成真！"

"祝你们一路顺风！"

"再见！"

"……"

"……"

牧民们与大夫、护士们都不想离开，久久地互相握着手。

生活与斗争像漫游的客人一样，给整个麻黄草地带来运气和喜悦。它像流不尽的奎屯布拉格泉水，它像大自然的黄羊群一样给草原留下一双双"丫丫"脚印。而劳动人民的创造之音变成大雁的双双翅膀，闪烁在明朗的天空中，使全体牧民认识这无缰的生活与斗争，使社会向前迈步。

牧民们就这样有了一双双健康的翅膀，迈进新世纪。他们无法阻挡这热泪，热泪是老天爷给的，他们用这热泪送走了尊敬的大夫、护士们。

他们作为社会强有力的劳动者，继续开拓着新的路程。他们为社会创造出生活所需品。他们为提高生活水平，为吃得更好，喝得更好，穿得更好，住得更好，向社会创造出更好的生活所需品而奋斗着。他们为了得到生产财富，换句话说，为了像泉水一般的财富流进他们的手中奋斗着。可是，想法只不过是想法，像十个指头长短不一，劳动者的才能也不一样，生活负担也不一样，他们的实际生活水平也不一样。牧民们将此形容得很形象，即皮被有多长腿只能伸那么长。这句话几乎成为牧民们的至理名言。的确，他们很聪明，不图大的，只干脚下的。他们就抱着这种心理，参加了现行的新苏鲁克制，保本为主，再求发展，挠了羊就有了绒，有了绒就有了钱，有了繁殖就有了肉羊，贫穷一天比一天减少。牲畜虽属脆弱经济，但发展起来确像"咚咚"直响的泉水。说起牧户也真奇怪，不让生人知道牲畜头数，一旦知道了，说是不吉利，影响繁殖。为此，他们小心加小心，不贪图便宜，实干加巧干。他们依旧放着牧，几乎无条件地服从自治区的号召，一立秋就抓起打草贮草的工作。"有了几堆贮草后，我们挺过了两年的大雪灾。"这是麻黄草地人们的一句实话。

都勒禾古尔同志欢送尊敬的大夫、护士们之后，就参加了各巴格牧民的打草运动。他走进了以青年男女为主的打草队伍里，比人高的芨芨丛绿浪一浪高过一浪，镰刀在金光闪闪。他的头发和胡须都长长了，他和青年们交了朋友，处处乐呵呵的，给整个劳动场地带来了喜悦。他在脖子上放着羊肚毛巾，不时地擦着汗，默默地捆着割下的芨芨。

"打草贮草是咱牧业生产不可缺少的工作，必须年年搞好它。"他边擦汗边这样说。这话鼓励着年轻的割草者。他们在几天中问过他许多疑难问题，他也力所能及地回答了他们的问题。

休息期间，青年们像燕群一样地围在他的周围，你一句他一句地问着，共同提出：

"应讲一个好故事。"

"讲什么故事啊？青年们！"

都勒禾古尔高兴地反问。

二十八

都勒禾古尔又接着说：

"我讲故事的水平很差。"他坦率地回答着，有些青年推着他，要先让他讲一讲人的爱好问题。

他们坐在像牛和骆驼一样的一堆又一堆的草堆中间，发出"叽叽喳喳"的笑声。在他们西北方有新建的林草库伦，它宛若天上落下来的一块绿毯一样。东南方有清澈的萨拉河，它是牛、马、骆驼、绵羊、山羊五畜的发祥之源，河水潺潺向东流去。在那美如绿绸似的萨拉河畔上撒满了珍珠般的牛羊群。在那边的萨热高地上几群马在自由自在地东奔西驰，马驹们在叫唤着。可能是最近下了一场连雨的缘故吧，草原的清晰度更大了，远处的风景近一些了，奎腾河畔上的红柠条又开了第二次花，像天边的黄缎一样，处处像美丽的草原姑娘拿着黄色绸绢召唤你似的。这一切都美极了。这边的芨芨丛、寸草滩上几群肥大的牛卧着不动，从它们那儿飘来一股奶的香味。它们的周围有三五成群的上绊的上鞍的马，正在香甜甜地啃着草，这是打草青年们的坐骑。阳光明媚，遥远的山像青色的飘带，近处的草浪像晃来晃去的水波，红黄色的花在草丛中笑来笑去，好比草原上爱唱歌的美女一样。大自然的美，给青年们带来了美的享受。年轻人们你一句、他一句地抢着说话，说着各自对爱好的看法。草原的骑马高手图布新、阿日宾德力格尔俩听到都勒禾古尔同志还当过牧人的事，高兴极了。他们骑马的爱好，好比喝奶茶，吃手扒肉一样。他们谈得很有兴趣，人人都哈哈大笑。起哄一流的细个子阿日宾德力格尔高兴地说：

"让大家听一听格日乐的歌，行不行啊？唱歌是她最拿手的爱好！"

又一个年轻人接着说：

"真行，她用歌唱出草原的美。她是文艺宣传队的一名能歌善舞的演员，在欢送尊敬的北京大夫的晚会上连唱三首呢！"阿日宾德力格尔听见有人支持他的意见非常高兴，但格日乐红着脸，说道：

"不，这全是阿日宾德力格尔的坏主意，怎么啦？你就吹牛吹得只看见我？"

"没有关系啊，唱吧。"都勒禾古尔也火上浇油说着，"这也是一个人的爱好呀，格日乐同志，这不是正式的舞台，用不着害羞呀！"大家都十分高兴起来。有的青年趁机高声喊道：

"格日乐唱得好听！"

"让夏日夫用笛子伴奏！"

"不，一定让丹巴扎木苏用笛子伴奏！"

有的这样喊着，专门让格日乐害羞。年轻人们看见丹巴扎木苏和格日乐俩一个挨着一个，很亲昵，特意哄笑起来。不知坐在阿日宾德力格尔一边的那一位姑娘，突然用手指胳肢了格日乐，格日乐"咯咯"地大笑起来。这位胳肢格日乐的查干敖包巴格的十八九岁的白脸姑娘又双手推着默不作声的图布新说：

"你除了骑马，还有什么爱好！"

正忙于合计打草斤数的图布新一惊，在大家的哄笑之下，只好随口说：

"我爱劳动……不，我爱我的唐苏格达力……"大家听了，哈哈大笑起来，他一时成了"剧台"上的主角。有的都快笑死了——望着图布新的笨嘴，有的笑出了眼泪，有的躺倒在寸草滩上。有的看出图布新那眼角不老实劲儿，夸他是不能说出心里话的另一种男人；有的还羡慕图布新两口子的真爱。图布新是个聪明机智的男子汉，他看了看都勒禾古尔那微笑的脸，然后又向朝格吉玛、那布其俩人撅着嘴，急忙说道：

"你们从我这儿能找到什么？我们真正有爱好的'主角'、爱好植物的'专家'——朝格吉玛还没出节目呢？"很久不作声，只给大家倒水倒茶的朝格吉玛听了图布新的话后心想：唔，确实是个人人必须过的关啦，便推一推那布其低声说：

"噢，你先说，还是和阿日宾德力格尔俩唱个歌呢？"那布其微笑着，心想：阿日宾德力格尔还忙着记打草的斤数呢，便回答道：

"该朝格吉玛姐说一说啦。"

朝格吉玛听后，毫不犹豫地说：

"人呀，作什么，就关心什么呢。我就爱好人民教师这　行，现在随便讲一讲这方面的事儿吧。秋天一开学，这里在座的所有后生都给我交一名女学生，好不好？"

当她这样活泼的讲出后，几位调皮后生前前后后地笑道：

"女的找不上怎么办？"

"图布新，图布新，他有这方面爱好，姑……"

"如没有女的？"

都勒禾古尔也听了他们的话，"扑哧"一声笑了，急忙说：

"咳，姑娘一定会找到的。"

"女学生找不上，男学生也可以。"

朝格吉玛赶紧补上一句。

图布新急忙红了脸，只看希日万一眼。

希日万笑眯眯地直想逃跑。

哈呀，真是个欢乐的场面。那几位后生不小心说的话引起大家的大笑。在大家的哄笑之下，几个后生像刚刚割倒的芨芨一样往后笑着一躺，再也不作声了。都勒禾古尔用希望的目光看着后生们。他再过三年就五十岁了，两鬓已开始变白，宽额、平颊，圆脸上有了一些皱纹，只有他那生机盎然的双眼闪烁着不老的光彩。他听到大家说，才知道很少说话的格日乐、那布其等年轻媳妇们那热爱畜牧业生产的灵活的思想，很高兴，便说道：

"我们可爱的年轻人，自古以来，这敖伦韶荣是前辈们辛辛苦苦养牧的富饶之地。我们应在这片热土地上辛勤养牧，让五畜撒满草原。以繁殖牧畜的巨大成绩来支援前线。另一方面，应该改造我们的生态环境。我亲眼看到大家的干劲后很感动。你们年轻人像草原上盛开的山丹花一样。你们改造了寄生虫沼泽地，把它变成了林草库伦，这很好。这几天又打草贮草这么多，这是成绩。自然灾害是无眼的王八蛋，它也许会今天来，或许会明天来，或许后天来，我们应时时刻刻预防它，这才叫本事。"

"气象预报可以告诉我们。"

有个后生这样插话道。都勒禾古尔听了，又接着说：

"是的，没有抗灾准备，再怎么好的气象预报都不顶事。"他回答后继续说：

"我们没有抗灾物质基础是不行的。一旦无准备，灾害来临了，我们空空的双手能代替牲畜草料吗？古今中外所有的失败都根源于没有切合实际的准备。为此，我们把抗灾工作赶在天灾之前，这是最好的办法。哪怕天灾今天、明天、后天来，我们都迎接它。那时，我们大家都成为抗灾的英雄者。今秋的一把把草就成为春灾的一粒粒金子了。你们要相信这个道理，我们今后的道路更宽广。宽广的道路会照亮我们劳动牧民的心。我们会沿着使大众高兴的金色道路前进。生活与现实斗争要求我做更多的事情。谁能培养和杂交出适合敖伦韶荣特点的高质量、高产量的草的品种呢？又有谁来做敖伦韶荣的牲畜改良工作呢？"

他说得意味深长。

青年们都考虑着同样一个问题，即"究竟这的人是谁呢"，带着这个问题，他们到了打草场地。

全天的打草工作结束后，朝格吉玛、那布其一起离开了打草场。朝格吉玛把几天前在朱拉格^① 上得第一名的貉青马让给那布其骑。

打草贮草工作第二天继续进行。

麻黄草地那些老脑筋的人也或多或少地得到了打草贮草的好处，他们也说：多割一点，多贮一点。敖伦韶荣的打草贮草工作以组为单位进行着，他们的进度快，人手多，质量好，数量大。因此，他们只顾干，不计个人得失。可是，继续当组长的朝格吉玛姑娘粗中有细，心中有数，她根据谁来得早，谁干得多，谁打的草多，谁的草质量好，谁帮了人家等，进行了表彰，另外还执行了按劳分配制度。走上幸福之路的人们竞争心很强，几乎异口同声地说着：咱们不干，靠谁干呢？幸福属于我们。他们这样说着，割起连绵起伏的秋草。原来的两个大草堆变成三个大草堆。牧民们看着草堆，喜悦地说：每一个草堆足有二十五万斤。他们除了贮草外，还把一部分草运到了畜群上。

"给你的畜群送的草多了。"

"给我的畜群送的草少了。"

这种争执难免出现。可是，在大众的眼里，这种事算不上大事。因为，牧民们把团结看得像珍贵的奶食品一样。

梅德格玛虽然没有顾上参加今秋的打草贮草，但还是乐呵呵的，她的畜群上有了草。她见人就说："朝格吉玛这可爱的姑娘，伤还没养好就提前参加了今秋的打草贮草呢。"为此，梅德格玛总是心想：我可爱的朝格吉玛，真是个好姑娘！唉呀，在今秋的打草贮草工作中她真是使劲儿啦。她最重要的任务是养伤。真的，万一有个三长两短怎么办？身体好的话有机会去北京城啊！唉，不知老天爷为什么让她遭遇这样的不幸!？她越想越气。其实，朝格吉玛

---

① 朱拉格：蒙古语，近似那达慕。不过，朱拉格以挤马奶为主，其他与"那达慕"活动大致一样。

按照医生的嘱咐，应休息两个月后才能参加生产劳动。可是，她根本坐不住，只休息了一个月后，伤口痊愈了，就提前参加了生产劳动。

　　小学校还未开学，麻黄草地牧业互放组和临近的布仁其其格牧业互放组进行了竞赛。小学校开学后，敖伦韶荣的人们趁地冻之前，在新林草库伦中种了树苗。人多力量大，他们在新林草库伦除了补种很多树苗外，还种了不少果树。年轻人敢说敢干。在朝格吉玛的带领之下，学校师生们和嘎查青年们上敖伦韶荣山种下了很多松树、柏树。他们把它叫作"青年林"。从此，这乔木极少的荒山披上了绿色的军装。

　　种完树，牧村的人们忙着给畜群灌药，预防寄生虫病。这方面他们的方法很多，除了用了区工委兽医站卖给牧户的驱虫新药外，还用了一些土秘方，即用马肉熏、灌麻油、灌蒜汤、灌兔肉汤等，这些都能有效地预防寄生虫的发生。有的还说，这办法在秋末不适合。所以，新兽医那布其想尽办法，深入各畜群，进行预防。嘎查人民政府号召牧民们，普遍都灌一次驱虫新药。不相信驱虫新药的德力格尔格芒乃给媳妇摆出不喜欢的姿态，用手背抹抹嘴，嘟囔道：

　　"唉，把你们养大成人了，现在管不了你们了，自己愿意怎么做，就怎么做吧。"他旁边的纳布塔亥听到老头子的话，有点合自己的意，便说道：

　　"是的，这是牲口，不是人，三伏天把羊群赶进热沙丘，数九天把羊群赶出羊圈受冻，这些都顶用，很顶用，这是老祖先们传下来的法宝呀！"

　　牧民们虽然知道那些一整天一整天地东奔西跑的下乡干部们很辛苦，但是对单纯宣传驱虫新药而忽略牧民经验的干部却显得很不高兴。可是，下乡干部们硬着头皮也要把宣传作到家。日久天长，牧民们也慢慢理解他们了。下乡干部们也虚心听取了他们工作中的

380

缺点错误。牧民们也毫不客气地提出了他们的不足之处。丹巴扎木苏是其中一个，他虽然在各方都很努力，可是对他的意见特别多，说他挑轻的干，不实干，浮在上面等等，意见多，功劳少。可是，他呀，第二次下乡回来后，没有向牧民们报复，照旧干得踏踏实实，更积极地参加着牧业生产劳动。德力格尔芒乃第一次高兴地夸了他，说：

"我们新时代的好干部。"

地冻三尺，非一日之寒呀。早晚，地表层都冻着。看样子，地快要冻了。这使朝格吉玛、那布其为首的青年们像被爱咬人的狗追着似的忙碌起来。"草原利用保护组"的青年们讨论了朝格吉玛、那布其俩所写的拟稿后报到了嘎查办。嘎查办召开会议专门讨论和研究了青年们"草原利用保护"爱国条约。除都勒禾古尔、乌力吉那顺、丹巴扎木苏等外，还有朝格吉玛、那布其和她俩带领的八名青年参加了讨论。新上任的乌力吉那顺嘎查长主持了会议，由丹巴扎木苏作了记录。会议一开始，乌力吉那顺就说：

"同志们，从畜牧业生产的自然依赖性出发，一定要在牧区禁止开荒，保护草场。为了稳定、优质地发展畜牧业生产，提高广大牧民的生活水平，让他们走向富裕，在合理利用和保护草原的基础上，重新建设草原。"他说完，听取都勒禾古尔同志的意见时，都勒禾古尔说：

"牧民们有一句俗语：与其从远处找，不如翻自家柜。想来想去，想很多空洞的东西，不如做一些具体的事。按照乌力吉那顺嘎查长的意见，我们做以下几件具体的事，不说其他的。"乌力吉那顺开门见山地说：

"那就朝格吉玛姑娘代表青年们念一念'草原利用保护'条约吧。"他看着自己的记录，一字一句地说着，随后由朝格吉玛念了拟稿：

社会主义爱国条约

我们青年与全国人民一样十分关注着朝鲜战争和祖国的安全。我们一定要抗美援朝，积极参加爱国运动。我们十位青年响应党的号召，为了增产节约，根据畜牧业生产的迫切需要，提高打草场的质量和高产，特拟出"草原利用保护"条约。这就是我们的爱国条约。具体内容如下：

一、自愿放牧，稳定、优质地发展畜牧业，牧主和牧户互利，正确执行这一新苏鲁克制度，坚决反对开荒，保护草原。

二、各组青年们加强互助，增进团结，正确解决畜牧业生产缺乏人力和物力的困难，消除争草原和破坏草场的现象，靠群众力量克服所遇到的自然灾害。

三、年年要多打草、多贮草。

四、青年们带头宣传合理利用保护草原的重大意义，建设草原，除科学地种好林草新库伦外，从明春开始利用河水、泉水、溪流等浇草场，提高打草的质量和产量。与此同时，还要消灭柴达木的醉马草。

五、为了利用好草场，牧业互放组的组员们都要开展爱护春营地草场的竞赛。

六、为了搞好马、牛、绵羊的改良工作，做好充分的准备，采取增加优质牧草密度的有效办法，在沙漠上做人工种植沙蒿的实验。因为，沙蒿虽属多年的生植物，但几年中会大片地死去。与此同时，要对草原上常生细草野艾、针茅、红柠条、麻黄等的逐年长势情况进行科学研究。我们对麻黄草地的长了野沙蒿的草场进行了调查。据调查，野沙蒿周围的细草——野艾、针茅、麻黄等消失，程度达 90%，有些未消失的细草（比如针茅），其长势也在下降，像老头子稀少的胡须一样。这主要是因为针茅的营养和水分都被野沙蒿吸收了。当然，沙蒿是养山羊的优质牧草，它只适合于沙漠，不适合于草原；它是草原的大敌，它占领草原，草原会沙化。从进化遗传学来说，草原上的野沙蒿多了，草质就会慢慢地退化，先长野沙蒿，然后长沙竹，再长沙蓬、大戟，最后什么草都不长，变成一片明沙。这样一来，我们就看不到草原上的细草，没有细草就等于没有马群、牛群、绵羊群。

另外，还补充一点，就是以科学的，也就是用自然的方法给草原施肥的问题。柴达木和草原上的牛马粪是一种优质的有机肥料，因此禁止捡粪。

我们将这研究实验点建在敖伦韶荣民办小学，以此督促教师们参加生产劳动。

定条约人：三个组的十名青年

195×年10月15日

念完条约时，办公室内响起掌声。

大家一致通过，认为嘎查办应上报区工委办后坚决执行。

※　※　※

麻黄草地上马蹄声阵阵。各牧业互放组的青年们按照条约精神，积极进行着保护草原的宣传，轮流地看着草场，保护着过冬的草堆，又忙着在新库伦中腾出春营地。转眼间，北国大地迎来严冬。

冬天刚来临，鹅毛大雪连续飘了两天三夜。秋末的黄色世界一下子变成了银白色。到处是一片白，除了人以外，万物都披上了雪衣。

到了第三天，突然拨开云雾见青天。虽然是冬天的太阳，但是光芒在雪地上，使人格外耀眼。人们都无法相信这天气的变化，宛若把煮熟的羊肚放在烈火中烧烤后褶皱一般。可是，不多久，又转了南风，飘起了大雪。

"呀，又开始下雪啦。"

"牲畜只吃了一天草。"

"下着，下着，别来个雪灾啊！"

牧民们这样惊叹着，雪又下了一天。

"这雪明天早上可能停。"

到了早上，雪还未停，下得越来越大。一般来说，下雪的天应该较暖和一些，可是，早上很冷，吐出的唾沫在落地之前就成了冰。硬梁草原的牛群都跑了过来卧在沙蒿圈，绵羊、山羊群在不停地叫着。

的确，草原遭遇了一场白灾。牧民们不分昼夜地忙碌在羊群和棚圈之间。牧户们焦急万分，每个人都在谈论着这场雪灾：

"真是无法主宰的大雪灾，一旦入了数九天就会好一些的！"孩子们听着大人的话，怕被冻坏，尽量往蒙古包的暖角里钻。因为，大人说过，这是白胡子"冬至"老汉来之前的绝招，如不听话，他是会吃不听话的孩子的。牧村的孩子们虽然身在蒙古包内，但是他们的心却在"咩咩"直叫的羊羔上。各户的牧人们不停地铲着圈内的积雪，怕羊群被埋死。不知羊群受冻，还是饿，一个劲儿地叫着。这叫声好比一把开刃的刀子割在牧人心上。她们忍不住痛，说着打草贮草的万般好处，给羊群放上绿苗苗的干草。纳布塔亥的心稍稳定了一些，耳朵也清静一些了。但是，她面临着一个大问题——快临产的儿媳整天不离牲畜，昨天中午还背着药箱出去了，不知什么时候转完互放组的畜群。纳布塔亥老大娘大清早让儿子骑着马找她。德力格尔芒乃连早茶都顾不上喝，替儿子看马群去了。是的，牲畜就是牧人的命根子。

纳布塔亥将右手放在心脏上，求老天保佑，左手掌放在前额上望着远方，但是只见白茫茫的雪片，别的什么都看不到，她喃喃道：

"哎呀，我的天佛啊，这是一个不祥之兆呀！这老头子前几天乐得像孩子一样呢，现在怎么样啦？鬼东西！只有上天才知，大地才知呀，也许它们能知道中间还有佛爷呢！"

纳布塔亥走进毡包，在佛像前点上酥油灯。她最担心的是快临产的儿媳，一日野外，雪地里……可能是下午时分，那布其安全地转完畜群回来了。这下子，把老大娘乐坏了。她抱住儿媳，亲吻起来。好像压在心上的一块重石落了地，忙着给儿媳换干衣服，乐个不停。暴风雪还没有停，她让儿媳喝着茶，自己冒着大雪，给羊群和奶牛加放了干草。这次雪整整下了两天一夜，才勉勉强强地停了下来。老天爷还是阴沉沉的，满天乌云。纳布塔亥向老天爷祈求着，喃喃道：

"别再刮风呀，这是最大的希望。"可老天爷却不听她的祈求，偏偏从子夜开始刮起大风，无可阻挡地又来了一场暴风雪，它想刮倒毡包，刮走柴堆，气势凶猛。

十分辛苦而可怜的牧人们都守护在羊圈中，手提麻灯，饿着肚子，保护着羊群。

※　※　※

在暴风雪中丢失了部分羊群后，其木德稍才知道新社会到来后所建的沙蒿圈的好处，不然以往在她的眼中这是一堆垃圾。她骂着姑娘，勉强赶回来一部分被风雪卷走的羊群，十分吃力地拦进牛栅栏里。之后，她姑娘希日万追另一部分被卷走的羊群。这时，其木德稍已追不动羊群，只追着女儿。她的衣领和衣肩全灌满了雪，她不停地喊着：

"唉——灰！姑娘！你有没有耳朵——你！扔了它！这些被狼吃不完的羊——它们迟早是穷人的东西！快——扔了它！"她使劲儿喊着，伸手抓住了女儿的袍子的下摆。女儿挣扎着，想追羊群，气呼呼地喊：

"妈妈，羊会死掉的！不能丢！我要追回来！"

希日万想挣脱，可其木德稍拉着女儿不放，还骂道：

"自不量力，你也会冻死的！你知不知道，我们给了那些穷鬼比这还多的畜群呀！你真是没头脑！"其木德稍揪住姑娘，往家里拉。希日万挣脱不了，掉下了眼泪，嘟囔着："可怜的牲畜，饿着肚皮，这样白白地死掉！唉，太可怜了！让它们在我们手中死掉！梅德格玛大娘，朝格吉玛姐她们是不会让风雪卷走羊群的。有了羊群才有钱。早就该扩建沙蒿圈的！你又不是没钱！你这母亲很怪，偏偏和牧业互放组顶着干，现在你吃亏了吧！"

希日万骂着，喊着，甩开大门。大门在暴风雪中甩来甩去。希日万姑娘被她妈使劲儿推进房间后，一股劲儿地哭着。

"可怜的牲畜，在大雪中白白死掉！我们的羊群有什么罪？人家的羊群有圈，有草，而我们的羊群没草不说，羊圈才能圈进五分之一的羊群！咿——咿——咿！"

"你死去！跟羊群一起死去！灰东西！全死掉才好呢！"

其木德稍也被暴风雪打得够呛，她的下巴不停地颤抖着。她气呼呼地骂着女儿，又骂着丢失的羊群。

外边天塌下来屋内也听不见。

屋外，大暴风雪中，从马车上下来披着斗篷的几个人。两条家狗疯狂地追叫着。那些雪人走近圈着羊的牛栅栏。两条家狗凶猛地追来追去，护着羊群。

"里面——有没有——羊？"

"有——有！怎么办？"

"请你——打开——栅栏门！这羊群都饿死啦！"

人们的喊声一清二楚。

"放多少草？"

"多放一点！"

386

"羊群会吃的，它们会挺过暴风雪的！"

"已放进十来捆草。"

"你是不是还放啦？"

"我也放了不少。"

"羊开始吃草啦，大暴风雪中羊群饿得太厉害啦！"

"嗨，这家羊群！好像数量不够吧？"

一个女人的喊声很尖锐。两条家狗的追叫声更加厉害了，不停地"啊布，啊布，啊布"，"库布，库布，库布"。接着又听到那几个人的喊声。

"真的这样呀！"

"一个牛栅栏都不太满——我去看一看！"又听见那女人尖锐声音：

"我看，不可能圈进马圈——马圈太远！"

"那么，怎么办？"

"那么……"

"这样行不行？再派几个青年———到附近……"

"你说什么——听不见——"

"她家丢失的一部分羊群与其他畜群和了，通知他们——不能往外赶！就地拦住，就地喂草！"

"给谁说呢？"

"给全体牧户下通知！"

"噢咳——给牧民！"

"唷，哒—驾！"

拉草的三套马车从牛栅栏那儿移动开。大暴风雪中狗的狂叫声逐渐远去。

三套马车走远了，它在大暴风雪中继续前进着。

断断续续地听见车手的喊马声。

　　　　　　　※　※　※

　　大约过了一段时间，三套马车来到一家毡包门前。辕马喘呼呼的，车手把缰绳松了下来，人们都从车上下来。

　　"先进——包——暖和暖和"，那女人尖锐的声音很清晰，从那边又传来一个男人豪放的声音：

　　"嗨，图布新——你把辕马——拌住！"

　　在家狗的叫唤声中从毡包里出来一个人，喊声传来：

　　"快一点——过来！领回来了吗？"

　　从车上下来的人们都知道，这急促的喊声是希日布老人的喊声。

　　老人为什么这样焦急呢？怎么啦？他家出了什么事？究竟领谁来？走过来的四个雪人心中这样想着，都认不出谁是谁来。

　　"我女婿和你们一起来了吗？接生员！接生员！"希日布老人朝走进蒙古包的人们喊着。他把麻灯举到穿着抖篷的四人面前，几乎要哭出来，嘟嘟嚷嚷地说：

　　"你们来，我家这……怎么办？"

　　"达日哈？"

　　"柴达尔？"

　　来人中的朝格吉玛、都勒木古尔俩异口同声地说，他们也十分焦急。没有人回答他们的问话，只有蒙古包角落阿如格①内的小羊羔发出"咩咩咩"的叫声。

　　希日布老人将麻灯放在小桌上，解释道：

　　"你们坐！唉，老天爷，我是把没见的都见上啦！哎呀，你们看！真把我这个老头子急死呢！这里绵羊羔叫唤成一片，那里我女儿正经受产前阵痛。

────────────

　　①　阿如格：蒙古语，用粗柳条编的装粪的背篮。

388

朝格吉玛一听就跑了出去。

朝格吉玛走进西侧毡包，只见达日哈的粗黑辫子拴在木橼上。朝格吉玛看了格外惊讶，向发出哭声的达日哈走了过去：

"这样拴上辫子身体受不了呀！别怕，你会安全地生下孩子的。"朝格吉玛边说边把拴辫子的细绳解开。朝格吉玛看到，达日哈因年龄大而已遇难产，就立即想到先做一做稳定情绪的工作，便解释道：

"达日哈，你别太难过！有同志们，有牧业互放组，一定会有办法的。都勒禾古尔区长也来到你家。"达日哈听见，忍住阵痛，脸色稍正常了些，喘着气说：

"都勒禾古尔区长来到咱们蒙古包里，你们在这么大的暴风雪中送来牧草，真是雪中送炭呀！"

都勒禾古尔、丹巴扎木苏、图布新三人一起出去，帮着希日布老人给羊群放了干草回来，就谈起了救人的事。

这时，从外面进来后，站了一阵的图布新把图拉嘎的柴灰挖了出来铺到阿如格下面，就忙着往图拉嘎里放上干牛粪，烧起火来。蒙古包里有了暖度后小羊羔不再叫了。

图布新看着羊羔说：

"老人的这冬羔真好，个个都有神有膘啊！"

他们几位也都看到了，这些冬羔比去年的冬羔体壮，优质，刷白，真惹人喜爱。都勒禾古尔不由得想起，五个月之前按照朝格吉玛、那布其俩人牲畜改良的建议从第二区那儿购进一批白山羊公种的事儿来，这是公种们带来的好效果。

"图布新，这不是用科学的方法进行牲畜改良的实际结果吗？"

"是的。丹巴扎木苏，我早知道你那理论。还是咱朝格吉玛那达尔文、马尔文那理论顶大事。"

都勒禾古尔听着两个后生的谈话，正在思考普及冬羔一事时，忽然朝格吉玛匆忙走进来，就说：

"图布新，丹巴扎木苏，我听见你俩刚才所说的话了。不能这样说，还是多估量一下群众的力量。如果达日哈把牲畜改良实验不放到畜群上，是怎么样的结果呢？丹巴扎木苏、图布新，你们为什么不积极宣传牲畜改良呢？"她说罢，看了看都勒禾古尔，又盯住图布新。她好像用目光观察着图布新的心里动态似的。

"我在这方面没有做什么。"她用急促的目光看着三人，说道：

"达日哈遇难产，很危险。"

都勒禾古尔看了一眼朝格吉玛，忙问道：

"那样的话，光着急不行，究竟怎么办呢？"

"我看，想一切办法，把她送到嘎查卫生所。"

朝格吉玛说自己的想法。

"如果路上分娩怎么办？"

"这也是个问题呀。……"

这时，希日布老人咳嗽着走了进来说：

"哎呀，我的柴达尔不是迷了路吧？还不回来。我女儿疼得更厉害啦。啊什么，怎么个分娩法呀？四十出头的人了，我可怜的女儿！"他不知怎么办，焦急地连说带喊着。

他们急忙数起未运上草的牧户，只剩下梅德格玛、朝格吉玛的合并畜群。为此，朝格吉玛急忙说：

"那么，不要紧，我们两家的草暂时够用。草缺，还能背回来。如今救人要紧，她很危险，用三套马车赶快把她送到嘎查卫生所。"

"是的，救人十万火急。可是你不能背草，伤情……"

都勒禾古尔说。

"这些都不要紧，活人总会有办法，救人最重要！"

朝格吉玛说着就往西侧毡包跑去。

"是的，先救达日哈是对的。"

图布新、丹巴扎木苏俩也说出同意的意见。

他俩在三套马车上架起临时车篷，人们抬着达日哈上了车。朝格吉玛用两套皮被把她扎实地包好。

大暴风雪中皮鞭"劈啪"地响起来。

"好车手图布新哥，看好方向，一股劲地奔吧！母子俩的生命就在你的手中啊，注意不要在暴风雪中迷失方向！"朝格吉玛把达日哈抱在怀里这样说。

"这社会……真好。来了个好社会。"送走姑娘的希日布老人说着感动地掉了眼泪，用皮袍袖筒擦着眼泪。

"知道了，高寿老人。我理解您的心情。您这高寿老人能有这样的觉悟，是个很不简单的事啊！"

都勒禾古尔的说话声很清脆而且坚定和气。希日布老人感到很高兴。都勒禾古尔心想：起先影响打草贮草的希日布现在毫不怀疑地理解它的好处了。希日布老人不想离开都勒禾古尔。都勒禾古尔约定好时间，表示自己同情牧民们。

都勒禾古尔走出柴达尔的毡包。暴风雪无情地迎接了这位在部队锻炼许多年的铁汉。他迈着大步，积雪在风雪中发出脆弱的"唧唧喳喳"声。通讯员在昨天的暴风雪中送来的《简报》给了他很大的力量。他边走边思考。他心想：啊！朝格那顺同志……他是我们区工委的好带头人。他那有活力的每一个步伐，那样地坚定，那样地坚实，一步一个脚印，好像能融化雪地一样温暖，所到之处牧民都欢欣鼓舞，获得无尽的热量。他决心继续深入到牧民中间，用群众的力量克服这次大暴风雪。

第二天一早，大暴风雪停了。

都勒禾古尔同志的浑身都滚动着一股热劲儿，是汗，是力量。尽管咆哮如虎的暴风雪呼啸而过，但也阻挡不住他。

他认准了方向，迈着坚实的步伐。

他走向朝格吉玛的毡包，要还给她那带蒙古刀的火镰。

二十九

　　敖伦韶荣的牧民们欢乐无比。

　　他们迎来暴风雪后牧业丰收的新春天。

　　牧民们从早上到晚上一直忙碌在银白色的草原上，他们的心胸像辽阔的草原一样舒展。

　　老人们的话题中已有了"草"、"备"、"有备无患"等新词，它使青年们有了使不完的劲儿，也成为孩子们心中腾飞的骏马。

　　小学校放了寒假后，回到家的孩子们各个都抱着自己的羊羔，几乎要和它们拉起话来，"真的想你了"，"可怜的大眼睛"等等，亲着它们，拿来贮好的干绿草一把一把地喂着它们。

　　很多牧户都有了珍珠般的洁白的羊羔群。这些羔群都在二十天后吃上了草，它们都在沙蒿圈艳阳地里香甜甜地吃着干绿草。有的吃饱了，蹦蹦跳跳，有精神。聪明机智的学龄儿童们看着这些可爱的冬羔，生起嫉妒之心，也像羊羔一样自由自在地跳着。调皮鬼西日夫跑进毡包，把小花皮球藏进被褥后面后，提着书包，跑进沙蒿圈，坐在羔群中开始复习功课。他穿的这身长袍是他妈为了迎新春而特意做的，很合身。火红的红领巾飘在他的胸前。他的小小的心灵里有了一定的信念。他心想：这红领巾是红旗的一角，是用革命烈士的鲜血染红了它；自己要努力学习，将来要走在生活与奋斗的前列。他已念了几页语文课，那小小的脸蛋上出现一丝笑容。虽然他学着羊羔的调皮，但是羊羔也不停地向他学，"白鼻梁"过来捣乱他，先是咬他耳朵，后又是"念"他的书，真没办法。他只好抱

392

住它，亲吻它的嘴。"白鼻梁"听他的话，摇了摇秃尾巴走了；他这才真正成了一名小书呆子，使劲儿念，使劲儿写，多亏其他的羊羔没来捣乱。他心想："白鼻梁"来捣蛋是因为他爱它。自己没办法，永远也没办法，因为自己是牧人的儿子。他愿意在羊羔旁读书，在"咩咩咩"的叫声中读书，这使他能想出新问题。他一直用这种形式复习功课到腊月中旬。很多家长也同意这种作法。因为他们一边复习一边还能给羔群放一放草呢。

可爱的小呼斯勒图不知不觉中长起来。可是，他父母总觉得儿子长不大。小呼斯勒图早已丢下他的"黄骠马"，背上了书包，与书画交上了"朋友"。他已经是上学几个月的小学生了。他不再留那种"三毛"式的发型了，现在是"军官"式的小分头发型。

他真是个天真的小孩子。

从前骑着深井马可爱，如今去沙蒿圈艳阳地看识字图也可爱。他可能在心里想过：这么做，旁边的朝格吉玛姐肯定同意。但是，旁边的朝格吉玛看着他那胖乎乎的圆脸上的一双星星般的眼睛和不再流鼻涕的小鼻子，用手扶了扶他的小下巴，表示不同意，因为艳阳地已没有光线，她说：

"这次恼了吧？恼了就拧你的小蒜头鼻子。"可是呼斯勒图反而笑了，他用小胖手捂住掉了门牙的嘴牙，说：

"姐姐，您说一说，识字图中的哪一个孩子漂亮呀？那么，您给西日夫哥哥说过，要给那些漂亮的孩子讲一讲，暗了就把额如克①撩大一点，在光线暗的地方看书就会变成盲鼠。他说这是朝老师说的。"

"是的"，朝格吉玛乐呵呵地说，"真有一点记性，这是图布新的小鼻梁柱吧！"她说着，笑着，领着小呼斯勒图往蒙古包走去，又抱起他，亲吻着他的小嘴，一进门就给他放了小方桌。她出去撩

---

① 额如克：蒙古语，盖毡包陶脑的活动毡，即包的活动顶毡。

大了额如克。朝格吉玛对小呼斯勒图有说不完的爱。她每次去嘎查时，怎么忙也要看一看他。常常把他带回家玩耍。呼斯勒图也从小就认她为姐姐。有时，他不听父母的阻止，硬跑回来，帮朝格吉玛的忙。最近，她又叫了几次西日夫。她对梅德格玛说："孩子真像野兔崽一样活泼，可管得过多就会变成懒惰的马一样，会失去活泼劲儿。就会不知好坏，也会失去上进心，也会在学习上不努力。要注意这一点。"她还给西日夫说过："学习好比冰滩上的木头转碟一样，你鞭打得越快，它就转得越快。"

朝格吉玛又不分昼夜地想着呼斯勒图，她突然爱上呼斯勒图是从欢送尊敬的大夫、护士的那达慕开始的。因为呼斯勒图在那次的赛马中骑着她的貉青马，得了冠军。从此，她决心要孩子，要个像他一样的活泼劲儿的孩子，就越来越想结婚，越来越想要孩子。

呼斯勒图回去不久又来到她家。

朝格吉玛昨天在放羊的途中忽然想起了呼斯勒图，就与唐苏格达力一起专门去看了呼斯勒图。她见到他，不由自主地高兴起来。

因为，今天恰好是蒙古民族的传统节日祭灶日——腊月二十三，所以应该让呼斯勒图早一点吃饭，太阳下山之前送他回家。早上，朝格吉玛一带他回来就给了他一碗放红糖的塔西玛格①，好吃，好喝，好招待。这是她内心的喜悦被揭开的缘故吧。等待的心又复活了，传来的特好消息，使她不由得爱起漂亮而可爱的呼斯勒图。她真想永远不让呼斯勒图离开，喜上加喜。

朝格吉玛决定呼斯勒图在家时祭灶火。

可呼斯勒图说，回去祭灶。

朝格吉玛担心呼斯勒图饿。

因为男人虽小，但还是家里的小掌柜，所以朝格吉玛只好随了他。

---

① 塔西玛格：蒙古语，冬天卧好的酸奶。

394

朝格吉玛带着他上了雪路。小呼斯勒图不停地向后看着，撅起小嘴喊：

"姐姐，我也像狗一样地想家呢。"

"我的小呼斯勒图过完新春就会换上新牙，那样就强过四眉花狗儿啦，总比它聪明。"

朝格吉玛这样说着。总之，她喜欢可爱的呼斯勒图，站在原地看着他，直到他快走进家时才返回家。小呼斯勒图的身影虽不见了，但他的形象还不停地出现在她的眼里。她眼里还会反反复复地出现那布其、达日哈她们的只有一个多月的婴儿呢。这也真奇怪！她一个人留在毡包里，越来越想孩子，这只不过是半个月的时间啦。从锅灶上飘来煮胸岔肉的宰汤味儿。这里的牧民冬天在"小雪"节令左右卧羊。卧羊时，为了祭灶，把胸岔上的胸岔头、睾丸部位吉祥地留着皮毛（后祭灶时，烫干净）。现在，锅里煮的胸岔肉中还有直肠肉①。锅已开始沸了，朝格吉玛没放食盐，只放了一盘酪蛋块儿，她以此珍贵的传统饮食来准备迎接双喜临门。

敖伦韶荣山的牧人们都喜出望外地传递着这个特大喜讯，也不知真与假，为争取把它变成现实而相互传递着。

图布新为了过好春节，及早地控好草场马，已经套上几匹骏马后牵着，顺路来到朝格吉玛家。他所骑的那匹额上带小月亮点的枣骝马真是快马，它把马鞍的八个吊带飞舞得各个像鞭条似的，腾飞的步子也像它主人的开朗品性。图布新这一天特别高兴。他虽然心里高兴，但是步子还是迈得很稳重，向迎客人的朝格吉玛微笑着，表示问候，进了蒙古包。

"哈哈哈，真好闻，"他说着，"今天你是不是把八十斤绵羊羔的八斤给煮了，真有特殊的味道，煮了几个？"他说着，张开大嘴开朗地笑着。

---

① 直肠肉：蒙古语叫阿比斯格，祭灶的重要成分之一，表示五畜兴旺。做时，中间放腹膜肉、蜂巢胃肉、小肥肠等，均割细条，然后翻起，就成为高级香肠。

"我嫂可想你呀，今天也多煮了几个胸岔肉了吧？"朝格吉玛微笑着边回答边问道。图布新虽然平时说一些过头的话，但是恰好此时此地谈到了自己的爱人，便只好红了脸。为此，他把话题转向别处，说：

"听说，老虎的雄就在山上。大家合力建立的互放组真顶用。在大伙儿的协助下，几匹桀骜不驯的骏马都被套住了。我要用心地驯它们。在你们两个大喜的时候，让我出一对一色马都可以，所承包的新苏鲁克马群里有的是好骏马呀！"他自己也觉得有点儿不好意思了，在姊妹们面前说了一些大话，就低下头继续说：

"不过，怎么说也好，大喜事是来定啦，真的！"图布新脸上闪出一丝喜悦的光芒，他拿出蒙古人的长烟锅，装上烟，点着后吸着。

"喳喳，吃水果糖嘴里甜，听到好话心里甜；如今你说我听，这也是个稀罕事。"

朝格吉玛说。

"不，真的，听说旗里抓了一个特务……你那个是先到西旗，然后才回来呢！"

"你从谁的嘴里听到的？"

这话，朝格吉玛是真的从心眼儿里问的，此时她的身子稍倾向了图布新。

"达来①！说得人很多！"

"嗨呀！你这是什么话呀？光说达来，达来，他们都有个名字吧！"

其实，他所说的这些，朝格吉玛也从那些人的嘴里听说过。朝格吉玛与其他人的想法一样：消息不灵是下了大雪后交通堵塞造成的。

---

① 达来：蒙古语，本意是海洋，这里是多的意思。

图布新准备马上要走，可朝格吉玛没让他走。她的意思是稍等一等梅德格玛和她小女儿阿美腾，一起吃一吃祭灶饭。

当梅德格玛领着小女儿来时，让图布新修饰好了祭灶胸岔骨。她家的祭灶饭是大米、糜米二米加红枣、酪蛋一起焖好的上等祭餐。梅德格玛大娘来后，先用涂抹着祭餐祝福了毡包的陶那、木椽、哈那、毡围、毡门，其次在灶的四角堆上四块儿明沙，以此代替四个大摔跤手，这说明蒙古族的祭灶仪式来源于萨满教。梅德格玛在四堆土上点燃了熏香后，在已盛好的四盘祭餐上分别放了各类祭灶肉，领着朝格吉玛、图布新、阿美腾三人开始颂词。让三人右手举着盘，手往右正转，她自己带头颂起祭灶词：

> 圣主存放的火石，
> 伊西哈屯吹的火，
> 马奶酥油的饮食，
> 神草针茅的命根，
> 紫头绵羊来祭灶，
> 火神兴旺的圣母，
> 滴点胸岔的肉油，
> 又点上那好奶酒！
> 点点放上羊背肉，
> 用那哈达格祭上火！
> 矿石一样的圣母，
> 钢铁一样的圣父，
> 榆树一样的生命，
> 神天火星的圣母，
> 要把白酒用碗祭，
> 要把肥油用手祭，
> 生命火焰保永久，

有支有收迎财富，
五畜宝贝年年兴，
保命保增大繁荣。
放牧夏营展大图，
畜像柠条一样多，
它像驼鹿一样肥，
它们撒满水和陆，
神奇国土永远存，
时时代代耀光辉，
胡瑞胡瑞保永久，
油和肉食显富裕，
胡瑞胡瑞保永久，
胡瑞胡瑞显富裕。

　　他们听着梅德格玛大娘的颂词，随着她的节奏，按照蒙古民族的最高礼节把五彩缤纷的胸岔骨祭向神灶。

　　"胡瑞，胡瑞，胡瑞!"
　　"胡瑞，胡瑞，胡瑞!"
　　"胡瑞，胡瑞，胡瑞!"

　　他们齐心协力地念着颂词，三三九地向火灶神磕着头，最后就了餐。

　　就餐后，朝格吉玛送走了客人。羊群回圈后，她放完了羊羔，回来熬了一壶茶，一边喝一边点上蜡烛，坐着看了一会儿书。可是她可爱的胡雅格那脸庞忽然出现在她面前。她不由得站起来从哈那的上角上拿起胡雅格的相框。

　　第二天朝格吉玛照旧很早起了床。她在忙碌中看到了太阳升起之前的满天朝霞。遥远的风景好看极了，原来的银山、雪原如今变成了火红的山，金红的草原，宛若初恋的牧羊姑娘那害羞的脸蛋一

398

样。

祭灶后，又过了几天。

眼看除夕来到了。

朝格吉玛准备好除夕的纯羊肉馅儿饺子后，自然而然地拿起那本寄来的日记本中夹着胡雅格全身四寸相片看了起来。他那美男子的圆脸上没有一点伤疤，那双明亮而高瞻远瞩的眼睛多么的温和，多么的亲切。朝格吉玛虽然久久地不想放下相片，但还是习惯地抓起那本《物种起源》一书阅读起来。她看了很久，突然想起放羊羔，这才把书放下出去了。回来后，她还没有顾上煮饺子，又把那珍贵的日记本从头念了起来。

当她吃完除夕饺子时，已子夜了。她知道，牧村和城市不一样，是以日出计算新的一天的开始的。

曙光刚开始像鱼肚白，它不慌不忙地推着漆黑的夜空，千万颗星星还在闪烁着。麻雷声像捷报一样响彻云霄，敖伦韶荣牧村的每个角落都迎接着新春的到来，这说明麻黄草地披上了节日的盛装。一夜未眠的朝格吉玛姑娘不停地忙碌在新毡包里，准备以崭新的面貌迎接这不平凡的新春佳节。

朝格吉玛姑娘把早已准备好的蓝白两种颜色的、印着奔马图案的黑木力小旗挂在了门前的玛尼宏杆中间，渴望新的一年里兴旺腾达，一切都吉祥如意。黑木力像从远处奔驰而来的青白色吉祥之马，它代表着蒙古民族的命运，也代表着吉祥，已有了七百多年的传统历史。朝格吉玛虽独自一人，但在玛尼宏的雄伟气势之下，士气高昂，真的有了精神黑木力，点起初一之火，吉祥四起，给圣主点上熏香和土松柏，祝福后代兴旺腾达，然后亲自点燃麻雷。她又回到蒙古包，点上酥油灯，磕了三个头。

这时，梅德格玛大娘领着儿子西日夫拜年来了。朝格吉玛拿出哈达格和鼻烟壶准备拜年。她先把查干岱献给了梅德格玛大娘和西日夫，让他们尝了尝。然后她把白色的哈达格放到梅德格玛双手举起的白色哈达格上面，表示万事吉祥，磕了头，交换了鼻烟壶，接受梅德格玛大娘的新春祝词：

　　"磕了的头永平安，
　　珍珠金银满头戴；
　　学了科学促生产，
　　爱国爱民大发财。"

三十

朝格吉玛拜完年，给客人们倒上了新春吉祥的奶茶。梅德格玛前面的桌子上摆放着两盘高高垒起的徽子，大约各有十八层，其中一盘属于新春礼节性的，一般不动它；另一盘是为客人准备的，可以吃。朝格吉玛上了茶之后，又给梅德格玛和她儿子上了新春饭。饭后，又上了一次查干岱，准备敬新春的奶酒。

朝格吉玛姑娘斟了三次酒后，从怀里拿出拳头大的酒壶，斟满奶酒，向梅德格玛大娘微笑着敬上酒，说：

"扎吉，刚才我敬了祭灶三盅，现在敬新春佳节酒！看样子这天会变冷的，扎吉随便尝一尝壶里的奶酒。可是我可爱的胡雅格把这壶……不，这壶是……这壶是我家唯一的传家宝呀。"梅德格玛听了朝格吉玛的话很奇怪，听不懂她说的是什么意思，便说道：

"牧马人要爱护套杆，家里人要爱护酒壶。我可爱的姑娘，这壶是不是你家唯一的传家宝呢？我怎么不知道呀？"她说着，盯着朝格吉玛那水灵灵的很有感情的双眼。在她的目视中朝格吉玛瞬间变成了一把燃烧的火，好像一时说不出话似的，左右张望。

"扎吉啊，这壶是从狼嘴里救我命的，我亲爱的胡雅格家里的唯一的传家宝呀。所以，也是我的……"

梅德格玛这才恍然大悟，彻底明白了这可爱的姑娘所说的话的意思。

她再也不敢触及这个话题。她回忆起姑娘一家人那妻离子散的悲惨经历，心里非常难过。她伸出长满老茧的手抚摸着朝格吉玛姑娘的头发，低声说：

"我可爱的朝格吉玛，大娘会支持青年们的。要努力学习新思想，学习新婚姻制度，我努力将毡包变白，力求改良牲畜。是的，咱牧人最宝贵的财产就是五畜。那布其和你学了不少知识，以后你们的那个试验方案出来就更好啦。"她说着，举起酒壶，又喝了一大口，眼上有了一点点的血丝，好像有了说话的劲儿似的，继续说道：

"我可爱的朝格吉玛，你要向朝格那顺、都勒禾古尔两个叔叔学习，他们的立场太坚定啦，他们的这种品质真可贵呀。"

朝格吉玛心里很高兴，用温和的目光看着她，仔细地琢磨着，"扎吉会支持青年们的"，"努力学习新思想"，"学习新婚姻制度"，"力求改良牲畜"，等等，多么好呀！朝格吉玛那美丽的脸庞更加红润，更加优美了，她那水灵灵的一双大黑眼睛变得更加机灵精明。她像春天的燕子似的忙来忙去，从毡包走到玛尼宏杆，从玛尼宏杆走到马桩，从马桩走到羊圈。

初一的太阳像滚动的火球，升起在大草原上。人们欢乐无比。绕着太阳的千万道光芒各个宛若金线银线似的，它们把新春的喜悦撒向人间，把黎明前的黑暗藏在白皑皑的雪山后。

在高原上、草原上燃起无数的篝火——黑木力之火。麻雷声把大气层饱和了，使它欢笑了，使它迎来百灵鸟的欢笑。美景与吉祥涌进了许许多多的毡包内。阳光像金、银、珍珠一样地撒在茫茫的雪原上，云彩与白雪层次分明，一紫一白，像是山梁、柴达木、原野、河水、植物、毡包、牲畜上面开的一朵朵花儿似的。这些花先是红，后是金，最后是无边的珍珠和水晶。大地就是这样的美，这样的无限美。牧户们都在马桩上拴了驯好的骏马，给马上了新鞍。骏马在嘶鸣，好像等不及主人，或者嫌马鞍太轻似的。家家户户的陶脑烟囱上飘起牛粪烟，以暖烘烘烟气来赶走寒气，它使牧人们展开欢乐的翅膀。新旧各式各样的毡包内熏香味、奶酒味、羊背味飘向四方，使人精神抖擞，用哈达格迎接着贵客，老的，少的，都穿上新袍，打扮得一个赛过一个。好多人和家人团圆，争先恐后地为吉利而按某一方向走了来回，推测着每一个家庭成员的吉祥。骏马的男主人迈着方步，手拿着哈达格和酒盅，为给骏马提神而在它鼻子上点一点奶酒，使人和牲口一同高兴起来。这是牧村新的一天，也是骏马新启程的起源。聪明的骏马知彼知己，向男子汉学着狼的精神，它的嘶鸣好像在声明：百战百胜。这就是草原上最骏的马，这就是雄鹰般的草原骏马。

敖伦韶荣的牧人们初一骑着马在互相拜年时，必须带新年饼子——"鞍"上六个，再带给孩子的糖和饼。

因为两家的畜群合并在一起，梅德格玛想让手脚轻快的儿子西日夫放一天羊群，西日夫高兴地接受了。

"那么，我和扎吉一起，领着阿美腾姑娘，去嘎查人民政府拜年，我现在有点空了。"

朝格吉玛说。

西日夫也算是说话算话的小男子汉。羊出坡时他让梅德格玛和朝格吉玛俩把羊群数好，自己背着接羔毡袋出发了。白雪上留下他那小小的脚印。草原像白色绸缎似的展现在他眼前。

西日夫看着这美好的初春风光。朝格吉玛的眼睛扫视着羊群的去向。梅德格玛带着小姑娘站在朝格吉玛旁边。微风自然而然地吹散了云和雾。万物、毡包、羊圈、河水、草木以及羊群上都闪烁着无数的宝石光。麻黄草地牧业互放组的组员们都因有了朝格吉玛这个帮手而感到欣欣鼓舞。

"哎哟，我可爱的朝格吉玛，"兴高采烈的梅德格玛说："我那女婿阿日宾德力格尔的嘴太快，像麻雀一样，老是"叽叽喳喳"个没完。过去也得罪过你呀。"

"那有什么，"朝格吉玛说，"现在别再提它，我们好好过着年呢，不说这些不吉祥的话。人高兴啦，好比把太阳挂在心上似的。"

梅德格玛听着，突然把话题转向朝格吉玛，说：

"是呀，我们的组全凭你，有了牲畜，有了……"朝格吉玛听了十分焦急，急忙插了话：

"嗨呀，扎吉，可不能这样说，麻黄草地的牧人们都有耳朵，你听到的，人家也照样能听到。我也和你们一样，感到很幸福。如今是正月初一，您绝不能骂阿日宾德力格尔。"

"姐姐，"阿美腾也很高兴，说道："我妈同意我上学了。"

朝格吉玛、梅德格玛俩正准备动身时，柴达尔过来拜年来了。他拜年后，很高兴，喝了点酒话也多了。

"今年初一骑着马拜年的人真多"，他喝了一盅酒后说："你们年轻人像快马那样，你朝格吉玛就更不简单。你现在有什么需要帮的吗？我可以帮你，老岳父还这样说过呢。"

朝格吉玛心想：老人还说过这话呀。然后，她就开门见山地说：

"谢谢您的好意。我家里没有什么做的。我能背柴，我能打水，我能缝衣。你们在组里多干一点儿活儿，我就高兴了。"她又接着话题说："您还多照顾照顾你爱人。"

柴达尔确实很高兴，说得实实在在，然后又喝了三盅酒，骑上了马，走时高兴地说："我有孩子啦！"

接着，图布新、唐苏格达力俩带着他们那可爱的呼斯勒图来拜年了。

因喝了一点酒，图布新的声音比谁都高：

"喳，全家过年好？给火神磕头磕得早吧？"

"好，好，你们过年好？你们的酥油灯点得早吧？"

"好，好，早，早。"

图布新坐在最上边，喝完茶就准备放新年饼子——"鞍"上六个。

朝格吉玛亲吻了小呼斯勒图的小嘴后，觉得还亲不够，只好放

404

下他，他向她行了拜年礼。最后，她给客人斟了三杯送行酒。图布新一滴不留地一干而尽。

"朝格吉玛，你常骑貉青马，也不是个事……我给你牵一匹好马。"朝格吉玛边听边想：人生也真怪，就快乐地回答：

"行，我可不客气。"她接着说："你已经下了恒心，从众马中选出一个最好的，在我大喜时送给我们。"唐苏格达勒听了，迷糊糊地笑了，说：

"是的，这是个真正的礼物。"

"要什么礼物呀?"朝格吉玛回笑着说："好就好在咱们的劳动人民保卫和捍卫了新生的嘎查人民政府。政府在，我们在。这是大家的功劳。我是大海之中的一滴水。我们党有着巨大的组织能力。"大家都在高兴，小呼斯勒图也万分高兴。图布新他们准备告辞。朝格吉玛出去送行。当他们上马时，朝格吉玛把可爱的呼斯勒图抱给他妈唐苏格达力，让他坐在鞍桥里面。

其实，从祭灶到大年初一的七天中，朝格吉玛的思绪极其混乱。她的心情像大海的怒涛一样。她自觉不自觉地反复念起寄来的日记本，思考着关于浪的描述。她的脑海里的那些句子宛若海浪似的，一浪超过一浪。因为，她念得太多了，整个信，不，没写完的日记，她已背诵得烂熟了：

啊，浪! 在风极少的情况下，海浪和草浪极为相似，随着风力，浪潮越来越大，波纹就越来越多。因为，海浪和草浪都离不开水和土壤。无水，不起海浪；无土，不起草浪……大浪花落下时又会产生无数小小的浪花。小浪花昙花一现时，我忽然吓了一跳。如今我亲眼目睹了这一现象，为此就记录下一句话：昙花一现的小浪是徒然的东西，它不是大浪的真正本色。海浪的美在于永不停歇地勇往直前，触岸的大浪永不消失，后浪追着前浪。这就是美的存在，它像战火中冲锋陷阵的战马一样，绝不回头!

真对，我的胡雅格写得真好! 他的血液在沸腾，变成了浪潮：

我有心爱的人，胡雅格你永远不能死，你的每一句话都使我受到鼓舞。朝格吉玛自己都不相信，她已是众人夸奖的年轻姑娘，她在众人的赞美声中迎接了大年初一后，稳稳地立足于社会上。经不起人们的吹捧赞美，变成昙花一现的小浪花呢？或者变成永不停歇、勇往直前的海浪中的一滴水呢？胡雅格，我不想小浪花一样地昙花一现……

还有什么隐瞒的！

胡雅格回到祖国，传来他以报告团成员的身份来到嘎查的特大喜讯。朝格吉玛听到这一消息后，似乎心中升起了一轮红日。尤其她听到胡雅格要作汇报演讲时，孩子似的蹦跳了起来。

这一特大喜讯是区工委通讯员铁木尔图骑着快速花马拜年时传达的，全牧村欢腾了：

"报告团来到了！"

"我们的胡雅格回来啦！"

"不是从报纸上，而是从英雄们的嘴里听到胜利的消息！"

"多么好呀！"

"我们胜利了！"

"……"

"……"

银白色的大草原上骏马奔腾，家家户户都欢庆着。劳动牧民们为了欢迎胡雅格，为了给嘎查人民政府拜年而从四面八方涌来。

嘎查所在地——美岱召变成五彩缤纷的新的世界。雪白的美景中呈现出长长的欢迎队列，他们迎接着最可爱的人——中国人民志愿军报告团成员们。胡雅格与欢迎的牧民们一一握着手。

胡雅格那一双明锐的眼睛好像在寻找着一颗亮星似的转动着，正在众人中寻找着朝格吉玛。

朝格吉玛出现在队列之中。她头戴火红的头巾，穿着一身淡青色长袍，满面笑容地伸出手，去迎接了这位最可爱的人、战斗英雄、自己亲爱的人胡雅格。两颗星星闪在一起，好像在他们的心中太阳和月亮一同升起来了似的，胡雅格的胸前闪烁着金章和大红花。

朝格吉玛千言万语不知从何说起，只是久久地紧握着胡雅格那滚烫的双手，暖遍全身。

"亲爱的，你还有回来的时候！这次一定要……一定要……满足我的……要求……"

"行，我亲爱的，让你的愿望……一定……实现……"

这时，朝格吉玛只是不停地微笑着，一句话都说不出来。不一会儿，轮到胡雅格作报告了。他胸前闪烁着几枚英雄奖章，威风凛凛。他向祖国人民汇报着抗美援朝的战捷，用最生动的语句来表达着这一伟大而辉煌的战绩。欢乐、欢庆仿佛万叶中盛开的朵朵玫瑰一样，又鲜艳，又芬芳，使整个场面光艳夺目，精美无限。双喜临门之际，战歌嘹亮，喊声震天。得到众人喜爱的胡雅格站在欢笑的都勒禾古尔、朝格吉玛、乌力吉那顺、朝格那顺的中间。

在雷鸣般的掌声中胡雅格向大家致敬，他双手拿着献给他的鲜花，朝格吉玛手举着写有"全区劳动模范"的锦旗。两人并肩站在主席台上，迎接着一次又一次的掌声。在掌声中报告会胜利结束了。

胡雅格的心情万分激动，他跟着朝格吉玛，出了嘎查大院。一出去就看到了自己的貉青马。貉青马也认出了他，长长地嘶鸣着，表明它也很想他了。

当胡雅格迈着大步赶到马桩前时，朝格吉玛迅速地解开了缰绳。他俩牵着貉青马，并肩走着。两人都默默无语。胡雅格心里只想着刚刚从他的好朋友通讯员铁木尔图手上接过的一封信，一个"不好"的消息，即区工委决定让朝格吉玛去自治区农牧专科学校草原植物进修班学习的通知书。

"我亲爱的朝格吉玛，我不会影响你的学习。"

胡雅格勉强地开了口，递给她那封信。

"你说的也可能对。你来以前，我有过那种想法。但是，我亲爱的，我把你丢在这里，再去学习，这不是愚蠢到顶点了吗？你看这通知书！"

朝格吉玛边说着边看着通知书，似乎笑不出来。

"行，我最亲爱的终身伴侣！咱俩就像黄羊的一对角似的，永远地互不影响。我的态度和以往一样，一步一个脚印。学习使人进步，看得更会远些，就等于咱俩的未来更美好。"

"我知道你那奉献精神，也知道即将到来的幸福美满的生活。可是，你和别的人不一样，是在战火中受过苦的人呀。我那时已虚岁二十三啦，你能摸准姑娘家的心理吗？生活就在我眼前。我相信，这是你内心的誓言。"

"是的，我的热恋就是真正爱情的大宝库呀。我十分理解你那毫不动摇的爱恋之情。我忍住了，虽爱得想把你吃掉，但又融化在嘴里。"

"我也是，见到你，我好像有了一对翅膀，快要飞起来似的。我已经拥有了你温暖的怀抱。"

朝格吉玛说这句话时，她的浑身上下忽然一股热流热烫起来，不知怎么的，一股奇怪的热流流向她丰满的乳房，也流向下身。她无法回答自己，紧贴着亲爱的胡雅格，也恨姑娘这天生的坏习惯。她刹那间重复了她总说的那句老话：

"胡雅格，我曾受过伤。今后怕拖累你。"

"这不要紧，现在不是完全好了吗？今后要多想着学习，咱们不能当暂时幸福的'俘虏兵'呀……"朝格吉玛狠狠地抓住胡雅格的双手，恨自己控制不了自己，又突然想起喜欢孩子的事儿。此时此地，她不知怎么啦，好像一个长得很美的疯子走进了她的脑海里似的，让她挣扎，让她狠狠地亲吻胡雅格，亲吻还顶不上大事……她只想把手中的通知书撕成稀八烂。她又受到胡雅格的疼爱，忽然

408

又安静下来，才知道自己是个女人，这不是她自己，而是她心理在作怪。她勉勉强强地想着：它有着无限的希望，它永远属于他俩。为他不变的心，为他的幸福，为美好的共同生活而发誓。

胡雅格、朝格吉玛俩站在美岱召白塔后面说着话。貉青马瞪着一双水灵灵的大眼，望着远方，给他们两人放着哨，它不停地交叉着双耳。

"你突然想起什么啦？为什么不说话啦？"

"要说，没有想什么，说一句实话。我真恨那通知书。……因为你是走过万水千山，为祖国立过功的人，我恨自己。"

"为什么？"

"它给我们两人延长了时间。"

"应该考虑'那个'。"

"不！考虑'那个'……我确实忍不住了，我对不起你，我真想哭。"

"我最亲爱的，请你安静一点，这就等于爱我了，只不过是'那个'再等一年后才能实现。建立美满幸福家庭的年轻两口子一定要学会忍耐，'忍耐'二字很重要。"

"大话我也会说，可是，它……它……我顶不住呀！"

"我亲爱的朝格吉玛，一位著名的心理学家曾说过：年轻人们应该有决心，在不同时期，或者在不同地点里都可能走弯路，艰难中磨炼自己，在此基础上要走向光辉的未来。人们经过无数次磨炼后不但不灭亡，而且能被锻炼成真正有作用的人。因为人本身就是在磨炼中成长起来的。

胡雅格说着，轻轻地松开自己的双手，慢慢地放开她热乎乎的身体，只用嘴唇亲吻了她的右手，说：

"不是不高兴吧，亲爱的，你要学会忍耐，当一名永远前进的人。"

朝格吉玛很像一名不听话的小孩子似的更靠紧了胡雅格。她虽然始终放不下他热流滚滚的身体，但是他所说的话迅速占领了她的脑海，让她迟迟说不出话来，最后她嫣然一笑。

这次，他俩又吻在了一起。两颗心"咚咚"直响，可是他们心里明白最甜蜜的蜜月即将迎来他俩，那才叫真正的爱情，那才叫幸福美满的家庭。他俩并肩走着。他们那可爱的脸上呈现出自由的笑容，迈着坚实而矫健的步伐走进了嘎查大院。

他俩走进屋子。

屋子里的人们都用喜出望外的眼神望着胡雅格、朝格吉玛的笑脸。

欢乐的歌声要把整个屋顶掀开似的。

屋外，银白色的雪在闪烁。

温暖的春天已来到。

蒙古文版出版后记

　　大草原像无边无际的绿色绸缎，草原母亲养育了我这个草原的孩子。尤其是那些像各种品味的奶食品似的民间故事、颂词、歌词等都非常优美，不知不觉中吸引着我。它为我打下这源泉般的基础后，我在那滔滔不绝的江河水一样的知识宝库中读到了不少著名的文学作品。其实，我从来没有过写小说或长篇小说的打算。

　　生活像一种永不成熟的果实。我虽然生在旧社会，但没多久就解放了，在新社会里学了文化并形成了初步的思想。当我九岁念书时，社会各阶层的人们因有了自由而高兴万分，出现前所未有的振兴场面。因一切处在黄金时代里，社会以旧换新，那些永不忘却的一幕幕深刻地刻在脑海之中。母亲在马背上背着我二妹搞着嘎查妇女联合会主任的工作，常常路过我念书的小学，常常能够碰到我。她经常给我谈起牧村的新鲜事儿，我自己也跟着母亲亲眼目睹了那些惊心动魄的事情。小学也处在不平常时期，迷信、造谣接连不断。这在学校引起了许多风波，学校还经常发生体罚学生的事。我入学不久，因为家里没人放羊，所以我一个学期学习，一个学期放羊，这样我就有了直接参与大变革中的各种活动的机会。这些真实的生活给我以后创作工作打下了牢固的基础。各种各样的人物形象印在我的脑海中。我看到有些事情后，整夜不能眠，这种经历不少。那时的形势像一块磁铁似的印在我那灵敏的脑海里，变为难忘的形象、故事和蒙古民族原味儿生活。

　　实践就像炼钢铁的熔炉，将人们锤炼于社会中。"文化大革命"中我本人被打成"内人党分子"，从旗所在地下放到公社所在地，又以"臭老九"被改造到大队民办小学，品尝了很多艰难生活的滋味。通过锤炼自己，我重新学习知识、了解民风风俗，以及获得向基层人民虚心学习的机会。呈现给读者的这部长篇小说就是在那种艰难的环境中起草的。那时，我才真正感到各位老师们教给我们的宛若清泉的知识还远远不够用。可是，通过发表一些小说、散文、诗歌，这给了我巨大的力量，促使我继续写下去。"这是我最熟悉的生活，一定要将它写出来，给历史留下客观的答复。"这是我当时的一种难以抑制的想法。1976 年秋天，组织上让我带着作品到内蒙古大学蒙古语言文学系文学创作研究班学习两年。一直到毕业，我一方面刻苦学习，另一方面争分夺秒地修改长篇小说稿，拿出了第二草稿。

此后，为了提高作品质量我听取了多方的修改意见，尤其在这里应该提到很多老作家老师们为此作品能成为有价值的社会产品而献出的最宝贵的汗水。这十多年间，我从旗广播站的一般编辑调到盟级报社，成为名副其实的编辑，又获得了主任编辑职称，其间除了一步一个脚印地努力工作外，还挤出时间拿出了一个又一个草稿。与此同时，邀请牧民读者和老同志锤炼作品的文学语言，自己反复学习外国优秀文学作品，最终拿出了这部爱情体裁的长篇小说《麻黄草地的蜃楼》一书的正式稿。

路程总是没有终点的。这部长篇小说也许有很多不足之处，望诸位读者像给花儿浇上水一样，让它更鲜艳夺目。这是我唯一的希望。

作者写于呼和浩特

1993.4.24

汉文版出版后记

同样的月季花，它能开出不同颜色的花朵。当它们叶子茂盛、含苞待放之时，是看不出来花朵的颜色的。作品也和花朵一样，当它见不到读者，不流向社会的时候，往往就看不出它的好坏，这和预先看不出月季花的花朵颜色是一样的。《麻黄草地的蜃楼》一书蒙古文版出版的第二年就获得了"中国北方地区少数民族出版社优秀书籍"二等奖，出版本书的出版社负责同志高兴地对我说："没有想到，你这部长篇小说的出版，给我们带来了光彩，祝贺你，今后继续好好创作。"

后来，该出版社把这部作品推荐给了国际炎黄文化研究会。真没想到，2000年10月，长篇小说《麻黄草地的蜃楼》蒙文版荣获国际炎黄文化研究会首届"龙金奖"二等奖，作者也以突出文学创作成就被选入《世界名人录》第五卷。这部长篇小说在不知不觉中在社会上打出了影响，效果甚好。除了各媒体报道了获奖消息外，移动公司和联通公司也在信息网上传播了这一消息，知道它的人就更多了。

可是，本书是用本民族文字写出来的蒙古文长篇小说，题材、内容都很好，写得是一个很复杂的爱情故事。作者抓了一个冷门儿时代背景，即抗美援朝时期。这是作者的第一部长篇小说，也是内蒙古自治区第一部蒙古文儿童长篇小说《小山雀》后出版的第二部长篇小说。社会各界各阶层要求我写出汉文版手稿。这给我出了个难题。本人当时虽出版过十一部书，但其中只有一本是汉文版，是与其他人合作的报告文学集，还有一本是蒙汉合璧，也是与其他人合作出版；本人虽然读的是汉授高中，中专还学过翻译专业，大学文研班毕业，但是小学、初中是蒙古语授课的，其他出版的诗、散文、小说、中长篇、小说集都是用蒙古文写的，所以怕翻译不好，怕文学语言上过不了关，尤其蒙译汉难度较大。于是，2000 年在百忙之中匆匆忙忙地只译了十三章，一直放到 2005 年。2005 年至 2006 年又写了两部蒙古文长篇小说（《在山梁上》，2006 年 10 月出版；《守护神》，2007 年 8 月出版）后才执笔《麻黄草地的蜃楼》一书的汉文稿子，并改名为《草原的晨曦》。

小说的关键在于它人物的个性化，除要求故事情节动人之外，还要求文学语言生动活泼，引人注目。这方面，我虽念了好多年书，看了好多文学书籍，但因从小就成长在纯牧区，所以汉语词汇远远不够，远远达不到优美的文学语言标准。为此，就采取了在创作中学习，在学习中提高的办法。这是我首先要说明的一点。

其次，在这部长篇小说《草原的晨曦》出版之际，特向出资大力支持关心本书出版、印刷工作的内蒙古伊泰集团总经理、著名企业家、全国劳模、我的同龄人老朋友张双旺同志表示衷心的感谢。这里一并向出版社以及本书的责任编辑表示衷心的感谢，感谢你们使作品成为社会真正公认的，有价值的东西。

孕育有多种颜色花朵的月季花越开越艳，越开越鲜。

谢谢诸位！

作者于鄂尔多斯市
2007 年 8 月 3 日

图书在版编目（CIP）数据

草原的晨曦/热·图门著．—北京：民族出版社，2010.10
ISBN 978 – 7 – 105 – 11172 – 5

Ⅰ．①草… Ⅱ．①热… Ⅲ．①长篇小说—中国—当代
Ⅳ．①I247.5

中国版本图书馆 CIP 数据核字（2010）第 198136 号

责任编辑：萨茹拉
封面设计：胡布青
出版发行：民族出版社
地　　址：北京市和平里北街 14 号　邮编：100013
网　　址：http://www.mzcbs.com
印　　刷：艺辉印刷厂
经　　销：各地新华书店
版　　次：2010 年 10 月第 1 版　2010 年 10 月北京第 1 次
开　　本：880 毫米 × 1230 毫米　1/32
字　　数：400 千字
印　　张：13
印　　数：1000 册
定　　价：32.00 元
ISBN 978 – 7 – 105 – 11172 – 5/I·2211

（印刷

（仅 2630）

赤退换

010-58130904